SANDRA BROWN

Gezeiten der Liebe

Zwei Romane in einem Band

Weltbild

Weltbild Taschenbuch

Originaltitel: *Breakfast in bed (Träume einer Nacht)*
Tidings of great joy (Gezeiten der Liebe)
Originalverlag: *Bantam Books*

Besuchen Sie uns im Internet:
www.weltbild.de

Die Autorin

Sandra Brown wurde im texanischen Waco geboren. Vor ihrer schriftstellerischen Tätigkeit arbeitete sie als Model und beim Fernsehen. 1981 begann Brown ihre Karriere und veröffentlichte seitdem ungefähr 65 Romane, darunter mehrere Bestseller. Ihre Bücher wurden weltweit über 70 Millionen mal verkauft. Sandra Brown ist mit dem ehemaligen Fernsehmoderator Michael Brown verheiratet. Heute lebt sie mit ihrem Mann in Arlington im Bundesstaat Texas.

Inhalt

SANDRA BROWN

Träume einer Nacht

Deutsch von
Britta Berg

1

Ein Blick auf ihn genügte, und sie wußte, daß es ein Fehler gewesen war, Alicias Bitte zu entsprechen.

Da stand er auf der Veranda von Fairchild House, seinen Koffer in der einen, seine Reiseschreibmaschine in der anderen Hand, und wirkte ziemlich betreten, weil er sie offenbar aus dem Bett geklingelt hatte.

Sandra Fairchild hielt krampfhaft den Ausschnitt ihres Morgenmantels am Hals zusammen, während sie von einem nackten Fuß auf den anderen trat. Ihr erster Blick auf Jeremy Madisons Gesicht jagte ihr heiße Schauer über den Rücken. Schlagartig wurde sie sich bewußt, daß sie unter ihrem dünnen Spitzennachthemd und dem Morgenmantel nackt war. Ihre Brustwarzen wurden hart, und Sandra senkte den Kopf, um nicht länger den Blick dieser braunen Augen erwidern zu müssen.

»Sandra? Mrs. Fairchild?«

Sie nickte verwirrt.

»Jeremy Madison. Ich habe Sie aus dem Bett geholt, nicht wahr?«

Ihr zerzaustes Haar, ihr Aufzug und ihre nackten Füße sprachen für sich selbst. »Ja. Entschuldigen Sie, daß ...« Sandras Hand beschrieb eine unbestimmte Geste über ihren Körper, um sich dann sofort wieder an den Ausschnitt ihres Morgenmantels zu klemmen. »Ich ... ich hatte Sie früher erwartet. Treten Sie ein.«

Sie trat beiseite und hielt die schwere Eichentür für Jeremy auf. Als er an ihr vorbeiging, spürte sie seine Nähe fast körperlich.

»Ich hatte eigentlich früher abfliegen wollen, aber David

nahm an einem Fußballspiel teil und heizte mir ordentlich ein, als ich ihm sagen mußte, ich könnte nicht zuschauen. Er war wirklich sehr enttäuscht. Also mußte ich meinen Flug umbuchen. Hat Alicia Sie denn nicht angerufen?« Jeremy blieb im Flur stehen.

»Nein.«

»Das tut mir leid«, seufzte er. »Sie sollte Ihnen eigentlich Bescheid sagen, daß ich später komme.« Er setzte sein Gepäck ab und streckte sich.

»Das macht überhaupt nichts.« Sandra schaute ihn an.

Jeremy richtete sich zu seiner vollen imponierenden Größe auf und lächelte ihr zu. Seine Augen waren wirklich außergewöhnlich. Selbst in der schwachen Nachtbeleuchtung, die Sandra immer in den Fluren brennen ließ, leuchteten sie in einem hellen Rehbraun und bildeten – von dichten dunklen Wimpern gerahmt – einen auffallenden Kontrast zu seinen vollen blonden Haaren.

»Es ist mir äußerst unangenehm, Sie in Ihrem Schlaf gestört zu haben. Alicia erzählte mir, daß Sie ursprünglich etwas dagegen hatten, mich zu beherbergen.« Jeremy grinste eine Spur zu selbstbewußt, zu sicher und, wie Sandra fand, entschieden zu verführerisch.

Verlegen schob sie eine widerspenstige Haarsträhne zurück. Wenn er doch endlich aufhören würde, sie auf diese beunruhigende Art anzublicken. »Das war nicht persönlich gemeint, Mr. Madison«, antwortete sie, um einen sachlichen Ton bemüht. »Hotels dieser Art werden meistens von Ehepaaren geführt, aber ich als alleinstehende Frau bevorzuge als Gäste lieber Paare oder gemeinsam reisende Frauen.«

Jeremys Lippen umspielte ein Lächeln. »Keine schlechte Idee. Sie müssen auf den Ruf Ihres Hauses achten.«

»Genau.« Sandra zog den Morgenmantel noch enger um sich. Sie konnte überhaupt nicht verstehen, was mit ihr los war. Ihr Körper schien verrückt zu spielen – ihr Herz klopfte, ihr Atem ging schneller, und es wurde ihr abwechselnd heiß und halt. So etwas war ihr noch nie nach nur etwa zehnminütiger Bekanntschaft mit einem Mann passiert.

»Meinen Sie nicht, diese Vorsicht könnte Ihrem Geschäft schaden?«

Mühsam brachte Sandra ein Lächeln zustande. »Tatsächlich komme ich kaum über die Runden und kann jeden zahlenden Gast gebrauchen.«

»Ich bin kein zahlender Gast«, sagte Jeremy. Diese leise Versicherung klang beinahe wie eine intime Prophezeiung.

Sandra holte tief Luft. »Ich habe Ihrem Aufenthalt hier nur zugestimmt, weil Sie der Verlobte meiner besten Freundin sind. Alicia hat mich gebeten, Sie einem Monat lang aufzunehmen, damit Sie Ihren Roman zu Ende schreiben können.«

»*Die schlafende Herrin.*«

»Bitte?«

»Die schlafende Herrin. So heißt das Buch.«

»Oh.«

»Haben Sie meine Bücher gelesen?«

»Ja.«

»Und haben sie Ihnen gefallen?«

»Teilweise. Ich ...«

»Welche fanden Sie gut?«

»Die meisten.« Sandra lachte über Jeremys bohrende Neugierde. Ihre Antwort erfreute ihn, aber sein Lächeln wurde ein wenig zu warm, zu persönlich. »Ich finde das mit Ihnen und Alicia wundervoll«, wechselte Sandra schnell das Thema.

»Sie ist eine großartige Frau.«

»Das stimmt. Ich hatte schon befürchtet ... Schon gut.«

»Reden Sie weiter. Was hatten Sie schon befürchtet?«

»Nun, ich hatte geglaubt, Alicia würde sich nie wieder vom Entsetzen durch Jims Tod erholen. Sie und die Jungen haben es so schwer genommen. Doch als ich kürzlich mit ihr sprach, klang sie sehr glücklich. Das ist Ihr Verdienst. Ich weiß, daß Sie die meisten Formalitäten nach Jims Tod erledigt haben und sich rührend um die Familie bemühten.«

»Ich hielt mich gerade in China auf, als der Unfall passierte«, erklärte Jeremy. »Sobald ich konnte, kehrte ich nach Hause zurück. Jim Russel war jahrelang mein bester Freund. Für mich war es keine Pflicht, sondern eine Ehre, mich um seine Witwe zu kümmern.«

Und sie sogar zu heiraten? hätte Sandra am liebsten gefragt. Aber es war wohl besser, zu schweigen. Sie hatte schon den Fehler begangen, das Thema mit Alicia zu diskutieren.

»Diese Heirat bedeutet mir so viel, Sandra«, hatte Alicia erklärt. »Seit Jim ... na ja, du weißt, wie einsam ich mich gefühlt habe und welche Verantwortung die Jungen für mich bedeuten. Jeremy war wunderbar geduldig mit ihnen und mir, und jetzt brauchen wir beide erst einmal eine Atempause, bevor wir die letzte Hürde nehmen ...«

»Alicia«, war Sandra ihr ins Wort gefallen, »liebst du Jeremy?«

Alicia hatte sich auffallend viel Zeit mit der Antwort gelassen. »Aber natürlich. Ich habe Jeremy immer verehrt, das weißt du. Er möchte sich um die Jungen kümmern. Er liebt uns, und wir beten ihn an.«

»Ich weiß, ich weiß.« Sandra war ungeduldig geworden, da ihre Freundin nicht zu bemerken schien, worauf sie hinauswollte. »Du hast mir schon hundertmal erzählt, wie er und Jim zusammen aufwuchsen – beinahe wie Brüder. Aber ist das ein ausreichender Grund, ihn zu heiraten? Er ist nicht Jim, Alicia.«

»Das ist gemein, Sandra! Ich werde nie einen Mann so lieben wie Jim, aber ich liebe Jeremy auf eine andere Art. Du bist nur deiner Erfahrungen mit Jason wegen verbittert und skeptisch, was die Beziehungen zwischen Mann und

Frau angeht. Deshalb hast du dich doch in diesem alten Haus verbarrikadiert und zwei Jahre lang keinen Mann angesehen, seit dieser Kerl dich reingelegt hat.«

Da ihre Freundin den Nagel auf den Kopf getroffen hatte, hatte Sandra sich entschuldigt und das Thema fallenlassen. Jeremy und Alicia schienen sich einig zu sein, und nichts lag Sandra ferner, als anderen Leuten – und gar ihrer Freundin – Ratschläge in Herzensangelegenheiten zu erteilen.

Sie riß sich aus ihren Gedanken und sagte brüsk: »Wie kann ich Sie nur hier in der Halle stehenlassen. Sicherlich möchten Sie jetzt, daß ich Ihnen Ihr Zimmer zeige.«

»Alles halb so schlimm! Immerhin habe ich Sie aus Ihrem Bett geholt. Schlafen die anderen Gäste denn schon?«

»Von den sechs Zimmern sind drei belegt. Ja, nach dem Abendessen haben sich alle zurückgezogen.« Ihre Feststellung schien nur zu unterstreichen, daß sie beide sich ganz allein in der abgedunkelten Halle befanden, und daß Sandra lediglich ein durchsichtiges Nachthemd und einen Morgenmantel trug. Nervös fuhr sie sich mit der Zunge über die Lippen. »Alicia sagte, daß Sie ein großes Zimmer mit Bad wünschen.« Mit dem ausgestreckten Finger wies sie die Treppe hinauf. »Es ist die letzte Tür oben am Ende des Flurs.«

Jeremy machte keine Anstalten zu gehen. »Haben Sie eigentlich keine Angst gehabt, noch so spät einem Mann zu öffnen?«

»Alicia hat Sie mir beschrieben, und ich habe Sie auch von dem Foto auf dem Umschlag Ihres letzten Buches erkannt.«

Er verzog sein Gesicht zu einer Grimasse. »O Gott, hoffentlich nicht. Mein Agent bestand auf dem Brooks-Brothers-Anzug. Ich glaube, sie haben mich sogar vor der Aufnahme gekämmt.«

Jetzt war er jedenfalls ungekämmt. Der Nebel von San

Francisco hatte sich wie ein glitzernder Schleier über sein Haar gelegt. Jeremy sah liebenswert zerzaust aus. Und die armeegrüne Drillichjacke stammte bestimmt nicht von Brooks Brothers. Tatsächlich machte sie den Eindruck, als hätte sie jeden Krieg seit 1812 miterlebt. Auch die verwaschenen Jeans und die abgetragenen Turnschuhe stammten kaum von einem exklusiven Herrenausstatter.

Das brillante Schwarzweißfoto, das Sandra auf dem Einband der »*Eskapade in Paris*« angeschaut hatte, entsprach nicht annähernd dem echten Jeremy Madison, der sie jetzt anlächelte. Sie hatte gestern das Buch von einem Regal geholt, um sich mit ihrem zukünftigen Gast vertraut zu machen.

Alicia hätte es schlechter treffen können, hatte Sandra neidlos zugeben müssen. Sobald sie das Buch jedoch wieder auf seinen angestammten Platz gestellt hatte, hatte sie Alicias Verlobtem keinen weiteren Gedanken gegönnt.

Und nun stand er vor ihr, und Sandra verglich die schönen unnahbaren Züge Jeremy Madisons auf der Fotografie mit dem, was sie in Wirklichkeit sah. Von Alicia wußte sie, daß er vierunddreißig war, und die vielen feinen Lachfältchen um seine Augen ließen vermuten, daß er das Leben zumeist von der heiteren Seite nahm.

Der Mund, der auf dem Foto brav lächelte, war in Wirklichkeit von provozierender Sinnlichkeit, die Zähne strahlten weiß. Während Jeremy auf dem Bild eher kühl und beherrscht gewirkt hatte, vermittelte er – so wie er vor Sandra stand – den Eindruck von vitaler Männlichkeit.

In dem Anzug von Brooks Brothers hatte sein Körper bei weitem nicht so eindrucksvoll ausgesehen, und Sandra hatte nicht geahnt, wie athletisch Jeremy gebaut war. Seine breiten Schultern, seine schmalen Hüften, die langen muskulösen Beine – das alles mußte in jeder Frau den Wunsch erwecken, ihn zu berühren.

»Und jetzt?« fragte Jeremy.

Sandra wurde rot. Hoffentlich konnte er keine Gedanken lesen. »Oh, Ihr Zimmer ist hergerichtet. Sie brauchen nur noch hineinzugehen und Ihr Gepäck aus den Händen fallen zu lassen. Ich hole Ihren Schlüssel.«

Dankbar für einen Grund, einen Moment lang seiner intensiven Ausstrahlung entfliehen zu können, wollte sie zu ihrem Büro hinter der Treppe gehen. Jeremy hielt sie zurück.

»Ich bereite Ihnen ungern mehr Mühe als notwendig, aber ich sterbe fast vor Hunger. Könnte der zahlende Gast der gnädigen Wirtin vielleicht eine Schüssel Cornflakes abschwatzen? Oder sonst irgend etwas? Ich bin nicht wählerisch.«

»Heute abend gab es Schmorbraten. Wäre Ihnen ein Roastbeef-Sandwich recht?«

»Ein solches Angebot wirft einen Mann, der sich mit Cornflakes begnügt hätte, fast um«, sagte er lachend und legte mit einer theatralischen Geste eine Hand aufs Herz.

Sandra versuchte, ernst zu bleiben. »Setzen Sie sich nur in den Speiseraum.« Sie zeigte auf eine Tür. »Ich bringe Ihnen das Essen.«

Ein Druck auf den Schalter, und der Speiseraum wurde in warmes Licht getaucht. Die Tische waren bereits für das Frühstück gedeckt; Silber glänzte auf gestärktem Leinen, und die chinesischen Porzellanteller schmückten kunstvoll gefaltete Servietten. Ein bunter Blumenstrauß in einer antiken Suppenterrine lockerte die stilvolle Eleganz auf eine unauffällige Weise auf. »Alles nur für mich?«

Sandra drehte sich um und stellte fest, daß Alicias Verlobter dicht hinter ihr stand, um einen Blick in den elegant möblierten Raum zu werfen, der Sandras ganzer Stolz war. Jeremy hatte eine randlose, getönte Brille aufgesetzt, die den intellektuellen Eindruck, den schon sein Foto vermittelt hatte, nur noch unterstrich.

»Ich ...«

»Nun, offenbar haben Sie schon zum Frühstück gedeckt. Wäre es nicht einfacher, wenn ich mein Sandwich in der Küche äße? Am besten von einem Pappteller.«

»Meinetwegen«, hauchte Sandra. Jeremy stand so nahe und war so viel größer als sie, daß sie den Kopf zurücklegen mußte, um ihn anzusehen.

Sein Blick wanderte langsam über ihr Gesicht und ihre schmale Hand, die den Morgenmantel am Hals zusammenhielt.

Dann fragte Jeremy sehr leise: »Wo ist denn die Küche?«

»Hier entlang.«

Noch während sie sprach, wußte Sandra, daß sie sich höchst ungewöhnlich benahm. Noch nie hatte ein Gast ihre Küche betreten, doch in diesem Fall wäre es lächerlich gewesen, weiter in der dunklen Halle herumzustehen – in Nachthemd und Morgenmantel – und darauf zu bestehen, daß Jeremy im Speisezimmer Platz nahm. Aber eigentlich hätte sie ihm nicht zustimmen dürfen. Schließlich gehörte ihr Fairchild House. Wieso war es plötzlich so schlecht um ihre Autorität bestellt?

Trotzdem schien es das einzig Vernünftige, Jeremy durch die Halle zu führen. Er hatte seinen Koffer und seine Schreibmaschine am Fuße der Treppe stehenlassen und zog sich auf dem Weg zur Küche seine Jacke aus.

Sandra schaltete das Licht in der Küche ein und machte schnell ein Roastbeef-Sandwich. Das, ein Rest Obstsalat, ein Stück Schokoladenkuchen und ein großes Glas Milch würden hoffentlich Jeremys Hunger stillen.

Sie spürte, daß sein Blick ihr folgte, während sie durch die Küche wirbelte. Wenn sie doch nur nicht so nervös wäre! Krampfhaft versuchte sie, ein Gesprächsthema zu finden. »Alicia hat mir gar nicht erzählt, daß David Fußball spielt.«

Da. Das war ein unverfängliches Thema. Alicias Name

machte die Tatsache weniger verwirrend, daß Jeremy hier in der Küche an dem kleinen Arbeitstisch einen Imbiß aß, den sie eigens für ihn mitten in der Nacht zubereitet hatte, während sie ihm gegenübersaß und sich fragte, ob ihm wohl klar war, daß sie unter ihrem Nachthemd nackt war.

Wie kann man sich darüber nur den Kopf zerbrechen, Sandra. Alle Menschen sind unter ihrer Kleidung nackt, dachte sie.

Jeremy trank einen Schluck Milch, bevor er antwortete. »Sie fangen früh damit an. Und einige von diesen kleinen Kerlen können ganz schön rennen und haben schon ein gutes Ballgefühl.«

»Sicher hat es David viel bedeutet, daß Sie bei seinem Spiel zugeschaut haben.«

Sandra spielte mit der Zuckerdose auf dem Tisch. Es war kühl im Raum, und sie hoffte, daß Jeremy nicht bemerkte, wie ihre Brustwarzen durch die Kälte hart wurden und sich unter ihrem Morgenmantel abzeichneten.

»David und Adam sind nette Jungen, aber sie brauchen den Einfluß eines Mannes. Es fällt Alicia schwer, auch einmal streng zu sein. Sie befürchtet, dadurch könnte den Jungen nach dem Tod ihres Vaters weiterer seelischer Schaden zugefügt werden.«

»Der Unfall war ja auch entsetzlich«, sagte Sandra leise. »Nicht nur sein Tod muß ein Schock für die Jungen gewesen sein, sondern auch der Wirbel darum, die ganzen Begleitumstände.«

»Zweifellos.« Jeremy schlug mit der Faust auf den Tisch. »Verdammt, wie konnte Jim nur an diesem Rennen teilnehmen? Nicht nur sein Leben, sondern auch das seiner Familie aufs Spiel zu setzen, war verrückt und selbstsüchtig. Als er mir so stolz sein verdammtes Auto vorführte, riet ich ihm, es sofort wieder zu verkaufen. Ich habe ihm gesagt, er soll sich dieses Rennen aus dem Kopf schlagen.« Sandra nickte zustimmend, und Jeremy fuhr fort: »Ich weiß, es klingt schlimm, aber ich bin immer noch wütend auf Jim, daß er Alicia und den Jungen gegenüber so unverantwortlich gehandelt hat.« Jeremy schluckte den Rest seines Sandwiches hinunter. »Seltsam, daß ich Jims bester Freund war, Sie Alicias beste Freundin, und wir uns noch nie begegnet sind. Warum waren Sie damals nicht auf ihrer Hochzeit?«

Sandra starrte wie gebannt in seine braunen Augen. »Ich ... ich war in Ägypten.«

»Was? Sie sind nach Ägypten gefahren, um nicht an der Hochzeit teilnehmen zu müssen?«

Sie lachte. »Nein. Meine Eltern sind Ägyptologen. Sie hatten mich überredet, sie auf einer dreimonatigen Reise zu begleiten. Alicia drohte, weinte, flehte, aber es half nichts. Ich hatte meinen Eltern versprochen mitzukommen, und es wäre zu teuer gewesen, zur Hochzeit zurückzukommen.«

Blickte er tatsächlich auf ihre Brust? Lieber Himmel, ja. Sandra hätte sich am liebsten in Luft aufgelöst.

»Ge... gefiel Ihnen Ägypten?« Jeremy räusperte sich. Seine Stimme klang plötzlich rauh.

»Ganz gut.« In Wirklichkeit hatte sie jede Minute dort verabscheut. Für ihre Eltern allerdings war es die Reise ihres Lebens gewesen. Ihr Vater, Professor für Ägyptologie und ihre Mutter, seine frühere Assistentin, hatten Sandra lange genug gebeten, sie doch einmal zu begleiten.

Wie Sandra befürchtet hatte, war sie auf der Reise von ihren Eltern als kostenloses Dienstmädchen benutzt worden. Sie mußte sich um alle Formalitäten kümmern, um das Gepäck, um die Kleidung ihrer Eltern, um ihre Verabredungen. Ihre Eltern hatten nie viel Zeit für ihre Tochter gehabt. Wenn sie nicht gerade in ihre Arbeit vertieft waren, kümmerten sie sich ausschließlich umeinander, und Sandra hatte oft das Gefühl gehabt, daß sie ihre Tochter vergessen hatten.

Jeremys Stimme riß sie aus ihren Gedanken: »Was haben Sie gemacht, bevor sie Hotelbesitzerin wurden?«

Sandra schrieb seine indiskrete Frage der Neugier des Schriftstellers zu. Ihre Lebensgeschichte würde ihn langweilen und in ihr selbst nur traurige Erinnerungen wachrufen, also antwortete sie höflich und möglichst allgemein. »Ich habe bei einer Firma in Burbank gearbeitet, die Bürobedarf herstellt und vertreibt.«

»Und all das haben Sie für dieses alte Haus in San Francisco aufgegeben?«

»Nun, es war schon ein außerordentliches Opfer.« Sie zog ein betrübtes Gesicht, aber nur für einen Moment, dann lachten sie beide.

»Wie sind Sie an dieses wunderschöne alte Haus gekommen?«

»Es war eigentlich ein nebensächlicher Posten im Testament meines Großvaters. Meine Eltern interessierten sich nicht dafür. Ich bin dann hierhergefahren, um es mir anzusehen, und wußte sofort, was ich damit anfangen wollte. Ich habe mich gleich in dieses Haus verliebt.«

Sandra war nach Los Angeles zurückgekehrt, hatte ihren Job gekündigt, ihre Eltern von ihren Absichten in Kenntnis gesetzt und war binnen einer Woche umgezogen. »Ich habe jeden Cent, den mein Großvater mir hinterlassen hatte, in die Renovierung des Hauses gesteckt. Es war in einem verheerenden Zustand.«

»Aber direkt bei der Union Street? Mein Gott, hatten Sie ein Glück!«

»Nach den Steuern zu urteilen, gehört mit tatsächlich ein erstklassiger wertvoller Grundbesitz. Und es kostet mich eigentlich keinen Cent.«

Jeremy besah sich die modernisierte Küche, die Sandra von Grund auf hatte erneuern müssen. »Sie haben bemerkenswerte Arbeit geleistet. Das Haus ist großartig.«

»Danke. Und wenn ich mich jetzt noch über Wasser halten kann, bis ich Gewinne erziele ...« Sie kreuzte abergläubisch die Finger. Jeremy lachte fröhlich.

»Ich habe gedacht, Sie wären wie Alicia. Das stimmt aber nicht.«

Das war Sandra schmerzlich klar. Alicia war schon eine Schönheit an der Universität gewesen, als sie und Sandra sich angefreundet hatten. Neben der dunkelhaarigen und langbeinigen Alicia hatte Sandra sich oft farblos und unscheinbar gefühlt.

Sandras Haar war lang, dicht und von einem auffallenden Blond. Die Farbe ihrer Augen war rauchblau, und Sandras Figur war genauso wohlgeformt wie Alicias, jedoch ohne ein Gramm überflüssiges Fett.

»Mit Sicherheit nicht«, ging Sandra auf Jeremys Bemerkung ein. Sie versuchte, seinen durchdringenden Blick als Merkmal seines Berufes zu deuten.

Schriftsteller mußten ihre Umwelt doch viel aufmerksamer beobachten, als andere es taten. »Alicia ist schön.«

»Sie auch.«

Sandra sprang von ihrem Stuhl auf und stieß dabei mit ihren Oberschenkeln schmerzhaft gegen die Tischkante. »Danke. Möchten Sie noch etwas?« fragte sie nervös und wünschte sich, daß ihre Hände endlich zu zittern aufhörten, als sie nach dem Geschirr griff.

»Nein danke. Es war köstlich. Sie haben mich vor dem Verhungern gerettet.«

Sandra trug das Geschirr zum Spülbecken und ließ Wasser darüberlaufen. »Ich bringe Sie jetzt zu Ihrem Zimmer.«

Sie ging hinter Jeremy her und spürte, wie ihr Puls plötzlich schneller klopfte, als sie seine geschmeidigen Bewegungen beobachtete.

Eng spannte sich die Jeans um seine Beine, und das Spiel seiner Muskeln weckte Vorstellungen in Sandra, die ihr die Röte in die Wangen trieben.

Guter Gott, sie wurde noch zu einer frustrierten alten Jungfer, die nur eine Sache im Kopf hatte.

»Ich hoffe, Sie werden mit Ihrem Zimmer zufrieden sein.«

Sandra öffnete die Tür zu ihrem Büro und nahm aus einem Schränkchen, in dem die Schlüssel mit ihren Anhängern nach Nummern geordnet an Haken hingen, einen Zimmerschlüssel und ließ ihn in seine Hand fallen, sorgsam darauf bedacht, Jeremy nicht zu berühren.

»Gibt es in meinem Zimmer einen Tisch, auf den ich meine Schreibmaschine stellen kann?«

»Ich habe einen für Sie hingestellt ... und einen zusätzlichen Stuhl.«

»Danke. Ich kann Ihnen gar nicht sagen, wie sehr ich mich auf ein ungestörtes Arbeiten freue.«

»Ich habe mich schon gefragt, warum Sie Ihr Buch nicht in Los Angeles beenden können. Alicia sagte, daß Sie beide dort leben werden. Ich nahm an, Sie hätten dort ein Haus.«

»Das habe ich auch, direkt am Strand. Ein reizendes Haus. Es gibt dort alles, was man zum Leben braucht.«

»Dann ...«

»Einschließlich eines Telefons. Und jeder hat meine Nummer. Alicias Mutter ruft an und fragt, ob ich weiß, in welcher Farbe sich meine Mutter zur Hochzeit kleiden will. Wenn ich ihr vorschlage, sie doch selbst anzurufen, sagt sie: ›Oh, ich möchte sie auf keinen Fall stören.‹ Dann ruft Alicias Vater an und bittet mich zum Lunch, damit ich einige seiner Bekannten kennenlernen kann. Ich erzähle ihm, daß ich zu arbeiten habe, und er meint: ›Aber irgendwann mußt du doch einmal essen.‹ Und dann ruft natürlich Alicia an und dann David und dann Adam und ...«

»Der kleine Adam?« Sandra mußte lachen. »Er ist doch erst drei.«

»Aber er kann schon meine Nummer wählen.« Jeremy schüttelte den Kopf. »Ich kann die Kinder doch nicht anschreien, nicht zurückweisen. Sie erkennen einfach nicht, wie sehr mich diese Unterbrechungen ablenken.«

»Und wenn Sie verheiratet sind und arbeiten müssen? Es

wird bestimmt nicht einfacher, und die Störungen werden immer bleiben.«

»Ja, aber dann kann ich sie anschreien.«

Ihr gemeinsames Lachen vertiefte das Gefühl der Vertrautheit zwischen ihnen.

»Nun, in diesen Zimmern hier gibt es kein Telefon«, sagte Sandra nach einer Weile atemlos. »Es kommt zum erstenmal vor, daß diese Tatsache als Vorteil ausgelegt wird.«

»Es klingt von Minute zu Minute verlockender.«

»Alicia meinte, Sie würden die meiste Zeit arbeiten.« Sandra hoffte, daß ihm der gehetzte Klang ihrer Stimme entgangen war. »Soviel ich weiß, fehlt Ihnen nur noch das letzte Kapitel.«

Mittlerweile waren sie am Fuß der Treppe angelangt, aber Jeremy machte keinerlei Anstalten, seinen Koffer und seine Schreibmaschine zu ergreifen. »Ja, aber es macht mich fertig.«

»Wissen Sie nicht, wie das Buch enden wird?« Sandras rechte Hand ruhte auf dem Eichengeländer, das im Laufe der Jahre einen warmen Schimmer angenommen hatte. Die linke Hand spielte verlegen mit dem Gürtel ihres Morgenmantels.

»Doch, aber mir fehlt noch die Passage, wo der strahlende Held den elenden Bösewicht besiegt, und die entscheidende Liebesszene zwischen den beiden Hauptfiguren.«

»Das sollte Ihnen nicht schwerfallen, wenn Sie sich in Ruhe konzentrieren können. Spannende Szenen sind doch Ihre Stärke, und bei einem Titel wie ›*Die schlafende Herrin*‹ dürfte die Liebesszene kein unlösbares Problem sein.«

Sein Grinsen wurde breiter. »Aber *Die schlafende Herrin* ist gar keine Frau.«

»Was? Etwa ein Mann?« fragte Sandra überrascht.

Jeremy lachte schallend auf. »Nicht bei einem Helden in einem Buch von Jeremy Madison«, meinte er und versuchte beleidigt auszusehen. »Nun, der Begriff ›Herrin‹ bezieht sich auf das Pflichtgefühl des Helden. Das ist seine Antriebsfeder, seine Leidenschaft. Es verliert plötzlich an Bedeutung, als er der Heldin begegnet und dadurch sein Pflichtgefühl vernachlässigt. Erst zum Schluß meldet sich dieses Gefühl wieder.«

Sandra bemerkte erst, daß sie zwischen der Wand und Jeremy gefangen war, als sie zu ihm aufsah und dabei mit dem Hinterkopf gegen die Wand stieß. »Also muß er die Frau aufgeben?«

Er zuckte die Schultern. Sein Blick ließ sie nicht los. Jeremy war ihr so nahe, daß sie seinen Atem auf ihrer Haut spürte, warm und angenehm. »Ich meine, diese Entscheidung muß ich dem Helden überlassen. Und dann ist noch die Heldin zu bedenken. Würde eine Frau einen Mann lieben, wenn sie wüßte, daß alles dagegen spricht und daß nichts dabei herauskommen kann?«

Gerade noch rechtzeitig hielt sich Sandra zurück, die Hand auszustrecken und Jeremys Wange zu berühren. »Vielleicht wird sie ihn nicht freiwillig lieben, vielleicht wird er sie dazu zwingen.«

Er schüttelte den Kopf, ohne ihren Blick loszulassen. »Nein. Bedenken Sie, er ist der Held. Helden brauchen nicht auf Vergewaltigungen zurückzugreifen. Übrigens weiß er, daß sie genauso zwiespältig empfindet wie er.«

»So?«

»Ich bin mir beinahe sicher.«

»Also wird die Geschichte ein trauriges Ende nehmen?«

»Bestenfalls ein bittersüßes.«

»Ich glaube nicht, daß ich die Geschichte lesen möchte.«

»Möglicherweise müssen Sie mir helfen, sie zu schreiben.«

Jeremy war auf sie zugetreten, und Sandra hielt den Atem an. Ohne daß es ihr bewußt wurde, schloß sie erwartungsvoll die Augen und öffnete leicht die Lippen.

Plötzlich durchzuckte sie der schmerzliche Gedanke an ihre beste Freundin Alicia.

Sandra machte schnell die Augen wieder auf und bemühte sich verzweifelt, Jeremy nicht zu berühren, als sie sich an ihm vorbeidrängte, um die erste Treppenstufe zu erreichen.

»Ich bringe Sie jetzt nach oben«, stammelte sie verwirrt.

»Sandra.«

Selbst wenn sich seine kräftigen Finger nicht um ihr Handgelenk geschlossen hätten, hätte die Art, wie er ihren Namen aussprach, sie zurückgehalten. Aus Jeremys Mund klang ihr Name wie reine Poesie. Sandra blickte auf seine Finger, dann in sein Gesicht. »Ich bin durchaus in der Lage, mein Zimmer selbst zu finden«, sagte er nach einem langen, beunruhigenden Moment. »Bemühen Sie sich nicht.«

»Dann sehe ich Sie beim Frühstück.« Konnte er ihren rasenden Puls unter der Kuppe seines Daumens spüren? »Ich serviere zwischen halb acht und halb zehn.«

»Im Bett?«

Ihr Mund wurde trocken. Wie würde es sein, wenn diese schmalen, sensiblen Finger, unter deren Griff ihre Haut brannte, ihre Brüste berührten und nicht nur ihre Hand. »Was meinten Sie?«

»Servieren Sie Frühstück im Bett?«

»Wenn ... wenn ein Gast es vorzieht, kann ich ihm ... ihr ... ein Tablett aufs Zimmer bringen.«

»Das wäre mir recht.«

2

Jeremy stand an dem Erkerfenster in seinem Zimmer und beobachtete, wie der Morgen über dem traumhaft schönen San Francisco heraufzog. Von hier aus konnte er den Abschnitt der Union Street sehen, wo sich elegante Boutiquen, exklusive Galerien und teure Restaurants aneinanderreihten. Heute schien die Sonne nicht. Nur ein hellgrauer Lichtstreifen fiel auf die Landschaft. Das Wetter paßte gar nicht zu seiner Stimmung.

In seinem ganzen Leben hatte Jeremy sich nicht besser gefühlt.

Trotzdem verursachte ihm das überschäumende Glücksgefühl in seiner Brust ein höllisch schlechtes Gewissen.

Er blickte über seine nackte Schulter auf das Bett, auf dessen pastellfarbenen Laken er noch den Abdruck seines Körpers erkennen konnte. Jeremy hatte wie ein Stein geschlafen, ganz wie ein Mann, dessen Gewissen rein und unbelastet ist. Nicht, daß er nicht furchtbar lange gebraucht hätte, um einzuschlafen.

Aber sobald er sich damit abgefunden hatte, daß er den Gedanken an Sandra nicht verdrängen konnte, daß er überhaupt nichts daran ändern konnte, hatten sich seine Augen geschlossen, und er war selig lächelnd eingeschlafen. Noch beim Aufwachen hatte er das glückliche Lächeln auf seinem Gesicht gespürt und sich sofort dafür geschämt. Von Alicia hatte er nicht geträumt.

Arbeit. Das brauchte er jetzt. Harte, aufreibende, gefühlsabtötende Arbeit. Widerstrebend verließ Jeremy das Fenster und ging zu dem kleinen, quadratischen Tisch in der Mitte des Zimmers, um die Schreibmaschine darauf zu stellen. Er nahm die Hülle ab, legte einen Stapel frischen Papiers neben die Maschine, auf die andere Seite den Korb mit den etwa vierhundert Manuskriptseiten, rückte seine Brille zurecht und setzte sich auf seinen Stuhl. Dann starrte Jeremy ins Leere.

O Gott! War er je in seinen vierunddreißig Jahren von dem Anblick einer Frau so hingerissen gewesen wie letzte Nacht? Nein. Dessen war er sich sicher. Sonst würde er sich daran erinnern.

Sandra hatte so verdammt niedlich ausgesehen, als sie da in der Tür stand mit ihrem zerwühlten Haar und ihren nackten Füßen. Der Morgenmantel war grauenvoll, blaßgrau und zu groß, etwas, das eine gefühlskalte Großmutter tragen würde. Darunter hatte er den Saum eines Spitzennachthemdes erkannt.

Diese Aufmachung hatte ihn kaum auf lustvolle Hintergedanken bringen können; trotzdem hatte ihn eine Erregung gepackt, die er sich in diesem Moment nicht hätte erklären können.

Sandra hatte nicht mehr »niedlich« gewirkt, nachdem er ihr in die Küche gefolgt war. Als sie sich bückte, um eine Serviette aus einer Schublade zu holen, hatte er auf ihrem vollkommen geformten Po keine Konturen eines Höschens erkennen können. Eine faszinierende Vorstellung.

Jeremy hatte aufgehört, sie als niedlich zu betrachten, und versucht, sich den schlanken, weiblichen Körper unter diesem gräßlichen blauen Fummel vorzustellen.

Sein Mund war trocken geworden, und nur mühsam hatte er das Sandwich hinuntergewürgt. Besonders, als er die beiden Spitzen bemerkte, die sich vorwitzig durch den Stoff ihres Morgenmantels abzeichneten.

Beinahe wäre er an seinem Bissen erstickt. Er hatte sich keine Illusionen darüber gemacht, weswegen Sandras Warzen hart waren. Es hatte natürlich nicht an seiner umwerfenden Wirkung auf Frauen gelegen. In der Küche war es einfach kalt gewesen, nichts weiter. Aber das hatte an dem Resultat nichts geändert, und die einfache Erklärung dafür hatte es ihm auch nicht leichter gemacht, seinen Blick geschweige denn seine Hände von Sandras aufregenden Brüsten zu lassen.

So anziehend ihr Körper auch war, es waren ihre Augen, die ihn am meisten bezaubert hatten. Sie waren schön, von einem zarten Blau, mit Grau überlagert. Jeremy war sicher, daß ihr nicht klar war, was sie alles über sie enthüllten. Traurigkeit versteckte sich in diesen Augen. Schmerz. Vorsicht. Sie war wie ein kleines Tier, das einmal zu oft geschlagen worden war und nun Angst hatte, sich wieder herauszuwagen.

Diese ängstliche Vorsicht war aufgeflackert, sobald er die Treppe hinaufgekommen war. Wahrscheinlich hatte ihn einzig und allein dieser angstvolle Ausdruck davon zurückgehalten, sie zu küssen. Nur küssen, zum Teufel? Dieser Ausdruck in den Augen hatte ihn davon zurückgehalten, alles zu tun, was sie ihm erlaubt hätte.

Denn zu diesem Zeitpunkt hatte er beinahe schon vergessen, wer Alicia war. Heiße, zügellose Begierde hatte ihn erfüllt, ihn verbrannt, bis er glaubte, verrückt zu werden, wenn er Sandra nicht berührte. Sein Herz hatte in seinen Ohren gehämmert und jedes einzelne warnende Wort erstickt, das ihm sein Gewissen zurief. Gewissen, Pflicht, Verantwortung, Moral.

Zum Teufel mit all dem! In diesem Moment war sein ganzes Ich von wildem Verlangen beherrscht gewesen, und nur die Angst in Sandras Augen hatte ihn daran gehindert, sie an sich zu reißen, zu küssen, den ganzen herrlichen Körper zu erforschen.

Jeremy erhob sich aus seinem Stuhl und umrundete den Tisch wie eine eingesperrte Raubkatze. Er konnte nicht ruhig sitzenbleiben, denn sogar die Erinnerung daran, wie sehr er sie hatte berühren wollen, machte ihn rastlos und nervös.

Du lüsterner Kerl! dachte er ärgerlich. Denn wenn er auch sonst nichts von ihr wußte, war ihm klar, daß Sandra Fairchild eine anständige Frau war, die wahrscheinlich entsetzt wäre, wenn sie wüßte, was ihm durch den Kopf ging. Du bist mit ihrer besten Freundin verlobt, um Himmels willen, ermahnte Jeremy sich angewidert.

Wie würde es wohl sein, wenn er einen ganzen Monat unter Sandras Dach verbrachte. Er wollte nicht daran denken.

Sein Manuskript schien ihn zu rufen. Jeremy seufzte. Na ja, immerhin war das der Grund, weshalb er hierhergekommen war. Um zu arbeiten! Um diesen verdammten Roman zu Ende zu schreiben.

Er verschränkte die Hände hinter dem Kopf und streckte sich. Dann setzte er sich wieder an den Tisch, spannte ein Blatt ein, starrte auf das unbeschriebene Blatt Papier und ließ seine Finger auf den Tasten der Schreibmaschine ruhen. Was hätte sein Romanheld getan, wenn er mitten in der Nacht einer schönen, leichtbekleideten Frau wie Sandra begegnet wäre?

»Dumme Frage«, sagte Jeremy laut. »Das ist Dichtung. In deiner Vorstellung kann alles passieren.«

Er ließ seinen Gedanken freien Lauf. Wäre er Gregory, der Held, gewesen und nicht Jeremy Madison, ein wohlerzogener Mensch, der gewöhnlich seinem Gewissen folgte, wäre er der lieblichen Mrs. Fairchild in die Küche gefolgt. Sobald er gesehen hätte, wie sich ihre Brustwarzen abzeichneten, hätte er über den Tisch gelangt, um eine von ihnen mit langsamen, kreisenden Bewegungen zu massieren, bis sie so hart und rund wie eine Perle gewesen wäre.

Was für eine aufregende Vorstellung. Doch leider nur reinste Phantasie. Wie gut, daß Gedanken frei waren!

Gregory hätte den Tisch mit einer Bewegung leergefegt, die Frau ergriffen und sie kurzentschlossen auf den Tisch ...

Nein, nein, nein. Da fehlte die Feinheit, die Klasse.

Der Fußboden? Eindeutig viel zu kalt. Wieder keine Klasse bei so einer Frau.

Warte. Ich hab's! Er hätte sie langsam auf die Füße gezogen. Sie hätte sich schüchtern gewehrt und sich eine Weile geziert. Doch sobald sich ihre Lippen getroffen hätten, wäre sie dahingeschmolzen. Seine Arme hätten sich fest um sie geschlossen. Während seine Zunge in ihren Mund eingedrungen wäre, hätte er sie auf die Tischplatte gehoben. Sie hätte einen schwachen Protest gemurmelt, als er ihren Morgenmantel öffnete, aber sich dann nicht länger gewehrt. Langsam hätten seine Hände den Mantel über ihre Schultern gestreift, und er hätte ... das Spitzennachthemd gesehen, das genauso häßlich war wie der Morgenmantel.

»Verdammt«, stieß Jeremy hervor und verwünschte sich. Er rieb sich die Augen, entschlossen, sich auf Gregory und dessen Probleme zu konzentrieren, aber sein eigenes Problem bewirkte so lebhafte körperliche Veränderungen an ihm, daß es sich nicht verleugnen ließ.

Es ist doch nur Phantasie, du Narr. Nimm doch an, es gäbe kein Nachthemd. Nimm an, sie wäre ...

Dann hätten seine Hände langsam den Mantel beiseite geschoben und er hätte ... ihre nackten Brüste gesehen, die sich ihm verlangend entgegenstreckten – mit rosigen Warzen, die auf die leiseste Berührung ansprachen. Er hätte sie berührt. Gestreichelt. Gereizt.

Dann hätte er den Kopf gesenkt und eine Warze in den Mund genommen, um sanft daran zu saugen. Inzwischen wäre sie außer sich vor Erregung gewesen, hätte leise und rauh gestöhnt und ihre Beine um ihn geschlungen. Und als er mit der Zungenspitze ihren Warzenhof umkreiste, hätte sie sich an ihn geschmiegt und ...

»Mr. Madison?«

»Was?!« rief Jeremy erschrocken und schoß von seinem Stuhl hoch, der im nächsten Moment mit einem lauten

Krach zu Boden fiel, während Papierblätter durch die Luft flatterten.

Sandra stand mitten in der Tür, in einer Hand ein großes Silbertablett, das mit einer Serviette bedeckt war, die andere Hand noch immer auf dem Türknauf, als hätte Jeremys überraschter Ausruf sie dort festgenagelt.

Er versuchte, seine Fassung zurückzugewinnen, versuchte, wieder zu Atem zu kommen und so zu tun, als hätte er die ganze Zeit gearbeitet. Er versuchte sich auch vorzumachen, daß er nie in der Lage wäre, eine Frau wie Sandra Fairchild zum Gegenstand seiner erotischen Phantasien zu machen. Doch keine seiner Bemühungen war erfolgreich.

»Ich ... ich habe geklopft«, sagte Sandra zaghaft und verlegen.

»Es tut mir leid, Sandra. Ich war ... eh ... ganz in Gedanken. Ach, lassen Sie mich das machen.« Jeremy eilte zur Tür und sah mit Bedauern, daß Sandra vorsichtig zurückwich. Er versuchte, die Situation aufzulockern. »Ich glaube, mein Gebrüll hat Sie zu Tode erschreckt. Ich entschuldige mich noch einmal.«

»Als Sie nicht auf mein Klopfen geantwortet haben, begann ich, mir Sorgen zu machen und wollte Sie ...«

Jeremy nahm ihr das Tablett ab, rührte sich aber nicht von der Stelle. Wie zu Salzsäulen erstarrt standen sie in der Tür und starrten einander an. Die Vorsicht wollte nicht aus Sandras Blick weichen, und Jeremys anfänglich sonnige Laune verfinsterte sich wie das Wetter draußen.

Er konnte phantasieren, soviel er wollte, aber die Wirklichkeit würde sich nicht ändern. Er war an eine Frau und zwei kleine Jungen gebunden, die ihn brauchten. Er hatte nie leidenschaftliche Phantasien über Alicia gehabt, es war eine andere Art von Liebe, die sie füreinander empfanden. Vielleicht waren die nicht so leidenschaftlichen Gefühle die sichersten. Jedenfalls stürzte man dabei nicht innerhalb weniger Sekunden von den Höhen des Glücks in die Tiefen der Verzweiflung.

Liebe? Was, zum Teufel, hieß das überhaupt? Er hatte wohl zu viele seiner eigenen Bücher gelesen. Liebe entstand nicht so schnell. Manchmal brauchte sie Jahre, um sich zwischen zwei Menschen zu entwickeln. Aber als er die Verwirrung in Sandras Augen sah, erkannte er, daß auch sie von ihren Empfindungen überwältigt war. Der Himmel wußte, was sie dagegen tun sollten.

»Sie sollten Ihr Frühstück lieber essen, solange es noch heiß ist.« Sandra zeigte auf das Tablett. Warum war sie nicht wieder hinuntergegangen, als er ihr Klopfen nicht beantwortet hatte, um es später noch einmal zu versuchen?

Wahrscheinlich hätte er sich dann inzwischen ein Hemd angezogen. Jetzt trug er nichts als seine Jeans. Der Anblick seiner muskulösen Brust war nicht dazu geeignet, ihr die Ruhe wiederzugeben, die sie verloren hatte, seit Jeremy zum ersten Mal vor ihr gestanden hatte.

Er wandte sich ab, und Sandra atmete erleichtert auf.

»Setzen Sie sich zu mir?«

»Nein«, sagte sie zu laut und zu schnell. Gott sei Dank zog Jeremy sich jetzt ein Hemd an. Sein Rücken war breit, und die Muskeln spielten unter der sonnengebräunten Haut.

Sandra versuchte, ihr hartes »Nein« abzuschwächen. »Nein danke. Die anderen Gäste sitzen im Speisezimmer. Ich muß in der Nähe sein, wenn sie irgend etwas brauchen.«

»Und ich habe keinen Anspruch auf die gleiche Aufmerksamkeit?«

Jeremy zog sie auf, provozierte sie mit Absicht, und sie war zu nervös, um auf die gleiche spielerische Art darauf einzugehen. »Ja«, antwortete Sandra mit einer Spur von Schärfe. »Es liegt wohl auf der Hand, daß ich nicht an zwei Orten gleichzeitig sein kann, und da unten sechs Gäste sitzen und Sie allein sind, entscheidet die Mehrheit. Vielleicht sollten Sie es sich das nächste Mal überlegen, ob Sie nicht auch mit den anderen unten frühstücken wollen. Außerdem glaube ich nicht, daß es meinen Gästen gefallen würde, wenn ihre Wirtin sich im Zimmer eines männlichen Gastes aufhält. Ich hole das Tablett später wieder ab.«

Sandra war überzeugt, die Tür nicht hinter sich zugeschlagen zu haben, aber das Klappern der Fenster bewies das Gegenteil. »Das ist alles Alicias Schuld«, murmelte sie. Bei jeder Treppenstufe schwor sich Sandra, daß sie ihre Freundin mit Vorwürfen überhäufen würde, wenn sie sie das nächste Mal sah.

Was war los mit Alicia? War sie verrückt? Einen Mann, der so aussah wie Jeremy, zu einer Frau, irgendeiner Frau zu schicken, war Schwachsinn. Wußte sie nicht, daß er Frauen wie ein Magnet anzog?

Gleichgültig, was für eine treue Freundin Sandra war, ihre Gefühle waren nicht tot. Und nur Frauen ohne Gefühle, kalt wie Stein, konnten gegen Jeremy Madisons Charme immun sein.

Am Eingang zum Speisezimmer hielt Sandra an, faßte sich und setzte ein freundliches Lächeln auf, bevor sie eintrat: »Möchte noch jemand Orangentörtchen?«

»Ja«, antworteten ihre Gäste im Chor.

Als sie mit einem gefüllten Korb aus der Küche zurückkehrte, versprach sie einem jungen Paar, das am Morgen abreisen wollte, ein paar Törtchen einzupacken. »Sie können sie während der Fahrt essen.«

»Wie reizend von Ihnen, Mrs. Fairchild. Vielen Dank. Ernest und ich haben unseren Aufenthalt bei Ihnen so genossen.«

Sandra lächelte. »Dann hoffe ich, daß Sie Fairchild House allen Ihren Freunden weiterempfehlen werden.«

»Aber selbstverständlich«, meinte Ernest zwischen zwei Bissen.

Die beiden pensionierten Lehrerinnen blieben noch bis zum Wochenende. Der Bankier und seine Frau wollten am übernächsten Tag abreisen. Sandra rechnete im Geist ihre Einnahmen zusammen und hoffte, daß sie ausreichten, um ihre nächsten Rechnungen zu bezahlen. Als sie Kaffee nachgeschenkt hatte, ging sie zurück in die Küche, um jetzt selbst zu frühstücken.

In den neun Monaten seit der Eröffnung ihrer Pension hatte Sandra nur durch Mundpropaganda überlebt. Immer wenn sie gemeint hatte, schließen zu müssen, hatte irgend jemand auf die Empfehlung eines früheren Gastes hin angerufen. Es gab einige bekannte kleine, gemütliche Hotels in San Francisco, aber Fairchild House war das neueste. Im nächsten Frühjahr hoffte Sandra, mit Anzeigen in Reisemagazinen werben zu können, doch in der Zwischenzeit lebte sie von der Hand in den Mund. Aber immerhin lebte sie.

Damals, als sie ihren langweiligen Job aufgegeben hatte und nach San Francisco gezogen war, war das Überleben für sie die Hauptsache gewesen. Ihre Verlobung mit Jason Hubbard war zu einem plötzlichen, unwiderruflichen Ende gekommen. Ihre Eltern hatten Sandra mit teilnahmsvollen Worten bedauert und sich dann wieder ihren verstaubten Büchern zugewandt.

Sie hing mit einer resignierten Zuneigung an ihren Eltern, und ihre Eltern würden jederzeit versichern, ihre Tochter zu lieben. Aber in ihrer Nähe fühlte Sandra sich immer wie das fünfte Rad am Wagen, besonders, da sie die Leidenschaft für Altertumsforschung, von der ihr Vater und ihre Mutter besessen waren, nicht teilte. Die Zuneigung ihrer Eltern war aufrichtig, wenn sie sich ab und zu einmal daran erinnerten, daß ihre Tochter existierte.

Kurz gesagt, kümmerte es sie nicht wirklich, was Sandra mit ihrem Leben anfing. Weder ihre Eltern noch Jason, den fröhlichen gutaussehenden Jason, in den sie sich verliebt hatte, und der ihr dann eines Nachts unbekümmert mitteilte, daß sie ihm zu temperamentlos wäre und er sich eine lebhaftere, aufregendere Frau wünschte.

Danach hatte Sandra gewußt, daß sie verkümmern würde, wenn sie ihr altes Leben wieder aufnahm, wenn sie nicht ganz neu anfangen würde.

Es war nicht leicht gewesen, aber mit dem Geld, das ihr Großvater ihr hinterlassen hatte, ihrem Wirtschaftsdiplom, ihrer Kochkunst und viel gutem Willen hatte sie es sich zur Aufgabe gemacht, etwas aus Fairchild House zu machen. Sie hatte massenweise Bücher über Antiquitäten verschlungen. Und wenn sie nicht gerade den Pinsel schwang oder Wände tapezierte, deckte sie sich bei Haushaltsauflösungen mit hübschen und nützlichen Dingen ein. Nach und nach hatte Sandra auf diese Art alle Räume des Hauses möbliert.

Ihre Leistung erfüllte sie mit heimlichem Stolz. Andere Frauen widmeten ihr Leben einem Mann und Kindern. Sie konnten es sich leisten, romantisch, unpraktisch und manchmal auch unselbständig zu sein. Weil sie sich darauf verließen, daß ihr Mann die Probleme schon lösen würde.

Sandra mußte nüchtern und sparsam sein und allein zurechtkommen. Seit dem Tag, an dem sie erkannt hatte, daß ihre Eltern sich nicht für sie verantwortlich fühlten, hatte Sandra gelernt, für sich selbst geradezustehen. Es war sinnlos, darauf zu hoffen, wenigstens einmal, bevor sie zu einer alten Frau wurde, Zuwendung zu finden.

Warum sollte sie von etwas träumen, das doch nicht eintreten würde? War es nicht Energieverschwendung, darüber nachzugrübeln, warum sie kein Glück in der Liebe hatte?

Heute morgen schien sich ihr vernachlässigtes Gefühlsleben besonders bemerkbar gemacht zu haben. Lag es vielleicht am Wetter? Oder an diesem verwirrenden Mann oben?

Nicht auszudenken. Er gehörte zu ihrer besten Freundin,

und selbst wenn das nicht der Fall gewesen wäre, hätte sich ein Mann wie Jeremy – attraktiv, selbstsicher, berühmt – nie zu einer – laut Jason – »temperamentlosen« Frau wie ihr hingezogen gefühlt.

Trotzdem brauchte Sandra lange, bis sie den nötigen Mut fand, das Frühstückstablett wieder abzuholen.

Sie klopfte leise an die Tür, halb in der Hoffnung, Jeremy würde nicht antworten oder ihr nur zurufen, daß er beschäftigt sei und daß sie später wiederkommen solle. Doch sein »Herein« ertönte laut und deutlich.

»Ich störe Sie ungern bei der Arbeit«, sagte Sandra beim Eintreten. »Ich weiß, daß Sie nicht gern abgelenkt werden.«

Jeremy arbeitete nicht, sondern stand am Fenster, die Hände in den Taschen seiner Jeans vergraben. Er hatte sich fertig angezogen. Sein Hemd war zugeknöpft – zumindest waren fast alle Knöpfe geschlossen, und er trug dieselben Turnschuhe wie letzte Nacht. Das Zimmer duftete nach einer herben Seife und einem frischen Toilettenwasser.

»Ich arbeite nicht«, sagte Jeremy und wies mit dem Kopf auf die verstreuten Blätter, zu denen sich noch einige zerknüllte Seiten gesellt hatten. Seine Brille lag neben der leeren Schreibmaschine. »Sind Sie immer noch in gefährlicher Stimmung?« Ein Lächeln flog über sein Gesicht.

Er spielte auf ihre heftige Reaktion von vorhin an, und Sandra errötete tief. »Es tut mir leid, wenn ich gereizt geklungen habe, aber wirklich, Mr. Madison, ich kann nicht ...«

»Sandra, lassen Sie bitte den Quatsch mit Mr. Madison. Ich heiße Jeremy, ja?«

Sandra spürte die ersten Anzeichen von Unruhe. »In Ordnung, Jeremy. Wenn Sie mir erlauben, das Tablett zu nehmen, das Ihnen sicherlich im Wege ist, werde ich Sie allein lassen, damit Sie wieder arbeiten können.«

Ohne Jeremy anzublicken, trat sie zu dem Tisch, setzte

die leeren Teller ineinander und wollte gerade das Tablett aufheben, als sie plötzlich eine warme Hand auf ihrem Arm spürte.

»Es tut mir leid«, raunte eine leise, vibrierende Stimme dicht an ihrem Ohr.

Sandra konnte keinen klaren Gedanken mehr fassen. Das Zimmer schien sich um sie zu drehen. »Ich erwarte keine Sonderbehandlung. Das Frühstück war vorzüglich.«

Jeremy hatte sie wieder losgelassen, aber Sandra konnte sich immer noch nicht rühren. »Danke«, keuchte sie.

»Das Zimmer ist reizend.«

»Danke.«

»Ich habe so gut wie schon lange nicht mehr geschlafen.«

»Das freut mich.«

Diese knappen Antworten sind großartig. Nur weiter so, und er wird bald genug haben.

Es war, als hätten ihr Gehirn und ihr Mund den Kontakt zueinander verloren. Sandra war außerstande, eine zusammenhängende Antwort zu geben. Unmöglich, wenn Jeremy nur um Haaresbreite von ihr entfernt stand.

»Verzeihen Sie mir meine schlechte Laune. Ich möchte wirklich, daß Sie mich Jeremy nennen. Aber ich werde zum Wolf, wenn ich zu schreiben versuche, und es tut sich nichts. Die Worte wollen einfach nicht kommen.«

Sandra drehte sich um und sah in Jeremys braune Augen. »Warum nicht? Sind Sie an einer schwierigen Stelle?«

Um sich nicht selbst in Versuchung zu bringen, trat er einen Schritt zurück. Mehr konnte er nicht tun, um sich daran zu hindern, sie zu berühren, sie in seine Arme zu nehmen. »Ja, ich stecke fest. Warum haben Sie Ihr Haar aufgesteckt?«

Die beiden Sätze hatten so wenig miteinander zu tun, daß Sandra einen Moment brauchte, um sie zu begreifen. Dann hob sie schnell die Hand zu dem Knoten in ihrem Nacken. »Ist irgend etwas damit nicht in Ordnung?« fragte sie hastig. Waren vielleicht Haarnadeln zu sehen? Oder hatte sich eine Strähne gelöst?

»Nein, nein. Es ist nur ... nun, ich fand es letzte Nacht besser. Irgendwie weich und ... wild ... und sexy.«

Sandra schluckte schwer und löste ihren Blick von seinen faszinierenden Augen. »Nun ja, wild und sexy ist nicht gerade das, was sich die Gäste unter der Inhaberin eines Hotels vorstellen. Geschweige denn, was sie sich wünschen!«

»Ich glaube, Sie lassen die männlichen Gäste außer acht.« In seinen Augen tanzten spöttische Lichter.

Sandra straffte sich und drehte sich wieder zum Tisch um. »Ich muß arbeiten ...«

»Warten Sie!« unterbrach Jeremy sie, und sie fuhr überrascht herum. »Vielleicht können Sie mir kurz helfen.«

»Wobei?«

»Bei meinem Buch.«

»Ich habe keine Ahnung vom Schreiben.«

»Nicht schreiben. Ich muß etwas an einem weiblichen Körper ausprobieren.«

Bestimmt wäre es jetzt richtig, betroffen auszusehen, das Tablett zu ergreifen und schnell zu verschwinden. Statt dessen lachte Sandra. »Ich bin sicher, daß Sie es nicht so meinen, wie es sich anhört.« Sie wurde ein wenig rot. »Ich meine, Sie wissen bestimmt genug über weibliche Körper ...«

Jeremy sah zerknirscht aus und lachte auch. »Vielleicht sollte ich es anders ausdrücken. Gregory versucht, auf handgreifliche Art Informationen von der Heldin zu erhalten, verstehen Sie? Freiwillig rückt sie diese Informationen nicht heraus.«

»Wer ist Gregory?«

»Der Held. Und ...«

»Und wie heißt sie?«

»Lisa. Es kommt also zu einem Handgemenge, und sie wehrt sich. Gregory liebt diese Frau und will ihr nicht weh tun. Ich möchte nun ausprobieren, wie weit er gehen kann, ohne Lisa weh zu tun. Verstehen Sie?«

»Hängt das nicht von Lisa ab? Ich meine, wenn sie durchtrainiert ist, wird man ihr nicht so schnell weh tun können.«

»Nein. Lisa ist weich und feminin. Schlank. Wie Sie.«

»Was ...« Sandra räusperte sich. »Was soll ich tun?«

Jeremy nahm ihre Hand und zog sie vom Tisch fort. »Wir brauchen mehr Platz. Ich möchte nicht Ihr antikes Porzellan umwerfen.« Er ließ ihre Hand los und lockerte seine Muskeln wie ein Boxer vor der ersten Runde. »So. Ich habe Sie eben ein Flittchen genannt – tatsächlich habe ich ein etwas stärkeres Wort als Flittchen gebraucht – jedenfalls ein Mädchen, das sich jedem verkauft, Hauptsache, der Preis stimmt.«

»Und Sie sollen mich lieben?« Sandra schüttelte über ihre eigenen Worte erstaunt den Kopf. »Ich meine, und Gregory gibt vor, diese Frau zu lieben? Das verstehe ich nicht.«

»Er liebt sie auch, ist aber stinksauer, weil sie etwas weiß, das ihm bei der Ergreifung von Verbrechern helfen könnte. Aber sie will einen Onkel schützen, bei dem sie aufgewachsen ist und der zu der üblen Bande gehört.«

Jeremy holte aufgeregt Luft. »Also, ich habe Sie mit diesem schlimmen Wort bezeichnet, und da Sie schon mehrmals mit mir geschlafen haben, sind Sie außer sich.«

Sandra fühlte sich beklommen, weil er die Geschichte in der ersten Person erzählte, nickte aber verstehend.

»Kommen Sie näher heran. Sie sind so fertig, daß Sie mich schlagen wollen.«

Sie blickte zu Boden, um ihn abzulenken, und ging dann mit erhobener Hand auf ihn zu. Im nächsten Augenblick spürte Sandra, daß sie herumgewirbelt wurde und mit dem Rücken gegen Jeremys Brust prallte. Die Hand, mit der sie den Schlag hatte vortäuschen wollen, hielt er gegen ihren Bauch gepreßt, während ihre andere Hand zwischen ihren Körpern eingeklemmt war.

Er drückte sie so heftig an sich, daß sich ihr Haarknoten mit einem Mal löste.

»Jeremy«, stammelte Sandra überrumpelt und versuchte sich zu befreien. »Nicht so fest. Lassen Sie mich los.«

»Tue ich Ihnen weh?«

Sie schluckte. »Sie sind unfair. Sie hätten mir sagen müssen, was Sie vorhaben.«

»Tut mir leid, aber genauso hätte Lisa empfunden. Ich brauchte eine wirklichkeitsgetreue körperliche Reaktion von Ihnen. Tue ich Ihnen weh?« wiederholte er.

»Nein«, antwortete Sandra wahrheitsgemäß. Er tat ihr nicht weh, aber sie sah auch keine Möglichkeit zu entkommen. Arme Lisa. Wenn dein Romanheld Gregory Jeremy ähnlich war, mußte seine aufregende Nähe sie völlig kopflos machen.

»Was empfinden Sie?«

Sie hätte ihm erzählen können, daß sie schwach wurde, wenn er nicht aufhörte, sich so eng an sie zu pressen.

Sandra konnte ihn überdeutlich spüren. »Angst«, antwortete sie ausweichend. Die Gefühle, die er in ihr aufgewühlt hatte, waren erschreckend.

»Auch wenn Sie wissen, daß ich Sie liebe und Ihnen nicht wirklich weh tun möchte?«

»Ja«, hauchte sie und schloß die Augen. »Gehen Leidenschaft und Gewalttätigkeit nicht manchmal Hand in Hand?«

O Gott, wofür wollte er sie strafen? Sein heißer Atem an ihrem Hals verursachte erstaunliche Reaktionen in ihrem Körper. Ihre Knie wurden weich. So ausgehungert nach Zärtlichkeit, wie sie war, fühlte sie sich wie eine Verhungernde, die gefesselt neben den verlockendsten Köstlichkeiten saß, ohne auch nur einen Bissen zu bekommen.

Sandras Ketten bestanden in ihrem Gewissen und ihrer Treue der besten Freundin gegenüber. Wenn die Ketten auch schwer zu zerreißen waren, an ihrem Verlangen änderten sie nichts. Sie wußte nicht, wie lange sie diesem Mann widerstehen konnte.

»Wenn Sie Lisa wären, was würden Sie tun?« fragte er.

Wenn sie Lisa wäre, würde sie ihm wahrscheinlich alles erzählen, was er hören wollte, und ihn dann anflehen, Liebe mit ihr zu machen. Sie würde die Knöpfe seines Hemdes öffnen, über diese muskulöse, behaarte Brust streicheln, mit der Zunge über ... Sie riß sich gewaltsam aus ihren Gedanken, Aber Jeremy erwartete etwas anderes von ihr, also versuchte sie, sich auf eine Antwort zu konzentrieren. »Ich weiß nicht. Ich würde wahrscheinlich kämpfen, und sei es nur meines verletzten Stolzes wegen.«

»Dann kämpfen Sie.«

Zuerst waren ihre Bewegungen zaghaft, dann wurden sie heftiger. Doch Sandra konnte Jeremy nicht abschütteln, er war zu kräftig, und ihre Bemühungen ergaben nur, daß sich ihre Körper in einer verwirrenden, atemberaubenden Weise aneinanderrieben. Ein Knopf an ihrer Bluse sprang auf. Ihr Rock rutschte hoch, verdrehte sich um ihre Beine. »Es hat keinen Zweck«, keuchte Sandra. »Ich kann mich nicht befreien.«

»Sie werden mir alles erzählen, was ich wissen will?«

Sie stand ganz ruhig und nickte.

Langsam lockerte sich Jeremys Griff, und er ließ sie los. Im nächsten Augenblick wirbelte Sandra herum und trat ihm fest gegen das Schienbein. Schließlich sollte die Szene ja echt sein.

Jeremy schrie vor Schmerzen und Überraschung auf, erholte sich aber, bevor Sandra an ihm vorbeilaufen konnte. Er packte sie an den Schultern, stieß sie aufs Bett und warf sich auf sie.

Sie kämpfte jetzt wirklich. Mit aller Kraft wehrte sie sich, versuchte verzweifelt, sich zu befreien, doch Jeremy gelang es, ihre Hände neben ihren Kopf auf das Bett zu drücken und sie so festzuhalten. Er blieb fest auf ihr liegen.

Ihr angestrengtes Atmen erfüllte den stillen Raum, während Jeremy sich entspannte – sein Körper wurde schwer auf ihrem –, seinen Griff um ihre Handgelenke aber keinen Moment lockerte. Sein Gesicht war nur wenige Zentimeter von ihrem entfernt. Sie sah seinen vollen, sinnlichen Mund dicht vor sich.

»Sehr gut«, räumte er mit einem merkwürdigen Lächeln ein. »Sie wären fast davongekommen.«

Es fühlte sich wundervoll an, wie sein Gewicht sie auf die Matratze drückte. Bei jedem Atemzug preßten sich Sandras Brüste gegen Jeremys muskulösen Oberkörper. Seine Beine lagen zwischen ihren Schenkeln, und sie spürte zitternd, wie erregt er war. Dachte er jetzt an seine Romanheldin Lisa oder an sie?

»Gebe ich Ihnen die Informationen, nachdem Sie mich besiegt haben?« fragte Sandra atemlos.

»Ja«, flüsterte Jeremy rauh. »Schließlich und endlich.«

»Und was geschieht dann?« Ihre Stimme klang genauso brüchig wie seine.

Sein Blick glitt über ihren Hals, dann tiefer, zu der Stelle, wo sich noch mehr Knöpfe ihrer Bluse während des Kampfes geöffnet hatten. Ihre vollen Brüste wurden von einem spitzenbesetzten Büstenhalter gehalten. Seine Erregung nahm noch zu. Ob Sandra sie spürte?

Jeremy schloß die Augen und versuchte, sich nicht vorzustellen, wie seine Lippen über Sandras weiche Haut wanderten, wie seine Hände den Büstenhalter öffneten und seine Zunge ihre Brustwarzen berührte – sie umspielte. Als er die Augen wieder öffnete, erkannte er an Sandras Blick, daß sie das gleiche dachte wie er.

»Sie schlafen miteinander«, murmelte Jeremy tonlos.

Plötzlich schienen sie beide zur Besinnung zu kommen, handelten in wortloser Verständigung. Sandra stieß einen Seufzer aus, ob aus unerträglicher Erregung oder aus Schuldgefühl, hätte keiner von ihnen sagen können.

Als Jeremy sich erhob, richtete sie sich blitzschnell auf und sprang von dem Bett. Mit dem Rücken zu ihm ordnete sie ihre Kleider und zog die losen Haarnadeln aus ihrem Haar. Sie hörte den Stuhl knarren, als Jeremy sich hinsetzte.

In wenigen Sekunden hatte er ein Blatt Papier in die Schreibmaschine eingespannt, und die Tasten begannen rhythmisch zu klappern. Er ignorierte ihre Gegenwart.

Wenn er so tun konnte, als wäre nichts geschehen, dann konnte sie das auch! Sandra ging mit unbewegter Miene zum Tisch und nahm das Tablett.

»Vielen Dank für Ihre Hilfe.« Jeremys Stimme klang jetzt ganz ruhig.

»Gern geschehen. Hat es Ihnen etwas genützt? Kommen Sie mit der Szene jetzt voran?«

»Ich denke schon. Auf der anderen Seite war es vielleicht ...«

»Was denn?«

Er schüttelte den Kopf. »Schon gut! Nicht so wichtig.«

Sandra trug das Tablett zur Tür.

»Ich werde für ein Weilchen fortgehen. Mittagessen ist im Zimmerpreis nicht enthalten, aber ich kann Ihnen ...«

»Wo gehen Sie hin?«

»Zum Kai ... um frische Krabben fürs Abendessen zu kaufen.«

Erfreut sprang Jeremy auf. »Ich leiste Ihnen Gesellschaft«, sagte er spontan.

3

»Das geht nicht.« – Sandras Einwand war so heftig, daß Jeremy sie überrascht anblickte.

»Warum nicht?« fragte er und versuchte erfolglos, seine Belustigung zu unterdrücken.

Sie suchte nach einer einleuchtenden Erklärung. »Sie müssen doch arbeiten. Deswegen sind Sie hier, um ungestört arbeiten zu können. Sonst wird Ihr Roman nie fertig.«

»Aber selbst Bestseller-Autoren« – er verbeugte sich – »haben Anspruch auf einen freien Tag.« Sein Lächeln brachte ihren Widerstand fast zum Schmelzen. »Ich habe mich hier noch nicht ganz eingelebt, verstehen Sie? Es ist eine fremde Umgebung. Obwohl sie sehr hübsch ist«, beeilte Jeremy sich hinzuzufügen. »Aber ich habe Schwierigkeiten, mich zu konzentrieren.« Das war alles Gerede, und sie wußte es, und er wußte auch, daß sie es wußte. Er versuchte es mit einer glaubwürdigeren Erklärung.

»Meine Beine brauchen Bewegung. Ich habe die ganze letzte Nacht im Flugzeug und dann im Taxi gesessen. Ich brauche frische Luft, um einen klaren Kopf zu bekommen. Außerdem habe ich Häfen schon immer geliebt. Die Atmosphäre der berühmten Fisherman's Wharf wird mich anregen.«

Sandra dachte, daß Anregung das letzte war, was er brauchte, aber das konnte sie nicht aussprechen, ohne einzugestehen, daß sie von seinem Verlangen nach ihr wußte. Genausogut konnte sie ihm sagen, daß auch sie verrückt nach ihm war. Immerhin bestand die Möglichkeit, daß ihre Leidenschaft füreinander vergehen würde, wenn sie sie ganz einfach ignorierten.

»Wirklich Jeremy, wenn Sie ausgehen möchten, sollten Sie allein gehen. Ich habe Verschiedenes zu erledigen und ...«

»Und zwei weitere Hände könnten nützlich sein«, ergänzte er. »Ich kann Ihnen beim Tragen helfen. Ich hole nur meine Jacke.«

Sandra fiel so schnell kein weiterer Einwand ein. Es war sowieso schon zu spät. Jeremy hatte seine Drillichjacke vom Garderobenhaken genommen und öffnete die Tür. »Soll ich abschließen?«

»Ja. Es kann nicht schaden, vorsichtig zu sein.«

»Sie sollten einen Mitarbeiter einstellen, damit Sie nicht immer die ganze Zeit hier sein müssen«, meinte er, als sie die Treppe hinunterstiegen.

»Das wäre mehr als angenehm, aber leider kann ich mir keine Angestellten leisten.« Am Fuß der Treppe blieb sie stehen. »Warten Sie hier, bitte. Ich bin gleich wieder da.«

In ihrem Zimmer frischte Sandra hastig ihr Make-up auf. Nach dem erfolglosen Versuch, ihr Haar wieder ordentlich hochzustecken, murmelte sie: »Zum Teufel damit«, und beschloß, es offen zu tragen. Ihr Rock und ihre Bluse waren ein wenig zerdrückt, aber das machte nichts. Nachdem Sandra noch eine graublaue Popelinejacke angezogen hatte, ergriff sie ihre Tasche und überzeugte sich davon, daß sie ihre Einkaufsliste dabeihatte.

Jeremy lehnte wartend am Treppengeländer. »Fertig?« fragte er und warf einen anerkennenden Blick auf ihre glänzenden blonden Haare, bevor sie durch die Tür traten. Die winzige Garage an der Seite des Hauses war gerade groß genug für Sandras kleinen Wagen. »Steigen Sie ein«, forderte sie Jeremy auf.

»Sie machen wohl Witze«, erwiderte er trocken. »In diese Miniaturausgabe kann man sich nur hineinquetschen.«

Sandra lachte, als er sich auf den Beifahrersitz setzte und umständlich erst das linke, dann das rechte Bein nachzog.

Sie war an die engen Gassen von San Francisco und an die anderen Autofahrer gewöhnt, die Ampeln lediglich als farbenfrohe Dekorationen betrachteten und, wenn möglich, ganz mißachteten.

Als sie schließlich am Fischereihafen parkten, war Jeremy leichenblaß.

»Das war abenteuerlich. Zurück gehe ich lieber zu Fuß. Das ist mir sicherer.«

Sandra lachte ihn aus. »Kommen Sie. Wenn Sie schon unbedingt mitkommen mußten, können Sie sich auch nützlich machen.«

Er half ihr, frische Krabben auszusuchen, die mit dem letzten Fang hereingekommen waren. Sandra erledigte ihre übrigen Einkäufe, während sie über den Kai schlenderten, wurde aber immer wieder von Jeremy abgelenkt. Er bestaunte die vielen weißen Schiffe im Hafen, den herrlichen Blick auf die Bucht, den lauten, aber freundlich-hektischen Betrieb von Fisherman's Wharf. Am liebsten hätte er aus dem Unternehmen einen Vergnügungsausflug gemacht.

Später setzten sie sich in ein kleines Eiscafé, und Jeremy bestellte zwei große Schokoladenbecher. »Wie oft kommen Sie eigentlich heraus?« fragte er Sandra, während er voll Genuß sein Eis löffelte. »Ich meine, nur zum Spaß und zur Erholung und Entspannung, nicht wegen irgendwelcher Besorgungen für Fairchild House?«

»Nicht sehr oft«, meinte sie ausweichend.

»Wie oft?« beharrte er.

Sandra spielte mit dem kleinen Papierschirm, der im Eis gesteckt hatte. »Ich bin die Alleinerbin von Fairchild House. Zimmermädchen, Kellnerin, Buchhalterin, Chefköchin und Tellerwäscherin. Da bleibt nicht viel Zeit für Spaß und Erholung, wie Sie es nennen.«

»Heißt das, daß Sie sich nie einen Tag freinehmen? Oder einen Abend? Sie gehen nie ins Kino? Gar nichts? Fahren einfach mal zum eigenen Vergnügen über die Golden Gate?«

»Sie machen mich ganz traurig.« Sandra versuchte, mit einem Scherz über das Thema hinwegzugehen. Ihr Leben war bestimmt nicht leicht, aber sie wollte Jeremy einfach nicht wissen lassen, wie eintönig es wirklich war.

»Das ist doch einfach lächerlich Sandra. Sie müssen was dagegen tun.« Er legte seinen Löffel beiseite und betrachtete sie neugierig.

»Es ist nicht lächerlich, wenn einem nichts anderes übrigbleibt.«

»Stellen Sie eine Aushilfe ein.«

»Das kann ich mir noch nicht leisten.«

»Sie können es sich auch nicht leisten, sich in diesem Haus zu verkriechen und nie herauszukommen«, sagte Jeremy hitzig. Als er ihren betroffenen Gesichtsausdruck bemerkte, senkte er die Stimme. »Es tut mir leid. Natürlich geht es mich nichts an. Aber ich kann einfach nicht begreifen, warum sich eine so schöne Frau wie Sie vor dem Rest der Menschheit versteckt.«

Bei seiner nächsten Frage vermied er ihren Blick. »Gehen Sie nie mit Männern aus?«

»Selten.«

Lügnerin, schalt sie sich. Die richtige Antwort wäre »Nie« gewesen.

Jetzt sah Jeremy sie wieder an, und ihr weiblicher Instinkt verriet ihr, daß er daran dachte, was sich am Morgen zwischen ihnen auf dem Bett abgespielt hatte.

»Hat es je einen Mann in Ihrem Leben gegeben? Einen, der Ihnen was bedeutet hat?«

»Ja«, antwortete Sandra leise. »Wir haben für dieselbe Firma in Los Angeles gearbeitet. Er war der Vertriebsleiter; durch und durch Geschäftsmann, tadellos gekleidet, beste Manieren und jede Menge strahlend weißer Zähne.«

Sie zögerte einen Moment, bevor sie fortfuhr: »Ich hatte gerade mein Examen gemacht, war kurz vorher in ein eigenes Apartment gezogen, fühlte mich unabhängig und war entschlossen, Karriere zu machen. Mit Jason konnte ich lachen, mich entspannen, das Leben genießen. Andererseits gewann er durch mich neue Einsichten darüber, was die Kundschaft wollte. Ich hörte ihm zu und machte Vorschläge, wenn er mit einem bestimmten Produkt Schwierigkeiten hatte. Bei aller Bescheidenheit glaube ich, daß meine Ideen nützlich waren und ihm in seinem Beruf geholfen haben.«

»Zweifellos.«

»Nach einer Weile« – Sandra hielt inne und befeuchtete sich die Lippen – »befanden sich in meinem Apartment mehr Sachen von ihm als von mir. Immerhin hatten wir vor, zu heiraten.«

Sie hätte Jeremy erzählen können, daß Jason ihrer »Spießigkeit« wegen, wie er es nannte, langsam die Geduld verlor. Wie konnte eine moderne Frau mit Hochschulbildung darauf bestehen, daß sie erst mit einem Mann ins Bett ging, wenn sie mit ihm verheiratet war? Er hatte sie zum Weinen gebracht, hatte sie ausgelacht, hatte stundenlang auf sie eingeredet, bis es ihm schließlich gelungen war, sie zu überzeugen, daß sie egoistisch handelte, wenn sie sich seinen Wünschen widersetzte.

Jason war ein eifriger und glühender Liebhaber gewesen, aber Sandra hatte immer das Gefühl gehabt, daß er dabei nur an sich dachte. Jedesmal hatte er wissen wollen, wie er gewesen war und ob es mit ihm nicht besonders aufregend sei. Sie hatte immer gelächelt und ja gesagt, aber offenbar hatte ihm das nicht genügt. Immer ungeduldiger hatte er gefragt, aber Sandra hatte ihm nicht vorlügen können, daß sie sich wie im siebten Himmel fühlte, wenn sie mit ihm schlief. Irgend etwas mußte mit ihr nicht in Ordnung sein.

Also zog Jason aus. Seinen Hamster und den Diamantring, den er Sandra geschenkt hatte, nahm er mit. Sie war am Boden zerstört gewesen. Nicht so sehr, weil sie Jason verloren hatte, sondern wegen ihrer Niederlage, wegen des

Gefühls, versagt zu haben. Warum fiel es den Menschen nur so schwer, sie zu lieben? Ihren Eltern? Jason?

»Und was passierte dann?«

Sandra zuckte zusammen, als Jeremy sie aus ihren Gedanken riß. »Eines Tages verschwand er einfach mit all seinen Sachen. Er hatte jemand Besseres gefunden.«

»Das bezweifle ich«, sagte Jeremy knapp. Sandra blickte auf und stellte überrascht fest, daß er ärgerlich die Stirn runzelte. »Sind Sie noch ... noch ...«

Sie lachte lautlos und schüttelte den Kopf. »In ihn verliebt? Nein. Es hätte nie geklappt mit uns. Irgendwann hätte er doch eine faszinierendere Frau getroffen ...«

»Warum, zum Teufel, müssen Sie so etwas sagen? Warum achten Sie sich so gering?«

Jeremy schleuderte ihr die Frage so heftig entgegen, daß sie den Faden verlor. Er war wirklich verärgert, und das erstaunte sie. »Haben Sie in letzter Zeit einmal in den Spiegel geschaut? Wissen Sie, daß Ihr Haar wie Gold in der Sonne schimmert? Ihre Augenfarbe ist so ungewöhnlich, daß ich kaum die richtigen Worte finde, wenn ich sie beschreiben soll. Sie haben die dunkelsten, die längsten Wimpern, die sich eine Frau nur wünschen kann. Und Ihre Figur ist hinreißend, obwohl man an Ihrer Garderobe einiges tun müßte. Sie verbergen Ihren aufregenden Körper in altmodischen, unvorteilhaften Kleidern. Das ist es, was mit Ihnen nicht stimmt. Sie versuchen, sich vor sich selbst und allen anderen zu verstecken. Warum, verdammt noch mal, warum?«

Blaß und unfähig, etwas zu erwidern, starrte Sandra ihn wortlos an. Als Jeremy die Wirkung seiner Worte erkannte, gab er seine angespannte Haltung auf und lächelte verlegen. »Sie können mich noch einmal gegen das Schienbein treten, wenn Sie wollen. Es tut immer noch höllisch weh. Aber wenn Sie meinen, ich hätte es verdient ...«

Seine Bemerkung vertrieb den gequälten Ausdruck aus

Sandras Augen und zauberte ein zartes Lächeln auf ihre Lippen.

»Sie hätten's mir geben sollen wie heute morgen, Sandra. Sie lassen sich nicht oft genug gehen. Lassen Sie Ihren Gefühlen freien Lauf, um Himmels willen. Kapseln Sie sich nicht so ein.«

»Ich werde mich anstrengen. Vielleicht können Sie mir Nachhilfeunterricht geben, solange Sie in Fairchild House sind.«

»Wann immer Sie wollen.« Jeremy grinste, aber sie waren beide daran erinnert worden, daß er erst seit einem Tag Gast im Fairchild House war. Beide fragten sich im stillen, wie sie die Zeit überstehen sollten und was sie Alicia sagen konnten, falls Jeremy den Aufenthalt abbrechen mußte, weil er und Sandra sich ineinander verliebt hatten. »Sie haben Ihr Eis nicht aufgegessen«, bemerkte Sandra ruhig, um das Schweigen zu brechen.

»Ich glaube, ich habe vor ein paar Tagen mehr als genug davon gegessen. Ich ging mit den Jungen Eis essen, während Alicia einkaufte. Der Eisanteil, der nicht in Davids Mund landete, bedeckte seine Hose oder tropfte von seinem Ärmel. Als wir nach Hause kamen, machte Alicia uns die Hölle heiß.«

»Das kann ich mir vorstellen.« Sandra stimmte in sein Lachen ein, aber es klang gequält. »Sie werden schon lernen, die Jungen sauberzuhalten, wenn Sie erst verheiratet sind.«

»Ja. Vielleicht.« Jeremy starrte auf das geschmolzene Eis in seinem Becher.

Sandra blickte aus dem großen Fenster in der Nähe ihres Tisches. Es hatte zu regnen begonnen – nicht ungewöhnlich für San Francisco um diese Jahreszeit.

»Sind Ihre Bücher autobiographisch, Mr. Madison, oder reine Erfindung?«

Jeremy setzte sein Weinglas ab und winkte Sandra verstohlen zu. »Mrs. Lehmann, wenn mir all das, worüber ich schreibe, passiert wäre, würde ich längst nicht mehr leben.«

Die anderen am Tisch lachten zustimmend.

Die gratinierten Krabben waren köstlich gewesen. Sandra hatte mit den Essensvorbereitungen begonnen, sobald sie und Jeremy von ihrem Einkauf zurückgekehrt waren.

Bevor sie das Essen servierte, hatte sie noch geduscht und einen weichen schwarzen Wollrock und eine weiße Georgettebluse angezogen. Wiederholt hatte sie sich versichert, daß sie sich nicht sorgfältiger als sonst kleidete, aber sie wurde eines Besseren belehrt, als zwei der Gäste sich entzückt über ihr hübsches Aussehen äußerten. Sandra wurde rot und bedankte sich schüchtern, wobei sie Jeremys Blick angestrengt vermied.

Jeremy war in einem dunkelblauen Blazer und grauen Hosen zum Dinner erschienen, und sein Haar sah aus, als hätte er zumindest versucht, es zu bändigen. Während Sandra den ersten Gang auftrug, musterte sie ihn verstohlen.

Am liebsten hätte sie Jeremy berührt, als sie sich über ihn beugte, um ihm den Salat zu servieren. Jeremy duftete sauber und männlich, auf eine Art, die sie an nackte, feuchte Haut nach einer Dusche denken ließ. Sandras Hand zitterte, als sie den Salatteller vor ihn hinstellte.

Sein Blick folgte der schmalen Hand und blieb dann an ihren Augen hängen. Als Jeremy sagte: »Vielen Dank, Mrs. Fairchild«, hätte das ebensogut heißen können: »Ich habe auch gerade daran gedacht, wie Sie wohl nackt aussehen«, und es hätte nicht intimer klingen können.

Bei Jeremys Anblick hatte eine der pensionierten Lehrerinnen die Hand ans Herz gedrückt und ausgerufen: »Jeremy Madison! Ich habe Sie schon einmal im Fernsehen gesehen. Du meine Güte, ich kann es gar nicht glauben! Ich habe alle Ihre Bücher gelesen! Sie sind großartig!«

Aufgeregt rannte sie in ihr Zimmer und holte aus ihrem Nachttisch einen Roman von Jeremy, in den er ihr bereitwillig eine Widmung schrieb. Verstohlen musterten die anderen Gäste ihn. Wie aufregend, einen so berühmten Schriftsteller in ihrer Mitte zu haben!

Jeremy ging freundlich und gelassen auf ihre vielen Fragen ein. Er unterhielt sie mit Anekdoten von seinen Reisen, die ihn durch die ganze Welt geführt hatten.

Während Sandra weiterhin das Essen auftrug, wußte sie, daß Jeremys Blicke ihr überallhin folgten.

»Wie wäre es mit Kaffee oder Brandy am Kamin im Salon?« fragte sie liebenswürdig, als das Essen beendet war. Ihre Gäste stimmten begeistert zu.

»Ich werde gleich servieren. Machen Sie es sich nur bequem.«

Als sie in der Küche vor der Anrichte stand, schwang auf einmal die Tür hinter ihr auf. Jeremy brachte ein mit schmutzigem Geschirr beladenes Tablett herein.

»Jeremy!« rief Sandra erstaunt. »Was tun Sie da?« Er setzte das Tablett auf der Arbeitsplatte ab. »Ich helfe nur ein bißchen.«

»Lassen Sie das bitte.«

»Warum?«

»*Warum?* Weil Sie Gast sind. Was sollen die anderen denken?«

Die Linien um seinen Mund vertieften sich, und er stemmte die Hände in die Hüften. »Ich pfeife drauf, was sie denken.«

»Aber ich nicht.«

»Seit wann ist es ein Verbrechen, wenn ein Mann einer Frau ein schweres Tablett trägt? Können Sie mir das sagen?«

»In einem Restaurant würden Sie doch auch nicht Ihren Tisch abräumen, oder?«

»Ach, zum ...« Er murmelte einen der Lieblingsausdrücke seiner Romanhelden. »Ich bin Ihr Gastgeberinnen-Getue endgültig leid. Das mag vielleicht den anderen gefallen«, er deutete mit dem Kopf in die Richtung des Salons, »aber ich erwarte das nicht. Sie sind lediglich Kunden.«

»Das sind Sie auch«, stieß Sandra hervor. Ihre Brüste bebten unter der zartesten, elegantesten Wäschegarnitur, die sie besaß. Jeremys Blicke bohrten sich durch den Stoff ihrer Bluse, als wollte er ihn wegbrennen.

»Sie haben wunderschöne Brüste«, sagte er unvermittelt. »Sie zittern. Warum, Sandra?«

»Oh.« Schützend kreuzte sie die Arme vor der Brust und versuchte verzweifelt, ihre Fassung zu bewahren. »Reden Sie nicht so mit mir. Ich müßte Sie sonst bitten, Fairchild House zu verlassen, was ich mit jedem Gast täte, der ...«

»Gast! Alles reiner Selbstschutz. Und was ist mit einem Mann? Einem Mann, der einer Frau sagt, daß er sie von Stunde zu Stunde mehr begehrt, daß sie wunderschöne ...«

»Hören Sie auf, oder Sie müssen abreisen!« Sandra schoß die Röte ins Gesicht, und sie drehte Jeremy den Rücken zu. »Auch Sie sind hier Kunde, Jeremy, nichts weiter«, stieß sie hervor. »Nur ein zahlender Gast.«

Er murmelte einen Fluch und verschwand verärgert.

Sandra brauchte mehrere Minuten, um sich so weit zu beruhigen, daß sie das schwere Tablett in den Saal tragen konnte. Sie wußte, daß ihre Aufforderung, Jeremy müßte abreisen, eine leere Drohung gewesen war, hoffte aber, Jeremy würde anders denken. Die Situation wurde langsam unerträglich und gefährlich für sie beide.

Dieses Spielchen, das sie – angeblich für Jeremys Roman – in seinem Zimmer getrieben hatten, die Blicke, die sie tauschten ... Das alles konnte verheerende Folgen haben. Für sie, für Jeremy, für Alicia und für die Jungen. Es war notwendig gewesen, daß sie Jeremy ihren Standpunkt deutlich klargemacht hatte. Sie mußte ihm die Gewißheit geben, daß er nichts Besonderes war, sagte Sandra sich, als sie durch die Halle ging.

Jeremy kniete vor dem Kamin, als sie eintrat, und schichtete Holzscheite auf das lodernde Feuer. »Mr. Madison«, sagte sie mit einem festen Lächeln, »Sie hätten sich nicht bemühen sollen.«

»Keine Ursache, Mrs. Fairchild. Ich fühle mich bei Ihnen so sehr zu Hause, daß ich gar nicht darüber nachgedacht habe.« Seine Worte waren reiner Sarkasmus, was anscheinend nur Sandra auffiel. Die anderen nickten zustimmend, als gäbe er lauter Weisheiten von sich. Außerdem würden sie es bestätigen. Man konnte sich bei Sandra Fairchild wie zu Hause fühlen.

Sandra verließ den Raum und bot den Gästen an, die Kaffeekanne wieder aufzufüllen, falls sie es wünschten. Wieder in der Küche, räumte sie das Geschirr in die Spülmaschine und brachte den Speiseraum in Ordnung, um für das Frühstück zu decken.

Mit einem freundlichen Lächeln kehrte sie in den Salon zurück, fand ihn aber zu ihrer Erleichterung verlassen vor. Nachdem Sandra das große Tablett in die Küche zurückgebracht hatte, sah sie noch einmal nach dem Feuer und vergewisserte sich, daß die Türen verschlossen und alle Lichter gelöscht waren. Danach ging sie in ihr Zimmer.

Sandra hatte sich bis auf ihr Höschen ausgezogen, als sie ein schwaches Klopfen an der Tür ihres Schlafzimmers vernahm.

»Ja? Wer ist da?« Es war eine überflüssige Frage. Sie wußte genau, wer es war.

»Ich bin's.«

Sie erstarrte. »Gehen Sie, Jeremy, bitte!«

»Ich muß mit Ihnen reden.«

»Sie können nicht hereinkommen!« rief Sandra leise. »Bitte gehen Sie, bevor Sie jemand hört oder sieht. Sie bringen mich in Verlegenheit.«

»Dann treffen Sie sich mit mir im Salon.« Nach einer Pause fügte er hinzu: »Wenn Sie in fünf Minuten nicht dort sind, komme ich wieder.«

Sie wußte, daß es verrückt war, ihm nachzugeben, aber noch mehr hatte sie Angst davor, er könnte seine Drohung wahrmachen.

Schnell schlüpfte Sandra in den Morgenmantel, den sie am Abend zuvor getragen hatte, zog ein paar leichte Hausschuhe an und tastete sich leise durch die dunkle Halle zum Salon. Sie hatte gerade ein paar Schritte in den Raum hinein gemacht, als Jeremy wie aus dem Nichts vor ihr auftauchte und sie sanft gegen die Wand drängte.

»Sandra, Sandra«, flüsterte er atemlos und berührte mit seinen Lippen ihre Wange.

»Nein, Jeremy.« Der Schein des heruntergebrannten Feuers ließ sein Haar golden aufleuchten. Sandra wurde fast schwindlig vor Verlangen. Sie wollte ihn umarmen, ihn streicheln, ihn küssen, doch der Gedanke an die allgegenwärtige Alicia ließ sie bewegungslos verharren.

Plötzlich hob Jeremy den Kopf.

»Ich war den ganzen Tag lang brav und habe nichts getan, wofür ich mich schämen müßte. Ich habe den ganzen Nachmittag an dieser verdammten Schreibmaschine gesessen und keinen einzigen Satz zu Papier gebracht, denn meine Gedanken drehten sich nur um Sie ...«

»Nein ...«

»Doch!« Sein Atem roch, als hätte er mehr Brandy als Kaffee getrunken. Vielleicht war sein Gesicht deswegen so heiß und gerötet. Oder lag es gar nicht am Brandy? Mit leisem Stöhnen preßte Jeremy seine Hüften gegen sie. »Ich kann nur noch an Sie denken, seit Sie mir letzte Nacht die Tür geöffnet haben. Ich habe gar nichts getan, als mir vorzustellen, wie Sie unter mir liegen, mich lieben.«

»Hören Sie auf«, flehte Sandra. »Reden Sie bitte nicht weiter. Bitte. Seien Sie vernünftig. Denken Sie doch nach,

Jeremy. Was ist mit Alicia, mit David und Adam? Sie verlassen sich auf Ihre Liebe. Sie brauchen Sie.«

»Und ich brauche Sie«, erwiderte er und drückte sie noch enger an sich. »Ich brauche Sie.«

Sandra schmeckte Blut, als ihre Zähne sich in ihre Unterlippe gruben. Tränen drangen durch ihre geschlossenen Lider. Sie wußte selbst nicht, woher sie die Kraft nahm, aber irgendwie schaffte sie es, sich von Jeremy loszumachen.

»Sie können mich nicht haben«, sagte sie schwer atmend und befreite sich aus seiner Umarmung.

»Das wissen Sie doch. Und ich weiß es auch. Bitte, lassen Sie so etwas nicht noch einmal passieren. Bitte, Jeremy.«

Weinend flüchtete sie durch den Flur in die Sicherheit ihres Zimmers.

Während der nächsten paar Tage sah Sandra Jeremy nur zu den Mahlzeiten. Sie wartete immer, bis er ausgegangen war, ehe sie seine Bettwäsche und Handtücher wechselte. Bei einer dieser Gelegenheiten konnte sie dem Drang nicht widerstehen, seine im Zimmer verstreuten Sachen in den Schrank zu hängen. Es lieferte ihr einen Vorwand, etwas anzufassen, das ihm gehörte und das er berührt hatte. Sie wußte um ihren Selbstbetrug, aber sie redete sich ein, daß es ihr Ordnungssinn war, der sie veranlaßte, seine Sachen in den Schrank zu hängen.

Jeremy war höflich, aber zurückhaltend. Als der Bankier mit seiner Frau und die beiden Lehrerinnen abreisten, trafen an ihrer Stelle zwei Paare aus Iowa ein. Jeremy wurde sofort erkannt – und mit Beschlag belegt. An den Abenden entschuldigte er sich entweder und suchte sein Zimmer auf, oder er ging aus und kehrte erst Stunden später zurück.

»Mr. Madison«, rief Sandra eines Nachmittags aus der Küche, als sie seine ihr schon vertrauten Schritte an der Eingangstür hörte. Er blickte ihr von der Treppe entgegen, als sie herauskam. Sie hatte gerade einen Berg von Servietten und Tischdecken gebügelt, und die Hitze des Bügeleisens hatte ihre Wangen stark gerötet.

»Alicia hat angerufen. Sie bittet Sie, zurückzurufen.«

»Irgend etwas nicht in Ordnung?«

»Nein«, antwortete Sandra atemlos. Zum ersten Mal seit Tagen sah sie ihm wieder in die Augen und roch den herben Duft seines Rasierwassers. Wo er wohl gewesen war? »Ich glaube nicht. Sie können das Telefon in meinem Büro benutzen.«

Sandra führte ihn in den winzigen Raum und ging dann zur Tür.

»Sie können gern dableiben.« Er warf ihr einen Blick zu.

»Ich bin sicher, daß Sie und Ihre Verlobte Privates zu besprechen haben.« Sandra bedauerte das Telefon, als Jeremy den Hörer ergriff und wütend Alicias Nummer wählte.

Sie hatte einen Stapel frischer Laken nach oben zum Wäscheschrank gebracht und stieg gerade die Treppe hinunter, als Jeremy ihr entgegenkam. »Sind Sie durchgekommen?«

»Ja. Sie wollte wissen, was mein Buch macht.«

»Und was *macht* Ihr Buch?«

»Es ist ein Haufen Mist«, schimpfte Jeremy, als er die Treppe weiter hinaufstieg, ohne seinen Schritt zu verlangsamen.

4

Sandra hatte sich gut in der Gewalt, und keiner der Gäste konnte etwas von der Spannung und der Unruhe in ihrem Innern spüren. Aber wenn sie nachts in ihr Zimmer ging, rollte sie sich immer fest unter ihrer Decke zusammen und versuchte, nicht an das rasende Verlangen ihres Körpers zu denken. Jede Stelle ihrer Haut schien nach Jeremys Berührung zu schreien.

Sie konnte weder die Leidenschaft seiner Umarmung vergessen noch die Zärtlichkeit seiner Hände. Sein Atem hatte heiß und drängend ihre Haut gestreift, als er in jener Nacht »Ich brauche Sie« in ihr Ohr geflüstert hatte. Auch ohne diese Worte wäre ihr das klar gewesen. Sie hatte sein Verlangen hart und deutlich an ihrem Körper gespürt. Wie würde es wohl sein, wenn er ...

Tagsüber verrichtete sie ihre Arbeiten mechanisch. Als sie eines Abends – die Gäste waren schon zu Bett gegangen – die Küche aufräumte, drehte sie sich erschrocken um, als sie hinter sich ein Geräusch hörte.

Jeremy stand in der Tür. »Ich wollte Sie nicht erschrekken.«

»Ich ... ich dachte, Sie wären oben.« Er hatte das Sportjackett abgelegt, das er immer zum Dinner trug. Sein Hemd war nur nachlässig zugeknöpft.

»Das war ich auch. Ich habe furchtbare Kopfschmerzen und wollte fragen, ob Sie vielleicht Aspirin oder so etwas haben.«

»Ja, ja, natürlich.« Sandra verfluchte den atemlosen Klang ihrer Stimme. Warum konnte sie nicht kühl, gelassen, aber teilnahmsvoll klingen? Warum konnte sie ihm nicht sein verdammtes Aspirin holen, ohne weiche Knie zu bekommen? »Es liegt in meinem Badezimmer.«

In weniger als einer Minute war sie wieder mit einer Auswahl verschiedener rezeptfreier Schmerzmittel zurück. »Kein Wunder, daß Sie Kopfschmerzen haben.« Fragend hob er die Augenbrauen, ging aber auf ihre Bemerkung nicht weiter ein.

»Das hier wird mir schon helfen.« Jeremy griff nach einer Flasche mit Aspirin und schüttelte zwei Tabletten in seine Hand. »Wasser?«

Sandra lief zum Schrank und nahm ein Glas heraus, um es mit Wasser zu füllen. Jeremy legte die beiden Tabletten auf seine Zunge und spülte sie mit Wasser hinunter.

»Danke«, sagte er, als er das Glas absetzte.

»Ich hoffe, es hilft gegen Ihre Kopfschmerzen.«

»Sandra!«

Er wandte sich ihr zu, und die gelassene Gleichgültigkeit, die höfliche Distanziertheit fielen von ihm ab, als er ihr die Hände auf die Schultern legte. »Sandra«, wiederholte er weich und ließ seinen Blick über ihr Gesicht wandern, »wir haben da ein schwerwiegendes Problem.«

»Ein schwerwiegendes Problem?« Ihre Stimme war hauchdünn.

»Ja.«

»Mit Ihrem Zimmer? Ihren Kopfschmerzen? Ihren ...«

»Sie wissen nicht, welches Problem ich meine?« Die leise, samtene Stimme streichelte ihren Körper und wärmte sie.

Sandras Augen füllten sich mit Tränen. Ihre Lippen begannen zu zittern, und sie schüttelte hilflos den Kopf. »Nein.«

»Doch, du weißt es«, entgegnete Jeremy, und warm und fest schlossen sich seine Lippen über ihren.

Sandra verlor jedes Gefühl für Zeit, Raum und Entfernung, für Recht und Unrecht. Dies hatte sie sich gewünscht. Vom ersten Moment an, seit sie Jeremy an der Türschwelle gesehen hatte, hatte sie sich danach gesehnt, daß er sie so küßte, daß seine Hände auf diese verwirrende Art über ihren Körper glitten. Seine zärtlichen Worte zwischen zwei Küssen, seine hingebungsvollen Seufzer waren die Musik, nach denen ihre Ohren sich gesehnt hatten. Ihr unbändiges Verlangen nach ihm erstickte den letzten Rest ihres Gewissens.

Sie hatte nicht die Kraft, dieser alles verzehrenden Leidenschaft zu widerstehen. Seit sie sich zum ersten Mal gesehen hatten, hatte diese Leidenschaft unausweichlich und unwiderruflich an Stärke gewonnen. Es gab keine Möglichkeit, ihr zu entkommen oder sich dagegen zu wehren, und Sandra konnte sich nur noch von dem Zauber dieses Augenblicks mitreißen lassen.

»Jeremy, Jeremy«, schluchzte sie und vergrub ungestüm ihre Finger in seinem Haar. Ihr Körper schien zu schweben, ihre Sinne waren tausendfach geschärft, und ihr Herz war erfüllt von Liebe. Ja, Liebe! Sie liebte Jeremy, und seine Blicke, seine Berührungen, seine Küsse verrieten ihr, daß er genauso empfand.

»Ich kann es einfach nicht glauben!« stammelte sie, an ihn geschmiegt.

»Ich weiß, Liebes, ich weiß. O Gott, es ist wunderbar. Ich wußte, daß es so sein würde.«

Geschickt öffnete er die Knöpfe an Sandras Bluse und streifte sie ihr über die Schultern. Ihr Büstenhalter bestand aus einem glänzenden, hautfarbenen Material, das wie eine zweite Haut saß. Fest drängten sich ihre Brustwarzen gegen den weichen Stoff. Jeremys Augen wurden dunkel vor Verlangen. Er streckte seine Hand aus, hielt aber mitten in der Bewegung inne.

»Bitte«, flehte sie heiser. »Bitte, berühr mich.«

»Du bist schön.«

Sanft streichelte er ihre Brüste, kostete mit seinen Fingern die süße Rundung aus. Ihre Spitzen fand er noch aufregender als in seiner Phantasie, aber mindestens genauso empfindlich, als er wieder und wieder seine Daumen darüber gleiten ließ, bis ihre Brustwarzen hart waren.

Er küßte sie, hauchte sie mit seinem warmen Atem an, nahm sie zwischen seine Lippen und machte Sandra damit fast wahnsinnig vor Verlangen. Ihr Atem kam in schnellen, rauhen Stößen.

Rastlos zerrte sie an den Knöpfen seines Hemdes. Als sie endlich geöffnet waren, ließ Sandra ihre Finger durch das dichte Haar auf seiner Brust gleiten. Unbeschreibliche Empfindungen überwältigten sie, als sie jede Einzelheit erforschte, die festen Konturen seiner Muskeln, seine kleinen harten Brustwarzen, seinen flachen Bauch.

Jeremy schmiegte sein Gesicht zwischen ihre Brüste und atmete tief Sandras Duft ein. »Du bist schön«, flüsterte er wieder. Sanft ergriff er ihre Hand und führte sie langsam tiefer, dorthin, wo sich seine Erregung konzentrierte.

»Ich will dich haben, Sandra, ich will in dir sein. Ganz tief.«

Wieder fanden sich ihre Lippen, und seine Zunge drang in ihren Mund ein, stieß vor, zog sich wieder zurück, bis Sandra schwindlig vor Verlangen war. Plötzlich streifte Jeremy ihren Rock hoch und glitt mit seiner Hand zwischen ihre Schenkel. Sandra drängte sich ihm entgegen, während ihre Lippen stumm seinen Namen bildeten.

Völlig unerwartet löste Jeremy sich von ihr und trat schnell zurück.

»Verdammt«, fluchte er leise und holte tief Luft. »Verdammt!«

Als er Sandras verstörten Gesichtsausdruck bemerkte, streckte er die Hand aus und strich mit einer zärtlichen Geste über ihre Wange. »Es tut mir leid, Sandra, so aufzuhören, aber ich kann es einfach nicht tun.«

Verzweiflung stieg in ihr auf. Enttäuschung! Schmerz! Mit einem erstickten Laut schlug sie seine Hand herunter.

»Faß mich nicht noch einmal an«, stieß Sandra hervor, als Jeremy sie wieder an sich ziehen wollte. Mit ausgestreckten Armen wehrte sie ihn an. »Laß mich allein.«

Er war wie betäubt von ihrer Reaktion. »Sandra, ich ...«

»Erklärungen sind unnötig. Wenn du nicht aufgehört hättest, hätte ich es getan«, sagte sie und bückte sich, um ihre Bluse aufzuheben. »Du hast vollkommen recht. Wir können es nicht tun. Ich weiß nicht, was mit mir los war, ich ...« Ihre Stimme erstarb, und sie kämpfte mit den Tränen. »Du ... Alicia ... ich hätte dich nie küssen sollen.«

»Wovon, zum Teufel, sprichst du überhaupt?« fragte Jeremy erstaunt.

Verständnislos starrte Sandra ihn an.

»Ich konnte wegen meiner Phantasien, wegen meiner ... erotischen Vorstellungen nicht weitermachen«, brachte Jeremy hervor. »Das mußt du doch verstehen.«

»Was? Phantasien?«

»Ach, zum Teufel!« Jeremy ließ sich auf einen Stuhl am Tisch fallen und verbarg das Gesicht in den Händen. Bewegungslos starrte Sandra ihn an und wünschte sich, sie könnte erstarren, ohne je eine Entscheidung treffen zu müssen, ohne sich je vom Fleck bewegen zu müssen, wünschte, sie könnte all ihre Gefühle für immer abtöten.

Schließlich hob Jeremy den Kopf und sagte erschöpft: »Setz dich, Sandra, damit wir miteinander reden können.«

»Nein. Ich will nicht ...«

»Hör doch einmal auf, mit mir zu streiten«, bat er. »Setz dich nur hin und hör mir zu. Wenn ich geendet habe, kannst du immer noch gehen.«

Wortlos nahm sie ihm gegenüber Platz.

»Am Morgen nach meiner Ankunft hing ich oben im Zimmer meinen Träumen nach«, begann Jeremy. »Ich weiß, daß es albern ist, aber als Schriftsteller verbringe ich eine Menge Zeit mit Tagträumen und stelle mir vor, was meinen Romanfiguren alles widerfahren könnte. Jedenfalls war diesmal ich die Hauptfigur, und ich sah uns beide zusammen, hier in diesem Raum, und wir taten das, was wir eben beinahe getan hätten. Ich war wie verrückt nach dir, ich bin es noch, ich will ...«

Sandra schluckte und starrte auf den Tisch.

Jeremy grinste schüchtern. »So, wie ich es in meinem Traum gemacht habe, möchte ich nicht, daß es in Wirklichkeit passiert. Wenn ich zum ersten Mal mit dir schlafe, will ich nicht, daß wir wie zwei Tiere übereinander herfallen. Ich möchte, daß alles stimmt, daß wir nackt sind und reichlich Zeit haben, um uns zu lieben.«

Sandra schüttelte den Kopf. »Nein, Jeremy. Sprich nicht von ... davon. Es darf einfach nicht geschehen, egal, unter welchen Umständen.«

»Sandra, irre ich mich etwa?« fragte Jeremy gequält. »Hast du dich nicht in mich verliebt?«

Sie hob den Kopf. Jeremys Blick war ängstlich und unsicher. In ihren Augen schwammen Tränen, lösten sich und liefen ihre Wangen hinunter, als sie nickte. »Doch, doch, doch!«

Glücklich griff Jeremy nach Sandras Hand. »Jedesmal, wenn ich dir nahe kam, habe ich mich wie ein Sexprotz benommen. Ich habe dich gegen Wände gedrängt, dich aufs Bett geworfen und dort festgehalten, und du glaubst mir bestimmt nicht, daß ich wirklich nichts im Schilde führte, als ich heute abend herunterkam. Ich habe keine Kopfschmerzen vorgeschützt, um in der Küche über dich herzufallen. Das schwöre ich! Aber ich kann nicht anders, wenn ich dich nur sehe. Du erregst mich, Sandra.«

»Du bist nicht über mich hergefallen.«

Er lächelte wieder und ließ seinen Blick über ihr Gesicht und ihr zerzaustes Haar wandern. »Ich bin ein Mann, Sandra. Wie jeder ehrliche Mann zugeben würde, bin ich schon abgewiesen worden. Trotzdem hatte ich mehr als genug Frauen in der ganzen Welt. Ich habe sie ziemlich rücksichtslos und schnell zu meiner eigenen Befriedigung benutzt. Es hat mich selten gekümmert, ob ich sie überhaupt je wiedersah.«

Jeremy drückte Sandras Hand. »Aber diesmal ist es anders. Glaub mir, das hier ist nicht bloßes sexuelles Verlangen. Ich möchte nicht, daß du glaubst, ich wäre nur verrückt nach deinem Körper, und du kämst mir gerade recht, um ein paarmal mit dir in die Federn zu steigen, als wäre es im Zimmerpreis inbegriffen.«

Sandra errötete und schaute weg. »Das habe ich auch nicht gedacht. Aber woher willst du wissen, daß ich nicht auf eine kurze Affäre mit einem attraktiven Mann aus bin?«

An Jeremys Augenwinkeln bildeten sich feine Fältchen, als er lächelte. »Weil du etwas Besonderes bist. Weil du noch rot werden kannst, wenn ich bestimmte Sachen sage.«

Ihr gemeinsames Lachen erfüllte den stillen Raum und kapselte sie in ihrer eigenen Welt ab.

»Jetzt schreibe ich schon seit Jahren über etwas, wovon ich keine Ahnung habe«, gestand Jeremy. »Und das Schlimmste ist, ich wußte es nicht einmal, daß ich keine Ahnung habe.«

Er erhob sich vom Tisch und lehnte sich neben das Spülbecken. »Jeder meiner Romane enthält eine Liebesgeschichte, mitunter eine Dreiecksgeschichte, aber immer eine Art von leidenschaftlicher Beziehung zwischen Menschen. Jetzt weiß ich, daß ich immer über Liebe geschrieben habe, ohne je zu wissen, wie es ist, wirklich verliebt zu sein.«

Jeremy sah Sandra an. »Seit ich dich kenne, weiß ich, wie es ist. Jetzt bin ich unzufrieden mit allem, was ich bisher geschrieben habe, weil es nichts aussagt über die Hingabe eines Mannes an die Frau, die er liebt. Gregory liebt dieses Mädchen wirklich, und der Gedanke, sich von ihr ... sich von ihr ...«

»... sich von ihr trennen zu müssen, bringt ihn um«, ergänzte Sandra leise.

»Darüber will ich nicht nachdenken«, sagte Jeremy.

Sandra stand auf. »Das müssen wir aber, Jeremy. Du bist mit meiner besten Freundin verlobt, dem einzigen Menschen, der sich je wirklich für mich interessiert hat. Ich war heute abend nahe daran, diese Freundin zu hintergehen, und das will ich nicht noch einmal riskieren. Ich mag Alicia sehr. Sie ist zu wertvoll für mein Leben.«

»Verdammt, ich mag sie auch«, schrie er. Dann fügte er leiser hinzu: »Sie ist auch meine Freundin, Sandra. Und wie eine Freundin liebe ich sie. Aber mit dir ist es …«

Sandra hielt sich die Ohren zu. »Nein. So etwas solltest du nicht zu mir sagen. Ich kann das nicht zulassen.«

Jeremy trat zu ihr und zog sanft ihre Hände herunter. »Vielleicht nicht, aber du wirst es dir anhören. Ich finde Alicia großartig, ein bißchen launisch und verantwortungslos vielleicht, aber auch sehr charmant. Sie war Jims Frau, und sie hat meinen besten Freund glücklich gemacht. Das war Grund genug für mich, sie zu mögen.«

Er räusperte sich. »Und ich bat sie, mich zu heiraten, weil es für uns beide angenehm gewesen wäre, Sandra. Sie und die Jungen brauchen einen Ernährer. Wegen Jim fühlte ich mich verpflichtet, mich um sie zu kümmern. Für mich ist es langsam an der Zeit, Frau und Kinder zu haben. Nur deswegen bat ich Alicia, mich zu heiraten. Ich weiß, daß sie Jim noch immer liebt und habe ihr nie irgendwelche romantischen Gefühle entgegengebracht.«

Sandra befreite sich aus seinem Griff und wandte sich ab. »Aber du … du wirst mit ihr schlafen, sobald ihr verheiratet seid.«

Jeremy ließ sich mit der Antwort viel Zeit. »Ich wünsche mir zumindest ein eigenes Kind«, sagte er schließlich leise. »Wenn ich heirate, habe ich die Absicht, jede Nacht mit meiner Frau zu schlafen.«

Gequält schloß Sandra die Augen und wünschte sich, sie wäre plötzlich taub und könnte ihn nicht hören. »Natürlich wirst du das. Es war eine dumme Feststellung von mir.«

»Aber möglicherweise wäre nicht Alicia meine Frau.«

Sandra riß die Augen auf. »Aber selbstverständlich wird sie deine Frau sein.«

»Nicht unbedingt.«

»Und ob.«

»Wie kannst du das sagen, nach dem, was zwischen uns vorgefallen ist, Sandra? Wie kannst du auch nur annehmen, ich könnte Alicia jetzt noch heiraten?«

»Und wie kannst du etwas anderes annehmen?« fragte Sandra erregt. »Jeremy, sie vertraut mir. Sie hat dich sogar hierher geschickt.«

»Es war verrückt von ihr.«

Sie überhörte das versteckte Kompliment in seiner Bemerkung. »Nein, das war es nicht. Keine von uns hat der anderen je einen Grund gegeben, ihr nicht zu vertrauen. Und wenn die Situation umgekehrt wäre? Wenn Alicia gestorben wäre, und ich wäre mit Jim verlobt? Könntest du mich ihm wegnehmen?«

Jeremy unterdrückte einen Fluch. »Das ist nicht dasselbe.«

»Das ist genau dasselbe. Alles ist nur passiert, weil wir im Moment im gleichen Haus wohnen und unserer Vorstellungskraft freien Lauf gelassen haben. Du hast als Schriftsteller natürlich eine romantische Ader. Ich bin einsam, habe jahrelang allein gelebt. Wenn du erst wieder zu Alicia und den Jungen zurückkehrst …«

»Quatsch, Sandra. Jetzt bist du unehrlich. Traust du mir nicht zu, daß ich weiß, was ich will? Ich hätte dich in einem Supermarkt treffen können oder in einem Aufzug oder sonstwo, und du wärst mir genauso vertraut gewesen wie an dem Abend, als du mir die Tür geöffnet hast.«

»Alicia wird dir eine wunderbare Frau sein«, sagte Sandra verzweifelt. Sie wußte, daß Jeremy recht hatte, aber es war ihr auch klar, daß sie ihm eigentlich nicht hätte zuhören dürfen. Sie durfte ihm keine Hoffnung geben.

»Zweifellos, aber wird sie für *mich* wunderbar sein? Sie kann zum Beispiel nicht verstehen, daß ich allein sein will, wenn ich arbeiten muß. Wenn sie hier wäre, würde sie alle zehn Minuten an meine Tür klopfen …«

»Hör auf!«

»Nein. Du hörst jetzt zu. Die Frage ist doch auch: Wäre ich gut für Alicia? Ich muß mit jemandem reden können. Diskutieren. Oft. Mit jemandem, der zuhören kann. Ich meine, *wirklich* zuhören. Du kannst das. Wie an dem Abend, als ich ankam. Du hast am Tisch gesessen und mir zugehört, mir deine volle Aufmerksamkeit geschenkt und mich nicht mit Dingen abgelenkt, die du tagsüber erlebt hast …«

»Verdammt, Jeremy!« Sandra runzelte ärgerlich die Stirn. »Bitte hör auf, in meiner Gegenwart die Frau zu kritisieren, die du heiraten wirst. Wie es Männer tun, wenn sie eine Frau in einer Bar aufgabeln und sie einzuwickeln versuchen, damit sie mit ihr schlafen können. ›Meine Frau versteht mich nicht.‹ Fällt dir bei deiner Intelligenz nicht etwas Originelleres ein? Wenn du und Alicia Probleme habt, dann werdet allein damit fertig. Ich will nichts davon wissen und nicht darin verwickelt werden.«

»Zu schade, aber du bist schon darin verwickelt, Sandra.« Jeremy zog sie wieder an sich, und obwohl sie sich wehrte, ließ er sie nicht los. »Von deinem hübschen Kopf bis zu den Spitzen deiner Zehen und allen Stellen dazwischen bist du verwickelt.«

Er küßte sie leidenschaftlich, drängte seine Zunge zwischen ihre Lippen, ihre Zähne, bis er ihren Widerstand überwand, und Sandra seinen Kuß sehnsüchtig erwiderte. Zu lange hatte sie sich gefühlt als wären all ihre Empfindungen abgestorben. Jetzt, da sie zu neuem Leben erweckt worden waren, mußte sie Jeremy einfach nachgeben. Zärtlich strich er über ihre Brüste. Sie erschauerte. Wenn dieses prickelnde Verlangen nicht wäre …

»Wenn jemand mein Kind zur Welt bringt, möchte ich, daß du es bist.«

Er entwarf ein Bild, das genau Sandras Träumen entsprach. Ein Mann, der sie liebte. Ein Baby, das aus ihrer Liebe hervorgegangen war. Das Gefühl der Zugehörigkeit. Wiedergeliebt zu werden. Alles, was sie bisher vermißt hatte.

Aber sie wußte, daß sich dieser Traum nicht erfüllen würde. Jeremys Küsse, sein Streicheln erweckten in ihr nur die Sehnsucht nach etwas, das für immer unerreichbar war. Ihr Herz mußte zerbrechen an ihrer Liebe zu Jeremy. Er würde wieder zur Vernunft kommen, zu Alicia und den Jungen zurückkehren und Sandra mit ihren Tränen alleinlassen. Würde sie noch einmal mit einer Enttäuschung fertig werden können?

Jeremy starrte sie verwirrt an, als sie ihn plötzlich heftig von sich stieß. »So etwas darfst du nicht zu mir sagen.« Ihr Gesicht war zu einer kalten Maske erstarrt. »Es darf nichts mehr zwischen uns passieren, sonst wirst du Fairchild House verlassen müssen.«

In seinen Augen flammte es zornig auf. Verdammt, Sandra ...«

»Es ist mein Ernst. Du hast vor, jemand anderen zu heiraten. Vergiß das bitte nicht.«

Seine Antwort auf ihre Bemerkung ließ Sandra zusammenzucken. »Ich weiß, was mit dir nicht stimmt.« Seine Lippen bebten vor Erregung. »Du hältst dich in deinem Haus vor der Außenwelt versteckt, weil du Angst hast, ihr entgegenzutreten.«

»Angst?« fragte Sandra verletzt und ziemlich verunsichert durch seine Gabe, ihr Innerstes zu durchschauen.

»Jawohl, Angst. In deinem Elternhaus ging es so fröhlich zu wie in einem verstaubten Mausoleum. Soviel ich von Alicia weiß, haben sich deine Eltern nicht um dich gekümmert. Und aus purer Verzweiflung bist du auf dieses Ekel von einem Freund hereingefallen, der dich dann endgültig fertiggemacht hat.«

»Halt den Mund. Davon hast du keine Ahnung. Du redest über Dinge, von denen du nichts verstehst.«

»Und wenn schon. Du meinst vielleicht, daß du dich verstecken kannst, Sandra, aber du bist durchsichtig wie Glas. Was ist schon dabei, wenn deine Eltern keine guten Eltern waren? Sie waren zu sehr mit sich beschäftigt. Aber das hat auch sein Gutes. Du bist früher selbständig geworden. Und was ist schon dabei, wenn ein selbstsüchtiger Idiot dir übel mitgespielt hat? Mußt du dich deswegen abkapseln und keine Menschenseele bis ans Ende deiner Tage an dich heranlassen?«

»Zum Teufel mit dir«, sagte sie und rannte wütend zur Tür.

Er holte sie gerade noch ein, bevor sie sich in ihr Zimmer zurückziehen konnte. Mit eisernem Griff hielt er Sandra fest. »Du hast dich zu einem Leben in Einsamkeit verdammt, weil du dir einbildest, es nicht besser zu verdienen. Also, Sandra, niemand bekommt, was er verdient.«

»Laß mich los!« Verzweifelt versuchte sie, sich zu befreien.

»Du hast dich auf den Altar der Selbstverleugnung geworfen und befürchtest, irgend jemand, speziell ein Mann, könnte dich berühren, und du könntest deinen Entschluß bereuen.«

Er war der Wahrheit so nahe gekommen, daß Sandra sich beherrschen mußte, um nicht in Tränen auszubrechen.

»Und was ist mit dir, Jeremy? Du bist das genaue Gegenteil. Du hast dich einer Frau und zwei Kindern verschrieben, die dich brauchen, aber du würdest dieses Versprechen beiseite fegen, als hätte es nie existiert. Aber es existiert trotzdem, und du wirst dich sehr bald wieder daran erinnern. Du wirst zu Alicia und den Jungen zurückkehren und ihnen all die Liebe geben, die du mir jetzt so unbekümmert anbietest. Nein danke. Irgendwann kommst du wieder zu Verstand, und ich will in der Zwischenzeit nicht dein Betthäschen sein.« Ohne ihn anzusehen, sagte sie mit tonloser Stimme: »Es wäre das beste, wenn du abreisen würdest.«

Jeremy ließ Sandra so abrupt los, daß sie fast gestürzt wäre. Es schien ihm unerträglich, sie noch einen Moment länger zu berühren. Seine Lippen bewegten sich kaum, als er jetzt zu sprechen begann: »Dein Bett wird unberührt bleiben, Mrs. Fairchild, aber du wirst mich hier nicht rausschmeißen.«

Die Schwingtür pendelte heftig hin und her, nachdem Jeremy hinausgestürmt war.

Sandra blieb im ersten Augenblick wie erstarrt stehen. Erst jetzt bemerkte sie, wie erschöpft sie war. Sie tastete sich in ihr Zimmer, brach schluchzend auf ihrem Bett zusammen und preßte ihr Gesicht voller Verzweiflung in ihr Kopfkissen.

Jeremys Worte hatten sie dort getroffen, wo es am schmerzhaftesten war. Warum konnte er sie nicht verstehen? Sie schwor sich, hart zu werden und nicht mehr aus Liebe zu leiden.

Aber sie litt bereits wieder aus Liebe. Ungeachtet ihrer verletzenden Worte liebte sie Jeremy mit schmerzhafter Intensität.

In ihr nagte immer noch die Verzweiflung über Jasons Zurückweisung. Sie hatte sie völlig unvorbereitet getroffen. Sie war damals blind und unerfahren in diese Beziehung gestolpert.

Diesmal aber gab es keine Entschuldigung für eine solche Naivität. Sie war nicht mehr das unschuldige, gutgläubige Mädchen. Der Weg, den ihr Herz ihr vorschrieb, würde mit Tränen gepflastert sein. Sie sollte lieber umkehren, so lange es noch möglich war.

Aber wie sollte sie das schaffen, wenn Jeremy weiter in ihrem Haus blieb? Wenn er tagsüber in seinem Zimmer arbeitete, würde sie ihn vermutlich nur noch abends beim Essen sehen.

Sandra beschloß, ihm auf keinen Fall mehr ein Tablett aufs Zimmer zu bringen. Wenn er nicht zum Frühstück herunterkam, würde er eben keins bekommen. Vielleicht könnte sie so die nächsten paar Wochen überleben. Vielleicht.

Und im nächsten Augenblick fragte sie sich, wie sie weiterleben würde, ohne sich nach Jeremy zu sehnen. Ihr Herz schlug wie verrückt, wenn sie nur an ihn dachte. Oh, Jeremy, warum kann das Leben nicht freundlicher mit uns umspringen?

Wenigstens waren sie nicht allein. Es waren ja noch andere Leute im Haus.

5

Am nächsten Tag waren die Zeitungen voll von Berichten über die ungewöhnlich starken Regenfälle im Küstenbereich und über die katastrophalen Folgen.

Sandra hatte sich in der letzten Zeit wenig um das Wetter gekümmert. Sie war zu sehr mit den Gedanken an Jeremy beschäftigt gewesen. Nun las sie überrascht von Erdrutschen und Überschwemmungen in ihrer nächsten Umgebung. Die Zustände verschlimmerten sich noch, so daß die abendlichen Fernsehnachrichten fast ausschließlich Schreckensbilder der Naturkatastrophe brachten.

»Vielleicht sollten wir unsere Reise abbrechen«, meinte eine der Frauen aus Iowa beim Dinner.

»Nein«, sagte ihr Mann. »Wir haben diese Reise seit Monaten geplant und uns genauso lange darauf gefreut. Das bißchen Regen wird sie uns doch wohl nicht verderben, oder?« Besorgt wandte sich die Frau an ihre Reisegefährten. »Was meint ihr dazu?«

»Wir bleiben«, antwortete ihr Nachbar und spießte ein gegrilltes Steak von der Platte auf, die Sandra ihm hinhielt.

»Das meine ich auch«, sagte seine Frau. »Übrigens, Dorothy«, stichelte sie, »in den Geschäften ist es trocken.«

Beide Ehemänner stöhnten, und Sandra seufzte erleichtert. Die anderen Gäste, ein älteres Paar, wollte nur noch für zwei Nächte bleiben.

»Ich bleibe auf jeden Fall«, bemerkte Jeremy und trank einen Schluck Burgunder. »Mein Buch macht gute Fortschritte. Oh, Mrs. Fairchild, könnte ich bitte noch etwas von den Kartoffeln haben?« fragte er mit strahlendem Lächeln, von dem nur Sandra wußte, daß es falsch war.

»Selbstverständlich, Mr. Madison«, antwortete sie mit gespielter Liebenswürdigkeit, wobei sie das dringende Bedürfnis unterdrücken mußte, ihm den Inhalt seines Tellers auf den Schoß zu kippen.

Das Wetter verschlechterte sich so sehr, daß die Golden Gate Bridge zeitweise für den Verkehr gesperrt werden mußte. Rettungsteams waren in der ganzen Region pausenlos im Einsatz.

Sandra geriet in Panik. Die beiden Paare aus Iowa blieben tatsächlich, aber das ältere Ehepaar wollte am nächsten Tag abreisen. Für das Wochenende waren zwei Zimmer reserviert worden, aber angesichts der entmutigenden Wetterberichte bestand die Gefahr, daß die angekündigten Gäste ihre Reisepläne aufgaben.

Abgesehen von dem finanziellen Verlust würde das bedeuten, daß sie und Jeremy allein im Haus wären. Es sei denn, sie konnte ihn davon überzeugen, daß er besser auch abreiste. Aber eher würde bestimmt der Regen aufhören, als daß sich Jeremy zu einer Abreise überreden ließ.

Sandras schlimmste Befürchtungen bestätigten sich. Innerhalb einer Stunde wurden die beiden reservierten Zimmer abbestellt.

Entmutigt saß Sandra in ihrem engen Büro unter der Treppe und rechnete ihre Einnahmen zusammen. Wie sollte sie in diesem Monat nur ihre Rechnungen bezahlen? Wenigstens lenkten sie ihre Geldsorgen von den Problemen mit Jeremy ab. Ab morgen abend würden sie allein im Haus sein. Wie würde sie das überstehen?

Später am Tag, als das Telefon klingelte, nahm Sandra widerstrebend den Hörer ab. Der Anruf konnte nur von einem Gläubiger kommen.

»Du klingst so trübe wie das Wetter bei euch.«

»Alicia?« Sandras Herz zog sich zusammen. Dabei brauchte sie doch gar keine Schuldgefühle zu haben, versicherte sie sich. Sie hatte Jeremy doch nur geküßt. Na ja, vielleicht auch berührt ... »Wie geht es dir?«

»Gut. Den Jungen auch. Alles in Ordnung. Ich wollte nur mal anrufen.«

»Ich hole Jeremy. Er arbeitet, wie üblich. Den ganzen Tag schließt er sich in seinem Zimmer ein, und die Schreibmaschine klappert unaufhörlich.« *Immer mit der Ruhe. Nicht übertreiben. Sonst wird sie noch mißtrauisch.*

»Eigentlich wollte ich dich sprechen, Sandra«, sagte Alicia ruhig. »Welchen Eindruck macht Jeremy auf dich?«

»Eindruck?« Sandras Mund war plötzlich trocken. »Wie meinst du das?«

»Geht es ihm gut? Ist er glücklich?«

»Glücklich?«

»Sandra, würdest du bitte aufhören, mich dauernd zu wiederholen und mir sagen, ob es ihm gutgeht?« fragte Alicia plötzlich ungeduldig.

Sandra atmete ein paarmal tief durch. »Natürlich geht es ihm gut. Er verputzt jeden Abend eine ordentliche Essensportion.« Sie hoffte, daß Alicia nicht merkte, wie gekünstelt ihr verlegenes Lachen klang.

»Wenigstens ißt er richtig. Als er androhte, in ein Hotelzimmer zu ziehen, bis er sein Buch beendet hat, erhob ich Einspruch. Ich hatte Angst, er würde nur von Kartoffelchips und Kaffee leben. Ich meine immer noch, daß Fairchild House im Moment das beste für ihn ist. Nur ...«

»Nur?« stammelte Sandra, als Alicia innehielt. »Nur, daß er sich so seltsam anhört, wenn ich mit ihm rede. Zerstreut. Ich weiß, daß er immer in einer anderen Welt lebt, wenn er arbeitet, trotzdem verletzt er mich mit seinem Desinteresse ein wenig. Ich bin etwas beunruhigt.«

»Ich kann dich verstehen«, sagte Sandra langsam. »Natürlich steckst du in Hochzeitsvorbereitungen, aber ich glaube, daß Frauen so etwas ernster nehmen als Männer. Er ist furchtbar beschäftigt. Bestimmt muß er sich sehr auf sein Buch konzentrieren, und seine scheinbare Gleichgültigkeit ist nichts, worüber du dir Sorgen machen müßtest.« Hoffentlich klangen ihre Worte glaubhaft!

»Wahrscheinlich hast du recht«, meinte Alicia eine Spur fröhlicher. »Ich werde mich an seine ›dunklen Stimmungen‹ gewöhnen müssen, wenn er über einem Roman brütet.«

»Ja«, sagte Sandra ernst. »Eins habe ich über deinen Verlobten erfahren. Er nimmt seine Arbeit sehr ernst.«

»Das sollte er auch. Er verdient einen ganz schönen Batzen Geld damit.«

Seltsamerweise fühlte sich Sandra durch Alicias Bemerkung betroffen. Sie war sicher, daß Jeremy selbst dann schreiben würde, wenn er keinen Cent damit verdienen könnte. »... und da dachte ich, ich könnte morgen abend kommen und mit euch beiden das Wochenende verbringen.«

Alicias Worte rissen Sandra aus ihren Gedanken. »Was? Du kommst her? Morgen? Das wäre wundervoll!« Sie meinte es ehrlich. Alicias Gegenwart würde die Dinge ins Lot bringen.

»Mutter hat mir angeboten, die Jungen zu nehmen. Hast du noch ein Bett frei?«

»Zu viele, fürchte ich.« Sandra lachte bitter.

»Ich habe gehört, das Wetter ist verheerend.«

»So? Dann werden wir uns vor dem Kamin unterhalten, während Jeremy arbeitet.«

»Ich hoffe, ich kann ihn dazu bringen, sich das Wochenende freizunehmen.«

»Ich werde Jeremy holen. Sicherlich ...«

»Nein. Du kannst ihm ja sagen, daß ich komme. Wenn ich ihn schon das ganze Wochenende lang ablenke, lasse ich ihn wenigstens jetzt in Ruhe. Sonst dreht er durch!«

Alicia gab Sandra ihre vermutliche Ankunftszeit an und sagte, daß sie sich am Flughafen ein Taxi nehmen wollte. »Mir ist lieber, wenn du mit einem deiner Festessen auf mich wartest.«

»Darauf kannst du dich verlassen. Ich freue mich schon auf dich.«

»Ich mich auch. Tschüs!«

Sandra sah dem Dinner das erste Mal mit mehr Begeisterung entgegen als seit Tagen. Ihre Laune sank ein wenig, als nur das ältere Paar in den Speiseraum kam. »Mr. Madison bat uns, Ihnen auszurichten, daß er ausgeht«, sagte der Mann höflich.

»Oh. Vielen Dank.«

Jeremy kam erst nach Mitternacht zurück. Sandra hatte im Salon auf ihn gewartet. Er schüttelte gerade den Regen von seinem Mantel, als er sie unter der Tür bemerkte.

»Sind Sie die Hausmutter? Habe ich mich nicht genügend wegen meines langen Ausbleibens entschuldigt?«

Ärgerlich preßte Sandra die Lippen aufeinander. »Mir ist egal, zu welcher Zeit Sie zurückkommen, Mr. Madison. Ich habe auf Sie gewartet, um Ihnen etwas von Ihrer Verlobten auszurichten.«

Jeremy senkte den Kopf und starrte auf seine regennassen Schuhe. »Es tut mir leid, Sandra. Ich benehme mich wie der letzte Idiot. Entschuldige bitte.«

Sein Spott war beinahe leichter zu ertragen als diese demütige Entschuldigung. Jeremy wirkte verletzlich und trostbedürftig, als er so verloren in vom Regen nassen Kleidern vor ihr stand. Schmerzhaft fühlte Sandra, wie sehr sie ihn liebte.

Sein Blick war leer, als er sie jetzt ansah. »Ist alles in Ordnung? Mit den Jungen?«

»Ja. Alicia kommt morgen abend, um das Wochenende mit ... dir zu verbringen.« Fast hätte sie gesagt, »mit uns«. Aber so konnte sie besser die Beziehung zwischen ihm und Alicia unterstreichen.

»Ah.« Jeremy nickte ausdruckslos. »Schön. Kommt sie allein?« Er bemühte sich, interessiert zu klingen, aber es gelang ihm nicht.

»David und Adam bleiben bei Alicias Eltern. Sie wird zum Dinner hier sein.«

Zum erstenmal seit Tagen waren sie allein. Jeremy betrachtete sie liebevoll. Ihm fiel auf, daß Sandra diesmal nicht den häßlichen blauen, sondern einen apricotfarbenen Morgenmantel aus Samt trug. Das Material schmiegte sich weich um die Rundungen ihrer Brüste und ihrer Schenkel.

»Hat Alicia noch etwas gesagt?«

Sandras Blick konnte sich nicht von seinen Lippen lösen, und sie wünschte sich inbrünstig, sie auf ihrem Mund zu spüren. Sie mußte ein paarmal schlucken, bevor sie antwortete.

»Sie hat mich gefragt, ob es dir gutginge und ob du ... glücklich wärst.«

»Und was hast du ihr gesagt?«

»Daß du gut ißt.« Sandra unterdrückte ein Seufzen. »Hast du heute abend etwas gegessen?«

»Ja. In Chinatown.«

»War es gut?«

»Sehr gut, aber zu viel für eine Person.« Eine unbeschreibliche Traurigkeit lag in Jeremys Augen.

Wie gern hätte Sandra ihn in die Arme genommen und seinen Schmerz hinweggezaubert. Sein Mund war zum Lächeln geschaffen. Oder zum Küssen. Sie wandte ihren Blick ab, sagte atemlos: »Ich glaube, das wär's. Gute Nacht«, und huschte an ihm vorbei in die Dunkelheit.

»Sandra?«

»Ja?«

Sie drehte sich um und wurde unruhig, als Jeremy nun viel zu nah vor ihr stand. Sein Atem streichelte ihr Haar.

»Was hast du auf Alicias andere Frage geantwortet? Ob ich glücklich bin?«

Sandras Stimme wollte ihr den Dienst versagen, aber sie schaffte es, trotzdem zu antworten. »Ich habe ihr erzählt, daß du hart arbeitest und dich auf dein Buch konzentrierst.«

»Und du meinst wirklich, das ist es, worauf ich mich konzentriere?«

Jeremy beobachtete, wie ihre blauen Augen plötzlich vor Verlangen aufleuchteten. Wie sollte er seinen Wunsch beherrschen, sie zu umarmen, wenn sie so zu ihm aufsah? Nachdem er Stunden, Tage und Nächte damit verbracht hatte, sich ihre Lippen, ihre Brüste vorzustellen? Er wollte alles an ihr streicheln, berühren, was sich unter ihren Kleidern verbarg, er wollte sie verwöhnen, er wollte, daß sie sich vergaß, daß sie ganz tief hinabtauchte in die Wogen ihrer Leidenschaft, er wollte ihre verzückten Schreie hören, wenn sich der Höhepunkt näherte.

Er hatte nur einen Vorgeschmack davon erhalten, wie es wäre, Sandra zu lieben, aber er hatte gespürt, daß in ihr das Herz einer leidenschaftlichen, hingebungsvollen Frau schlug. Sein Blut geriet in Wallung, wenn er sich vorstellte, daß sie nackt und erregt unter ihm lag und den süßen Rhythmus ihrer Bewegungen auskostete.

Jeremy konnte weder schreiben noch schlafen. Aber er war nicht bereit, seine Liebesphantasien aufzugeben. Es würde ihn verrückt machen, auf sie zu verzichten, genauso, wie es ihn verrückt machte, sich Sandra mit einem anderen Mann vorzustellen. Wenn sie mit ihm so leidenschaftlich war, lag es doch nahe, daß sie auch ... Er mußte sie fragen, mußte es wissen.

»Dieser ... Jason ...«

»Ja?«

»Du hast gesagt, ihr hättet längere Zeit zusammengelebt.«

»Ja«, antwortete Sandra fast unhörbar.

»Natürlich hast du mit ihm geschlafen.«

»Ja.«

»War er der erste?«

»Der einzige.«

»Hat er ... hat er ... dich glücklich gemacht?«

»Nein.« Sie schüttelte den Kopf.

Mit einer sanften, zögernden Bewegung strich Jeremy über ihre Wange. Sie zuckte zusammen. Seine Berührung schien Sandra schwach und willenlos zu machen. Sie zitterte. Ihr Körper schmerzte vor sinnlichem Verlangen, brannte danach, sich an Jeremy zu schmiegen, und doch war sie unfähig, sich zu bewegen, ihren Sinnen zu folgen.

»Der Mann war ein Idiot«, sagte Jeremy heiser. Er strich mit seinem Daumen einmal über Sandras volle Lippen und wandte sich dann mit einem tiefen Seufzer ab.

Eine Ewigkeit schien zu vergehen, bis Sandra sich aus ihrer Erstarrung lösen konnte und mit müden Schritten auf ihr Zimmer ging.

»Wie eigensinnig von dir, Jeremy«, sagte Alicia schmollend. »Welchen Unterschied macht das schon, wenn ich mal in deinem Buch lese?«

»Niemand liest mein Manuskript, bevor ich fertig bin. Weder mein Agent noch mein Verleger noch meine ... Verlobte.«

Sie saßen im Speisezimmer bei einem Essen, das Sandra fast den ganzen Tag lang vorbereitet hatte. Ausnahmsweise aß Sandra im Speisezimmer mit. Sie hatte zu dieser Gelegenheit sogar denselben schwarzen Rock und die Georgettebluse angezogen, die sie am ersten Abend mit Jeremy getragen hatte. Ihr Haar hatte sie zu einem losen Knoten festgesteckt. Ihre Aufmachung paßte genau zu der gediegenen Atmosphäre des Raums. Im Gegensatz zu Alicia.

Sie wirkte viel zu modisch und extravagant. Sandra hatte gerade das Feuer im Kamin angezündet, als der Messingtürklopfer ihr Alicias Ankunft ankündigte. Alicia hatte Sandra stürmisch umarmt und geküßt. Jeremy war es genauso ergangen, als er die Treppe heruntergekommen war.

Er hatte die strahlende Alicia warm in die Arme geschlossen und ihr die Wange geküßt. Schnell hatte sich Sandra in den Salon zurückgezogen, angeblich, um nach dem Feuer zu sehen.

Alicias gepflegte Frisur hatte den Flug, Wind und Regen und die lebhaften Umarmungen unbeschadet überstanden. In ihren Augen leuchtete die gewohnte Fröhlichkeit, und sie plauderte munter über die Schwierigkeiten, Kinder auch nur für zwei Tage der Großmutter zu überlassen, über den stürmischen Flug, über das entsetzliche Wetter, über ihren spontanen Entschluß und ihre Freude darüber.

Als sie später zum Dinner herunterkam – Sandra hatte ihr das Zimmer neben Jeremy gegeben – trug sie einen dunkelblauen Seidenanzug.

Jetzt zeigte ihr schönes Gesicht einen mürrischen Ausdruck. »Künstlerlaune, nehme ich an. Verstehst du, warum er mich nicht wenigstens einmal sein Manuskript überfliegen läßt?«

Sandra wünschte verzweifelt, Alicia würde sie nicht um ihre Meinung zu Jeremys Benehmen fragen. »Ich glaube schon. Solange er es nicht für vollkommen hält, meint er, dich und sich selbst zu täuschen, wenn er es dich vorzeitig lesen läßt.«

Alicia sah sie an, als spräche sie chinesisch. »Wahrscheinlich. Aber immerhin bin ich seine zukünftige Frau.«

Auch Jeremy sah Sandra an, und sie hoffte, das Licht in seinen Augen würde nur vom Kerzenschein herrühren. »Tut mir leid, Alicia, aber es bleibt dabei.«

»Wieviel fehlt dir denn noch? Wirst du früher als geplant mit dem Buch fertig?«

Jeremy rutschte unbehaglich auf seinem Stuhl hin und her. »Das glaube ich nicht. Ich bin mit dem letzten Kapitel nicht zufrieden.. Möglicherweise werde ich es noch einmal neu schreiben.«

»Bestimmt ist es großartig«, sagte Alicia vertrauensvoll und griff über den Tisch nach seiner feingliedrigen Hand.

Sandra fühlte Eifersucht in sich aufsteigen. Alicia hatte

das Recht, seine Hand zu berühren, ihm das Haar aus der Stirn zu streichen, mit ihren Fingern die Sorgenfalte zwischen seinen Augenbrauen zu glätten. Trotzdem kam sie gegen dieses alberne Gefühl nicht an.

»Jedenfalls gibt es hier keine Ablenkung für dich«, stellte Alicia lachend fest. »Was ist mit den Herbsttouristen?« wandte sie sich an Sandra.

Sie mußte sich zusammenreißen, um ihrer Freundin in die Augen sehen zu können. »Ich fürchte, die Wetterberichte haben sie verschreckt. Gestern habe ich zwei Absagen erhalten.«

»Macht dir das denn keine Sorgen? Ich dachte, du kommst auch so schon finanziell kaum über die Runden.« Alicia meinte es nicht böse, aber Sandra hätte sie für diese Bemerkung durchschütteln können. Warum mußte Alicia sie auch so brutal daran erinnern! Alicia stammte aus einer wohlhabenden Familie und hatte nie Geldsorgen gekannt.

»Oh, es wird schon gehen«, sagte Sandra in dem vergeblichen Versuch, gleichgültig zu klingen. »Vielleicht muß ich bald Hot Dogs statt Schlemmeressen servieren, aber ich werd's schaffen.«

»Aber natürlich«, meinte Alicia. »Ich wünschte, ich besäße einen Bruchteil deiner Tüchtigkeit und deines Verstandes.«

Das wünschte ich dir auch, dachte Sandra und wunderte sich über ihre bissigen Gedanken.

»Jedenfalls«, fuhr Alicia fort, »war das Essen heute abend ein Gedicht.« Sie legte ihre Serviette neben den Teller und leerte ihr Weinglas. »Und jetzt bin ich bereit, mich vor dem Kamin zusammenzurollen. Er sieht so einladend kuschelig aus.«

»Geht nur schon. Sobald ich mit dem Geschirr fertig bin, komme ich nach.«

Alicia nahm Jeremys Hand und zog ihn aus dem Zimmer. Sandra spürte seinen Blick, als er hinausging, sah aber nicht von dem Tablett auf, das sie gerade mit schmutzigem Geschirr belud.

Sie ließ sich viel Zeit mit dem Aufräumen der Küche. Schließlich nahm sie ihre Schürze ab und begab sich widerstrebend und mit pochendem Herzen zum Salon, wo sie Jeremys fröhliches Lachen und Alicias helle Stimme hören konnte.

Die beiden saßen auf dem Sofa. Alicia lehnte an Jeremy und spielte mit den Knöpfen seines Hemdes. Er hatte sein Jackett abgelegt.

»Da bist du ja endlich. Wir haben dich schon vermißt«, rief Alicia ihr entgegen. Sie seufzte und legte ihre Wange an Jeremys Brust. »Ach, ist das schön. Friedlich und erholsam. Ich kann dir gar nicht sagen, wie sehr mir die Jungen zusetzen.« Sie hob den Kopf, um Jeremy anzusehen. »Ich hatte eine solche Sehnsucht, wegzufahren und dich zu sehen. Es ist herrlich, bei dir zu sein.«

Er lächelte liebevoll, küßte die Spitze ihrer kleinen Nase und strich ihr über den Kopf.

Sandra markierte ein Gähnen. »Ihr müßt mich entschuldigen, aber ich bin schrecklich müde heute abend. Ich glaube, der unablässige Regen macht mich schläfrig.«

»Aber Sandra ...«

»Wir sehen uns ja morgen, Alicia. Sicherlich willst du heute abend mit deinem Jeremy allein sein. Wenn ihr nur die Lichter ausschaltet, bevor ihr nach oben geht.« Sie floh aus dem Raum und wußte, daß sie unhöflich und feige war. Aber sie wußte auch, daß sie gestorben wäre, wenn sie den beiden noch länger zugesehen hätte.

6

Sandra verabscheute sich. Sie starrte auf die Tür zu Alicias Zimmer. Sie mußte einfach wissen, wo Alicia die Nacht verbracht hatte. Der Messingknauf drehte sich unter ihrer Hand, und die Tür schwang auf. Sie sah das Bett mit der zurückgeschlagenen Decke, das zerknitterte Laken und das eingedrückte Kopfkissen. Ihr Blick suchte ängstlich ein zweites Kopfkissen. Nein, es war keines da ...

Zitternd ließ sich Sandra gegen den Türrahmen fallen und machte sich bittere Vorwürfe. Kindisch. Dumm. Eifersüchtig. Aber sie hatte es ganz einfach wissen müssen. Trotzdem war ihr klar, daß sie ihrer besten Freundin nachspionierte.

Letzte Nacht hatte sie die beiden die Treppe hinaufgehen hören, konnte dabei aber nicht feststellen, ob sie in dasselbe Zimmer gingen. Hatten sie sich absichtlich bemüht, leise zu sein, damit sie nichts bemerken sollte?

Es war eine höllische Nacht gewesen. Sandra hatte sich im Bett herumgewälzt und sich vorgestellt, wie Jeremys Hände und Lippen Alicias schönen nackten Körper erforschten. Sie sah Jeremys Glied in Alicia eindringen, sah die rhythmischen Bewegungen, hörte in ihrer Phantasie das beglückende Stöhnen.

Sie waren gemeinsam zum Frühstück heruntergekommen, Alicia gutgelaunt und munter, Jeremy zerzaust und abgespannt, als hätte er nicht viel geschlafen.

Aber wenigstens hat er in seinem eigenen Bett geschlafen, sagte Sandra zu sich selbst, als sie schnell Alicias Bett machte.

Nach dem gemütlichen Frühstück, das Sandra den beiden servierte, hatte Alicia darauf bestanden, daß Jeremy sie zu einem Einkaufsbummel begleitete. Ihren Bitten zum Trotz hatte Sandra sich geweigert, auch mitzukommen. Sie behauptete, ihre Buchführung erledigen zu müssen. In Wirklichkeit hatte sie keine Lust, das fünfte Rad am Wagen zu spielen.

Jetzt ging Sandra in Jeremys Zimmer, das aussah, als hätte ein Wirbelsturm darin gewütet. Blätter waren neben dem Papierkorb zusammengeknüllt. Auf dem Tisch lagen verstreut Manuskriptseiten, die über und über mit roter Tinte bekritzelt waren. Hemden, Jeans und Pullover hingen über Bett und Stühle verteilt.

Sandra machte das Bett und begann dann systematisch aufzuräumen. Sie faltete gerade einen Pullover zusammen, als Jeremy das Zimmer betrat. Sandra wirbelte herum.

»Was machst du denn hier?« flüsterte sie erschrocken. Unbewußt preßte sie seinen Pullover an die Brust. Sie fühlte sich, als wäre sie bei einer verbotenen Handlung ertappt worden.

»Ich wohne hier«, antwortete Jeremy mit einem amüsierten Lächeln.

»Ich meine, wo ist Alicia?«

Er zog sein Jackett aus und hängte es ausnahmsweise ordentlich über eine Stuhllehne. »Sie probiert in einer Boutique Kleider an. Ich hatte genug und schlug ihr vor, mich hier zu treffen, wenn sie fertig ist. Wer weiß, wann das sein wird.«

Sandra erinnerte sich daran, daß ihre Freundin sich stundenlang in Modegeschäften herumtreiben konnte. »Sie macht sich einen schönen Tag«, sagte sie und legte den Pullover in den Schrank.

»Die Unordnung in diesem Zimmer tut mir leid. Ich hoffe, daß ich keinen bleibenden Schaden anrichte.«

Lächelnd schloß Sandra die Schranktür. »Bestimmt

nicht. Da du das größte Zimmer hast und am meisten bezahlst, stört es mich nicht, ein paar Kleider wegzuhängen.«

»Trotzdem vielen Dank.«

»Keine Ursache.«

»Ich bin jetzt fertig.« Sandra eilte zur Tür. »Laß dich nicht von der Arbeit abhalten.« Sie erreichte die Tür, ohne von Jeremy aufgehalten zu werden, aber als sie sie öffnen wollte, stemmte er die Hand dagegen.

»Die Jeans stehen dir gut.«

Sandra konnte ihm nicht in die Augen sehen und starrte nur wie gebannt auf seine kräftige Hand. Wenn er sie jetzt berühren würde, könnte sie für nichts mehr garantieren. Krampfhaft bemühte sie sich um einen normalen Tonfall. »Ich trage nie Hosen, außer samstags, wenn ich putze.«

Jeremy senkte den Kopf und drückte einen Kuß auf ihr Haar. »Mmh, es riecht nicht nach Putzen und Reinigungsmitteln. Du duftest nach frischgebackenem Brot.«

»Ich habe auch Brot gebacken«, sagte Sandra atemlos.

»Ich möchte einen Bissen haben.« Plötzlich spürte sie seine Lippen auf ihrem Nacken, sie knabberten zärtlich. Er fuhr mit den Zähnen über eine Stelle und leckte dann mit der Zunge darüber.

»Jeremy«, hauchte sie und genoß das prickelnde Gefühl der Erregung, das sich in ihrem ganzen Körper ausbreitete.

»Hast du eine Ahnung, wie süß dein kleiner Po in diesen Jeans aussieht?« fragte er und knabberte sanft an ihrem Ohrläppchen. »Bestimmt nicht, sonst würdest du sie nicht tragen.«

»Sag nicht ...«

»Zum Teufel, ich sage und tue, was mir paßt. Und ob du es zugibst oder nicht, es ist genau das, was du von mir willst, oder? Sag es mir, Sandra.«

»Ja«, schluchzte sie.

»Ah, der liebe Gott wird uns als Sünder verdammen, aber küß mich trotzdem.«

Es war ein viel zärtlicherer Kuß, als sie erwartet hatte. Jeremy legte seine Hand unter ihr Kinn und hob ihr Gesicht zu sich. Ihre Lippen trafen sich. Seine Zunge drängte in ihren Mund und bewegte sich auf eine erregende Art.

Zögernd hob Sandra die Arme und legte sie um Jeremys Nacken. Ihre Finger spielten mit seinem dichten Haar, während er ihren Hals mit brennenden Küssen bedeckte.

Seine Hände begannen mit langsamen, kreisenden Bewegungen ihren Rücken zu massieren. Sie gab dem pochenden Rhythmus nach, der durch ihren Körper pulsierte und bewegte sich vor und zurück, rieb ihre Hüften gegen seinen Schoß.

»Mein Gott, Sandra, ja, ja, hör nicht auf«, sagte er gepreßt. Seine Hände wanderten nach vorne, streichelten ihre Brüste, verhielten und öffneten mit quälender Langsamkeit ihre Bluse, streiften die Träger ihres Büstenhalters gleich mit ab und Jeremys Augen wurden fast schwarz vor Verlangen, als sich ihre Brustwarzen unter seiner Berührung hart und sehnsüchtig aufrichteten.

»Das hier hat mich am ersten Abend fast verrückt gemacht. Ich wollte dich so berühren.« Er rieb zärtlich die kleine Erhebung zwischen den Fingern. »Dann wollte ich dich mit der Zunge berühren.« Seine Stimme wurde zu einem rauhen Flüstern. »Ich möchte es immer noch.«

Eine Welle unkontrollierter Leidenschaft ließ Sandra erschauern, als Jeremy nach ihrer Hand griff und sie auf den Reißverschluß seiner Hose preßte. Sie fühlte, wie erregt er war. Sie war eine Gefangene der Sinnlichkeit, und Jeremy war ihr Wächter. Er besaß den Schlüssel zu allem, was ihr Erfüllung bringen konnte.

»Ich will dich haben, Sandra.«

»Ich dich auch«, bekannte sie mit einem herausgestoßenen Seufzer und drückte sich fest an ihn. Ihr Gesicht ruhte an Jeremys Brust, und tief atmete sie seinen Duft ein. Sie wußte, daß sie ihn in ein paar Sekunden verlassen mußte, aber in diesem Moment begehrte er sie, und sie konnte so tun, als gehörten sie zusammen.

Er strich über ihren kleinen, festen Po, den er so bewundert hatte. »Du hast mir die Hölle auf Erden bereitet, Sandra. Wirst du mich jetzt lieben?«

»Aber ich liebe dich doch«, versicherte sie und streichelte die zuckende Härte unter ihren Fingern. Abrupt stieß Jeremy sie zurück. »Du weißt genau, was ich meine.«

»Ich werde nicht mit dir ... schlafen, nein«, stellte Sandra ruhig, aber unbeugsam fest.

Jeremy schnappte nach Luft. »Verdammt«, fluchte er laut. »Warum denn nicht? Warum?« Er fuhr sich mit beiden Händen durch die Haare.

Langsam knöpfte sie ihre Bluse zu. »Du weißt, warum, Jeremy. Wenn wir je ... miteinander ins Bett gingen, würden wir damit jemandem weh tun, den wir beide sehr gern haben.«

»Meinst du, daß wir es wollen, ist weniger schmerzhaft für sie?«

»Nein, aber wir brauchen uns deswegen nicht so schuldig zu fühlen.«

»Ich bezweifle, daß ich mich je für meine Liebe schuldig fühlen würde.«

»Doch! Ich weiß, daß du es würdest.«

Ungeduldig runzelte Jeremy die Stirn. »Sei dir nicht so sicher. Ich besitze nicht deinen krankhaften Drang zur Selbstbestrafung. Sandra. Mir macht es keinen Spaß, den Märtyrer zu spielen.«

Ärger wallte in ihr auf. »Anscheinend habe ich mich in dir getäuscht.«

»Was soll das heißen?«

»Ich hätte nie gedacht, daß du dieses überhebliche Getue nötig hast. Aber wenn es deiner Männlichkeit schmeichelt, mich herunterzuputzen, weil ich nicht mit dir ins Bett gehen will, dann mach nur weiter. Aber das wird meinen Entschluß nicht umwerfen. Ich werde trotzdem nicht mit dir schlafen.«

»Herunterputzen?« Jeremy lachte spöttisch. »Und wie soll sich ein Mann fühlen, wenn eine Frau ihn bis zur Besinnungslosigkeit scharf macht, um ihm dann einen Tritt zu versetzen?«

Seine Worte trafen sie wie ein Faustschlag. »Was du da sagst, ist gemein!«

»Zu den Gemeinheiten komme ich erst noch.«

»Spar sie dir für dein Buch auf.« Sandra riß die Tür auf, bevor sie den letzten Schuß abfeuerte. »Ich bin sicher, daß sie dort bestens hineinpassen.«

Alicia kehrte wenig später zurück, mit Paketen und Schachteln verschiedener exklusiver Geschäfte beladen.

»Sandra, Sandra«, rief sie laut, als sie hereinplatzte, nachdem sie den Taxifahrer bezahlt hatte.

Sandra trat aus ihrem Büro, wo sie über ihren entmutigenden Zahlenkolonnen gebrütet hatte, die ihre Rechenmaschine ausspuckte. »Hast du in den Geschäften überhaupt noch etwas zurückgelassen?« Sie lächelte und versuchte, sich nicht anmerken zu lassen, daß sie vor weniger als einer Stunde den Mann geküßt hatte, den Alicia heiraten wollte. Alicias strahlendes, glückliches Gesicht verstärkte nur noch Sandras Ekel vor sich selbst.

»Warte nur, bis du die phantastischen Sachen siehst, die ich gekauft habe. Wo ist Jeremy?«

»Er arbeitet oben«, sagte Sandra, wobei sie den Blick zu ihrer Freundin vermied. »Ich kann seine Schreibmaschine hören.«

»Komm mit hoch. Ich will dir meine Sachen vorführen.«

»In einer Minute. Geh schon vor. Ich mache einen Glühwein, und dann kannst du mit deiner Modenschau anfangen.« Sie brauchte noch etwas Zeit, um sich zu erholen. Aber sie glaubte nicht, daß alle Zeit der Welt reichen würde, die Schuldgefühle, die sie empfand, zu löschen.

»In Ordnung.« Alicia lief fröhlich die Treppe hinauf.

Jeremys Schreibmaschine war nicht mehr zu hören, als Sandra wenig später mit dem Tablett hochkam, aber seine Tür war geschlossen. Alicias Tür stand halboffen, und Sandra stieß sie mit der Schulter auf und trat ein. Auf der Schwelle blieb sie entsetzt stehen.

Die Pakete und Schachteln lagen kunterbunt auf Bett und Teppich verstreut. Mitten im Zimmer standen Jeremy und Alicia in einer Umarmung, die für den Bruchteil einer Sekunde Sandras Herz stillstehen ließ. Alicias Mantel hing nur noch über einer Schulter, als ob sie während des Ausziehens von Jeremy überrascht worden wäre.

Jeremys Hände waren in Alicias dunkles Haar vergraben. Wie ein Verhungernder küßte er ihre Lippen.

Sandra stand wie festgewurzelt. Mit aufgerissenen Augen sah sie die verzehrende Leidenschaft seines Kusses. Ohne es zu wissen, öffnete sie den Mund und stieß einen verzweifelten Seufzer aus.

Abrupt hob Jeremy den Kopf und löste sich von Alicia. Wie hatte er nur so weit gehen können. Noch nie hatte er sich so elend gefühlt. Nicht nur wegen des herzzerreißenden Ausdrucks auf Sandras Gesicht, sondern auch wegen seines unverantwortlichen Verhaltens Alicia gegenüber. Diese Behandlung hatte sie nicht verdient. Sie konnte nichts dafür, daß er sich in diesem Gefühlschaos befand.

Jedenfalls hatte er Alicia nicht aus Leidenschaft geküßt. Der Kuß hatte nur einem einzigen Zweck gedient. Er wollte, daß er es endlich schaffte, sich Sandra für ein paar Minuten aus dem Kopf zu schlagen.

Zitternd hob Alicia eine Hand an den Mund, als sie sich umdrehte und Sandra an der Tür entdeckte. »O Sandra. Wir ... Jeremy ... er wollte auch sehen, was ich gekauft habe. Bitte setz doch das schwere Tablett ab. Du brauchst uns nicht zu bedienen, aber du bist ein Schatz.«

Sie schwatzte weiter, während Jeremy und Sandra sich wie zwei Marionetten bewegten und pflichtschuldigst antworteten, als spielten sie eine einstudierte Szene.

Sandra war grenzenlos erleichtert, als die beiden ihr sagten, daß sie zum Dinner ausgehen wollten. Natürlich erwarteten sie, daß Sandra mitkommen würde, aber sie lehnte dankend ab. Alicia bettelte, aber Sandra blieb standhaft, bis ihre Freundin schließlich aufgab.

Alicia sah in einem ihrer neuen Kleider sehr chic und attraktiv aus, und Jeremy paßte zu ihr in seinem Sportjackett mit der hellen Krawatte. Wie die Verkörperung eines idealen amerikanischen Paares sahen sie aus.

Lächelnd wünschte Sandra ihnen einen schönen Abend, sah zu, wie sie ins Taxi stiegen und schloß die Tür. Dann war es vorbei mit ihrer mühsamen Beherrschung. Sie lehnte ihren Kopf gegen die Tür und wünschte inständig, nicht mehr Gefühle zu haben als ein Stein.

Lauter Lügen hatte Jeremy ihr erzählt. Er hatte ganz einfach ein letztes Abenteuer vor seiner Heirat erleben wollen. Daß sie die beste Freundin seiner Verlobten war, machte das Abenteuer nur noch interessanter. Es schien direkt einem seiner Romane entnommen zu sein. Und als Sandra seine Annäherungsversuche abwehrte, war er sofort in Alicias liebevolle Arme zurückgekehrt.

Wie hatte sie sich nur so zum Narren machen können. Und das schon zweimal. Erst hatte sie geglaubt, Jason könnte sie lieben. Dann hatte sie Jeremy vertraut. Es war beinahe zum Lachen. Nur hatte die Trennung von Jason sie weit weniger erschüttert als Jeremys Verrat.

Warum tut es nur diesmal so weh, fragte Sandra sich, als sie später – vom vielen Weinen erschöpft – in ihrem Bett lag.

Noch niemals hatte sie sich so sehr danach gesehnt, einzuschlafen, um wenigstens für ein paar Stunden ihre Verzweiflung zu vergessen. Doch der Schlaf wollte nicht kommen. »Ich glaube, Alicia, ich fahre mit dir nach Los Angeles zurück«, stellte Jeremy ruhig fest.

Sandra hatte die beiden letzte Nacht nicht heimkommen hören.

Sie war froh darüber, denn sie wollte nicht wissen, ob sie die Nacht im selben Zimmer verbracht hatten. Bestimmt hatten sie zusammen geschlafen. Jeremy war einmal von Sandras unerwartetem Auftauchen gestört worden. Ein zweites Mal würde er sich die Gelegenheit bestimmt nicht entgehen lassen.

Nach einem ausgedehnten Frühstück saßen sie nun zu dritt vor dem Kamin im Salon, und Sandra versuchte, auf Alicias Erzählungen einzugehen. Hoffentlich sah man ihr nicht an, was für eine Nacht sie verbracht hatte.

Obwohl sie sich ständig versicherte, daß sie den Mann verabscheute, der sich hinter Jeremys Charme verbarg, brachte seine Ankündigung Sandra aus dem Gleichgewicht.

»Meinst du das ernst?« fragte Alicia aufgeregt. Sandra sah, wie Alicias Hand sich vertraut auf Jeremys Schenkel legte. »Oh, wie wundervoll! David und Adam werden ...«

Sie brach abrupt ab und ließ sich gegen die Sofalehne fallen. »Nein«, murmelte sie. »Du kannst nicht zurückkommen. Noch nicht.«

Sandra sah Jeremy an, aber als sie entdeckte, daß er so überrascht war wie sie, schaute sie rasch zu Alicia.

»Warum denn nicht? Ich dachte, du würdest dich freuen!«

»Das tue ich auch, Jeremy«, sagte Alicia ernst. »Aber dein Buch ist noch nicht fertig, und du würdest es nie vor der Hochzeit beenden. Wir wären dir nur wieder im Wege.«

Jeremy zuckte die Schultern. »Ich schaffe es sowieso nicht mehr bis zur Hochzeit. Es ist nicht tragisch, daß ich im Moment nicht weiterkomme. Ich kann den Termin verlängern.«

»O nein.« Energisch schüttelte Alicia ihre dunkle Mähne und lachte.

»Ich kann keine Heirat eingehen, wenn etwas so Wichtiges wie ein literarisches Meisterwerk zwischen uns steht. Das würdest du mir nie verzeihen.«

»Es ist wohl kaum ein literarisches Meisterwerk. Es gäbe nicht viel zu verzeihen.«

Alicia sah ihn zweifelnd an. »Ich kenne dich, Jeremy Madison. Wenn dein Buch sich nicht gut verkauft, geht es dir miserabel, und ich möchte keinen Trauerkloß als Bräutigam. Sag du es ihm, Sandra. Er soll in Fairchild House bleiben, bis das Buch fertig ist, stimmt's?«

Sandras Blick ging von Alicia zu Jeremy. Er wartete gespannt auf ihre Antwort. »Ich bin sicher, Jeremy wird auch ohne meinen Rat tun, was er für richtig hält.«

»Es gefällt dir doch gut hier, oder, Jeremy? Sandra mißhandelt dich doch nicht etwa?« fragte Alicia scherzend.

Sandra wurde blaß. Zum Glück sah Alicia gerade Jeremy an. Er schüttelte den Kopf. »Nein, nein, keinesfalls. Es ist nur, daß das Buch nicht so wichtig ist wie du und die Jungen.«

»Du solltest wirklich weitermachen und es beenden, Liebling. Sonst bist du die ganze Zeit unzufrieden, glaubst du nicht auch?«

Jeremy zögerte. »Ja«, gab er schließlich widerstrebend zu.

»Und Fairchild House ist für dich im Moment der beste Ort zum Arbeiten. Also bleib hier, obwohl ich deine selbstlose Geste wirklich zu schätzen weiß.« Alicia beugte sich vor und drückte Jeremy einen zärtlichen Kuß auf den Mund. Er berührte flüchtig ihre Schultern. »Jetzt muß ich meine Sachen packen. In einer Stunde kommt mein Taxi.«

Nachdem sie dem Taxi nachgewinkt hatten, bis es im Regen verschwunden war, begleitete Jeremy Sandra ins Haus zurück und ging in den Salon. Er stellte sich vor den Kamin und starrte in die Flammen. »Ich hab's immerhin versucht«, murmelte er fast unhörbar.

Sandra, die gerade in ihr Zimmer gehen wollte, blieb in der Tür stehen. Die Spannung zwischen ihnen war fühlbar. Wie sie es aushalten sollte, bis die nächsten Gäste in Fairchild House eintrafen, konnte Sandra nicht sagen.

»Was meinst du?«

Er drehte sich um, eine dunkle, schlanke Gestalt, deren Haar im Schein des Feuers glänzte. Er hatte kein Licht gemacht. Im Salon war es dunkel, vom Feuerschein des Kamins abgesehen. »Ich sagte, ich hab's versucht, mich taktvoll aus dem Staub zu machen«, fügte Jeremy hinzu, als Sandra immer noch nicht zu verstehen schien.

»Nun ja, es wäre das beste gewesen.«

Er studierte das Teppichmuster zu seinen Füßen. »Alicia ist ein vertrauensvoller Mensch. Sie hegt keinerlei Verdacht. Sie hat nicht einmal erwähnt, daß wir beide hier ganz allein sind.«

Sandra sah zu Boden und verschränkte die Arme. Ihr war plötzlich sehr kalt. »Alicia hat keinen Grund, einem von uns zu mißtrauen.«

Jeremy seufzte schwer. »Nein. Ich glaube nicht.« Sandra hob den Kopf und begegnete Jeremys Blick. Wie sehr sie diese braunen Augen in ihren Bann ziehen konnten! »Kannst du mir vertrauen, Sandra?«

»Wie meinst du das?«

»Gestern wollte ich mit dir ins Bett, und du hast nein gesagt, worauf ich ekelhaft und ausfallend wurde.« Er ballte seine Hände zu Fäusten. »Ich weiß nicht, was mich dazu getrieben hat. So bin ich noch nie mit einer Frau umgesprungen. Wenn sie nein sagte, bin ich gegangen. Aber bei dir ...« Jeremy sah sie an und hob hilflos die Arme. »Bei dir kann ich das Nein einfach nicht hinnehmen. Ich war verärgert, frustriert und ... Es tut mir leid. Verzeih mir bitte.«

»Es war genauso mein Fehler, Jeremy. Du hattest allen Grund, verärgert zu sein. Du mußtest ja durch mein Verhalten glauben, daß ich mit dir schlafen wollte.«

»Sandra, du weißt doch, daß ich dir nie weh tun würde?«

Sie schaute ihn an, als sie seinen selbstquälerischen Ton hörte. »Aber natürlich«, versicherte sie leise.

»Du weißt, daß ich dich nie gegen deinen Willen zwingen würde ...«

»Ja!«

Jeremy ging zu einem Stuhl und ließ sich darauf fallen. »Du hast gesehen, wie ich Alicia geküßt habe.« Es war keine Frage, nur eine Feststellung.

Wieder fühlte sie den Schmerz, der sich wie ein Pfeil in ihr Herz gebohrt hatte. »Das ist etwas Normales zwischen Verlobten.«

»Aber nicht, wenn der Mann sich damit eine andere Frau aus dem Kopf zu schlagen versucht. Wenn er damit vergessen will, wie aufregend es ist, diese andere Frau zu küssen.« Er schaute flehend zu ihr auf.

»O Jeremy, hör bitte auf!« Sandra bedeckte ihr Gesicht mit beiden Händen.

»Das war der einzige Grund, weshalb ich die arme, verdutzte Alicia geküßt habe. Ich garantiere dir, von mir war sie solche unbändige Leidenschaft nicht gewohnt. Ich mußte wissen, ob ich dabei auch nur im entferntesten das fühle, was ich empfinde, wenn ich dich küsse. Natürlich nicht. Denn Alicia ist nicht du.«

»Sag so etwas nicht zu mir.« Sandra schluchzte auf.

»Ich weiß nicht, wie ich je mit ihr schlafen soll, wenn wir verheiratet sind.« Jeremy erhob sich von seinem Stuhl, trat auf Sandra zu und zog ihr die Hände von ihrem tränenüberströmten Gesicht. »Vielleicht werde ich mir vorstellen, sie wäre du.«

»Nein!« Abrupt drehte Sandra ihm den Rücken zu und weinte verzweifelt. Die Tränen, die sie seit Tagen hatte weinen wollen, flossen jetzt über ihre Wangen. Vorsichtig drehte Jeremy sie wieder zu sich herum und streichelte tröstend ihre Wange.

»Weine für uns beide, Sandra«, flüsterte er und hörte nicht auf, sie liebevoll zu streicheln.

Er preßte ihr nasses Gesicht gegen sein Hemd und tröstete sie wie ein Kind, während sie weinte. Mit beiden Händen streichelte er ihren Rücken.

Sie ließ es zu. Denn sie konnte sich nicht erinnern, je in ihrem Leben getröstet worden zu sein. Sie hatte sich immer die Sorgen anderer angehört, sich selbst aber nie den Luxus erlaubt, über ihre Enttäuschungen zu sprechen. Unter Jeremys liebevollen Händen und tröstenden Worten konnte sie ihren Tränen freien Lauf lassen.

»Wir werden nicht mehr davon sprechen, Sandra. Du hattest vollkommen recht. Ich kenne meine Verpflichtungen, und es wäre unfair von mir, dich weiterhin so zu bedrängen. Wir werden uns wohl niemals lieben dürfen, aber ich wäre sehr gern dein Freund. Willst du mir einen Gefallen tun?«

Mit tränenden Augen sah Sandra zu ihm auf. »Was für einen Gefallen?«

»Würdest du mein Manuskript lesen?«

Sandra wußte, daß sie ein furchtbar dummes Gesicht machte. Jeremy freute sich offenbar über ihre Verwunderung, denn er lächelte sie auf seine liebenswerte Art an.

»Aber du hast doch gesagt, daß niemand dein Manuskript lesen darf, bevor es fertig ist!«

»Das darf auch niemand. Dies ist eine Ausnahme. Ich möchte, daß du ›*Die schlafende Herrin*‹ liest und mir deine Meinung dazu sagst – deine ehrliche Meinung.«

»Ich wußte gar nicht, daß du mit dem Buch schon fertig bist.«

»Bin ich auch nicht. Deswegen möchte ich auch, daß du

es liest. Ich habe Schwierigkeiten mit dem letzten Kapitel. Wenn du die ersten Kapitel liest und mir deine Ansichten mitteilst, gibt mir das vielleicht den entscheidenden Anstoß.«

Sandra überlegte kurz und sagte dann langsam: »Alicia wird empört sein.«

»Sie wird es gar nicht erfahren. Jedenfalls habe ich nicht vor, ihr zu erzählen, daß du es gelesen hast.«

Ziellos wanderte ihr Blick über sein Gesicht, während sie ihre Entscheidung abwägte. »Alicia sollte diejenige sein, die für dich das Manuskript liest.« Sandra wollte sich nicht vorwerfen lassen müssen, sich auf Alicias Platz zu drängen.

»Sie wäre begeistert von meiner Arbeit, oder zumindest würde sie das behaupten, um mich nicht zu kränken. Das ist nicht als Kritik an ihr gemeint. Sie würde mich nicht vor den Kopf stoßen wollen.«

»Woher weißt du, daß ich mich nicht genauso benehme? Vielleicht erzähle ich dir auch nur, was du hören willst, und nicht, was ich wirklich denke.«

Jeremy lachte sein tiefes, volles Lachen, das sie mit Wärme umgab. »Bis jetzt hast du dich auch nicht gescheut, mir Dinge zu sagen, die ich nicht unbedingt hören wollte. Sogar auf die Gefahr hin, mich wütend zu machen. Warum solltest du mich jetzt schonen?« Er beobachtete ihren wechselhaften, unentschlossenen Gesichtsausdruck. »Es wird dich doch nicht zu viel Arbeit kosten, oder? Du könntest an den Abenden lesen.«

Das brachte Sandra zum Lachen. »Ich werde diese Woche kaum viel zu tun haben. Du bist mein einziger Gast.«

»Da wir gerade bei diesem Thema sind – behandle mich nicht mehr so untertänig wie einen normalen Gast. Und wir könnten abends ab und zu zum Essen ausgehen.« Als Jeremy sah, daß sie Einwände erheben wollte, legte er ihr einen Finger auf die Lippen. »Darauf bestehe ich. Betrachte es als Bezahlung dafür, daß du mein Manuskript liest.«

»Dann betrachten wir es doch einfach als Tauschgeschäft.«

»Aber ...«

»Mein Gott, bist du stur. Na gut, dann machst du mir eben mein Frühstück und servierst es mir in der Küche, und abends gehen wir entweder aus oder essen Sandwiches oder irgend etwas Schnelles. Abgemacht?«

Jeremy streckte ihr die Hand entgegen. Sandra schüttelte sie fest. »Abgemacht.«

»Besiegelt mit einem Handschlag und ...« – er beugte sich zu ihr hinunter – »... einem Kuß.«

Sie küßten sich schnell und flüchtig – wie zwei gute Freunde. Trotzdem versetzte sie die Berührung seiner Lippen in eine Erregung, gegen die Sandra sich nicht wehren konnte. Ihrer beider Lippen öffneten sich nicht, ihre Zungen blieben still, es wurde kein Kuß des unbändigen Verlangens. Und doch gab er ihnen mehr als alle anderen. Es war eine Erklärung nicht der körperlichen Anziehung, die sie auch füreinander empfanden, sondern die Erklärung ihrer gedanklichen Verbundenheit.

Als Jeremy sich zurückzog, glänzten seine sherryfarbenen Augen vor Verlangen. »Wann möchtest du anfangen?« fragte er atemlos.

»Heute abend.«

Glücklich erkannte er, daß ihre ganzen Einwände nur vorgetäuscht gewesen waren. Der Eifer, mit dem sie sein Manuskript lesen wollte, erfüllte ihn mit Stolz.

Sandra war nicht weniger stolz. Jeremy gewährte ihr ein Sonderrecht, das er niemandem sonst zugestehen würde.

Er überließ ihr sein Werk. Und sie wußte, daß ihm das am allermeisten bedeutete.

7

»Muß ich erst ›bitte, bitte‹ sagen?« fragte Jeremy am nächsten Morgen am Küchentisch. Sandra stand am Herd und machte Rührei.

»Ich muß dich bestrafen, weil du zum Frühstück in die Küche gekommen bist. Das Frühstück gehört doch zu unserer Abmachung. Ich wollte es dir auf dein Zimmer bringen.«

Er trank von seinem Kaffee. »Ich bin schon seit Stunden auf und habe nur auf die passende Zeit gewartet, um herunterzukommen. Wie weit hast du schon gelesen?«

»Iß die Eier.« Sandra stellte den Teller vor ihn hin.

Jeremy murmelte irgend etwas Unverständliches, machte sich aber eifrig über sein Frühstück her, während Sandra in kleinen Schlucken ihren Kaffee trank. Sie saßen sich am Tisch gegenüber, beide leger gekleidet, und Sandra stellte sich vor, daß das immer so sein würde und daß Alicia nicht existierte. Sie und Jeremy hatten Fairchild House ganz für sich allein, und nie war es Sandra gemütlicher vorgekommen. Es war wie ein schützender Kokon, der sie von der Außenwelt abschloß.

»Was hältst du von dem ersten Kapitel?« fragte Jeremy mit vollem Mund. »Hast du wenigstens schon das erste Kapitel gelesen?«

»Im Wetterbericht heißt es, daß wir mindestens noch drei Tage Regen haben werden.« Sandra stellte sich absichtlich taub und bestrich eine Scheibe Toast sorgfältig mit Marmelade.

»Ja, ja, ich hab' schon verstanden«, brummte Jeremy. »Gib mir bitte den Schinken.«

Als sie fertig waren, trug Sandra die Teller zum Spülbecken und kam mit der Kaffeekanne zum Tisch zurück. Sie goß nach. Jeremy beobachtete ungeduldig jede ihrer Bewegungen.

»Dein erstes Kapitel ist ausgezeichnet«, sagte sie und rührte gedankenverloren mit dem Löffel in der Tasse.

Jeremy entspannte sich. »Und das sagst du nicht nur so?« Er schob die Brille auf den Kopf, wo sie von den wuscheligen Haaren gehalten wurde.

Ihr Lachen klang voll und angenehm. »Nein.« Sandra schüttelte den Kopf. »Ich dachte, der Mann, der voller Furcht vor seinem Verfolger die Straße hinunterrennt, wäre der Held.«

»Das solltest du auch denken.«

»Wie du seine hallenden Schritte auf der dunklen, nassen Straße beschreibst, seinen dröhnenden Herzschlag ... nun, du weißt ja, was du geschrieben hast. Jedenfalls finde ich die Szene großartig. Ich konnte seine Angst, seine Panik direkt körperlich fühlen. Mein Herz klopfte schneller – wie seins. Ich war so überrascht ...«

»Als sich herausstellte, er ist der Bösewicht und sein Verfolger der Held.«

»Ja! Das war wirklich ein raffinierter Dreh. Die Leser werden begeistert sein. Aber ...«

»Was aber?« fragte Jeremy interessiert.

Sandra schauderte. »Mußtest du diesen Mord so brutal und ausführlich darstellen?«

Jeremy grinste. »Es war kein Mord, sondern eine Hinrichtung. An einem Verbrecher, der schreckliche Greueltaten begangen hatte. Übrigens soll der Held nicht nur heldenhaft, sondern auch gefährlich sein. Ein großer Teil meiner Leser sind Männer. Sie genießen so etwas. Und wenn jemand aus nächster Nähe erschossen wird und die Fetzen fliegen, ist das viel grauenhafter, als ich es überhaupt beschreiben kann. Eigentlich kann man es gar nicht beschreiben ...«

Sandra schluckte schwer. »Hast du so etwas schon einmal gesehen?«

»Ja. Ein Bekannter von mir arbeitet für das FBI, und als ich ihm erzählte, was ich brauchte, rief er mich an, sobald ...«

»Ich glaube nicht, daß ich mehr wissen möchte«, unterbrach sie schnell.

»Na gut.« Jeremy lächelte. »Mehr als das erste Kapitel hast du nicht geschafft?«

»Doch, die ersten vier. Und sie sind fabelhaft, Jeremy.«

»Wirklich?«

»Wirklich. Hand aufs Herz.« In kindlicher Geste unterstrich sie diese Aussage, aber der funkelnde Blick, der die Wanderung ihrer Hand in das Tal zwischen ihren Brüsten verfolgte, war recht erwachsen.

Er zwang den Blick zurück auf ihr Gesicht. »Kannst du alles lesen? Ich habe viel durchgestrichen und drübergeschrieben.«

Sie nickte. »Die Geschichte ist wahnsinnig spannend, und du hast den Helden in eine solch unmögliche Situation kommen lassen, daß ich gar nicht abwarten kann, wie er wieder herausfindet.« Die Begeisterung fiel plötzlich wie eine Maske von ihrem Gesicht ab. »Er wird doch hoffentlich nicht sterben, oder?«

Jeremy grinste über ihre Anteilnahme. »Nein, er wird nicht sterben.«

»In diesem Fall kann ich es nicht abwarten, weiterzulesen. Willst du heute arbeiten?«

»Ja. Ich muß noch eine Szene im sechsten Kapitel ändern, bevor du es liest.«

Während sie sich unterhielten, hatte Sandra den Tisch abgeräumt. Jetzt bückte sie sich, um die Spülmaschine zu laden. Sie ahnte nicht, wie provozierend ihre Pose von hinten aussah. »Warum?«

»Du hast mir eine Idee geliefert.«

Sie drehte sich um. Von ihren Fingern tropfte Wasser auf den makellosen Fußboden. »Ich?«

»Ich habe dir doch gesagt, daß du in Jeans besonders hinreißend bist. Das will ich in dem Buch verwenden.«

Sorgfältig trocknete sie ihre Hände an einem Geschirrtuch ab. »Ich trage heute nur Jeans, weil keine Gäste im Haus sind und weil ich in einer der Duschen etwas verspachteln muß.«

»Wie kannst du dich nur dafür entschuldigen, wahnsinnig sexy auszusehen, Sandra«, sagte Jeremy weich.

Schüchtern schob sie eine Haarsträhne hinters Ohr. »Ich ... wollte nicht sexy ... aussehen ...«

Sein Blick ging ihr durch und durch. »Das weiß ich. Du tust nichts dafür. Deshalb ist es ja so wirkungsvoll.«

Jeremys Stimme fühlte sich wie ein Nerz-Handschuh an. Sie hatte in einer Zeitschrift eine Werbung für ihn gesehen. Es war ein Sex-Spielzeug für Verliebte, die sich damit gegenseitig massieren konnten. Und so streichelte Jeremys Stimme jetzt ihre Ohren.

»W... wie kannst du denn meine Jeans in deinem Buch verwenden?«

»Im fünften Kapitel wird Gregory von einem Schuß in die Schulter getroffen. Er irrt durch ein Dorf in der Schweiz, benommen vom Fieber und von den Schmerzen. Lisa findet ihn schließlich und läßt ihn in ihr Apartment bringen, wo sie sich um seine Verletzung kümmert. Nach mehreren Tagen Besinnungslosigkeit kommt Gregory schließlich wieder zu sich. Lisa sieht aus wie ein Engel, als sie sich über ihn beugt. Er setzt sich auf und legt seinen Kopf an ihre Brust, als müsse er sich darüber klar werden, ob er noch lebt oder nicht. Als er ... eh ... körperlich auf sie anspricht, weiß er, daß er nicht tot ist.«

»Was ist daran nicht in Ordnung?« Sandra betrachtete ihn fasziniert. Seine Augen zogen sie magnetisch an, und wie unter Zwang ging sie auf Jeremy zu, der immer noch am Tisch saß.

»Es war in Ordnung.« Er räusperte sich. »Aber noch besser gefällt mir, wenn er die Augen öffnet und als erstes dieses verführerische Hinterteil in den engen Jeans sieht. Lisa könnte sich gerade über das Fußende beugen und die Decke feststecken. Ja, das ist es«, sagte Jeremy einer Eingebung folgend. »Gregory hat Fieber und dabei die Bettdecke zu Boden geworfen. Er richtet sich auf und berührt Lisas ... Po, als wäre er unsicher, ob er träumt oder wacht.« Jeremy legte seine Hand auf Sandras Hüfte. »Er streichelt ihn. Er ist rund und fest. Lisa weiß, was in Gregory vorgeht, und steht vollkommen still, damit er die Empfindung, daß er lebt, voll auskosten kann.«

Jeremy massierte sie sanft und rhythmisch, und Sandra wiegte sich leicht hin und her. Instinktiv hob Sandra die Hände zu seinem Kopf und nahm ihm die Brille ab. Fürsorglich strich sie ihm die hellen Haarsträhnen zurück und streichelte seine Stirn, als wäre er es gewesen, der gerade zu Bewußtsein gekommen war.

»Dann legt er seine Hand ... hierher.« Jeremy sah auf ihren Bauch. Die Zipfel ihres einfachen Hemdes waren um die Taille verknotet. Er legte seine Hand auf den Reißverschluß ihrer Jeans, und Sandra spürte seine Finger auf der sanften Schwellung zwischen ihren Schenkeln.

»Schließlich«, fuhr Jeremy mit seiner dunklen, faszinierenden Stimme fort, »öffnet Gregory den Knopf und zieht den Reißverschluß auf.«

Er machte keine Bewegung, aber die Wirklichkeit hätte nicht eindringlicher sein können als seine Worte. Sandra schloß die Augen. Sie konnte es sehen. Sie konnte es fühlen.

»Er öffnet den Reißverschluß so weit, bis er den Spitzenrand ihres Höschens sehen kann. Gregory lächelt, halb amüsiert, halb ängstlich, weil das alles immer noch der Fieberwahn sein kann. Dann berührt er ihre Haut mit den Fingerspitzen, läßt sie auf ihrem Bauch auf und ab gleiten. Mit einem leisen Stöhnen setzt er sich hin und lehnt den Kopf gegen sie. Er preßt seinen Mund gegen ihre Haut, die so weich und zart ist und so gut duftet. Er küßt ihren Nabel, erforscht ihn mit der Zunge.«

Unwillkürlich stöhnte Sandra, und obwohl Jeremys Hand sich nicht bewegt hatte, kam es ihr vor, als würde er all das tun, was er ihr gerade beschrieben hatte. »Gregory seufzt erleichtert. Lisa ist keine Wahnvorstellung. Er sinkt in die Kissen zurück, und seine Hand fällt wieder auf die Bettdecke.«

Sandra erwachte aus ihrer Verzauberung, als Jeremy jetzt seine Hand von ihrem Körper nahm. Sie zog die Hand von seiner Schläfe weg, wo ihre Finger durch seine weichen Haare gefahren waren.

»Gregory schließt die Augen und schläft ein. Nun weiß er, daß er überleben wird, denn Lisa existiert wirklich, und sie ist hier bei ihm.«

Es vergingen ein paar Sekunden, bis Jeremy sich schließlich aus seinen Phantasien riß und Sandra ansah. »Wie fühlt man sich als Muse?«

»Geehrt.« Sie holte tief Luft und bemühte sich um einen normalen Tonfall.

Ihre Beine drohten nachzugeben, und sie stolperte vom Tisch weg. Es wurde unbedingt notwendig, den Abstand zwischen ihnen zu vergrößern. »Aber die Muse muß jetzt einige Reparaturen erledigen.«

Es war ein verzweifelter Versuch von Sandra, zu ihrer mit Jeremy vereinbarten freundschaftlichen Beziehung zurückzufinden. Es war ein tapferer Versuch, aber sie konnte nicht verhindern, daß ihre Lippen bebten, und daß in ihren Augen Tränen schimmerten.

Jeremy ließ sich nicht anmerken, ob ihm auffiel, wie schwer Sandra in die Wirklichkeit zurückfand. Er stand auf. »Und der Schriftsteller muß ein Kapitel überarbeiten und ein weiteres verfassen.«

Sie gingen beide ihrer Wege, aber es dauerte sehr, sehr

lange, bis sie sich jeweils auf ihre Arbeit konzentrieren und zur Ruhe kommen konnten.

»Du bist verrückt, Jeremy!«

»Komm schon. Nur noch ein paar Meter. Wo bleibt dein Abenteuergeist?«

»Der ist in meinem warmen, trockenen und hellen Wohnzimmer geblieben. Wie kannst du hier etwas sehen?«

»Mit meinem Nachtblick. Stell dir mal vor, wir sind da.«

Sandra blickte um sich und sah nichts als Nieselregen in undurchdringlicher Dunkelheit. »Wo denn?«

»Bei der Bank oben auf dem Hügel.«

Es hatte bereits gedämmert, als Jeremy die Treppenstufen heruntergesprungen war und Sandra gesagt hatte, sie solle sich ihren Mantel schnappen und mitkommen. Zu ihrer Überraschung hatte er darauf bestanden zu fahren. Ihre Fragen nach dem Ziel ihrer Fahrt blieben unbeantwortet. Jeremy machte bei einem Laden halt, kaufte einen Laib Brot, eine Flasche Rotwein, Aufschnitt und ein Stück Käse, und weiter ging es über die Golden Gate Bridge. Auf der anderen Seite war Jeremy sofort links abgebogen, durch einen langen, pechschwarzen Tunnel gefahren und hatte schließlich über eine gewundene Straße einen Hügel erreicht, der über der Bucht lag.

»Ab hier gehen wir zu Fuß«, beschloß er und stellte den Motor ab.

»Zu Fuß?« fragte Sandra ungläubig. »Wohin denn?«

»Zur Spitze.«

Jetzt zog Jeremy sie neben sich auf eine kalte, harte Bank und beschrieb mit dem Arm eine weit ausholende Geste. »Von hier aus, Mrs. Fairchild, haben Sie den schönsten Blick auf San Francisco.«

Zu ihrer Rechten erstreckte sich der Pazifische Ozean, dunkel, geheimnisvoll und nebelverhangen. Links lag San Francisco wie ein Juwel eingebettet in die hügelige Landschaft. Im Vordergrund erkannte Sandra die skelettartigen Konturen der Golden Gate Bridge.

»Der schönste Blick auf San Francisco, vollkommen verschwommen durch Regen und Nebel«, sagte sie trocken.

»Nach einem ordentlichen Imbiß wirst du dich besser fühlen«, meinte Jeremy mit verhaltenem Lachen.

Sie aßen das Brot, das sie unter Sandras Poncho trockenhielten, und ließen sich Wein und Käse schmecken.

»Bist du heute nachmittag zum Lesen gekommen?« wollte Jeremy zwischendurch mit gespielter Gleichgültigkeit wissen.

»Ja. Ich hatte ein richtig schlechtes Gewissen, daß ich gelesen habe, anstatt sauberzumachen oder zu kochen. Aber ich war so gefesselt, daß es mich nicht einmal störte.«

»Schön. Das muß auch einmal sein. Trotz des mehr als ungünstigen Wetters mußte auch dieser Abend im Freien einmal sein. Gefällt er dir?«

Sandra lächelte ihm hingebungsvoll zu. »Ja«, sagte sie leise. »Sehr!«

Er schaute auf ihren Mund. Es war so schön, wenn sie so natürlich lächelte und sich nicht diese ernste Zurückhaltung auferlegte. Er war nicht sicher in der Dunkelheit, aber ihre Lippen leuchteten rosig vom Wein. Konnte es etwas Erregenderes geben, als diesen Wein von ihren Lippen zu lecken Er verdrängte diesen Gedanken. »Was ist mit dem Buch?«

»Ich bin begeistert. Ich finde, es ist das beste, das du je geschrieben hast.«

»Ehrlich?«

»Ehrlich. Da ist nur eine Szene, die mich stört.« Sie zog den Poncho enger um sich. Der Seewind war kalt.

»Kalt?«

»Ein bißchen.«

»Komm.« Jeremy zog sie auf seinen Schoß. »Ich bin ein prima Windschutz. Mach dir's bequem.«

Er lehnte sich mit ausgestreckten Beinen zurück, und

Sandra schmiegte sich zaghaft an ihn. »Ist es so besser?« fragte er nahe an ihrem Ohr.

Sein Atem streifte warm ihre Haut. »Ja.« Es war herrlich. Trotz des Regens, der Kälte und des einfachen Abendessens hatte Sandra sich nie in ihrem Leben entspannter, zufriedener und wärmer gefühlt.

»Nimm noch einen Schluck Wein.« Jeremy reichte ihr die Flasche, und Sandra nahm einen tiefen Zug, was eigentlich nicht nötig war, denn ihr Kopf schwirrte bereits, und ihr Körper fühlte sich köstlich schwer an. Jeremys Arme schlossen sich unter ihrem Poncho um sie. »Also, welche Szene hat dich gestört?«

Sie glaubte nicht, einen klaren Gedanken fassen zu können – trunken vom Wein und der erregenden Haltung ihrer Körper. An ihrem Po spürte sie den Druck seiner Erregung. Mühsam konzentrierte sie sich.

»Als Gregory Lisa tröstet, nachdem sie den Terroristen entkommen sind, weißt du, was ich meine?«

»In dem alten Gasthaus?«

Gedankenverloren streichelten seine Finger über ihren Bauch. Mühsam unterdrückte Sandra ein lustvolles Stöhnen. »Ja. Nun, ich finde, die Szene ist dir mißglückt.« Ihre Worte überschlugen sich. »Aber das ist nur meine ganz persönliche Meinung. Ich habe keine Ahnung vom Schreiben.«

»Keine Sorge, ich bin nicht beleidigt. Ich habe dich ja gefragt. Rede weiter.«

Jeremys Hand brannte auf ihrer Haut, blieb jetzt dicht unter ihrer Brust liegen. »Lisas Gefühle sind in äußerstem Aufruhr. Sie ist in Angst und Schrecken versetzt worden, ist gerade noch einmal mit dem Leben davongekommen – wie Gregory.«

Seine Hand bewegte sich. Jeremy hätte Sandra auch nicht wirkungsvoller zum Schweigen bringen können, wenn er ihr den Mund zugehalten hätte.

»Rede weiter.« Sein Flüstern war kaum mehr als ein Hauch an ihrem Ohr.

»Diese Szene, als er sie tröstet, nachdem ihr klargeworden ist, daß ihr Kind wirklich bei dem Überfall getötet worden ist ...«

»Mhmm.« Seine Lippen berührten jetzt ihr Ohrläppchen.

»Das hast du wundervoll beschrieben. Es ist genau das, was Lisa in diesem Moment braucht. Kameradschaftlicher Trost. Aber ich glaube nicht, daß ihr das in dieser anderen Szene genügt.«

»Wie meinst du das?«

»Gregory hält sie im Arm. Sie ist außer sich, klammert sich fast hysterisch an ihn. Dann küßt er sie einfach, und sie schläft ein. Ich glaube, daß ihr das nicht genügt. Bestimmt ...«

»... möchte sie mit ihm schlafen!« ergänzte Jeremy.

Sandra stockte der Atem, als sie in diesem Moment merkte, daß seine Hand gewandert war und jetzt die volle weiche Rundung ihrer Brust umschloß.

»Ja«, hauchte sie. »Lisa ist leidenschaftlich und temperamentvoll. Sie würde die Tatsache, daß sie beide noch leben, so stürmisch wie möglich feiern. Sie will die explosiven Gefühle, die in ihr aufgestaut sind, herauslassen.«

»Du meinst also, sie sollten sich lieben?«

»Ja. Schnell, hitzig, fast brutal.«

Sie wußte nicht, daß sich ihre Muskeln bei jedem Wort zusammenzogen und auf die Leidenschaft der Szene reagierten, die sie sich vorstellte, bis sie spürte, wie ihre Hüften gegen Jeremy Schoß drückten und sie hörte, wie er tief einatmete.

Jeremy küßte sie sanft auf den Hals. »Das ist ein sehr guter Vorschlag, Sandra, sehr gut.« Seine Finger schlossen sich leicht, und sie spürte, wie sich ihre Brustwarze unter dem wachsenden Druck zusammenzog. »Ich bringe dich jetzt lieber nach Hause, bevor wir uns eine Lungenentzündung holen.«

Sein Arm lag fest um ihre Taille, als sie den steilen, steinigen Abhang hinunterstiegen. Am Auto gab Jeremy ihr einen schnellen, freundschaftlichen Kuß. »Vielen Dank für deine Hilfe. Ich werde morgen als erstes die Szene umschreiben.«

Der Tag nach ihrem ungewöhnlichen Picknick verlief ähnlich wie der vorige. Sie frühstückten gemeinsam in der Küche. Jeremy kehrte dann wieder zu seiner Schreibmaschine zurück, und Sandra beschloß, das Silber zu putzen. Zwischendurch las sie immer wieder in Jeremys Manuskript. Sie war jetzt vollkommen gefesselt von der Geschichte und den Figuren, die er so bewundernswert geschaffen hatte.

Spätnachmittags, als er zum Kaffee herunterkam, lud er Sandra zum Dinner ein.

»Drinnen oder draußen?« fragte sie ironisch.

Jeremy küßte sie rasch im Vorbeigehen. »Drinnen. Wo es Tische, Stühle und all das gibt.«

Für den Rest des Tages arbeitete Sandra an sich selbst. Sie lackierte ihre Nägel, nahm ein ausgedehntes Bad und bügelte ihr bestes Kleid. Es war ein weiches, eng anliegendes Wolljerseykleid in einem gedämpften Blauton, der die leuchtende Farbe ihrer Augen unterstrich.

All das entging Jeremy nicht, als sie sich später an dem festlich gedeckten Tisch gegenübersaßen und ein vorzügliches Essen genossen. Er hatte eines der Restaurants ausgesucht, von dem aus man einen Teil des Hafens überblicken konnte. Segelboote und Kabinenkreuzer schlingerten verlassen im Wasser.

»Jeremy, warst du eigentlich je verheiratet?«

»Nein, noch nie. Einmal war ich nahe daran.«

»Und dann?« Jäh flammten zwei rote Flecken auf Sandras Wangen auf. »Du brauchst es mir nicht zu erzählen«, fügte sie hastig hinzu. »Ich weiß nicht, warum ich überhaupt gefragt habe.«

Jeremy griff nach ihrer Hand und drückte sie. »Weil du es wissen wolltest. Es ist kein Geheimnis, weswegen ich noch ledig bin. Die Frau, die ich heiraten wollte, war klug und schön – eine Innenarchitektin mit einer wachsenden Liste eindrucksvoller Kunden. Sie wollte, daß ich meinen Abschluß in Architektur dazu benutzte, Geld zu scheffeln, damit wir in Saus und Braus leben konnten. Ich wollte gern schreiben, auch wenn ich überhaupt nichts damit verdiente. Kurz gesagt, wir hatten unvereinbare Ziele und trennten uns in aller Freundschaft.«

»Was ist aus ihr geworden?«

»Sie hat einen erfolgreichen, ehrgeizigen Chirurgen geheiratet und lebt so, wie sie es sich gewünscht hat.«

»Aber ich wette, ihr erfolgreicher, ehrgeiziger Chirurg verdient längst nicht so viel Geld wie du«, scherzte Sandra.

Jeremy setzte eine ungläubige Miene auf. »Nanu, Mrs. Fairchild, ich bin verblüfft. Gibt es etwa einen boshaften Zug in ihrem ansonsten tadellosen Charakter?«

Sie lachten und machten sich, nachdem Jeremy gezahlt hatte, auf den Weg zum Parkplatz. »Ich wußte gar nicht, daß du dich einmal für Architektur interessiert hast«, sagte Sandra beiläufig.

»Ich habe fünf Jahre lang, qualvolle Jahre, Architektur studiert, um meinem Vater einen Gefallen zu tun. Er war der Ansicht, Schriftsteller wäre ein wenig aussichtsreicher Beruf.«

»Und was meint er jetzt?«

»Jetzt stellt er meine Bücher wie Trophäen auf dem Kaminsims aus. Er und meine Mutter leben in Palm Springs. Er war Bankier.«

»Liebst du deine Eltern?«

Jeremy blieb stehen und betrachtete Sandra lange, bevor er antwortete: »Ja. Weil sie mir das Leben geschenkt haben, und weil sie ihre Aufgabe an mir so gut erfüllten, wie sie konnten. Ich kenne ihre Mängel und war enttäuscht und furchtbar wütend, als sie mich wegen meiner Träume auslachten. Nun bin ich einfach nur stolz auf das, was aus mir geworden ist, und versuche, ihnen nicht meine Fehler anzulasten.«

Sandra legte den Kopf auf die Seite. »Steckt da eine kleine Lektion drin?«

Jeremy lächelte: »Du bist nicht nur schön, sondern auch sehr aufnahmefähig.« Er nahm ihr Gesicht zwischen die Hände und sagte ernst: »Daß deine Eltern unfähig waren, dir ihre Zuneigung zu zeigen, heißt nicht, daß du nicht liebenswert bist, Sandra. Nicht du hast versagt, sondern sie. Sie haben sich um deine Liebe betrogen. Bitte, betrüge dich nicht selbst.«

Tränen glitzerten an ihren Wangen, und ihre Unterlippe zitterte, als Sandra »danke« flüsterte. Sie stellte sich auf Zehenspitzen und küßte Jeremy auf die Wange.

Auf der Heimfahrt hingen sie schweigend ihren Gedanken nach.

Ihre Tränen ließen die letzten Zeilen des getippten Textes verschwimmen. Sandra ließ das Blatt in den Schoß sinken, um es dann plötzlich gegen die Brust zu drücken. Schlimmer konnte sie es nicht mehr zerknittern. Die Ecken waren umgebogen. Zwischen den Zeilen standen gekritzelte Anmerkungen und Änderungen, aber die Worte auf dem Blatt hätten nicht schöner sein können, wenn sie in Silber graviert gewesen wären.

Nachdem sie von ihrem Dinner zurückgekehrt waren, hatte Jeremy ihr widerstrebend gute Nacht gewünscht und war nach oben gegangen. Die restlichen Kapitel des Manuskripts hatten so verlockend in ihrem Korb gelegen, daß Sandra sie in den Salon mitnahm, nachdem sie sich ausgezogen hatte und in ihren Veloursmantel geschlüpft war. Sie hatte das Feuer geschürt und es sich mit einer Decke in einem großen Sessel bequem gemacht. Es brannte nur eine kleine Lampe auf dem Tisch neben ihr, und Sandra vergaß Raum und Zeit, als sie die Schlußszene von Jeremys Roman las.

Seine Gestalten lebten. Sandra war unsterblich in Gregory verliebt, mindestens ebenso wie Lisa. Je weiter sie las, desto mehr schien sie sich tatsächlich mit Lisa zu vereinigen, sie schien die gleichen Gedanken zu haben – die gleichen Empfindungen zu verspüren.

Als sie bei der Szene angekommen war, die sie in Jeremys Zimmer an seinem ersten Morgen durchgespielt hatten, war ihr, als hätte sie selbst die Geschichte geschrieben. Nicht, daß sie sie ähnlich überzeugend hätte erzählen können, aber Jeremy hatte ihre Unentschiedenheit, ihre Gefühle, seine körperliche Wirkung auf sie so messerscharf eingefangen, als hätte sie es ihm diktiert.

Wie konnte er sie nur so genau kennen? Ihre, Sandras, geheimsten Vorstellungen wurden in Lisas Gedankengängen bloßgelegt.

Jeremy hatte tatsächlich hinter Sandras Schutzschild den Menschen erkannt, der sie wirklich war. Genau wie es Gregory geschafft hatte, Lisa ihre Geheimnisse zu entlocken, hatte Jeremy alles, was Sandra Fairchild bewegte, zum Vorschein gebracht.

Er hatte in Worte gefaßt, was er in ihrer Seele gelesen hatte.

Eine vollkommenere Nähe zu ihm konnte sie sich nicht vorstellen, es sei denn …

Plötzlich fiel ihr Blick auf ihn, wie er im Schatten in der Tür stand, barfuß und ohne Hemd. Jeremy trug noch immer die helle Hose, die er zum Dinner getragen hatte. Sein Gesichtsausdruck war in der Dunkelheit nicht zu deuten.

Jeremy hatte sich nie ein schönerer Anblick geboten. Wie ein Kind hatte Sandra sich in den Sessel gekuschelt. Ihre Haltung mochte unschuldig wirken, aber ihr versunkener Gesichtsausdruck war der einer Frau.

Sein Herz zog sich zusammen, als er sah, daß sie die letzte Seite seines Manuskripts an ihre Brust drückte. An diesem verdammten Abschnitt hatte er einen ganzen Tag lang gearbeitet, hatte versucht, Lisas Gefühle zu Papier zu bringen. Erkannte sich Sandra darin wieder?

Hatte sie deshalb Tränen in den Augen? Sie glitzerten wie Diamanten im Feuerschein.

In ihren wunderschönen Haaren fing sich der Lichtschein, und es war ihm aufgefallen, daß sie sie nicht mehr streng zurückfrisierte, sondern es offen und locker bis auf die Schultern fallen ließ.

Jeremy rührte sich nicht, als Sandra sorgfältig das Blatt in den Korb zurücklegte, ihre Beine aus der Decke befreite und aufstand.

Sein Puls begann zu jagen, und heiße Schauer liefen ihm über den Rücken, als auf einmal ihre Hand zum Reißverschluß ihres Hausmantels wanderte.

Wie erstarrt beobachtete Jeremy, wie ihre schlanken Finger den Reißverschluß bis – oh, lieber Himmel – unterhalb ihres Nabels öffneten. Nur ein schmaler Streifen Haut wurde seinen Augen enthüllt, aber der Anblick machte ihn verrückt.

Ihr graziöser Hals, das Tal zwischen ihren Brüsten, ihr Nabel und …

Er zwang seinen Blick von ihrem erregenden Körper, und dann trafen sich ihre Augen.

Sandra lächelte auf eine verwirrend sinnliche Art, als sie den Hausmantel von ihren Schultern gleiten und zu Boden fallen ließ.

Jeremy hörte ein rauhes Stöhnen, das ihre nackte Vollkommenheit bewunderte. War er das gewesen? Das Klopfen seines Herzens dröhnte in seinen Ohren, schien den Raum zu füllen. Sandra war die zum Leben erweckte Venus.

Der tanzende Feuerschein liebkoste schmeichelnd ihren Körper. Überall, wo das golden flackernde Licht sie berührte, wollte auch Jeremy sie berühren, mit seinen Händen, seinem Mund, seiner Zunge. Leidenschaft stieg in ihm auf, peinigte ihn, quälte ihn, schrie nach Erfüllung, die er nur in ihrem Körper finden konnte.

Er bewegte sich auf sie zu, noch bevor er ihre geflüsterten Worte verstehen konnte.

»Jeremy, liebe mich.«

8

»Sandra, Sandra«, stammelte er, als er sie erreichte und in die Arme schloß. Seine Hände gruben sich in die Fülle ihres Haars, und er blickte ihr voll Verlangen in die Augen.

»Du kannst dir nicht vorstellen, wie schön du bist. Ich liebe deinen herrlichen Körper.« Seine Worte klangen wie Musik in ihren Ohren. »Dein Mund ist so süß. Laß mich ihn schmecken.«

Er knabberte mit seinem feuchten Mund an ihren Lippen, seine Zunge erforschte ihren Mund, fuhr aufreizend langsam über ihre Unterlippe.

Sie wimmerte vor Ungeduld, und er hob den Kopf ein wenig an, um sie zu necken. »Kleines heißes Mädchen.«

»Ja, ja, ich bin's für dich. Küß mich.« Sie schlang die Arme um seinen Hals und schmiegte ihren Körper eng an ihn. Sandra stieß den Atem in einem langen, bebenden Seufzer aus, als sich seine Lippen über ihren Mund schlossen. Seine Zunge drang ein, erfüllte sie, streichelte ihre mit entschlossener Leidenschaft.

Mit einer starken Hand fuhr er ihren Rücken entlang, blieb auf ihrem Po liegen und preßte ihren Unterleib fest gegen seinen. Ihre Münder schrien nach Sauerstoff, aber sie verweilten nur kurz, dann wurde sie zur Aggressorin und drang mit der Zunge in ihn ein.

Langsam löste sich Jeremy von ihr, nahm die Decke auf und breitete sie vor dem Kamin auf dem vom Feuer angewärmten Teppich aus. »Leg dich auf den Rücken«, bat er Sandra leise.

Sie gehorchte. Ihr Blick ließ ihn nicht los, als er sich auszog. Mit einer raschen, fließenden Bewegung entledigte er sich seiner Kleidung und stand dann über ihr und betrachtete sie voller Begehren.

Jeremy suchte in ihrem Gesicht nach einem Anzeichen von Enttäuschung oder Reue. Seit seiner Pubertät hatte er sich nicht mehr so unsicher gefühlt. Er wollte für Sandra all das sein, was sie sich je von einem Mann erhofft hatte. Wie, wenn er ihr nicht gefiel, und wenn sie sich von ihm abgestoßen fühlte?

Aber alles, was er in ihren Augen sehen konnte, war Erwartung und Verlangen einer Frau, die geliebt werden wollte. Er legte sich neben sie, küßte sie zärtlich und lächelte glücklich, als Sandra die Arme um ihn schlang und ihn ungeduldig auf sich zog.

»Das wünsche ich mir schon so lange, deinen Körper ganz zu spüren«, murmelte Jeremy. »Sag, daß es für dich genauso schön ist wie für mich.«

Sie schloß die Augen voller Freude, seinen Körper auf sich zu spüren. »Es ist wunderbar.« Jeremy preßte sein Gesicht in die Mulde zwischen ihrem Hals und ihrer Schulter, und sie strich durch sein helles, zerzaustes Haar.

Ihre Hände glitten weiter über seine Schultern und die glatte Fläche seines Rückens. Die Muskeln waren fest, die Haut fühlte sich warm an.

»Das ist alles so hart.«

Sandra spürte sein unterdrücktes Lachen.

»Mhmmm.«

»Ich meinte doch nicht nur das«, sagte sie mit schüchternem Lächeln. »Ich wollte sagen, ganz allgemein, überall.«

»Vielen Dank, aber im Moment ist mir das am wichtigsten.« Jeremy hob den Kopf und bedeckte ihre Lippen mit brennenden Küssen. »Und du bist weich. Weich und süß.«

»Ja?« seufzte sie, als er ihren Hals mit seiner Zunge streichelte.

»Ja, ja«, flüsterte Jeremy und umfaßte eine Brust, drückte sie sanft und hauchte einen zärtlichen Kuß auf die Spitze.

»Du schmeckst so unglaublich gut, Sandra.«

Seine Zunge umspielte den Nippel, bis er sich verlangend aufrichtete. Sie hielt den Atem an, faßte mit beiden Händen in sein wuscheliges Haar.

»Magst du das?« fragt er, als sein Mund sich der anderen Brust widmete, während er mit den Fingerspitzen über die eine strich, die schon von seinem Speichel glänzte.

»Jeremy, Jeremy.« Sie brachte immer nur seinen Namen heraus, während er sie in einen Wirbelsturm des Verlangens führte. Sie wußte, daß sie noch nie so geliebt worden war.

Seine Hand wanderte ihren Bauch entlang, massierte die vibrierende Haut. Er umkreiste den Nabel, und als die Hand tiefer glitt, schaute er in ihre Augen. Er wollte ihre Lust darin sehen, als er sie reizte, liebkoste, streichelte und seine Finger dann sanft, behutsam forschend in sie hineinglitten.

»Oh, Sandra.«

Wenn sie ihn nicht ständig angesehen hätte, um die Freude und den Stolz aufzunehmen, der aus seinen Blicken sprach, hätte sie nicht gehört, wie er heiser ihren Namen röchelte. Ein leises Schnurren war ihre einzige Antwort. Dies und das sanfte Heben ihrer Hüften gegen seine Hand.

»Ah, du bist eine wunderbare Frau.« Sein Forschen war jenseits aller Hemmungen.

Wellen der Lust durchfluteten sie und ließen sie immer ein bißchen atemloser zurück. Sie spürte, wie sie an seiner Hitze schmolz, sie fühlte, wie sich ihr Verstand zurückzog, wie nur noch ihr Körper bestimmte.

»Jeremy«, rief sie, als sein forderndes Streicheln ihr den Verstand zu rauben drohte.

Er beugte sich über sie und küßte ihre Brüste, bevor er auf ihren bebenden Körper glitt.

»Oh, mein Gott«, raunte er in ihr Ohr, sein Kopf neben ihrem. Er nahm sie vollends in Besitz, während ihre Gedanken voll waren vom Wunder des Geschehens.

»Du füllst mich ganz aus.« Ihre Hände streichelten seinen Rücken, wollten ihn näher heranziehen. »Beweg dich ganz langsam.«

Seine Bewegungen waren ganz vorsichtig, als wollte er ihr nicht weh tun. »Du bist wunderbar«, flüsterte er heiser. Es war wie auf einer Wolke. Sie fühlte sich umschlungen vom Glück, gebadet in Lust.

Als sie hinterher eng nebeneinander lagen, fragte sie mit matter, liebeserfüllter Stimme: »Was hast du mit mir angestellt, Jeremy Madison?«

»Ich habe dich so geliebt, wie du es verdienst.« Er hob den Kopf, und sein Blick umfing sie voller Liebe. »Die eigentliche Frage ist«, flüsterte Jeremy, »was du mit mir gemacht hast.«

»Wollen wir nach oben gehen?« fragte er leise. Sie lagen eng aneinandergeschmiegt, und Jeremys Finger spielten träge in ihrem Haar.

»Nein«, murmelte sie und holte tief Luft. »Noch nicht. Es ist zu ... Ich möchte mich nicht rühren.« Über Sandras Gesicht flog ein glückliches Lächeln. »Es fühlt sich so gut an, neben dir zu liegen.«

»Wirklich?« Mit dem Zeigefinger hob er ihr Kinn, um sie zärtlich zu küssen. Sie zitterte. »Ist dir kalt?« Jeremy hatte sie beide in die Decke gewickelt.

»Nein, nein. In mir glüht noch alles. Es klingt nur allmählich ab.«

Er streichelte ihren ganzen Körper, und sie spürte wieder Erregung in sich aufsteigen.

»Das war schamlos von mir, einfach den Hausmantel auszuziehen. Dich einfach zu bitten, mich zu lieben.«

In diesem Moment war Sandra ihrem Instinkt gefolgt, und Jeremy hatte auf seine Art darauf reagiert. Keiner von beiden bereute es. Dessen war sich Sandra sicher. Jeremy würde Alicia für den Rest ihres Lebens gehören. Heute nacht gehörte er für ein paar kurze Stunden Sandra. Später konnte sie sich noch genügend Gedanken darüber machen, ob sie richtig gehandelt hatte. Im Moment war ihre einzige Sorge, daß sie ihn vielleicht enttäuscht hatte.

Sie schloß die Augen und gab sich ganz Jeremys zärtlicher Berührung hin.

»Sandra.« Er wiederholte ihren Namen, bis sie seinen Blick erwiderte. »Ich bin glücklich. Glücklicher, als ich es je mit einer Frau war und als ich je zu träumen gewagt hätte. Ich liebe dich, Sandra.«

»Ich liebe dich auch«, seufzte sie. »Ich liebe dich so sehr, daß es weh tut.« Tränen ließen ihre Augen schwimmen.

Jeremy küßte sie. »Ich glaube, der Kerl, mit dem du verlobt warst, war ein gefühlloser Trottel. Hat er dich nie in die Feinheiten der Liebe eingeweiht?«

Sandra schüttelte den Kopf. »Nein. Zumindest habe ich bei ihm nie das empfunden, was ich bei dir empfinde.«

»Man hat dir das Gefühl vermittelt, minderwertig zu sein, obwohl genau das Gegenteil der Fall ist. Dein Körper ist wunderschön, Sandra. Mit Ausnahme dieser tragischen Narbe.«

»Welcher Narbe?« fragte sie.

»Genau hier.« Sein Finger beschrieb eine Linie zwischen ihren Brüsten. »Hier ist dein Herz gebrochen worden. Die Narbe ist unsichtbar, aber ich kann sie erkennen. Doch keine Sorge, sie wird für alle Zeiten verschwinden.«

Seine Hand wanderte zu ihrer Brust und umschloß sie. »Laß nie mehr zu, daß man dich verletzt, Sandra. Du bist eine schöne und ungeheuer temperamentvolle Frau.«

Plötzlich zog Jeremy sie auf sich. Sandra spürte ihn zwischen ihren Schenkeln. Sanft rieb er sich an ihr.

»Jeremy, du bist ...«

»Verrückt nach dir. Wie sehr, wirst du gleich merken!«

Kleine Küsse auf ihrem Hals ließen sie langsam erwachen. Noch bevor Sandra die Augen öffnete, drehte sie sich auf den Rücken und streckte Jeremy die Arme entgegen. Es war aus vielen Gründen ein seltenes Privileg für ihn gewesen, sie in der Nacht nach oben zu tragen und in das Bett zu legen, in dem er so lange allein geschlafen hatte. Jetzt küßte er ihre Brüste, zog die Konturen mit der Zungenspitze nach.

»Das Frühstück ist bereitet, gnädige Frau.«

Sandra öffnete die Augen und sah zum Fenster hinüber. Es regnete noch immer, aber das rhythmische Geräusch war ihr willkommen. Der Regen sicherte ihnen ihre Abgeschiedenheit, trennte sie von der übrigen Welt.

»Was hast du gesagt?« murmelte sie seufzend. Ein glückliches Lächeln umspielte ihre Lippen, als er mit der Zunge über ihre Nippel streifte.

»Ich sagte, das Frühstück ist bereitet.«

»So? Und was wird der gnädigen Frau serviert?« Seine Fingerspitzen tänzelten leicht ihren Bauch hinunter.

»Ein Omelett, Brötchen, Orangenmarmelade, gebratener Speck und Kaffee.«

Sandra setzte sich im Bett auf, ohne darauf zu achten, daß ihr das Laken bis zur Taille hinunterrutschte. Ihr Blick fiel auf das schwer beladene Silbertablett am Fuß des Bettes, und sie schrie überrascht auf.

»Du bringst mir tatsächlich das Frühstück ans Bett!«

Jeremy ignorierte sowohl das Tablett als auch Sandras Überraschung. Mit einem Finger zog er spielerisch kleine Kreise auf ihren Brüsten. »So wie du mich letzte Nacht verwöhnt hast, war es das mindeste, was ich tun konnte.«

Er setzte sich auf den Bettrand, und gemeinsam machten sie sich über das Frühstück her.

»Köstlich«, meinte Sandra und schob sich noch einen Bissen von dem Käseomelett in den Mund. »Trotzdem hättest du das nicht tun sollen. Ich bin die Gastgeberin, hast du das vergessen?«

»Du hast es verdient, verwöhnt zu werden. Außerdem solltest du mir nicht zu voreilig danken.«

»Wieso?« fragte Sandra wachsam. Jeremy tat, als hätte er sie nicht verstanden.

»Jeremy?«

»Ich habe die Küche nicht aufgeräumt.«

Sandra legte ihre Gabel nieder. »Du willst damit doch sagen, daß meine Küche ein Trümmerhaufen ist, stimmt's?«

»Trümmerhaufen würde ich es nicht gerade nennen.«

Sandra stemmte die Hände in die Taille und versuchte, streng auszusehen. Jeremy mußte sich große Mühe geben, ernst zu bleiben, als sie fragte: »Sondern?«

Er verdrehte die Augen. »Eh ... Schlachtfeld. Ja, das ist das richtige Wort. Deine Küche ist ein Schlachtfeld.«

»Was hat man davon, daß einem das Frühstück gebracht wird, wenn man ein Schlachtfeld aufräumen muß?«

»Ist das eine Frage oder eine Feststellung?« wollte Jeremy wissen und nahm das Tablett vom Bett.

Und dann dachte Sandra nicht länger an die Küche. Sie war mit Jeremy zusammen in die Dusche gesprungen, wo er ihr den Körper einseifte und sie mit sanften Bewegungen massierte. Sie standen unter dem Wasserstrahl, ließen das Wasser an ihren Körpern hinablaufen, berührten sich, küßten sich und waren ausgelassen wie zwei Kinder.

Sandra lag schon wieder im Bett, als Jeremy aus der Dusche trat und sich mit einem Handtuch die Haare trockenrieb. Er ließ das Handtuch zu Boden fallen, trat achtlos darüber hinweg und blieb vor dem Bett stehen, ohne seinen Blick auch nur eine Sekunde von Sandra zu lösen. Er rührte sich nicht, als sie seine Hand ergriff.

»Du bietest einen sehr erfreulichen Anblick, Mr. Madison.«

»Ich habe knochige Knie.«

»Sie sind nicht knochig«, widersprach sie heftig. Als er sie skeptisch ansah, betrachtete sie seine Knie eingehender, lächelte und sagte etwas leiser: »Nun, jedenfalls nicht zu knochig.«

Sie zog ihn aufs Bett und drückte ihn neben sich. Mit hinter dem Kopf verschränkten Armen legte sich Jeremy auf den Rücken. Schüchtern berührte sie ihn, zog mit den Fingern die Konturen seines Körpers nach.

»So etwas ist neu für mich. Ich bin ein wenig unsicher, Jeremy«

»Ich weiß«, sagte er leise. »Aber das sollst du nicht. Ich möchte nicht, daß du je davor zurückscheust, mich zu berühren.«

Vergangene Nacht wäre er nicht überrascht gewesen, wenn er entdeckt hätte, daß Sandra noch Jungfrau war. Es war ihm von Anfang an klar gewesen, daß sie wenig Erfahrungen hatte.

Um so mehr machte es ihn glücklich, daß sie sich nackt vor ihn hingestellt und ihm gesagt hatte, daß er sie lieben sollte.

Sandra war eine temperamentvolle Frau. Ihre Bewegungen waren hungrig und wild gewesen, und er hatte bei ihr keine gespielte Leidenschaft oder einstudierte Zärtlichkeit festgestellt.

Sie war vollkommen ehrlich gewesen, beinah unschuldig in ihrem Verlangen, und das hatte ausgereicht, sie mit einer Wildheit zu lieben, die ihn ängstigte. Im Vergleich zu ihr wirkten all die Frauen, die er je gekannt hatte, wie seelenlose Puppen, die ihm irgend etwas vorgespielt hatten.

Aber hatte er ihnen nicht selbst auch immer etwas vorgemacht?

Hatte er nicht Dinge gesagt, von denen er wußte, daß sie sie hören wollten, um sie zu einem schnellen Höhepunkt zu bringen und danach seine Ruhe zu haben? Und oft genug war ihm die innere Leere hinterher unerträglich erschienen!

Letzte Nacht war es anders gewesen. Sobald sie sich geliebt hatten, war ihm bewußt geworden, daß Sandra einzigartig war. Mit ihr zu schlafen, hatte nicht die Befriedigung eines körperlichen Verlangens bedeutet, sondern die Erfüllung ihrer Liebe, die Erfüllung des Glücks. Es war wunderschön gewesen, sie mit Zärtlichkeiten zu verwöhnen.

Und am liebsten hätte Jeremy den Kerl umgebracht, der sie zuvor darum betrogen hatte. Allerdings durfte er dabei eines nicht vergessen: hätte Jason sie so geliebt, wie eine Frau geliebt werden sollte, würde sie jetzt nicht ihm, Jeremy, gehören.

Nun kniete Sandra über ihm und machte sich schüchtern mit seinem Körper vertraut. Und er fragte sich, wie er es schaffen sollte, sie je wieder aufzugeben, jemals ohne diese Begehren zu leben.

Sie lächelte ihn an, als ihr Finger gegen sein Knie tippte. »Gar nicht so knochig.«

Ihre Hände wanderten weiter nach oben.

Jeremy stöhnte, als ihre Liebkosungen ihn zur Raserei trieben.

Sie streichelte ihn voller Zärtlichkeit, drückte ihn und genoß es sichtlich, wie seine Erregung unter ihren Fingern wuchs.

Jeremy keuchte. Seine Hände wühlten in ihrem Haar und drückten ihren Kopf hinunter. »Ja, Sandra, ja!«

Seine Ermunterung spornte sie an.

Sie schmeckte seine Haut und flüsterte voller Begehren: »Ich liebe dich.«

Kurz bevor er nicht mehr an sich halten konnte, richtete er sich schnell auf, faßte Sandra unter den Armen und zog sie auf sich. »Warte, Liebling, warte!«

Eine Weile liebkoste Jeremy sie nur mit seinen Händen, bis er spürte, daß auch sie soweit war. Dann drang er mit einer schnellen Bewegung in sie ein. »Du gehörst mir, Sandra, ganz egal, was geschieht. Du mußt wissen, daß ich noch nie so geliebt habe …«

Später räumten sie gemeinsam die Küche auf. Sie küßten sich gerade beim Geschirrspülen, als das Telefon laut klingelte.

»Geh nicht ran, bitte nicht jetzt.« Jeremy wollte sie zurückhalten.

»Ich muß aber. Vielleicht will jemand alle meine sechs Zimmer für die nächste Woche buchen.«

»Du hast nur fünf freie Zimmer. Es sei denn, du teilst deins mit mir«, rief er ihr nach, als sie ans Telefon eilte.

»Hallo. Ist Mr. Madison da?« erklang die Stimme eines Kindes.

»Ja. Wer ist bitte am Apparat?« Sandra umklammerte den Hörer. Ihr Herz wurde schwer. Sie wußte genau, wer anrief.

»David Russell.«

Sie schloß die Augen und unterdrückte ein in ihr aufsteigendes Schluchzen. »Hallo, David. Hier ist Sandra. Kennst du mich noch?«

»Na klar. Meine Mami spricht dauernd von dir. Hast du blonde Haare?«

»Ja.«

»Sie sind schön. Kann ich jetzt mit Jeremy sprechen?«

»Es ist doch wohl alles in Ordnung? Mit deiner Mami und mit Adam?«

»Ja. Meine Mami ist nicht hier. Ich bin bei Omi. Aber sie hat mir erlaubt, zu telefonieren.«

»Warte eine Minute.« Sandra hielt den Hörer gegen ihre Brust gepreßt und versuchte, mit ihrer Verzweiflung fertig zu werden. Als sie sich schließlich umdrehte, um Jeremy zu rufen, stand er mit dem Geschirrtuch über der Schulter in der Tür und beobachtete sie.

Wortlos griff er nach dem Hörer und hielt Sandra fest,

die an ihm vorbeiwollte. Er setzte sich und zog sie auf seinen Schoß. Sie versuchte erfolglos, sich zu wehren. Jeremys Blick richtete sich auf ihr kreidebleiches Gesicht, als er den Hörer ans Ohr drückte.

»Hallo«, sagte er tonlos. »Hallo Kumpel, wie geht's deinem Bruder?« fuhr er lebhafter fort. »Ja, ich vermisse euch auch, aber du weißt doch, daß ich hier arbeiten muß ... Was macht Adam da? ... Nun, du bist der Ältere und mußt mit gutem Beispiel vorangehen ... Nein, gerecht ist es nicht, aber das Leben ist nun mal ungerecht.«

Sandra wußte, daß der letzte Satz ihr gegolten hatte. Seine Augen baten um Verständnis.

»Paß auf, sag Adam, er soll damit aufhören, dich an den Haaren zu ziehen. Ich werde mit ihm reden, wenn ich wieder da bin. In Ordnung? ... Ja, ich kann es auch kaum erwarten ... Bestimmt ... Zwei Eistüten. Tschüs.« Ohne Sandra loszulassen, legte Jeremy auf.

Lange saß sie reglos und schweigend auf seinem Schoß.

»Laß mich gehen«, sagte sie schließlich fast unhörbar und merkte erst, als sie Jeremys endlos traurigen Gesichtsausdruck sah, wie doppelsinnig ihre Bemerkung gewesen war.

»Ich kann nicht«, preßte er zwischen den Zähnen hervor. »Ich kann nicht.«

Sandra gab nicht vor, ihn mißzuverstehen. »Du mußt aber«, schluchzte sie und versuchte verzweifelt, sich aus seiner Umklammerung zu befreien.

»Aber heute noch nicht. Nicht jetzt.« Er preßte sein Gesicht an ihre Brüste und schloß gequält die Augen. »Bitte, Sandra. Ich brauche dich. Bitte.«

Sie wollte ihm helfen, wollte ihn glücklich sehen. Zärtlich küßte Sandra ihn, küßte ihn immer wieder, streichelte ihn, bis Jeremy seine Augen öffnete und der Kummer in ihnen verzehrendem Verlangen gewichen war, und dann wiederholte sie seine Worte: »Ich brauche dich. Ich lebe erst, seit du da bist.«

Sie nahmen sich nicht einmal in Ruhe die Zeit, sich ganz auszuziehen ... Schon saß Sandra wieder auf Jeremys Schoß und spürte, wie er zu ihr kam. Ihre Umarmung war hitzig, verzweifelt. Sie war ein Wettlauf mit der Zeit, die ihnen noch blieb.

Sandra und Jeremy verschmolzen miteinander in dem Wunsch, die übrige Welt auszulöschen, ihr Gewissen auszuschalten und ihr kleines Paradies für immer innig festzuhalten.

Danach, als er seinen Kopf auf ihre Brust gelegt hatte und sie versonnen streichelte, murmelte er: »Sandra, jetzt kann ich die letzte Liebesszene schreiben.«

9

Den Rest des Nachmittags und den ganzen Abend arbeitete Jeremy an der Liebesszene in seinem letzten Kapitel. Hin und wieder warf Sandra einen Blick in sein Zimmer und brachte ihm etwas zu trinken.

Da sie spät und reichlich gefrühstückt hatten, bereitete sie nur ein leichtes Abendessen für Jeremy. Sie belegte zwei Sandwichs mit Schinken und brachte ihm das Tablett aufs Zimmer. Als sie eintrat, starrte er gerade auf den eingespannten Bogen Papier, die Ellbogen aufgestützt, das Kinn in den Händen.

Sandra setzte das Tablett so unauffällig wie möglich ab und wollte gerade auf Zehenspitzen das Zimmer verlassen, als Jeremy ihre Hand ergriff, sie an seine Lippen zog und sanft küßte.

»Danke, Liebste«, sagte er abwesend, ohne seinen Blick von dem Blatt Papier zu wenden. Diese spontane Geste seiner Zuneigung bedeutete Sandra mehr als eine lange, innige Umarmung. Er hatte es als sicher angenommen, daß sie seine Liebe auch dann spürte, wenn er sich auf seine Arbeit konzentrierte.

Sandra beschäftigte sich unten mit Hausarbeit, backte Plätzchen und machte sich schließlich für die Nacht fertig. Sie machte einen letzten Abstecher nach oben, um Jeremy einen Teller mit Plätzchen und eine Thermoskanne Kaffee zu bringen. Er brütete noch immer über seiner Manuskriptseite und bearbeitete sie unbarmherzig mit dem Rotstift.

Der Teller mit den Sandwichs war geleert. Sandra schob ihn beiseite und stellte den Teller mit den Plätzchen an seine

Stelle. Auf einmal hob Jeremy den Kopf. »Was für ein himmlischer Duft ist das?«

»Schokoladenplätzchen.«

»Ich meine nicht die Plätzchen«, sagte er und zog Sandra an seine Seite. »Ich meine dich.« Er öffnete ihren Morgenmantel und legte seinen Kopf an ihre Brust. »Du riechst immer so gut«, murmelte er zufrieden und gähnte herzhaft.

Sandra fuhr ihm durchs Haar. »Bist du müde?«

»Ein bißchen. Aber ich muß noch ein Weilchen arbeiten.«

»Iß ein paar Plätzchen. Der Kaffee in der Kanne ist frisch und heiß.«

»Ich auch. Frisch und heiß, meine ich«, murmelte Jeremy mit einem Lächeln.

Sie legte ihre Hand unter sein Kinn und zwang ihn so, den Kopf zu heben. »Aber du mußt arbeiten«, sagte Sandra tadelnd.

»Sklaventreiber«, knurrte Jeremy.

Langsam beugte sie sich hinunter und küßte ihn keusch auf den Mund. »Gute Nacht.« Sie wandte sich zum Gehen, aber er erwischte den Saum ihres Nachthemdes und zwang sie stehenzubleiben.

»Was glaubst du, wo du hingehst?«

»Hinunter, ins Bett.«

»Falsch. Wohl ins Bett. Aber in das da drüben.« Er wies mit dem Kopf zu dem Bett, das sie während der letzten Nacht geteilt hatten.

»Aber du mußt doch arbeiten, Jeremy.«

»Das werde ich auch. Und du wirst schlafen. Wenn ich dich nicht störe.«

»Das ist nicht das Problem. Ich werde dich stören.«

Jeremy schüttelte den Kopf. »Nein. Bleib bitte hier bei mir.«

Sandra zögerte noch. »Bist du sicher?«

»Ganz sicher. Ich möchte dich hier bei mir haben.«

»Na gut. Ich bringe das Tablett hinunter und hole mir etwas zum Lesen. Aber wenn ich sehe, daß ich dich ablenke, gehe ich.«

»Abgemacht.«

Als Sandra zurückkehrte, war Jeremy schon wieder in seine Arbeit vertieft.

Sie schaltete die Nachttischlampe ein und schlüpfte in das Bett. Mit den Kissen im Rücken setzte sie sich zurecht, griff nach ihrem Jeremy-Madison-Roman und begann zu lesen.

So fesselnd die Geschichte auch war, nach zwei Stunden konnte sie ihre Müdigkeit nicht länger unterdrücken. Sandra klappte das Buch und legte es auf den Nachttisch.

Jeremy brütete noch immer über den Seiten, die er getippt hatte. Sie schlief ein mit dem Klappern seiner Schreibmaschine im Ohr und voller Bewunderung für seine Selbstdisziplin.

Sie wurde vom Durchdrücken der Matratze wach, und einen Moment später spürte sie, wie sich sein schlanker, nackter Körper an sie schmiegte. »Jeremy?«

»Wer sonst?«

»Bist du fertig?«

»Du fühlst dich so warm an.« Er kuschelte sich an sie und schlang eine Hand um ihre Hüfte.

»Bist du nicht müde?« fragte sie.

»Erschöpft.« Eine Hand machte sich an ihrem Nachthemd zu schaffen. Er löste die Schleife und küßte ihre jetzt bloßen Brüste. Plötzlich hob er den Kopf. »Entschuldige, Sandra. Ich bin egoistisch, daß ich dich mitten in der Nacht wecke.«

Als er mit der Handfläche leicht über die Brustwarzen hinwegstrich und sie sich aufrichteten, raunte sie: »Nun ja, so egoistisch bist du auch wieder nicht.«

Während er sein Kosen fortsetzte, drückte er seinen

Mund auf ihren. Seine Zunge drang tief ein, rieb sich an ihrer, stieß rhythmisch zu. Er streifte ihr Nachthemd ganz ab, hob sich an, um ihren Körper in völliger Nacktheit bewundern zu können. Er sah, wie ihre Nippel fest und dunkel standen, beugte sich über sie und saugte sie abwechselnd in seinen Mund.

Jetzt war nicht nur ihr Bewußtsein wach, sondern jede Faser ihres Körpers. Sie rieb sich gegen ihn, gegen seine Hand, die über ihre Schenkel strich und forschend, tastend, kosend vordrang, den Weg bereitete, Lust entfachte. Sein Mund folgte der Hand, tauchte in den Nabel, leckte, saugte, als wollte er Nektar finden.

Sie spürte seinen Atem auf ihrer Haut, und sie rief verwundert seinen Namen, verwundert und nicht ohne Furcht: »Nicht, Jeremy.«

»Ich liebe dich, Sandra. Ich will dich auf allen Wegen erfahren.«

Seine Bewunderung für sie, für ihren Körper war entschlossen und zärtlich. Sie fühlte sich nicht überrumpelt, viel eher überwältigt, als sie das Verwöhnen seiner Lippen, das Eindringen seiner Zunge spürte. Sie wurde eingehüllt von seiner Liebe, und als sie von der Leidenschaft geschüttelt wurde, krallte sie die Hände in seine Haare und rief seinen Namen.

Erschöpft und glücklich lagen sie nebeneinander, sie wie eine Puppe in seinen Armen, während seine Hände über ihren Rücken streichelten.

»Ich kann nicht glauben, daß ich bis heute ohne deine Liebe leben konnte«, flüsterte sie matt.

Als Sandra am nächsten Morgen die Augen öffnete, saß er am Bettrand und beobachtete sie. Er trug nur einen Slip, und sie mußte wieder einmal feststellen, wie hinreißend Jeremy doch aussah. Wortlos händigte er ihr die zerknitterten, rotbekritzelten Seiten seines Manuskripts aus.

Fragend blickte sie von ihm zu den Blättern. Sie nahm sie entgegen, setzte sich im Bett auf und zog sich das Laken über die Brust. Jeremy erhob sich lächelnd und ging zum Fenster hinüber, wo eine blasse Sonne durch die Wolken blinzelte.

Neugierig las Sandra Zeile um Zeile. Mit jedem Satz schien sich eine weitere Tür zu ihrer Seele zu öffnen. Nicht Gregory und Lisa lebten auf diesen Seiten, sondern Jeremy und sie, die sich ohne Vorbehalte liebten und ihre Liebe auf jede nur mögliche Art ausdrückten. Als Sandra die letzte Zeile gelesen hatte, ließ sie das Blatt sinken und suchte mit tränennassen Augen Jeremys Blick.

»Das sind wir, nicht wahr?«

Er trat vom Fenster weg und setzte sich neben sie. Mit zitternden Fingern strich er ihr das zerzauste Haar aus dem Gesicht. »Ja.«

»Wann hast du das geschrieben?«

»Jetzt eben. Ich habe die Liebesszene nicht hinbekommen bis ... bis ...« Sein Lächeln war halbherzig. Sie konnte auch in seinen Augen Tränen schimmern sehen.

»Der Schluß fehlt noch.«

»Ich kann den Schluß nicht schreiben, Sandra.«

»Aber du kennst ihn schon.«

»Wir beide kennen ihn.«

»Ja«, seufzte sie und schloß für einen Moment die Augen. »Wir haben von Anfang an gewußt, daß er sie verlassen muß.«

»Aber in der Zwischenzeit lieben sie sich ohne Reue, als gäbe es keine Zukunft, als wäre jeder Tag die Ewigkeit selbst.«

Sandra lächelte ihn mit bebenden Lippen an. »Ja«, sagte sie leise und nahm sein Gesicht zwischen die Hände, um ihn zu küssen. »Schlaf doch noch ein wenig. Dann bringe ich dir später dein Frühstück.«

»Unter einer Bedingung. Du bleibst bei mir, bis ich eingeschlafen bin.«

Als Antwort hob Sandra die Bettdecke und ließ ihn an ihre Seite schlüpfen. Innerhalb weniger Minuten war er eingeschlafen und wachte auch nicht auf, als sie leise aufstand. Auf seinem schönen Gesicht lag ein friedliches Lächeln.

Die Tage verstrichen viel zu schnell, und sie versuchten, die wenigen Stunden, die ihnen verblieben, nicht zu zählen. Der Regen, der ihnen so willkommen gewesen war, ließ allmählich nach, und zaghaft kam die Sonne wieder zum Vorschein.

Sandra konnte drei Buchungen für Zimmer notieren, die ursprünglich abbestellt worden waren. Die Gäste wollten in einer Woche eintreffen. Drei weitere Reservierungen für die kommenden Monate folgten. Mit ein wenig Glück würde sie so die Verluste durch das ungewöhnlich schlechte Wetter wieder ausgleichen können.

»Oho, was haben wir denn hier? Eine Buchhandlung!« meinte Jeremy vergnügt. Sie waren unterwegs, um die Küchenvorräte wieder aufzustocken und ein wenig Sonne zu tanken. Nachdem sie die Einkäufe im Auto verstaut hatten, hatten sie sich noch spontan zu einem Schaufensterbummel entschlossen. Jetzt ergriff Jeremy Sandras Arm und zog sie zum Eingang einer zweigeschossigen Buchhandlung.

Eine Glocke bimmelte hell, als sie eintraten. Ein mürrischer älterer Mann blinzelte ihnen über den Rand seiner Brille entgegen und nickte grüßend, bevor er sich wieder seinem Buch zuwandte.

»Er hat dich nicht erkannt«, flüsterte Sandra, als Jeremy sie zu den Regalen mit den Romanen führte. »Das bin ich gewöhnt. Doch so lange sie meine Bücher verkaufen, ist es mir gleichgültig.«

»Es liegt an diesem gräßlichen Bild auf dem Einband.«

»Wie würdest du mich denn photographieren lassen?«

Sandra zog seinen Kopf zu sich herunter und flüsterte ihm ihren Vorschlag ins Ohr. Jeremys Augenbrauen gingen in die Höhe. »Du bist ein lüsternes Weib, weißt du das?«

»Erst seit kurzem.«

»Nun, du hast Glück.« Er gab ihr einen liebevollen Klaps auf den Po. »Ich habe eine Schwäche für lüsterne Weiber.«

Sandra hielt seine Hand fest und blickte nervös über die Schulter. Glücklicherweise war der Buchhändler noch immer in seine Lektüre vertieft. »Ich weiß, Mr. Madison. Schließlich habe ich Ihre Bücher gelesen«, zischte sie.

»Warte ab, bis du das nächste gelesen, hast. Es wird eine unglaubliche Badewannen-Szene enthalten.«

»Jeremy!« stieß sie hervor und stemmte die Hände in die Hüften. »Du hast mir versprochen, nicht darüber zu schreiben!« Sandra errötete höchst reizvoll.

»Habe ich das?«

»Ja!«

»Das habe ich nur getan, damit du mitmachst«, meinte er ungerührt und zuckte mit den Schultern. Er ignorierte ihren empörten Blick und musterte die Regalreihen. »Ah, da haben wir's ja. Jeremy Madison.«

»Wie viele Madison-Romane gibt es eigentlich?« fragte Sandra.

»Zwölf. Und diese hervorragende Buchhandlung hat sie alle auf Lager. ›*Die schlafende Herrin*‹ wird der dreizehnte sein. Ich hoffe, das bringt kein Unglück.«

»Sind alle zwölf Bestseller?«

»Die ersten beiden nicht. Die anderen ja.«

»Wie viele wurden verfilmt?«

»Zwei. Ein weiterer als Fernsehserie. Im Vorspann heißt es: ›Nach einer Erzählung von Jeremy Madison.‹«

»Dein ganzer Ruhm ist dir doch manchmal bestimmt unangenehm, stimmt's?«

»Ein bißchen schon.«

Seufzend lehnte er sich gegen das Regal und nahm ihre Hand.

»Nun, ich habe meinen eigenen Stil; ich mache meine Sache gut; ich unterhalte die Leser. Aber manchmal habe ich das Gefühl, daß mein Werk bedeutungslos ist. Was hatte ich für Erwartungen und Ziele, als ich anfing, und nichts davon hatte mit Geld zu tun.«

»Geld ist der Maßstab, an dem sich Erfolg mißt. Daß du eine Menge Geld damit verdienst, muß nicht unbedingt den Wert deines Werkes herabsetzen.«

»Mag sein«, sagte Jeremy mit einem bekümmerten Lächeln. »Trotzdem würde ich gern einen wirklich bedeutsamen Roman schreiben, ob er nun ein wirtschaftlicher Erfolg wird oder nicht.«

»Warum tust du es dann nicht?«

Sein Blick schweifte von ihrer Hand zu ihren Augen. Es war, als hätte ihn noch nie jemand dazu ermuntert. »Meinst du, ich könnte es?«

»Ich weiß, daß du es kannst. Du hast großes schriftstellerisches Talent. Lenk es doch einfach in die von dir gewünschte Bahn. Erfüll dir doch den Wunsch, dieses Buch zu schreiben. Ich nehme an, du hast schon eine Handlung im Kopf?«

»Ja.« Jeremy nickte aufgeregt.

»Gut. Schreib das Buch, das du gern schreiben möchtest, und dann mach wieder das, was deine Leser von dir erwarten. Zumindest du wirst dann zufriedengestellt sein. Und ich kann mir wirklich nicht vorstellen, daß dein Publikum auch nur eines deiner Werke ablehnen würde.«

Jeremy betrachtete Sandra eine ganze Weile wortlos, während seine Finger ihre Wange streichelten. »Du bist großartig«, meinte er schließlich.

»Du bist großartig«, erwiderte sie zärtlich.

»Ich liebe dich ganz schrecklich.«

»Und ich dich noch viel mehr.«

Er trat näher. »Ich kann dich mir genau unter deinem Pullover vorstellen. Meinst du, unser gelehrter Buchhändler würde es bemerken, wenn wir uns in sein Lager schlichen und ...«

»Sieh mal einer an, wir haben eine Berühmtheit unter uns!«

Die Stimme klang herablassend und ablehnend.

Der Störenfried war schmächtig und etliche Zentimeter kleiner als Sandra. Sein Haar lichtete sich bereits und war so frisiert, daß es die kahlen Stellen verdecken sollte. Der spitz zulaufende Bart verlieh dem Mann etwas Drohendes. Er musterte sie beide auf eine unangenehm aufdringliche Art.

»Nicht so bescheiden!« sagte Jeremy langsam. Er zog Sandra näher zu sich heran, als wollte er sie beschützen. »Sie sind mindestens eine solche Berühmtheit wie ich, Sydney.«

»Vielleicht eine Berühmtheit. Bescheiden? Ganz bestimmt nicht, Mr. Madison. Ich betrachte meine Meinung als unumstößlich. Dasselbe tun meine Leser.«

Sandra spürte, wie sich Jeremy vor Ärger verkrampfte. »Mr. Sydney Gladstone, Mrs. Sandra Fairchild.« Jeremy brachte die Vorstellung so formlos wie möglich hinter sich.

»Hallo, Mr. Gladstone«, murmelte Sandra.

»Mrs. Fairchild.« Gladstone machte eine zackige kleine Verbeugung.

Sandra wußte, wer dieser Mann war. Seine Artikel erschienen zweimal wöchentlich auf der Bücherseite des *Chronicle*. Sie las seine Beiträge nicht. Sie erschienen ihr bedeutungslos und gehässig, da sie sich niemals kritisch mit den Werken der Schriftsteller auseinandersetzten, sondern sie nur auf eine bösartige Weise attackierten. Sie unterdrückte ein Schaudern, als Gladstone sie abschätzend musterte.

»Wir haben Sie nicht hereinkommen hören«, bemerkte Jeremy.

Gladstone lachte spöttisch. »Sonst hätten Sie sich wohl

aus dem Staub gemacht. Wirklich, Mr. Madison, sind Sie immer noch wegen meiner Kritik Ihres letzten Buches pikiert?«

»Ich war nicht pikiert. Wie alle Ihre Artikel war auch dieser Quatsch.«

Gladstone zuckte zusammen, faßte sich aber sofort wieder. »Trotzdem sehe ich, daß Sie meinen Rat befolgt haben.« Wieder starrte er Sandra auf eine Art an, daß sie sich von seinen Blicken ausgezogen fühlte.

»Welchen Rat denn, Sydney?« Jeremy verschränkte die Arme vor der Brust und verlagerte sein Gewicht auf den anderen Fuß. Sandra ließ sich davon nicht täuschen. Auch Gladstone nicht, wenn er nicht ein vollkommener Idiot war.

»Wie Sie sich erinnern werden, schrieb ich, daß die Liebesszenen in Ihren Büchern vorausberechenbar und langweilig sind.«

»Wenn das bedeutet, daß meine, Romanfiguren nicht auf Gruppensex, Schlafzimmerakrobatik, Peitschen, Ketten und so weiter stehen, dann haben Sie recht, und ich fühle mich geschmeichelt.«

Der Kritiker rümpfte die Nase. »Ich meinte eigentlich etwas anderes. Ich finde, Ihren Liebeszenen fehlt das gewisse Etwas, die Tiefe. Ich habe in meiner Kritik geschrieben, daß Sie am besten eine neue Liebesaffäre eingehen sollten, um Ihre Leser mit leidenschaftlichen Beschreibungen zu überzeugen.« Er warf Sandra einen anzüglichen Blick zu. »Da Sie vorhin kaum Ihre Hände von Mrs. Fairchild lassen konnten, haben Sie offenbar meinen Rat befolgt.«

Jeremy ballte die Fäuste. »Sie sind ein Mistkerl.«

»Sparen Sie sich Ihre Gossensprache für Ihre Helden auf, Mr. Madison. Sie paßt hervorragend zu ihnen. Und ich verabscheue Gewalt, es sei denn, sie spielt sich in Büchern ab. Was sollen also Ihre geballten Fäuste? Persönlich bin ich entzückt, daß Sie eine neue Anregungsquelle gefunden haben. Mir hat vor ›*Der schlafenden Herrin*‹ schon gegraust.« Gladstone betrachtete Sandras Brüste. »Jetzt allerdings freue ich mich auf jede einzelne Seite. Obwohl ich bezweifle, daß Sie eine Herrin wie Mrs. Fairchild oft schlafen lassen.«

Wütend packte Jeremy den Kritiker an den Schultern und drückte ihn gegen das Bücherregal. »Hören Sie gut zu, Sydney. Ich würde Ihnen liebend gern den Hals umdrehen, aber Sie sind die Mühe nicht wert. Ihre Kritiken sind ein Haufen Mist, und jeder, der sie liest, weiß das. Wie Sie sich anmaßen können, etwas über die Liebe zu einer Frau zu wissen, ist mir schleierhaft. Ihr einziger Lustgewinn besteht doch darin, Autoren über die Klinge springen zu lassen.« Seine Augen sprühten Blitze.

»Aber für Ihre Bemerkung über Mrs. Fairchild könnte ich Sie spielend umbringen. Und wenn Sie auch nur ein Sterbenswort über sie drucken lassen, können Sie etwas erleben. Ich werde ganz persönlich herausfinden, ob es bei Ihnen was zu kastrieren gibt.«

»Was ist dahinten los?«

Der Ladenbesitzer hatte sich endlich von seiner Lektüre losreißen können.

»Gar nichts«, rief Jeremy zurück. Sandra sah ihm an, wie schwer es ihm fiel, den schreckensbleichen Kritiker loszulassen. »Vergessen Sie nicht, was ich Ihnen gesagt habe«, war Jeremys letzte Warnung, bevor er sanft Sandras Arm nahm, um sie aus dem Geschäft zu führen.

Sie wußte nicht, wie ihre Beine sie bis zum Auto getragen hatten. Jeremy strich ihr tröstend übers Haar. »Mein Gott, es tut mir leid, Sandra«, sagte er beim Einsteigen.

»Es war ja nicht deine Schuld.«

Benommen starrte Sandra durch die Windschutzscheibe. Ihre weit aufgerissenen Augen beunruhigten ihn zutiefst, aber was konnte er tun in einem Auto an einer belebten Straße? Jeremy legte den ersten Gang ein, reihte sich in den

Verkehr ein und fuhr in Rekordzeit nach Fairchild House zurück. Schweigend half er Sandra, die Pakete in die Küche zu bringen.

Als sie fertig waren, wollte er sie in seine Arme ziehen. »Sandra.«

»Nein!«

Zu seiner Bestürzung wehrte sie seine Umarmung ab. Jeremy war entsetzt. Er fühlte sich, als hätte man ihn mit eiskaltem Wasser übergossen.

»Du kannst dich doch nicht von solch einem schmierigen, beschränkten Kerl ins Bockshorn jagen lassen, Sandra. Dazu bist du zu intelligent. Das weiß ich. Verdammt, sag, daß ich recht habe!« Die letzten Worte schrie er ihr fast in hilflosem Zorn entgegen.

»Nein, nein«, stammelte sie. »Es liegt nicht an ihm ...«

»Sondern?« fragte er.

»Es liegt an mir. Was Gladstone sagt, hat mir klargemacht, daß ich für dich nie etwas anderes als eine Geliebte sein werde. O Gott, wie ich dieses Wort hasse!«

»Ich auch. Benutz es nie wieder in Verbindung mit dir selbst!«

»Warum nicht?« brauste Sandra auf. »Das bin ich doch für dich oder etwa nicht? Ich bin nicht deine Frau, allerdings mehr als nur eine Freundin. Wie würdest du es denn nennen?«

Jeremy versuchte, seine Stimme zu beherrschen. »Die Frau, die ich liebe.«

»Aber nicht die Frau, die du heiraten wirst. Nicht die Frau, der du deinen Namen geben wirst. Nicht die Frau, die dein Leben teilen und mit dir Kinder haben wird.«

»Das wußtest du vorher, Sandra. Wir beide wußten es. Was konnten wir daran schon ändern? Du hast gesagt, du würdest mich lieben, solange es möglich ist.«

»Ich weiß.« Tränen stiegen ihr in die Augen. »Ich dachte auch, es würde mir reichen, aber ich habe mich geirrt. Ich habe meine beste Freundin mit dir betrogen. Ich habe mich selbst betrogen. Es war unerträglich, wie dieser Widerling mich angesehen und diese Dinge gesagt hat. Er und jeder andere wird unsere Liebe als etwas Schmutziges betrachten.«

»Und wenn schon!« Jeremy war außer sich. »Niemand wird etwas darüber erfahren. Ich versichere dir, daß Gladstone es nicht wagen wird, auch nur ein Wort über dich zu schreiben. Und selbst wenn alle Welt Bescheid wüßte, was kümmert es dich, wenn unsere Gefühle füreinander aufrichtig sind?«

»Nichts ist aufrichtig, Jeremy. Unsere Liebe basiert auf Betrug.« Sandra hielt inne, um tief Luft zu holen und Mut zu sammeln für das, was sie jetzt sagen mußte. »Du kannst nicht länger hierbleiben, Jeremy. Geh fort, bitte!«

»Ich kann dich nicht verlassen, Sandra. Niemals!«

Bestürzt und ungläubig sah sie ihn an. »Du hast doch bestimmt nicht vorgehabt, mich weiter zu treffen, wenn du erst mit Alicia verheiratet bist!«

Seine Unfähigkeit, ihrem Blick zu begegnen, verriet ihr mehr als seine Worte. »Nein ... Ich weiß nicht ... Ich kann dich einfach nicht aufgeben, Sandra.«

»Warum denn nicht?« fragte sie. »Weil du so viel Spaß mit mir hast?«

Jeremy starrte sie außer sich vor Zorn an. »Das ist eine verdammte Gemeinheit, so etwas zu sagen.«

»Wirklich?« fragte sie leichthin. »Mr. Gladstone hatte vielleicht gar nicht so unrecht. Natürlich bin ich bequem für dich. Du weißt ja leider von mir selbst, daß ich mit Zärtlichkeiten nicht gerade verwöhnt bin. Meine Eltern nahmen mich überhaupt nicht wahr. Jason benutzte mich so lange, wie es ihm Spaß machte. Und jetzt willst du, selbstverständlich mit der Zustimmung der verständnisvollen Gattin, immer mit mir ... zusammensein, wenn du Anregungen brauchst.«

»Um meine Feder zu schärfen, sozusagen.«

Als Jeremy ihre Verzweiflung bewußt wurde, suchte er hilflos nach einer Möglichkeit, Sandra die verletzenden Worte, die zwischen ihnen gefallen waren, vergessen zu lassen.

»Es tut mir leid«, sagte er leise. Aber selbst in seinen eigenen Ohren klangen die Worte hohl und nichtssagend.

»Aber nicht doch.« Sandra lachte bitter. »Du hast mit wenigen Worten das ausgedrückt, was ich zu sagen versuchte. Wir verstehen uns vollkommen. Es ist alles gesagt. Ich finde, du solltest gehen. Jetzt.«

»Verdammt, Sandra, das kann nicht dein Ernst sein!«

»O doch«, erwiderte sie entschlossen.

Sein Blick bohrte sich in ihren. »Du willst dich also wirklich wieder in diesem verdammten Schneckenhaus verkriechen, oder? Hinter deinem Schutzschild, der so undurchdringlich ist wie ein Panzer?«

»Psychoanalyse ist nicht Ihre Stärke, Mr. Madison. Bleiben Sie bei Ihren Kraftausdrücken und zweideutigen Anspielungen. Darin sind Sie unschlagbar.«

»Bitten ist auch nicht meine Stärke.« Jeremy ging zur Küchentür und stieß sie auf. »In Ordnung, Sandra. Verzieh dich wieder in deine sichere, einsame Welt. Und wenn du abends versuchst einzuschlafen, halt dir die ganzen Vorteile vor Augen, die du davon hast.«

Nur langsam kam die Schwingtür zum Stillstand, nachdem Jeremy hindurchgestürzt war.

Sandra sank auf einen Stuhl. Ein verzweifeltes Schluchzen schüttelte ihren Körper, und sie war unfähig, die Tränen, die unablässig über ihre Wangen liefen, zu trocknen.

10

Er war fort. – Sandra wußte nicht, wie lange sie schon am Küchentisch saß und ins Leere starrte. Es dämmerte langsam, dann wurde es dunkel, und noch immer saß sie reglos auf ihrem Platz.

Zu einem bestimmten Zeitpunkt wußte sie mit absoluter Sicherheit, daß Jeremy gegangen und daß sie allein im Haus war. Ohne ein Geräusch mußte er die Haustür hinter sich zugemacht haben.

Sandra zwang sich aufzustehen und wankte durch die dunklen Flure und die Treppe hinauf, als folgte sie einem hypnotischen Befehl. Die Tür zu Jeremys Zimmer stand offen.

Die Leere war überwältigend. Verschwunden waren die Blätter und die Schreibmaschine, sein Wörterbuch und seine Rotstifte. Keine zerknüllten Manuskriptseiten auf dem Fußboden – keine Kleidungsstücke auf dem Bett, auf den Stühlen. Das Badezimmer enthielt keinen persönlichen Gegenstand mehr, und der Schrank gähnte ihr leer entgegen.

Sandra durchstreifte das Zimmer, als wäre es ein geheiligter Ort. Im Papierkorb fand sie zerknüllte Manuskriptseiten, kniete nieder, nahm jedes Blatt heraus und glättete es, bis sie einen kleinen Stapel zusammenhatte. Sie preßte ihn an die Brust und ging zur Tür. Im Moment brachte sie es nicht fertig, das Zimmer aufzuräumen. Später, wenn sie stärker war, würde sie es in Ordnung bringen. Aber nicht jetzt. Nicht, solange sie so verzweifelt war.

Ohne sich noch einmal umzudrehen, verließ sie das Zimmer und schloß leise die Tür hinter sich.

»Fairchild House«, meldete Sandra sich zwei Tage später am Telefon.

»Sandra.«

Die Stimme klang so vertraut und doch so verändert. »Alicia?« Um Himmels willen! Jeremy ist etwas passiert, war Sandras erster Gedanke. Warum sonst sollte Alicia sich so bekümmert anhören? »Alicia«, wiederholte sie, »was ist los?«

»Gar nichts«, antwortete Alicia matt, »jedenfalls nichts Tragisches. Ich wollte dich nicht erschrecken.«

Sandra beruhigte sich etwas, aber die böse Vorahnung blieb.

»Du ... du klingst so verändert.«

»Ich habe auch allen Grund dazu.«

Sandras Fingernägel bohrten sich in ihre Handfläche. Alicia konnte nichts wissen! Sie konnte es unmöglich herausgefunden haben! Jeremy? Nein, er hätte nie ... Sydney Gladstone! Hatte er etwas geschrieben? ... Nein, sie hatte seine Artikel gelesen. Wie hatte es Alicia nur herausgefunden?

»Können wir darüber reden?« fragte Sandra stockend.

»O Sandra, bitte, ja! Ich muß mit jemandem reden.« Alicia brach in Tränen aus.

Jetzt erst ahnte Sandra, daß Alicia nicht von ihrer Affäre mit Jeremy sprach, sondern von etwas ganz anderem. Sandra war erleichtert, aber gleichzeitig betroffen. »Was ist denn los?« fragte sie besorgt. »Alicia, wein doch bitte nicht so. Erzähl es mir.«

»Ich kann nicht. Ich möchte ja, aber ... Ich muß mit jemandem reden«, wiederholte sie.

Sandra zögerte einen Augenblick, bevor sie die nächste Frage stellte: »Und Jeremy? Warum redest du nicht mit ihm?«

»Jeremy ist nicht hier.«

»Nicht da?«

»Hat er dir nicht gesagt, wohin er wollte, als er Fairchild House verließ? Er rief mich vom Flughafen aus an und erzählte mir, er wollte sein Manuskript persönlich in New York abliefern. Damit alles unter Dach und Fach ist, bevor wir heiraten. Die Hochzeit ist in einer Woche, weißt du.«

»N-nein«, stammelte Sandra. Sie räusperte sich und fuhr etwas klarer fort: »Nein, er ist vor zwei Tagen einfach abgereist. Er hat nicht gesagt, wohin er wollte, so daß ich angenommen habe, er würde nach Hause fahren.«

»Damit hatte ich auch gerechnet, aber unter den gegebenen Umständen ist es besser, daß er ...«

»Was für Umstände?« unterbrach Sandra.

»Sandra, kannst du nach Los Angeles kommen?« Sandra stieß ein kurzes Lachen aus. »Auf keinen Fall. Wie kommst du nur darauf?«

»Bitte, Sandra. Wenn dir unsere Freundschaft je etwas bedeutet hat, komm her. Nur für einen Tag. Ich muß unbedingt mit dir reden.«

»Das geht nicht, Alicia. Du kannst mit mir am Telefon reden.« Wenn Alicia doch nicht auch noch an ihre Freundschaft appelliert hätte! Im Vergleich zu mir war Judas ein vorbildlicher Freund gewesen, dachte Sandra.

»Du mußt kommen, bitte«, flehte Alicia unter Schluchzen. »Ich würde ja zu dir kommen, aber ich habe mich in letzter Zeit zu wenig um die Jungen gekümmert. Ich bezahle dir das Ticket. Ich tue alles. Aber komm bitte, Sandra. Du hast doch im Moment keine Gäste, oder? Bitte!«

Die Verzweiflung in Alicias Stimme war echt.

Irgend etwas stimmte absolut nicht, und nun wandte sie sich an ihre beste Freundin um Hilfe. Sandra hatte sie schon einmal verraten, wovon Alicia hoffentlich nie etwas erfahren würde. Sollte sie ihr jetzt auch noch ihre Hilfe verweigern? Wie konnte sie überhaupt noch zögern, sich ins nächste Flugzeug zu setzen und Alicia beizustehen!

»Ich erwarte nächsten Mittwoch Gäste. Ich müßte dann vorher kommen.«

»Morgen«, sagte Alicia schnell. »Morgen. Bitte!«

Sandra war nervös. Konnte sie Alicia jemals wieder in die Augen sehen? »Morgen könnte gehen. Ich werde sehr früh ein Flugzeug nehmen und vom Flughafen aus mit dem Taxi zu dir kommen.«

»Ich bin in Jeremys Strandhaus. Er hat mich gebeten, dort nach dem Rechten zu sehen, und die Kinder spielen gern am Strand.«

Um Himmels willen! Ob dieser Alptraum nie ein Ende nahm? Jeremys Haus! »Wie ist die Adresse?« versuchte Sandra ruhig zu fragen.

Nachdem sie den Telefonhörer aufgelegt hatte, mußte sie sich erst einmal setzen.

Den Rest des Tages verbrachte Sandra wie eine Schlafwandlerin. Seit Jeremys Abreise hatte sie wie ein Automat gelebt, geschlafen, gegessen und gearbeitet. Fairchild House hatte sich durch Jeremys kurzen Aufenthalt verändert. Das große Zimmer im zweiten Stock würde für alle Zeiten Jeremys Zimmer bleiben. Und die Erinnerung an ihn würde sich nie verdrängen lassen.

Wenigstens brauchte Sandra sich keine Sorgen über schwindende Einnahmen zu machen. Jeden Tag erhielt sie neue Zimmerreservierungen. Wenn es so weiterging, konnte sie gut über die Runden kommen.

Es mußte einfach gehen. Sie würde diese Krise überwinden, wie sie auch mit anderen Enttäuschungen fertig geworden war. Irgendwann würde Jeremys Bild in ihrem Gedächtnis verblassen. Irgendwann würde sie sich nicht mehr an das Gefühl erinnern, von seinen starken Armen gehalten und von ihm geliebt zu werden.

Doch so sehr Sandra sich auch selbst beruhigte, überwältigte sie die Erinnerung, als sie aus dem Taxi stieg und Jeremys Haus erblickte. Es spiegelte so sehr die Natur dieses Mannes wider, daß ihre Augen in Tränen schwammen, als sie den Fahrer bezahlte.

Sie hörte die Stimmen und das Gelächter von Kindern und ging um das Haus mit der Rotholzterrasse herum. Alicia lehnte am Geländer und sah den am Strand entlangjagenden Kindern zu.

»Adam, hör auf, mit Sand zu werfen, oder du mußt hereinkommen!«

»Das meinst du doch nicht im Ernst, oder?«

»Sandra!« rief Alicia und eilte herbei, um ihre Freundin zu umarmen. »Wie gut, dich zu sehen. Ich bin ja so froh, daß du gekommen bist. Danke!«

»Du brauchst mir nicht zu danken. Ich habe nichts getan.«

»Du bist hier. Das ist eine Menge. Laß uns hineingehen.«

»Die Jungen ...«

»Ich habe ihnen verboten, zu nahe ans Wasser zu gehen. Ich werde sie im Auge behalten.«

»Sie wachsen ja so schnell«, stellte Sandra wehmütig fest, während sie zusah, wie die beiden kleinen Kerle übermütig im Sand herumtollten.

»Viel zu schnell.«

Alicia öffnete eine Verandatür und führte Sandra in Jeremys Haus. Von dem großen Wohnzimmer aus führte eine Treppe auf eine Galerie. Ledersofas und -sessel waren geschmackvoll um einen Kamin gruppiert. Leuchtende Drucke und farbenfrohe Poster in Messingrahmen berichteten von Jeremys Reisen durch die ganze Welt. Die Wände der Galerie waren mit Bücherregalen bedeckt. Der ganze Raum war in Sonnenlicht getaucht. Er gefiel Sandra. Sie war sicher, daß Jeremy ihn eingerichtet hatte.

»Limonade?«

Alicia wartete Sandras Antwort gar nicht ab, als sie in die Küche ging, die vom Wohnzimmer nur durch eine offene

Bar abgeteilt war. Während Alicia die Getränke eingoß, ließ Sandra die Atmosphäre des Raumes auf sich wirken. Jeremys Geschmack war einmalig!

»Wie war dein Flug?« fragte Alicia, als sie Sandra das von dem kühlen Getränk beschlagene Glas reichte.

»Laut. Es waren zwei Babys an Bord, denen der Flug gar nicht gefiel.«

Alicia versuchte zu lachen. »Meinst du, dir wäre es auf der Veranda zu kalt?«

»Nein, ich hätte gern einen freien Blick auf den Ozean.«

»Du hättest dich ruhig etwas legerer anziehen können. Aber das tust du ja so selten.«

Sandra trug ein gutgeschnittenes Kostüm mit dunkelblauem Rock und passendem Nadelstreifenjackett. Neben Alicia in Jeans und Rollkragenpulli fühlte sie sich unattraktiv und farblos. Wieso hatte Jeremy sich nur in sie verlieben können? Oder hatte er nur so getan, damit sie mit ihm ins Bett ging?

Nein, nein, nein. Er mochte sie wütend und auf verletzende Art verlassen haben, aber sie konnte – wollte – nicht glauben, daß seine Zärtlichkeiten nur Lügen gewesen waren.

Alicia streckte sich auf einer Liege aus. Sandra setzte sich auf einen Stuhl und blickte auf das Meer.

Das Lachen der Jungen drang zu ihnen hinauf. »Ich möchte, daß du die Jungen später siehst. Zuerst muß ich mit dir reden. Einverstanden?« fragte Alicia.

»Selbstverständlich. Was ist denn los?«

»Mein Gott, du hast keine Ahnung, wie gut es tut, deine beruhigende Stimme zu hören.« Alicia seufzte, und ihre vollen Brüste hoben sich unter dem Pullover. Sandra versuchte, sich nicht vorzustellen, wie Jeremy sie berührte, küßte … »Ich schäme mich ja so.«

»Alicia, bitte nicht«, flehte Sandra, als die Freundin zu weinen begann. »Weswegen schämst du dich denn? Ich kann mir nicht vorstellen, daß du je irgend etwas Häßliches anstellen könntest.«

»Das konnte ich mir auch nicht vorstellen«, schluchzte Alicia. »Aber ich habe es getan. Und das Schlimmste ist, daß ich es nicht einmal bedaure.«

Sandra wartete geduldig, bis Alicia sich so weit gefaßt hatte, daß sie weitersprechen konnte. »Nach unserem Treffen in San Francisco bin ich mit einer Freundin nach Tahoe gefahren. Sie ist seit einigen Monaten geschieden und hat mich schon lange gedrängt, mit ihr an einem Wochenende mal etwas zu unternehmen. Ich fuhr also mit und – und ich habe jemanden kennengelernt. Er war ein gutaussehender Mann, nett, amüsant, und es machte einen Riesenspaß, den ganzen Tag mit ihm Ski zu fahren. Und in der Nacht ... nun, ich habe die Nacht in seinem Zimmer verbracht, wir haben uns bis zum Morgen geliebt, und es war einfach herrlich.«

Alicia schien unendlich erleichtert, daß es endlich heraus war. Lange Zeit schwiegen die beiden Frauen. Schließlich wandte Alicia den Kopf und sah Sandra mit einer Spur von Trotz an. »Bist du jetzt sprachlos?«

Sandra schüttelte den Kopf. »Nein, nein.«

Alicia legte den Kopf zurück. »Doch. Ich war ja selbst schockiert. Du mußt mich für ein Flittchen halten, mit einem Mann zu schlafen, den ich kaum kenne, und solchen Spaß daran zu finden. Wie könntest du es auch verstehen? Dir würde so etwas bestimmt nicht passieren. Dazu bist du viel zu vernünftig und verantwortungsbewußt.«

Sandras Herz fing an zu rasen, und sie befürchtete, ohnmächtig zu werden, wenn das Dröhnen in ihrem Kopf noch lauter wurde. Als wüßte sie nicht, wie es war, wenn man vor Leidenschaft alles vergaß!

»Ich weiß nicht, was mit mir los war. Ob es an der Gebirgsluft lag? Meine einzige Entschuldigung ist, daß Jim und ich sehr früh geheiratet haben, und daß ich mich nach seinem Tod so ... alt fühlte. Alt und verbraucht. Es hat nie eine Zeit gegeben, in der ich nur für mich gelebt habe.« Alicia sah auf die im Sand spielenden Kinder hinab. »Das werde ich auch nie können, oder?«

»Nicht, wenn du nächste Woche Jeremy heiratest.«

Alicias helle Augen füllten sich wieder mit Tränen. »Deswegen habe ich doch so ein verdammt schlechtes Gewissen, Sandra. Ich liebe Jeremy, aber ...« Ihre Stimme erstarb, und sie zupfte an ihrem Pullover. »Vielleicht sollte ich dir alles anvertrauen. Jeremy und ich ... waren nie zusammen, weißt du. Es gab nie mehr als herzliche Zuneigung zwischen uns. Da war dieses eine Mal in deinem Haus. Weißt du noch, wie du in mein Zimmer gekommen bist und uns beim Küssen überrascht hast?«

Sandra nickte.

»Das hatte er vorher noch nie gemacht. Und ... so leidenschaftlich sein Kuß auch war, er hat mich kalt gelassen. Ich weiß, es ist lächerlich, aber ich habe mich gefühlt, als würde ich Jim betrügen. Immer wenn ich Jeremy ansehe, sehe ich Jim, und es ist, als hintergingen wir ihn. Dieses Gefühl hatte ich nicht mit dem Mann in Tahoe.«

»Jeremy war Jims bester Freund. Ich kann verstehen, daß du so empfindest«, sagte Sandra. Ein winziger Hoffnungsstrahl war in dem Dunkel aufgetaucht, daß sie umgeben hatte, seit Jeremy fortgegangen war.

Trotz ihrer verweinten Augen sah Alicia bezaubernd aus, als sie fortfuhr: »Sandra, jedesmal wenn Mac – so hieß er – mich berührte, bebte ich am ganzen Körper. Weißt du, was ich meine? Findest du, daß es schlimm ist?«

Sandra lächelte traurig. »Ja, ich weiß, was du meinst, und ich finde es überhaupt nicht schlimm.« Gespielt gleichmütig fragte sie: »Dieser Mac, wo wohnt er? Möchtest du ihn wiedersehen?«

»Er lebt in Portland und hat gesagt, daß er mich besuchen will. Natürlich habe ich mich geweigert und ihm erzählt, warum.« Alicia seufzte tief. »Nur ist mir klargeworden, daß Jim vielleicht nicht der einzige Mann ist, den ich leidenschaftlich und von ganzem Herzen lieben könnte. Als Mac mich berührte, wurde mir bewußt, daß ich eine Frau bin, nicht nur Witwe und Mutter und gute Freundin. Nach meinem Wochenende in San Francisco, nachdem mich Jeremy so geküßt hatte, wußte ich, daß ich bei ihm nie weiche Knie bekommen würde. Das war mein Hauptgrund, nach Tahoe zu fahren.«

»Was wirst du jetzt tun?« fragte Sandra langsam. Der Hoffnungsschimmer war heller geworden, und es kostete sie Mühe, ruhig auf ihrem Stuhl sitzen zu bleiben. Am liebsten hätte sie vor Erleichterung geschrien und mit den Kindern am Strand getobt.

»Ich weiß nicht«, meinte Alicia verzagt. »Sag mir doch, was ich tun soll, Sandra. Sag mir, was für ein wunderbarer Mann Jeremy ist. Daß meine Söhne und ich bei ihm Sicherheit und Geborgenheit finden werden. Daß das Wohl meiner Kinder vorgeht. Daß Jeremy sie liebt und enttäuscht sein wird, wenn er erfährt, daß Jims Witwe mit irgendeinem fremden Mann geschlafen und jede Minute davon genossen hat. Überzeuge mich, daß zwischen uns Leidenschaft aufblühen wird, sobald wir verheiratet sind und in einem Bett schlafen. Oder«, fuhr Alcia nach einem tiefen Atemzug fort, »sag mir, daß ich mir nichts vormachen und das tun soll, was ich will. Vielleicht ist Jeremy erleichtert, wenn er die Wahrheit erfährt. Vielleicht will er mich nur aus Pflichtgefühl Jim gegenüber heiraten. Sag mir, daß ich Jeremy reinen Wein einschenken soll.« Sie ergriff Sandras Hand. »Um Himmels willen, Sandra, gib mir doch einen Rat!«

»Ich kann nicht!« brach es aus Sandra heraus. »Das kannst du nicht von mir verlangen, Alicia. Ich kann dir nicht sagen, was du tun sollst.« Wenn sie Alicia doch sagen könnte, daß es für alle Beteiligten das beste wäre, ihre Verlobung mit Jeremy zu lösen. Eine innere Stimme schrie: »Sag es ihr, sag es ihr! Mach ihr die Entscheidung leicht. Sie wird froh sein, daß Jeremy und du ineinander verliebt seid. Sag es ihr!«

Ein Satz würde genügen. *Ich liebe Jeremy, und ich glaube, er liebt mich auch.* Sie konnte Alicia ehrlich erzählen, daß sie es nicht darauf angelegt hatten, daß es aber geschehen war. Doch die Vernunft verbot es Sandra, in Alicias Entscheidung einzugreifen. Vielleicht liebte Alicia Jeremy mehr, als ihr klar war.

Nein, sie konnte nichts sagen. Sie, Sandra, könnte nie mit Jeremy glücklich werden, wenn sie Alicia jetzt beeinflußte, ihn aufzugeben. Die Freundin mußte ganz allein entscheiden.

Aber, lieber Gott, bitte mach, daß sie ihn nicht heiraten will.

»Sandra, was soll ich nur tun?« Gedankenverloren starrten die beiden Frauen auf die spielenden Jungen am Strand. »Sie brauchen einen Vater«, sagte Alicia ruhig. »Einen Vater wie Jeremy, aber ...« Wieder schwiegen sie, und jede kämpfte sich einen Weg durch ihre persönliche Hölle.

Plötzlich unterbrach David sein Spiel und zeigte auf das Haus. Er schrie etwas, und mit dem kleineren, langsameren Adam im Schlepptau begann er auf das Haus zuzurennen, wobei er weiterhin aus voller Lunge kreischte.

Sandra und Alicia sahen einander verwirrt an. Dann hörten sie Davids durchdringende Stimme: »Jeremy, Jeremy! Jeremy ist wieder da!«

Die zwei Frauen drehten sich gleichzeitig um, gerade, als Jeremy um die Ecke auf der Veranda bog. Als er Sandra bemerkte, blieb er abrupt stehen, als wäre er gegen eine unsichtbare Mauer geprallt. Sekundenlang waren die drei Erwachsenen wie erstarrt, während die Kinder die Stufen zur Veranda hochstolperten.

»Du bist zurück, du bist zurück«, schrie David und klammerte sich an Jeremys Hosenbein.

»Jeremy, kaufst du uns ein Eis? Mami sagt, das darfst du, wenn wir lieb sind«, stimmte Adam ein. »Wir waren lieb.«

Hilfesuchend sah Alicia in Sandras Augen. »Ich habe wirklich keine andere Wahl, oder?« flüsterte sie nur für Sandra hörbar.

Sandra schüttelte den Kopf. Auch sie hatte keine andere Wahl, als für immer zu schweigen, selbst wenn es sie umbrachte.

»Nein.«

»Ich wußte eigentlich von Anfang an, daß ich mich so entscheiden würde. Es ist das einzig Richtige.«

Das *Richtige*? War es richtig, drei Menschen zum Unglücklichsein zu verdammen? Ja. Unter diesen Umständen schon. Jeremy und Alicia würden lernen, einander zu lieben. Sie waren leidenschaftliche attraktive Menschen. Irgendwann mußte Verlangen zwischen ihnen aufflammen.

Ja. Es war zwar nicht ideal, aber es war richtig.

Alicia stand auf und lief in Jeremys Arme. »Willkommen daheim, Fremder«, sagte sie fröhlich.

Jeremy drückte Alicia kurz an sich. Über ihre Schulter hinweg sah er Sandra an.

Seine Augen sandten tausend Botschaften aus, und sie empfing jede einzelne. Er bedauerte seine Worte. Er hatte sie vermißt. Er fühlte sich einsam ohne sie. Er wollte wissen, warum sie hier war.

»Ich war so allein hier ohne dich, deshalb habe ich Sandra angerufen und sie gebeten, für einen Tag herzukommen«, erklärte Alicia und zog Jeremy zu einem Gartenstuhl.

»Hallo, Sandra.«

»Hallo, Jeremy. Wie war's in New York?«

»Naß und kalt.«

»Offenbar kannst du dem Regen nicht entkommen«, bemerkte Alicia. »Als du in San Francisco warst, hat es doch auch fast die ganze Zeit geregnet, oder?«

»Ja«, sagte er, während sein Blick in Sandras Augen zu versinken schien.

»Kinder, hört mit dem Krach auf und begrüßt Sandra«, befahl Alicia. Folgsam murmelten beide »Hallo« und gaben Sandra die Hand.

Sie erwiderte ihre Begrüßung mit einem mühsamen Lächeln. »Ihr seid ja richtige junge Männer geworden.«

»Hast du meinen Papi gekannt?« fragte Adam. »Er ist tot.«

Sandras Blick wanderte von Alicia zu Jeremy. »Ja, ich habe ihn gekannt. Du ähnelst ihm sehr.«

»Das findet Mami auch. Jeremy ist mein neuer Papi.«

»Geht jetzt spielen«, unterbrach Alicia. »Was ist mit deinem Buch?« fragte sie Jeremy, nachdem sich die Jungen getrollt hatten. »Hast du es beendet?«

»Ja. Es liegt schon auf dem Schreibtisch des Verlegers. Er meint, nach seinem ersten Eindruck wäre es mein bestes.«

»Was für eine gute Nachricht!« Alicia blickte ihn erfreut an. »Du hast so schwer daran gearbeitet.«

»Es steckt eine Menge von mir darin.«

»Endet es glücklich?«

Jeremy riß seinen Blick von Sandra los und sah seine Verlobte an. »Es endet auf die einzige mögliche Art.«

Als hätten seine Worte sie aus ihrer Erstarrung gerissen, wirbelte Sandra herum und ging zur Terrassentür. »Ich muß ein Taxi rufen.«

»Nein, Sandra, du mußt bis nach dem Dinner bleiben«, verlangte Alicia.

»Das geht nicht. Ich muß zurück.«

»Bleib hier stehen«, sagte Alicia. »Tu nichts, bis ich David und Adam zurückgepfiffen habe.«

Jeremy ließ sich durch das plötzliche Verschwinden der Jungen nicht ablenken. Er folgte Sandra ins Haus. Sie fühlte, daß er all seine Kraft aufbringen mußte, um sie nicht in die Arme zu nehmen.

Doch er konnte sie nicht gehen lassen, ohne daß er sie wissen ließ, wie sehr er sich nach ihr sehnte, wie sehr er sie brauchte, und wie sehr er sie liebte. Ein letztes Mal mußte er es laut aussprechen, oder er würde es ewig bereuen. »Sandra, ich ...«

»Nicht«, preßte sie zwischen den Zähnen hervor. »Sag nichts.«

»Ich muß aber, verdammt noch mal!«

»Nein. Bitte. Ich kann es nicht aushalten, daß du auch nur ein Wort sagst.«

»Sandra, ruf kein Taxi«, ertönte plötzlich Alicias Stimme in ihrem Rücken. »Die Jungen möchten mit dir zum Flughafen fahren, damit sie die Flugzeuge sehen können.«

»Nein«, wehrte Sandra rasch ab. »Jeremy kommt gerade vom Flughafen. Er kann nicht schon wieder dort hinfahren, um mich wegzubringen.«

»Das macht mir nichts aus.«

»Du bleibst hier, Jeremy«, bestimmte Alicia. »Ich bringe Sandra heute hin, und du kannst sie nächste Woche abholen, wenn sie zu unserer Hochzeit kommt.«

Sandra hatte ein Gefühl, als wäre sie geohrfeigt worden. »Ich kann nicht zur Hochzeit kommen.«

Auf Alicias Gesicht zeichnete sich Erstaunen ab. »Aber Sandra, du mußt kommen!«

Nichts auf der Welt konnte sie dazu bewegen, Zeuge zu sein, wie Jeremy sein Leben mit dem einer anderen Frau verband. Auch wenn es eine Frau war, die Sandra sehr gern hatte. »Es tut mir leid, aber es geht nicht. Ich werde zu dieser Zeit Gäste in Fairchild House haben. Ich möchte dir heute schon ›alles Gute‹ wünschen.«

Alicia war außer sich. »Aber du hast doch schon bei meiner ersten Hochzeit gefehlt«, sagte sie erregt. »Ich finde es unglaublich, daß du auch bei dieser fehlen willst.«

»Ich finde es schrecklich, dich enttäuschen zu müssen,

Alicia, aber ich kann ... ich kann nicht zu deiner Hochzeit kommen.«

Ihr Ton ließ keine weiteren Einwände zu, und Alicia schwieg.

Ein paar Minuten später fuhren sie ab. Sandra warf noch einen letzten Blick auf das Haus. Jeremy stand auf der Veranda und starrte ihnen nach. Der Wind spielte mit seinem Haar, und seine Gestalt strahlte so viel Einsamkeit aus, daß es Sandra fast das Herz brach. Sein Gesicht war nicht zu erkennen, da es vollkommen im Schatten lag.

Hätte Sandra in diesem Moment seine Augen gesehen, wäre sie geblieben, ohne auch nur einen Gedanken an die Folgen zu verschwenden.

11

Wenigstens das habe ich noch, dachte Sandra, als sie ihren Gästen das Dinner servierte. Fairchild House war voll belegt. Bis auf ein Zimmer. Aber das zählte nicht.

Sie würde überleben, wie schon zuvor. Fairchild House würde all ihre Energie erfordern. Hier lag ihre Aufgabe, das war ihr Leben. Freitagabend. Heute um zwei Uhr hatten Alicia und Jeremy geheiratet. Er war für immer aus ihrem Leben verschwunden. »Es muß gräßlich gewesen sein, Mrs. Fairchild, nicht wahr?«

Fast hätte Sandra den Kaffee auf der kostbaren irischen Leinentischdecke verschüttet. Sie hatte der Unterhaltung nicht zugehört und fuhr erschrocken zusammen, als eine Frage an sie gerichtet wurde.

»Entschuldigen Sie. Was meinten Sie?«

»All der Regen, den Sie hier hatten. Es muß doch gräßlich gewesen sein.« Die Frau stammte von der Ostküste und sprach mit einem nasalen Tonfall.

Immer wenn von dem ungewöhnlichen Regen die Rede war, der Jeremy und sie zu willigen Gefangenen gemacht hatte, trat ein abweisender Ausdruck in Sandras Augen. »Es war scheußlich, wenn man aus dem Haus mußte. Noch etwas Kaffee, Mrs. Williams?«

Sandras Stimme war leise und herzlich, darauf trainiert, nichts von ihrer Traurigkeit zu verraten. Nur wer genauer hinsah, konnte die Verzweiflung in ihren Augen erkennen.

Es war beinahe Mitternacht, als Sandra in ihr Zimmer ging, es im Dunkeln durchquerte und die Schreibtischlampe anschaltete. Automatisch berührte sie den Deckel der

Schachtel, in der sich Jeremys Manuskriptseiten befanden. Ein bitteres Lächeln umspielte ihre Lippen, und ihre Augen füllten sich mit Tränen.

Geistesabwesend zog sie die Nadeln aus ihrem Haar, bis es ihr schwer auf die Schultern fiel. Sie schlüpfte aus dem Rock und hängte ihn sorgfältig über eine Stuhllehne. Dann öffnete Sandra müde die Knöpfe ihrer Bluse, einen nach dem anderen, und starrte dabei gedankenverloren ins Leere. Als sie die Bluse auszog, fiel ihr Blick zufällig in den Spiegel. Ihr Herz schien auf einmal stillzustehen.

Jeremy saß auf einem Stuhl hinten im Zimmer. Sie wirbelte herum. Die plötzliche Bewegung machte sie schwindelig, und Sandra hielt sich schnell an der Schreibtischkante fest, um nicht zu stürzen.

Er war es tatsächlich. Und er tat so, als säße er jeden Abend auf diesem Stuhl und würde ihr beim Ausziehen zusehen.

»Mach ruhig weiter«, sagte er mit einer Stimme, die nichts von ihrem verführerischen Klang verloren hatte.

»Was tust du hier?«

»Ich sehe mir einen höchst beunruhigenden und aufregenden Striptease an.«

»Verdammt, Jeremy, antworte gefälligst!«

Ihre Enttäuschung, ihr Liebeskummer, ihre Verzweiflung drängten jetzt an die Oberfläche. Der Alptraum war noch nicht vorbei. Gerade, als sie glaubte, sich abgefunden zu haben, spielte ihre Phantasie ihr diesen Streich. Oder war es etwa Wirklichkeit? War Jeremy wirklich hier, in seiner gräßlichen Drillichjacke?

»Wie bist du hereingekommen? Die Türen waren abgeschlossen.«

»Kapitel fünf aus *Der Kuß des Bischofs.*« Er nahm das Buch von seinem Schoß. »Ich habe es gerade noch einmal gelesen, um zu sehen, ob ich alles richtig gemacht habe. Ich habe es geschafft, durch die Hintertür einzubrechen und wieder abzuschließen, ohne daß mich jemand entdeckt hat.« Jeremy grinste sie stolz an.

»Was tust du hier?« schrie sie fast.

Jeremy ließ das Buch und seine Brille zu Boden fallen. Mit einem Satz war er bei Sandra, umfing sie mit einem Arm und hielt ihr mit der anderen Hand den Mund zu.

»Wollen Sie etwa Ihre Gäste wecken, Mrs. Fairchild?« fragte er leise und berührte mit seinen Lippen sanft ihren Hals. »Ich wollte nicht grob werden, aber denk nur an unseren Freund Gregory. Wir wissen, mit welchen Methoden er an sein Ziel gelangt.«

Sandra bemühte sich erfolglos, seine Hand wegzustoßen. Sie versuchte zu sprechen.

»Ich kann dich nicht verstehen, Sandra. Übrigens, solltest du deinen Atem und deine Energie sparen, weil du sie noch brauchen wirst.« Jeremys Mund war jetzt an ihrem Ohr, und die Spitze seiner Zunge berührte ihr Ohrläppchen. »Weißt du, ich habe vor, dich die ganze Nacht lang zu lieben, oder bis wir beide bewußtlos sind, wie auch immer.«

Er erstickte ihren Schrei mit seiner Handfläche. »Hast du gesagt, ich soll verschwinden? Warum? Oh, ich weiß. Du meinst, ich würde Ehebruch begehen. Falsch. Ich bin nicht verheiratet und werde es auch nicht sein, bis du dir ein paar Stunden freinehmen kannst, damit wir schnell zum Standesamt laufen können.«

Sandra stieß einen erstickten Schrei aus. Über seine Hand hinweg starrte sie ihn mit ungläubigen, aufgerissenen Augen an.

»Das ist schon besser. Ich hasse es, Gewalt anzuwenden. Aber ich war mir nicht sicher, ob ich dich mit einer angenehmeren Methode vom Schreien abhalten kann.« Langsam nahm Jeremy die Hand von ihrem Mund und küßte Sandra leidenschaftlich.

»Was ist passiert?« fragte sie, als sie sich mit einem Stöhnen von ihm gelöst hatte. »Warum bist du nicht verheiratet? Tu mir nicht noch einmal so weh, Jeremy. Meinetwegen bring mich um, wenn du mich geliebt hast, aber verlaß mich nicht noch einmal.«

»Nie. Niemals. Das schwöre ich. Ich konnte Alicia nicht heiraten. Ich kann niemanden heiraten, nur dich.«

Ihre Hände befreiten ihn hastig von seinem Jackett und seinem Hemd. Zärtlich streichelte sie seine warme Haut, spielte mit den Haaren auf seiner Brust.

»Erzähl mir, was passiert ist.« Ihre Zunge berührte seine Brustwarzen.

»Schön ... Mach sie naß ... o ja, Sandra. Ich kann ... nicht sprechen, wenn ... Später ... ich erzähle es dir später ... Du sollst nur wissen, daß ich allein dir gehöre und daß wir mit unserem Zusammensein niemandem weh tun.«

»Jeremy«, hauchte Sandra.

Als sie beide nackt waren, hob er sie hoch. Verzeih mir, ich kann nicht mehr warten.«

»Ich auch nicht.« Sandra zitterte, als Jeremy sie zu ihrem Bett trug. Sehnsüchtig betrachtete er sie einen Moment, bevor er sich neben sie auf die Liege warf. Mit einem rauhen Keuchen glitt er auf ihren Körper. »Du sollst fühlen, wie sehr ich dich liebe, Sandra. Vom ersten Moment an, als ich dich sah, wußte ich, daß ich ohne dich nicht mehr leben wollte. Ich ...«

Er erstickte ihren Schrei mit einem Kuß.

Nachdem sie sich bis zur Erschöpfung geliebt hatten, lagen sie nun aneinandergeschmiegt, und Jeremy beantwortete Sandras unzählige Fragen.

»Erzählst du mir das auch bestimmt nicht nur, um mich zu beruhigen, Jeremy?«

»Das schwöre ich. Es war Alicia, die darum bat, mich vor der Trauung zu sprechen. Wir waren im Haus ihrer Eltern. Die Hochzeitsgäste trafen bereits ein. David und Adam waren geschniegelt und gebügelt und wurden vom Hausmädchen bewacht, damit sie sich nicht schmutzig machten. Alicia klopfte an die Schlafzimmertür, wo ich mich gerade anzog.«

»Du warst nicht angezogen, als du mit ihr sprachst?«

Jeremy lachte. »Doch.«

»Ich wollte nur sichergehen«, sagte Sandra leichthin und küßte ihn liebevoll. »Ich muß ein wachsames Auge haben auf einen Ehemann, der eine Schwäche dafür hat, irgendwo einzudringen ...«

»Ja, das gefällt mir besonders, das ...«

»Eindringen«, beendete sie an seiner Stelle. »Du bist schamlos«, schimpfte sie. »Erzähl weiter.«

»Alicia setzte sich aufs Bett und brach sofort in Tränen aus. Sie beichtete mir, was sie für eine Todsünde begangen hätte, und gab mir das Gefühl, der großherzigste Mensch der Welt zu sein.«

»Du kannst dir vorstellen, was ich empfand, als sie mir die Sache mit Mac gestand und meinte, daß eine Frau wie ich nie so etwas tun würde«, sagte Sandra. »Und ausgerechnet ich hatte hier mit ihrem Verlobten geschlafen. Wie konnte das alles nur so verwickelt werden?«

»Wir beide haben uns ineinander verliebt. Damit konnte niemand rechnen, nicht einmal wir.« Jeremy massierte, ihren Nacken. »Dann fing Alicia an, mir zu erzählen, was für ein wunderbarer Vater ich ihren Söhnen sein würde und wieviel Jim von mir gehalten hatte und welch hohe Meinung ihre Eltern von mir hatten. Ich nahm ihre Hände, sah ihr direkt in die Augen und fragte sie, ob sie mich liebte.«

»Worauf sie was antwortete?«

»Worauf sie ›ja‹ antwortete.«

Sandra richtete sich auf und blickte Jeremy an. Ihre Augen funkelten, und sie wollte etwas sagen, doch er ließ sie nicht zu Wort kommen. »Sie hat gesagt, daß sie mich liebt, aber nicht ›auf diese Art‹. Und als ich sie fragte, was das heißen soll, antwortete sie: ›Nicht auf die Art, die man von einer Ehefrau erwarten kann. Nicht so, daß ich mit dir das Bett teilen könnte. Nicht so, daß es mich davon abhält, Macs Anrufe beantworten zu wollen.‹ Zu ihrer großen Erleichterung habe ich sie dann mit mehr Begeisterung als je zuvor umarmt und geküßt.«

Sandra legte ihren Kopf auf seine Brust. »Was hast du den Jungen erzählt? Waren sie nicht entsetzlich enttäuscht?«

»O ja, sie haben bitterlich geweint.«

»O Jeremy, nein!«

»O doch. Sie waren enttäuscht, daß sie nun nicht am Strand wohnen sollten. Als ich ihnen versprach, daß sie das Haus jederzeit benutzen dürften, wenn ich dort nicht arbeitete, daß ich weiterhin mit ihnen Eis essen gehen würde, und nachdem sie ein Stück von der Hochzeitstorte bekommen hatten, waren sie besänftigt.«

»Sie brauchen trotzdem einen Vater.«

Jeremy tat so, als wollte er aufstehen. »Na gut, wenn du meinst, kann ich ja wieder auf Knien zu Alicia zurückkehren ...«

Sandra drückte ihn auf das Bett zurück. »Sie brauchen einen Vater, aber nicht dich.«

»Du willst mich also hierbehalten?«

Sie betrachtete ihn prüfend: »Das werde ich mir sorgfältig überlegen« – und fragte dann hastig: »Jeremy, hast du ... hast du Alicia von mir erzählt?«

»Mhmmm.«

»Was hast du ihr erzählt?«

»Die Wahrheit«, antwortete er feierlich. »Daß du das schärfste Weib bist, das ich je aufs Kreuz gelegt habe.«

»Was!?« schrie Sandra entsetzt, stieß ihn von sich und setzte sich auf.

Jeremy hielt sich den Bauch vor Lachen. »Dein Gesicht gerade hättest du sehen sollen«, sagte er, als er sich wieder beruhigt hatte.

»Wie kannst du nur so etwas sagen«, meinte sie kopfschüttelnd.

»Aber nicht doch, Mrs. Fairchild.« Er zog sie wieder an sich. »Dieses zimperliche Getue kannst du deinen Gästen verkaufen, aber nicht mir. Ich wußte sofort, was für eine Frau in diesem abscheulichen Morgenmantel steckt, in dem du mir damals die Tür geöffnet hast. Morgen früh werde ich persönlich dafür sorgen, daß das Ding verbrannt wird.« Jeremy küßte sie geräuschvoll und ließ seine Hände über ihren Po gleiten.

»Um deine Frage zu beantworten«, fuhr er fort, »ich habe Alicia gestanden, daß wir sehr gute Freunde geworden sind und daß ich nach Fairchild House zurückkehren wollte, um herauszufinden, ob uns nur meine Verlobung davon abgehalten hat, uns näherzukommen.«

»Und hat sie das?«

»Sicherlich. Ich beabsichtige jetzt jedenfalls, dir sehr nahe zu kommen.«

Sandra lächelte an seiner Brust. »Und Alicia schien sich nicht daran zu stören?«

Er grinste. »Sie scheint mehr Gespür zu haben, als wir ihr zutrauen. Sie hat den Kopf auf die Seite gelegt, mich eingehend betrachtet und dann gesagt: ›In diesem alten Haus gibt's eine Menge Schlafzimmer, und ich finde, man könnte sie sinnvoller verwenden.‹ Ich habe das als Ermunterung aufgefaßt. Jedenfalls, als ich meine Krawatte abgenommen und gefragt habe, wer mich zum Flughafen bringen könnte, hat Alicia gelacht.«

Sandra seufzte glücklich. »Ich bin so froh«, flüsterte sie. »Ich wäre nie wirklich glücklich geworden, wenn nicht Alicia diejenige gewesen wäre, die Schluß machte.«

»Ich auch nicht.«

»Was werden wir jetzt tun?«

»Wenn du die nahe Zukunft meinst, ist das eine dumme Frage.« Jeremys Hand legte sich warm auf ihre Brust.

»Hmm, ja«, seufzte Sandra. »Aber ich meinte eigentlich dein Haus, deine Arbeit und Fairchild House. Ich möchte die Pension nicht aufgeben, Jeremy.«

»Das brauchst du auch nicht. Aber es wird ein paar Änderungen geben. Ich bringe ein paar Scheinchen in diese Ehe ein, und ein paar davon werden wir für eine Angestellte verwenden. Jemand, der dir beim Saubermachen, beim Servieren, beim Kochen hilft ...«

»Aber das Kochen macht mir Spaß.«

»Du brauchst es ja nicht ganz aufzugeben. Nur manchmal, wenn du vielleicht einmal nachmittags Lust auf wilde Liebe hast.« Jeremy küßte sie auf die Nasenspitze. »Ich könnte hier arbeiten. Aber ab und zu solltest du dir freinehmen. Ich möchte mit dir reisen, mit dir ausgehen, dich herumzeigen.«

»Bist du so stolz auf mich?«

Er fühlte ihre Spannung, spürte, welche Überwindung es sie gekostet hatte, diese Frage zu stellen, und wußte, das sie noch vor ein paar Wochen diesen Mut nicht aufgebracht hätte. In seinem Blick fand Sandra das Selbstvertrauen, das sie so bitter nötig hatte.

»Ja, so stolz bin ich auf dich. Du bist die wunderbarste Frau, die mir je begegnet ist, Sandra.«

»Ich glaube dir«, sagte sie ernst. »Weil ich von dir geliebt werde.«

Eine Weile schwiegen sie, genossen die Nähe des anderen, die Beruhigung, daß sie endlich zusammen waren. Schließlich fragte Jeremy: »Was hältst du eigentlich von meinem Haus am Strand?«

»Es ist wundervoll«, antwortete Sandra mit strahlenden Augen.

»Also wärst du einverstanden, wenn wir hin und wieder dort wohnen und in dieser Zeit Fairchild House jemand anderem überlassen würden?«

Nachdenklich runzelte sie die Stirn. »Ich würde Fairchild

House zwar nicht jedem anvertrauen, aber ich glaube, es ließe sich einrichten. Es bedeutet mir sehr viel, Jeremy, mit Fairchild House Erfolg zu haben.«

»Das hast du doch schon«, flüsterte er eindringlich. »Und es schadet bestimmt nicht seinem Ruf, einen bekannten Schriftsteller zu beherbergen.«

Plötzlich grinste er breit. »Wirst du mir ein Baby schenken?«

»Ich werde uns beiden ein Baby schenken«, verbesserte Sandra ihn lächelnd.

Er küßte sie und zeigte auf den Schreibtisch. »Was ist in dieser Schachtel?«

»In welcher Schachtel?«

»In der auf deinem Schreibtisch. Die du vorhin so verträumt berührt hast.«

Langsam befreite Sandra sich aus seiner Umarmung und durchquerte nackt den Raum. Sie nahm die Schachtel, brachte sie zum Bett und streckte sie Jeremy wortlos entgegen. Er öffnete den Deckel und wußte sofort, was er vor sich hatte. Verblüfft hob er den Blick.

»Warum? Du hättest doch alle meine Bücher kaufen können.«

Liebevoll strich sie ihm eine Haarsträhne aus der Stirn. »Jeder kann deine Bücher kaufen. Das hier war das einzige, was mir von dir blieb. Niemand sonst hatte es je gelesen. Es gehörte ganz allein mir.«

»Aber Sandra, das ist doch Abfall, Schund. Es ist nichts wert.«

Sie schüttelte den Kopf. »Es spielt keine Rolle, was darin steht. Für mich ist es die schönste Liebesgeschichte, die je geschrieben wurde. Es ist Poesie.«

Impulsiv zog er sie wieder an sich. »Ich brauche dich so, Sandra. Ich brauche deine schweigende Ermunterung, deinen Scharfblick für das, was ich schreibe. Ich brauche dein Verständnis, wenn die Arbeit schlechtgeht, und deine Anerkennung, wenn ich Erfolg habe. Du wirst mir doch zur Seite stehen, wenn ich meinen großen Roman schreibe?«

»Es wird mir eine Ehre sein.«

»Du wirst es mit all meinen düsteren Launen aufnehmen?«

»Ich werde dich mit meiner Liebe davon ablenken. Willst du bald mit dem Buch anfangen?«

»Erst muß ich noch zwei Dinge erledigen.«

»Und zwar?«

»Meine Flitterwochen in Fairchild House verbringen.«

»Und zweitens?«

»Die letzten paar Seiten der ›Schlafenden Herrin‹ umschreiben. Die Geschichte wird glücklich enden.«

SANDRA BROWN

Gezeiten der Liebe

Deutsch von
Barbara Heidkamp

Prolog

»Ich bin schwanger.«

Taylor MacKensies Blick schwang abrupt von Ria Lavenders wohlgeformten Beinen zu ihrem Gesicht hinauf. Sie machte nicht den Eindruck, als ob sie den Verstand verloren hätte, aber es war entweder das, oder er hatte nicht richtig gehört. »Wie bitte?«

»Ich bin schwanger.«

Taylor ließ sich in den Ledersessel hinter seinem Schreibtisch sinken und schluckte. »Herzlicher Glückwunsch« schien nicht die passende Antwort zu sein. Sie hatte ihm die drei Worte wie eine Provokation entgegengeschleudert, und provozierend war auch der Blick ihrer dunkelgrünen Augen.

»Danke für die Mitteilung, aber ich hätte auch auf eine Geburtsanzeige warten können«, erwiderte er leichthin.

»Sie sind der erste, der es erfährt.«

»Gibt es dafür einen besonderen Grund?«

»Einen sehr guten Grund sogar.«

»Wollen Sie vielleicht andeuten, daß ich etwas mit Ihrer Schwangerschaft zu tun habe?«

»Ich will gar nichts *andeuten*. Es ist Ihr Kind, Mr. MacKensie.«

Taylor merkte, wie ihm heiß wurde. Um sein Erstaunen zu verbergen, lachte er kurz. »Soll das ein Scherz sein?«

»Kaum. Eine solche Art von Scherzen liegt mir nicht.«

»Mir auch nicht. Aber es klang verdammt danach«, meinte er gereizt. »Verraten Sie mir, wie kommen Sie dazu, so einfach hier hereinzuplatzen und mir solche Ungeheuerlichkeiten an den Kopf zu werfen?« Er sah sie drohend an.

»Ich bin nirgendwo hereingeplatzt«, gab Ria ruhig zurück. »Ich habe mir einen offiziellen Termin geben lassen, wie es sich gehört, wenn man mit einem Stadtverordneten sprechen will, und …«

»Entschuldigen Sie, aber wenn ein Bürger dieser Stadt einen Termin mit mir vereinbart, erwarte ich, daß wir über bevorstehende Stadtratswahlen oder Steuergesetze oder die Erweiterung des Busnetzes sprechen.«

»Vielleicht hätte ich Sie in Ihrer Firma anrufen sollen. Aber ich hatte Angst, Sie würden denken, ich wollte Sie geschäftlich sprechen.«

Er fuhr mit den Fingern durch sein dichtes blondes Haar. »Ich kann nicht glauben, daß es Ihr Ernst ist.« Taylor schüttelte den Kopf.

»Ist es aber.«

»Es ist kein fauler Trick? Kein dummer Streich?«

»Ich spiele keine dummen Streiche«, erklärte sie. »Und faule Tricks liegen mir schon gar nicht.«

»Woher, zum Teufel, soll ich das wissen? Ich kenne Sie ja kaum.«

Sie starrten sich über die polierte Oberfläche seines Schreibtisches an. Ria war die erste, die den Blick abwandte, und Taylor bemerkte, daß sie rot wurde. Das wird aber auch Zeit, dachte er. Ihm selbst war heiß, seit sie hereingekommen war.

Es war normal, daß ihr das Blut in die Wangen schoß, wenn man bedachte, *wie* gut er sie sogar kannte, obwohl sie sich erst einmal begegnet waren.

1

»Oh, verzeihen Sie!«

»Macht nichts.«

»Habe ich Sie nicht mit meinem Picker in den Finger gepiekt?«

»Ein paar Stiche bei Vollnarkose, und er ist so gut wie neu.« Der Mann zuckte lässig mit den Schultern und saugte an seinem verletzten Finger.

Ria lachte. »Tut mir leid.«

»Vergessen Sie es!«

»Bitte nehmen Sie den Shrimp.«

»Uh-uh. Wenn Sie es auf diesen speziellen Shrimp abgesehen hatten, würde es mir nicht im Traum einfallen, ihn Ihnen wegzunehmen.«

Ria lächelte in ein unglaublich gutaussehendes Gesicht, zu dem ein nicht weniger phantastischer Körper gehörte. Der Mann trug einen dunklen, dreiteiligen Anzug mit einem weißen Hemd und einer roten Krawatte.

Eine *rote* Krawatte? Nun, es war Heiligabend. Die Krawatte und das passende seidene Tuch, das in seiner Brusttasche steckte, waren seine Zugeständnisse an den Feiertag. Im übrigen hätte er tragen können, was er wollte, bei diesem strahlenden Lächeln, mit dem er sie bedächte.

»Ria Lavender.« Sie wechselte ihren Teller von der rechten in die linke Hand, damit sie dem Fremden die Hand geben konnte.

»Taylor MacKensie.« Er hatte noch keinen Teller, nur den Cocktailpicker, der auf den gleichen Shrimp wie ihrer gezielt hatte. Er gab Ria die Hand.

»*Der* Taylor MacKensie?«

Um seine Augen bildeten sich kleine Fältchen, als er wieder lächelte. »Gibt es *den* Taylor MacKensie?«

»Ich meine, sind Sie der berühmte Stadtverordnete MacKensie, der für das Amt des Bürgermeisters kandidiert?«

Er verbeugte sich steif. »Genau der. Es ist mir ein Vergnügen, Mrs. Lavender.«

Ria legte den Kopf schief und betrachtete ihn. »Sehr clever.«

»Was?«

»Ihr *Mrs.* Lavender. Wenn ich nicht protestiere, verrät Ihnen das, ob ich verheiratet bin; wenn ich Sie verbessere, wissen Sie, daß ich es nicht bin.«

Er senkte vertraulich die Stimme. »Die Spannung bringt mich fast um.«

»Es ist Miss und noch nie Mrs. gewesen«, antwortete sie.

»Wunderbar.«

Er schnippte mit den Fingern. »Ich habe immer phänomenales Glück.«

Sie schauten sich in die Augen, bis jemand Taylor von hinten anstieß und der Bann gebrochen war. »Wie wär's mit noch einem Shrimp?« fragte Taylor höflich.

»Ich habe schon unverschämt viele gegessen, aber danke.«

Aufmerksam betrachtete er den langen Tisch, auf dem das üppige Buffet aufgebaut war.

»Könnten wir uns dann auf Truthahn einigen?« meinte er.

Ria lächelte. Ihr gefiel sein Sinn für Humor. Überhaupt hatte sie noch nichts an ihm entdeckt, was ihr nicht gefiel. Und sie liebte Truthahn.

»Gern«, erwiderte sie.

Er nahm sich einen Teller, und zusammen gingen sie am Buffet entlang und bedienten sich, obwohl sie beide im Moment ganz andere Sachen als Essen im Kopf hatten.

In dem Augenblick, als sie sich begegnet waren, war aus

der Pflichtübung – als die sie diese Einladung zum traditionellen Weihnachtsempfang bei den Grahams mehr oder weniger betrachteten – etwas Aufregendes und Neues geworden. Sie hatten beide vorgehabt, sich wieder zu verdrücken, sobald es nur möglich war, und nun hatte Taylor sogar die Ausrede vergessen, mit der er bei der Gastgeberin sein frühes Verschwinden hatte entschuldigen wollen.

»Wo wollen wir uns hinsetzen?« Taylors Blick schweifte durch das überfüllte Wohnzimmer, auf der Suche nach zwei freien Plätzen nebeneinander. Er ignorierte die einzelnen Stühle, die hier und dort standen, und Ria freute sich darüber.

»Kann man Ihnen trauen?« fragte sie ihn, einer plötzlichen Eingebung folgend.

»Ich kann regelrecht unverschämt sein und trotzdem nachts ruhig schlafen«, gab er grinsend zurück.

»Dann folgen Sie mir!«

Taylor zwinkerte dem Barmann verschwörerisch zu und nahm sich eine Flasche mit gekühltem Champagner und zwei Gläser. Ria ging zur Treppe, die mit einem Perserläufer belegt war.

»Ihr Kleid ist eine Wucht«, bemerkte Taylor, als sie die Stufen hinaufstiegen.

Sie sah ihn über ihre Schulter an. Sein Blick war auf ihren nackten Rücken geheftet. Ihr blaues Paillettenkleid war vorn und hinten tief ausgeschnitten, mit gepolsterten Schultern, einem engen, knielangen Rock und einem passenden Gürtel. Das lange glatte Haar wurde von einer ebenfalls paillettenbesetzten Spange auf einer Seite zurückgehalten.

»Danke.«

»Keine Ursache.«

Die Treppe führte zu einer Galerie hinauf, von der aus man auf die Räume darunter blickte. »Das war eine fabelhafte Idee«, meinte Taylor, als sie auf die laute Menge hinunterschauten.

»Ich bin auch froh, daß ich darauf gekommen bin«, erwiderte sie.

Sie standen einen Moment lang am Geländer und sahen sich an. Der Hunger, den sie in seinem Blick erkannte, galt eindeutig nicht dem Essen auf seinem Teller. Er galt ihr.

Schließlich räusperte sich Ria. »Hier entlang«, meinte sie.

Sie ging ihm voraus in ein geräumiges Zimmer, das nur vom Feuer im Kamin und dem riesigen Weihnachtsbaum in der Ecke erleuchtet wurde. Es war mit weichen weißen Ledersofas und Sesseln eingerichtet. Rias hohe Absätze versanken tief in dem beigefarbenen Teppich. Sie durchquerte den Raum und stellte ihren Teller auf den Glastisch.

»Der Lichtschalter ist links von Ihnen«, sagte sie zu Taylor. Er stand in dem breiten Eingang und betrachtete beeindruckt das Zimmer.

»Aber wenn Sie die Hände vollhaben, kann ich es einschalten«, bot Ria an, als er nicht antwortete.

»Haben Sie etwas dagegen, wenn wir es so lassen?«

»Eigentlich ist es mir so sogar lieber«, antwortete sie, ohne den Blick von ihm zu wenden.

»Mir auch.«

Er ging zu ihr, und sie setzten sich zwischen dem Sofa und dem Kamin auf den Boden. Ria hockte wie eine Geisha auf ihren Fersen, während Taylor ein Knie anzog und sich mit dem Rücken gegen die Couch lehnte.

Er öffnete fachmännisch die Champagnerflasche, so daß es nur einen sanften Laut gab und nichts überschäumte. Ria nickte anerkennend und hielt ihm ihr Glas hin. Er schenkte zuerst ihr und dann sich selbst ein. Als sein Glas bis zum Rand voll war, prostete er ihr zu.

»Frohe Weihnachten, Ria.«

»Frohe Weihnachten, Taylor.«

Sie schauten sich über den Rand ihrer Gläser an, während sie tranken. Taylor schnalzte mit der Zunge.

»Viel besser als der Champagnerpunsch.«

»Hmmm.« Ria ließ den Champagner einen Augenblick in ihrem Mund perlen, bevor sie ihn hinunterschluckte. »Es geht doch nichts über das Echte, und das pur.«

Er steckte sich einen mit einer Olive verzierten Cocktailhappen in den Mund. »Woher wußten Sie von diesem Zimmer hier?«

»Ich habe es eingerichtet.«

Er zog, offensichtlich beeindruckt, die Brauen hoch. »Sie sind Innenarchitektin?«

Ria schüttelte den Kopf. »Nein, ich habe nur ein paar Empfehlungen gegeben, wie man diesen Raum am besten einrichten könnte«, erwiderte sie. »Ich bin die Architektin.«

»Sie sind die Architektin dieses Hauses? Sie haben es entworfen und gebaut?«

Sie nickte. Taylor kaute an einer mit Krabbensalat gefüllten Tomate, während er sich den Raum noch einmal ansah, diesmal jedoch mit ganz anderen Augen. Keine Einzelheit entging ihm. Offensichtlich gefiel ihm, was er sah, das bemerkte Ria an der Art, wie er die strukturellen Einzelheiten des Raumes betrachtete.

Ria erwartete ein Kompliment, und so war sie überrascht, als er sagte: »Es schneit.«

Sie legte den Kopf zurück und sah, daß Schneeflocken, so groß und weich wie Gänsedaunen, auf die Oberlichter in der Decke über ihnen fielen und dort liegenblieben.

»Wie schön, weiße Weihnachten«, murmelte sie.

»Ich bin geneigt, ein Lied anzustimmen. Soll ich?« Er grinste.

»Können Sie denn singen?«

»In der Dusche klinge ich großartig.«

»Dann sollten wir vielleicht doch lieber darauf verzichten«, erwiderte sie lachend.

»Sie glauben nicht, daß ich singen kann? Ich schätze, Sie werden mir in der Dusche Gesellschaft leisten müssen, um es herauszufinden.«

Ria trank einen Schluck von ihrem Champagner. Sie empfand die Anspielung nicht als unverschämt. Dazu war sein Lächeln zu entwaffnend. Und dennoch war es auch sexy, genau wie er es beabsichtigt hatte.

Sie stellte ihr Glas hin und sah ihn an. »Sie sind genauso gefährlich, wie man sagt, Mr. MacKensie«, stellte sie fest.

»Wie wer sagt?« Er roch mißtrauisch an einer Anchovis.

»Alle, die Ihnen vorwerfen, ein Ladykiller zu sein«, antwortete sie.

»Ach, die.« Er zuckte gleichgültig die Achseln und legte die Anchovis wieder auf den Teller zurück. »Politische Gegner haben diese Gerüchte in die Welt gesetzt.«

»Oder betroffene Frauen.«

»Davon gibt es wohl ein paar.« Sein Lächeln war reumütig.

»Nun ja, aber das alles heißt ja nicht, daß Sie kein ernsthafter Politiker oder Geschäftsmann sind«, erwiderte Ria. Aus all den Zeitungsartikeln, die sie über ihn gelesen hatte, wußte sie, daß er eine Elektro-Installationsfirma besaß. »Trotz des ganzen Schmutzes, mit dem Ihr Gegner Sie bewirft, glaube ich, daß Sie das Rennen um das Bürgermeisteramt machen werden.«

»Werden Sie für mich stimmen?«

»Aber nur, wenn Sie mir noch ein Glas Champagner einschenken.« Sie hielt ihr Glas hin.

Er kam ihrer Bitte nach und füllte dann auch sein eigenes Glas, während er meinte: »Ich wünschte, alle Stimmen wären so leicht zu gewinnen. Warum wollen Sie für mich stimmen?«

»Weil Sie ein progressiver Politiker sind. Vielleicht eine Spur zu direkt und aggressiv.«

»Bleeker nannte mich ›Straßenrabauke‹.«

Sie lachte über den Spitznamen, den ihm sein Gegner angehängt hatte. »Die Beschreibung paßt, obwohl ich sicher bin, daß Bleeker es nicht als Kompliment gemeint hat. Ich kann mir nicht vorstellen, daß Sie sich von irgend jemandem vorschreiben lassen, was Sie tun oder nicht tun sollen.«

»Sie haben recht. Ich bin in der Vorstadt aufgewachsen, ein typisch amerikanisches Kind. Aber ich habe mich immer gegen die Rowdys behauptet.«

»Sie machen auf mich den Eindruck eines Mannes, der frischen Wind mitbringt. Manche Leute haben Angst vor Veränderungen, aber ich glaube schon lange, daß diese Stadt einige Veränderungen sogar dringend braucht«, erwiderte sie.

»Ich hoffe auch, daß ich in der Lage sein werde, frischen Wind in den Stadtrat zu bringen. Falls ich gewählt werde.« Nach einem Augenblick fügte er im gleichen Ton hinzu: »Verdammt.«

»Was ist?«

»Jetzt habe ich doch den Truthahn vergessen!«

»Hier, bedienen Sie sich.« Sie hielt ihm ihren Teller hin.

Er hob beide Hände hoch. »Nein, wirklich, das kann ich nicht.«

»Kommen Sie, ich bestehe darauf! Schließlich habe ich Ihnen den Shrimp weggenommen.« Sie nahm ein Stück weißes Fleisch vom Teller und hielt es Taylor hin.

Er zögerte. »Sie haben den Shrimp in einem fairen Kampf gewonnen.«

»Bitte.« Sie hob ihre Hand näher an seinen Mund.

»Na gut, wenn Sie darauf bestehen.«

Er biß in das saftige Stück Truthahnbrust. Ria spürte ein seltsames Kribbeln im Magen, als sein warmer Atem ihre Finger streifte. »Mmm, köstlich!« sagte er mit vollem Mund.

»Weich und saftig, nicht wahr?«

»Hm, stimmt.«

Sie sah, daß er auf ihre Lippen schaute, und wandte hastig den Blick ab. Warum hatte sie plötzlich den Eindruck, daß er sie anschaute wie ein Raubtier seine Beute?

Ihre Hand zitterte leicht, als sie nach ihrem Champagnerglas griff.

Erst als sie sich bewegte, schien er wieder in die Wirklichkeit zurückzufinden. »Der Weihnachtsbaum hier gefällt mir besser als der unten«, bemerkte Taylor übergangslos.

Ria war froh, daß er das Thema wechselte. Es minderte die Spannung, die sie plötzlich empfunden hatte. Die Geräusche der Party, das Lachen und das Reden, die von unten heraufklangen, waren hier nur gedämpft zu hören. Hier oben war nichts anderes zu hören als das Knistern und Prasseln der Scheite im Kamin oder das Rascheln von Stoff, wenn einer von ihnen beiden sich leicht bewegte.

Eine ganz eigene Stimmung hatte sie beide erfaßt, so als wären sie hier zu Hause und könnten es sich so gemütlich machen, wie sie wollten. Ria hatte sich noch nie so entspannt gefühlt. An keinem anderen Ort. Zu keinem anderen Zeitpunkt.

Und sie hatte auch noch nie eine solch atemlose Erwartung empfunden. Das Gefühl, daß gleich etwas ungeheuer Schönes und Aufregendes passieren würde.

Sie blickte auf den Baum. Seine grünen Zweige waren mit funkelnden bunten Lichtern, Glaskugeln, Lametta und Zuckerwerk geschmückt.

»Mir auch«, erwiderte sie. »Ich mag die altmodischen Weihnachtsbäume lieber.«

»Man muß sie riechen können.«

»Genau. Der unten im Wohnzimmer ist phantastisch, aber so steif.«

»Er wirkt künstlich.«

»Er ist von einem professionellen Dekorateur gemacht worden. Man sieht, daß den hier die Familie geschmückt hat.« Sie lachte. »Die Abstände zwischen den einzelnen Stücken, die aufgehängt wurden, sind nicht mit dem Lineal ausgemessen worden.«

Ihre Gastgeber, die Grahams, hatten mehrere erwachsene

Kinder und zahlreiche Enkelkinder. Ria konnte sich das Lachen und die Freudenschreie vorstellen, die von diesen Wänden widerhallen würden, wenn am nächsten Morgen die vielen Geschenke ausgepackt wurden.

Taylor beugte sich dichter zu ihr vor. »Ich wette, wenn man genau hinschaute, würde man sehen, daß einige der Sachen beschädigt oder geklebt sind.«

Ria nickte verträumt. »Die sind dann die wertvollsten. Je älter, desto besser. Sie bergen Erinnerungen an frühere Weihnachtsfeste, und man wird sie niemals wegwerfen.«

Taylor strich plötzlich mit der Rückseite seiner Finger über ihre Wange. »Unsere Architektin hat eine sentimentale Ader.«

Sie bekam eine Gänsehaut bei der Berührung. »Sie haben mich durchschaut.«

Sie beide hörten auf, so zu tun, als hätten sie noch Hunger und wollten noch etwas essen, und stellten ihre Teller beiseite. Taylor sah Ria mit unverhohlener Bewunderung an. »Ich habe noch nie einen Pickerkampf mit jemandem ausgetragen, der so hübsch ist wie Sie. Sind Sie sicher, daß es Sie wirklich gibt? Oder existieren Sie nur in meiner Vorstellung?«

Sie hatte auf der Zunge zu sagen: »Berühren Sie mich, und überzeugen Sie sich«, doch sie besann sich anders. Taylor MacKensie stand in dem Ruf, ein Frauenheld zu sein, und sie wollte ihn nicht noch ermutigen. Sie war zu vernünftig, um sich von glatten Worten und einem einschmeichelnden Lächeln verführen zu lassen. Aber sie genoß Taylors Gesellschaft, und ein harmloser Flirt konnte nicht schaden.

»Oh, natürlich gibt es mich wirklich. Was Sie nicht wußten«, antwortete sie gedehnt, »war, daß mein Magen gerade höchst unfein knurrte, als ich diesen dicken rosafarbenen Shrimp entdeckte. Und ...«

»Schsch.« Er legte ihr einen Zeigefinger an die Lippen. »Sie machen mir den Mund wäßrig.«

Schluß! dachte Ria. Aus mit der Flirterei! Es war nicht länger harmlos. Taylor MacKensie machte ihr den Mund wäßrig. Der sanft beleuchtete Raum, der Kamin, die weihnachtliche Atmosphäre hatten eine gefährliche Wirkung auf sie.

Sie fühlte, wie sie die Kontrolle über die Situation verlor, und wußte, daß sie sie zurückgewinnen mußte. Egal wie.

»Vielleicht sollten wir lieber nach unten gehen und uns unter die anderen mischen.«

Er runzelte die Stirn, doch auch er schien einzusehen, daß dies wohl ratsam war. Auch er hatte gemerkt, daß ihnen die Situation außer Kontrolle zu geraten schien.

»Sie haben recht«, erwiderte er, dann schenkte er ihr wieder jenes so umwerfende, charmante Lächeln, bei dem ihr gleich die Knie weich wurden. »Schließlich darf ich nicht vergessen, daß auch die Leute da unten alle potentielle Wähler sind.«

Er erhob sich und hielt ihr die Hand hin, die sie dankbar ergriff. Sie hätte mehr essen sollen. Der Champagner war ihr in den Kopf gestiegen. Und in die Beine gegangen. Sie waren wie Gummi.

Sie schwankte leicht, als sie aufstand. Taylor legte ihr den Arm um die Taille, um sie zu stützen, und drückte sie flüchtig an sich.

»Okay?« fragte er leise, und seine Stimme klang warm und einschmeichelnd.

»Ja, sicher.«

Er ließ sie los, obwohl Ria spürte, daß er es nur ungern tat. Sie nahmen ihre Teller auf und gingen die Treppen hinunter. »Das Haus gefällt mir«, bemerkte er. »Es ist modern, ohne nüchtern zu sein.«

»Ich war zufrieden mit dem Ergebnis«, erwiderte Ria bescheiden.

»Glauben Sie ihr kein Wort.«

Ria und Taylor drehten sich um bei dem Klang der

Stimme ihrer Gastgeberin. Mrs. Graham, die ein buntes Taftkleid trug, das bei jedem Schritt raschelte, lächelte Ria an und umarmte sie herzlich.

»Sie ist viel zu bescheiden, Taylor. Ich freue mich, daß Sie die genialste und originellste Architektin unserer Stadt kennengelernt haben. Ich habe diese Party einzig zu dem Zweck gegeben, mit Rias Meisterstück anzugeben.«

»Ich finde, Sie haben einen exzellenten Geschmack«, erwiderte Taylor mit einem charmanten Lächeln. »Sowohl was Häuser als auch was Architekten betrifft.«

Mrs. Graham ergriff Rias Arm und zog sie von Taylors Seite weg. »Eine Freundin von mir kann es kaum erwarten, Sie kennenzulernen, Ria. Sie ist grün vor Neid geworden, als sie mein Haus gesehen hat, und möchte nun unbedingt auch so eins. Sie hat übrigens ein wunderschönes Grundstück. – Meine Güte Taylor, nun machen Sie doch nicht so ein enttäuschtes Gesicht. Sie können sich später noch mit Ria unterhalten. Jetzt seien Sie ein lieber Junge, und mischen Sie sich unters Volk! Ich glaube, ein paar Männer spielen Billard im Billardzimmer.«

Eine Dreiviertelstunde später entdeckte Taylor Ria zwischen einer Reihe von anderen Gästen, die um den großen weißen Flügel herumstanden und Weihnachtslieder sangen. Er schob sich durch die Gruppe zu ihr vor.

»Hi.«

»Hi. Haben Sie Billard gespielt?«

»Ja. Und gewonnen. Aber ich habe nicht darauf bestanden, daß die anderen ihre Schulden bezahlen. An Weihnachten bin ich immer großzügig.«

Ein neues Lied wurde angestimmt, und sie sangen mit. In der Mitte der zweiten Strophe lehnte sich Ria zurück. »Sie hatten recht. Sie …«

»Was? Ich kann Sie nicht verstehen.« Er beugte sich zu ihr herunter, so daß ihre Lippen sein Ohrläppchen streiften.

»Sie hatten recht«, wiederholte sie. Als er den Kopf schief

legte und sie fragend ansah, fügte sie hinzu: »Sie können wirklich nicht singen!«

Er lachte und drückte ihren Ellbogen.

Bald darauf brachen die ersten Gäste auf. Grund dafür war unter anderem das zusehends schlechter werdende Wetter, und alle wollten noch rechtzeitig nach Hause kommen. Ria und Taylor schlenderten zusammen auf den Raum zu, wo ein Mädchen die Mäntel holte. Als es mit Rias zurückkam, bemerkte Ria Taylors überraschten Blick. Er nahm dem Mädchen den langen Silberfuchs ab und hängte ihn um Rias Schultern, während er seinen eigenen Mantel über den Arm nahm. Dann gingen sie zur Haustür, wo sich die Grahams von den Gästen verabschiedeten.

»Es war wundervoll. Vielen Dank für die Einladung«, meinte Ria und küßte die Gastgeberin auf die Wange.

Mrs. Graham tätschelte ihre Hand. »Die Party war wundervoll, weil mein Haus wundervoll ist, und mein Haus ist wundervoll, weil Sie wundervoll sind. Und wenn Sie jetzt glauben, ich würde Sie bei diesem Wetter allein diesen Berg hinunterfahren lassen, dann sind Sie falsch gewickelt!«

»Ich bin es gewöhnt, im Schnee zu fahren«, wandte Ria ein.

»Aber nicht diesen steilen Abhang hinunter, den wir fälschlicherweise als Straße bezeichnen«, erwiderte Mrs. Graham.

»Ich wäre glücklich, wenn ich Ria nach Hause fahren könnte«, meinte Taylor lächelnd.

»Ausgezeichnet.« Mrs. Graham strahlte über das ganze Gesicht. »Darling, vergiß nicht, etwas zu Taylors Wahlkampffonds beizusteuern«, wandte sie sich an ihren Mann.

»Aber mein Wagen ...«, protestierte Ria. Sie war nicht daran gewöhnt, daß sich jemand so um sie kümmerte.

»Den wird Ihnen morgen jemand hinunterbringen. Ihr solltet euch jetzt besser auf den Weg machen, bevor diese

Rutschbahn noch glatter wird! Gute Nacht, meine Lieben, und fröhliche Weihnachten!«

Die Grahams winkten ihnen noch einmal zum Abschied, bevor sie ihre Aufmerksamkeit anderen Gästen zuwandten. Als Taylor sie auffordernd anschubste, blieb Ria nichts anderes übrig, als Taylor zu folgen, wenn sie keine Szene machen wollte.

»Es macht Ihnen doch nichts aus, oder?« fragte er, während er den Kopf gegen den Schnee senkte, der ihm ins Gesicht wehte.

»Nein. Ihnen?«

»Natürlich nicht.«

»Die Grahams haben Sie praktisch vor vollendete Tatsachen gestellt. Sie hatten keine große Wahl«, meinte sie.

»Sie irren sich. Ich habe Ihnen doch schon gesagt, daß ich regelrecht unhöflich sein kann.« Seine Hand schloß sich fester um ihren Ellbogen. »Außerdem hätte ich Ihnen von mir aus angeboten, Sie mitzunehmen, wenn die Grahams nicht gefragt hätten. Es hätte mir auch nicht gefallen, wenn Sie bei diesem Wetter allein nach Hause hätten fahren wollen.«

»Ich bin sicher, daß ich mit den paar Schneeflocken schon fertig geworden wäre«, behauptete sie.

Taylor blickte zum Himmel hinauf. »Es sind nicht nur ein paar Schneeflocken, es sieht eher nach einem Schneesturm aus. Und vergessen Sie nicht«, fügte er hinzu und drückte ihren Ellbogen, »ich weiß, wieviel Champagner Sie getrunken haben.«

Lachend gingen sie an der Reihe von Wagen entlang, die in der Einfahrt parkten, bis sie eine neue Corvette erreichten.

»Wissen Sie«, meinte Taylor, während er in seiner Tasche nach den Schlüsseln suchte, »ich bin immer noch nicht sicher, ob es Sie tatsächlich gibt. Sie sind schön, begabt, klug, amüsant. Sie tragen wertvollen Schmuck und ...«

»Das hier?« fragte sie und zeigte auf ihre Straßohrringe. »Die sind nicht echt.«

»Aber der hier ist echt.« Er fuhr mit den Fingern durch den weichen Pelzkragen ihres Mantels, den sie gegen die Kälte hochgeschlagen hatte. Der Mantel war der einzige Luxus gewesen, den sie sich geleistet hatte, als sie bei dem angesehensten Architekturbüro in der Stadt angefangen hatte. Dafür hatte sie lieber auf ein teures Auto verzichtet.

»Sie haben den schönsten Pelzmantel, den ich je gesehen habe, zusätzlich zu all Ihren anderen Attributen. Aber es muß doch irgend etwas an Ihnen geben, das nicht perfekt ist.« Er schaute sie durch den fallenden Schnee an. »Vielleicht haben Sie einen faulen Zahn?«

Sie gab ihm einen spielerischen Klaps auf die Nase und schüttelte immer noch lachend den Kopf, als sie schon lange im Auto saß.

Die Straße war viel gefährlicher, als Ria gedacht hatte, und sie hätte sicher Probleme bekommen, wäre sie selbst gefahren. Im nachhinein war sie froh, daß die Grahams darauf bestanden hatten, daß sie nicht allein fuhr. Auch wenn sie nicht sicher war, ob es weise war, sich ausgerechnet Taylor MacKensie anzuvertrauen.

Ria fühlte sich ein bißchen benommen. In ihren Ohren rauschte es, und das lag sicher nicht an den Glocken, die überall die Weihnacht einläuteten. Und ihre Zehen spürte sie auch nicht mehr – okay, dafür gab es eine logische Erklärung. Es war nun mal nicht besonders ratsam, in leichten Abendschuhen durch kalten Schnee zu laufen.

Aber daß ihr so heiß war, lag sicher nicht nur an der hervorragend funktionierenden Heizung im Auto.

Wahrscheinlich hatte sie doch zuviel von dem leckeren Champagner getrunken – oder Taylors überwältigende Nähe hatte sie berauscht. Doch egal, was auch der Grund war, sie sollte sich dennoch nicht so albern benehmen.

Die Scheibenwischer klackten so rhythmisch wie ein Metronom. Schneeflocken führten im Licht der Scheinwerfer einen fröhlichen Tanz auf. Die Nacht erschien ihr auf einmal ganz unwirklich. Aber wer brauchte schon die Wirklichkeit, wenn Phantasien so schön waren? Warum sollte sie es nicht genießen, solange es dauerte?

»Musik?«

»Bitte?« fragte sie abwesend.

Er deutete mit dem Kopf auf das Radio.

»Ja, gern.« Sie zwinkerte ihm zu. »Wenn Sie versprechen, nicht mitzusingen.«

»Anscheinend spielen sie heute abend überall nur Weihnachtslieder«, bemerkte er, nachdem er mehrere Sender gedrückt hatte.

»Macht nichts. Einmal im Jahr höre ich sie gern«, erwiderte sie.

»Ja, ich auch. Wie kommt es, daß Sie Heiligabend allein verbringen?« fragte er plötzlich. »Ich hätte gedacht, es würden mindestens ein Dutzend Verehrer vor Ihrer Tür Schlange stehen und um ein Rendezvous am Abend vor Weihnachten bitten.«

Ria lächelte. »Danke für das Kompliment. Der Mann, mit dem ich mich für gewöhnlich verabrede, ist nicht da.«

»Es gibt einen Mann in Ihrem Leben?«

»Ja. Seine Mutter lebt in Florida, und er verbringt die Feiertage bei ihr.«

Taylor nahm diese Information kommentarlos zur Kenntnis. »Und Ihre Eltern?«

»Sie sind im Augenblick in England und besuchen dort Freunde. Zuerst wollten sie nicht über Weihnachten fahren, doch ich habe sie dann dazu überredet. Schließlich ist Heiligabend ein Abend wie jeder andere«, behauptete sie.

Er sah sie von der Seite her an. »Glauben Sie das wirklich?«

Ihre Blicke trafen sich einen Moment, und Ria schüttelte langsam den Kopf. »Nein«, antwortete sie leise, »aber ich wollte nicht, daß meine Eltern meinetwegen auf die Reise verzichten.«

»Was ist mit Ihrem Freund?«

»Es wäre mir unangenehm, wenn er meinetwegen seine Mutter vernachlässigen würde.« Um das Gespräch von sich selbst abzulenken, fragte sie: »Was ist mit Ihnen? Warum sind Sie allein? Keine Familie?«

»Meinen Vater gibt es noch, aber er hat jetzt eine neue Familie. Er und Janey leben in Los Angeles.« Er erzählte, daß sein Vater nach dem Tod seiner Mutter wieder geheiratet hatte, und zwar eine wesentlich jüngere Frau. Sie hatten zwei Kinder.

»Ich habe einen Stiefbruder und eine Stiefschwester, die jung genug sind, daß sie meine eigenen Kinder sein könnten. Ich bin immer willkommen bei ihnen, aber ich glaube, meine Anwesenheit dort macht alle verlegen, weil sie immer Angst haben, etwas Falsches zu tun oder zu sagen.«

»Und wie steht es mit Bekannten?« fragte sie, meinte damit speziell Freundinnen und haßte sich für ihre Neugier.

»Ich war mit einer Gruppe von Leuten zum Skifahren eingeladen.«

»Wie groß war die Gruppe?«

Sein Grinsen sagte ihr, daß er wußte, worauf sie hinauswollte. »Sieben. Darunter die Frau, mit der ich mich zur Zeit treffe. Ich habe im letzten Augenblick abgesagt.«

»Warum? Hatten Sie Streit?«

»Nein. Anfangs jedenfalls nicht. Ich habe mir vorgestern beim Tennisspielen den Knöchel verstaucht und fand, daß es nicht günstig wäre, damit Ski zu laufen. Daraufhin hatten wir dann doch Streit.«

»Ihre Freundin ist ohne Sie mitgefahren?«

Er zuckte mit den Schultern. »Sie ist eine sehr unabhängige Lady.«

»Es ist doch schon seltsam, daß man Weihnachten entweder hektisch und ausgelassen oder traurig und einsam verbringen kann.«

»Es hängt davon ab, ob man es mit jemandem zusammen oder allein verbringt.«

»Wahrscheinlich. Obwohl es schrecklich sein könnte, ausgerechnet dann mit jemandem zusammenzusein, den man nicht liebt oder nicht einmal mag. Ich glaube, das wäre noch schlimmer, als es allein zu verbringen.« Sie blickte nachdenklich vor sich hin.

Ria hatte Taylor ihre Adresse genannt, als sie bei den Grahams losgefahren waren. Er schien seine Stadt gut zu kennen, denn er fuhr den kürzesten Weg, ohne sie auch nur einmal fragen zu müssen, wo er abbiegen sollte.

Vor ihrem Haus hielt er an und schaltete den Motor der Corvette aus. Die Scheibenwischer blieben stehen, und das Radio verstummte mitten in einem Weihnachtslied.

Doch weder Ria noch Taylor rührten sich. Schließlich drehten sie sich gleichzeitig zueinander um und begannen zu sprechen.

»Danke ...«

»Ich würde mich ...«

»Entschuldigung.«

»Entschuldigung. Ladies first.«

»Ich wollte mich nur fürs Mitnehmen bedanken.«

Taylor drehte den Kopf und starrte durch die Windschutzscheibe, die rasch mit Schnee bedeckt wurde. Ria konnte sehen, daß er auf der Innenseite seiner Wange kaute. »Ich würde mich durchaus zu einer Tasse Kaffee überreden lassen«, meinte er und schaute Ria wieder an.

Sie zögerte nur einen kurzen Moment, bevor sie nickte. Er stieg aus und kam um den Wagen herum, um die Beifahrertür zu öffnen. Seine Finger schlossen sich fest um ihren Oberarm, als sie vorsichtig über den gefährlich glatten Bürgersteig gingen.

Ria holte den Schlüssel aus ihrer paillettenbesetzten Abendtasche und schloß die Haustür auf. Drinnen empfing sie eine wohltuende Wärme. Ria drückte auf einen Wandschalter, doch die Lampe auf dem Ecktisch neben der Couch ging nicht an, wie sie erwartet hatte. Statt dessen leuchtete ihr Weihnachtsbaum auf.

»Oh, das hatte ich völlig vergessen. Ich habe ja die Weihnachtsbaumbeleuchtung in die Steckdose gesteckt, die zu diesem Schalter gehört.«

»Sie hätten besser einen Elektriker holen sollen«, meinte er neckend. »Ein hübscher Baum.«

»Danke.«

»Einer von der altmodischen Sorte.«

Taylor ging zum Kamin hinüber, in dem unter den Scheiten noch rote Glut schwelte. Er zog den Schutzschirm beiseite, stocherte mit einer Stange in der Glut und legte zwei neue Holzscheite auf. Sie fingen sofort Feuer.

Im hellen Schein der Flammen funkelten die schmelzenden Schneeflocken auf seinem Haar und seinen Schultern wie Diamanten. Er drehte sich um und sah Ria an. Sein Blick und die zielstrebige Art, wie er auf sie zukam, ließen sie erbeben.

»Ich werde schnell den Kaffee aufsetzen«, meinte sie atemlos.

Er hielt ihre Hand fest, als sie an ihm vorbeiging. »Ria?«

»Was?«

»Sie haben Schnee im Haar«, flüsterte er.

Sie schüttelte sacht den Kopf.

Er beobachtete, wie ihr Haar bei der Bewegung sanft mitschwang. »Es ist wunderschön. So glänzend und seidig. Dunkel wie die Nacht. Und so verführerisch.«

Wenn hier etwas verführerisch ist, dachte sie, dann ist es die Art, wie du mit deinen Fingern durch mein Haar fährst. Und wie er sie anschaute. Sein Blick glitt über ihr Gesicht, ihren Hals, senkte sich dann auf die Stelle, wo ihr Ausschnitt den Ansatz ihrer Brüste preisgab.

»Es wird gleich warm«, meinte sie hastig.

»Baby, es ist schon warm«, murmelte er heiser.

Er trat näher, nahm ihr Gesicht in die Hände und strich mit dem Daumen über ihre kalten Wangen. Dann senkte er den Kopf, und seine Lippen streiften ihre.

Sein erster Kuß war leicht und testend. Der zweite fordernder. Ria rang nach Luft und drehte hastig den Kopf weg.

»Es tut mir leid«, entschuldigte er sich. »Ich hatte kein Recht, das zu tun. Es ist nur, daß ... verdammt, ich wollte Sie küssen!«

»Sie brauchen sich nicht zu entschuldigen.« Ihre Stimme war leise und unsicher. »Heute ist Heiligabend.«

»In diesem Fall ...«

Er küßte sie wieder. Diesmal öffneten sich seine Lippen über ihren, und seine Zunge tastete sich in ihren Mund vor.

»Du hattest recht, Ria«, flüsterte er an ihren Lippen. »Es ist, wie du es vorhin gesagt hast. Es geht nichts über das Echte, und das pur.«

Er zog sie an sich, streifte den Pelz von ihren Schultern und warf ihn beiseite. Er landete auf der Couch, ein paar Schritte entfernt, während Taylor begann, Rias Körper zu erforschen. Seine Hände wanderten neugierig und eifrig über ihren Rücken, ihre Hüften, ihre Oberschenkel.

Sie stieß einen überraschten Laut aus, als er seine Hände auf die Rundungen ihres Pos legte und sie an sich preßte. Taylor nahm die Hände nicht weg, hob aber den Kopf und schaute Ria an, die unwillkürlich die Lippen geöffnet hatte und heftig atmete. Sie öffnete die Augen und begegnete seinem fragenden Blick. Dann seufzte sie und schmiegte sich von selbst an ihn.

Sie stöhnten beide vor Lust und Verlangen, als Taylor sie so fest an sich zog, daß sie seine Erregung spüren konnte. Während sie sich hungrig küßten, streifte er seine Anzugjacke ab.

Ria dachte, daß seine Weste mindestens hundert Knöpfe haben mußte, denn es dauerte so lange, bis er auch dieses

Kleidungsstück hinter sich schmiß. Doch dann spürte sie endlich seine warme Haut durch die dünne Seide seines Hemdes.

Dann legte er die Hände auf Rias Haut und schob ihr langsam das Kleid von den Schultern. Seine Fingerspitzen glitten ihren Hals hinunter und über ihr Schlüsselbein. Sie warf den Kopf zurück, und er küßte ihren Hals. Sein Mund war offen, heiß, besitzergreifend.

Ria tastete nach den Knöpfen seines Hemds, nachdem sie es aus seinem Hosenbund gezogen hatte. Als alle offen waren, fuhr sie mit den Fingern durch die Haare auf seiner Brust.

Er griff um sie herum und zog den Reißverschluß ihres Kleids herunter. Das Oberteil fiel auf ihre Hüften. Sie trug nichts darunter und hob unwillkürlich die Hände, um sich zu bedecken, doch Taylor zog ihre Hände sanft weg.

»Nein, bitte«, flüsterte er. »Du bist wunderschön.«

Fasziniert verfolgte er die Bewegung ihrer vollen Brüste, als sie die Arme aus den engen Ärmeln zog. Er legte die Hände leicht auf die Außenseiten ihrer Brüste und strich dann die Unterseiten ihrer Arme entlang bis zu den Handgelenken. Er hob ihre Hände hoch und legte sie um seinen Nacken.

Er zog Ria an sich und hielt sie, Haut an Haut. Für einen Moment war das genug. Doch dann wurden ihre lustvollen Seufzer rauh vor Verlangen. Taylor streichelte ihre Brüste und fuhr mit den Daumen über die harten Brustwarzen. Dann senkte er den Kopf, nahm eine Spitze in den Mund und saugte daran.

Ria glaubte, ihre Erregung kaum noch ertragen zu können. Als er ihren Gürtel öffnete und ihr das Kleid über die Hüften schob, war das einzige, was sie störte, daß er es nicht schnell genug tat. Sie stieg aus dem Stück Stoff um ihre Füße, nur mit schwarzen Strapsen, einem schwarzen Slip und schwarzen Seidenstrümpfen bekleidet.

Taylor fluchte leise. »Ich muß, verdammt, sehr, sehr brav gewesen sein, daß ich so ein Geschenk bekomme.« Er vergrub die Finger in ihrem Haar und preßte den Mund zu einem langen Kuß auf ihre Lippen. Dann hob er Ria hoch und trug sie zur Couch hinüber. Während er beobachtete, wie sie sich auf dem Pelzmantel zurücklegte, entledigte er sich rasch seiner Kleidung. Er kam zu ihr auf die Couch und streckte sich neben ihr aus.

»Es ist nicht zu übersehen, daß ich dich will.« Er ließ die Hand in ihren Slip gleiten. »Willst du mich auch, Ria?« Ihr Körper sagte ja. Seine Finger fühlten, daß sie bereit war. Aber er wollte die Worte aus ihrem Mund hören. »Sag es mir!«

»Ja, ich will dich auch!«

Sie schlang die Arme um seinen Nacken. Ihre Lippen trafen sich genau in dem Moment, als ihr Verlangen sich erfüllte.

2

»Wie ist das denn passiert?« fragte Taylor stirnrunzelnd.

»Hat Ihr Vater nie ein ›Von-Mann-zu-Mann-Gespräch‹ über die Vögel und die Bienen mit Ihnen geführt?« fragte Ria zuckersüß. Die Falten auf Taylors Stirn vertieften sich. »Wenn ja, dann sollten Sie wissen, wie es passiert ist.«

Es war erst Minuten her, seit Ria Lavender durch die Tür von Taylors Büro gekommen war und ihn mit dieser unglaublichen Neuigkeit konfrontiert hatte, aber es kam Taylor wie eine Ewigkeit vor. Ria hatte sich gesetzt, und die Spannung zwischen ihnen war fast ins Unerträgliche gewachsen.

»Ich meinte, warum haben Sie kein Verhütungsmittel benutzt?« fragte er knapp. Seine Lippen waren zu einem schmalen Strich zusammengepreßt.

»Warum haben Sie keins benutzt?«

»Ich tue es normalerweise. Ich lese Zeitung, ich beachte die Warnungen.«

»Eine Panne Ihrerseits, schätze ich.«

»Ich habe es als selbstverständlich vorausgesetzt, daß jede halbwegs intelligente Frau, die in diesem Zeitalter der sexuellen Freizügigkeit sexuell aktiv ist, irgendeine Art von Verhütungsmittel benutzt.«

Rias Augen verengten sich. »Erstens«, gab sie zurück, wobei sie den Zeigefinger hochhielt, »bin ich nicht so sexuell aktiv, wie Sie es andeuten. Ich weiß nicht, was Heiligabend mit mir los war. Wahrscheinlich zuviel Champagner. Aber ich habe es mir nicht zur Gewohnheit gemacht, fremde Männer mit zu mir nach Hause ins Bett zu nehmen, damit das klar ist.

Zweitens.« Sie hielt den nächsten Finger hoch. »Meine Gesundheit ist mir zu wichtig, um sie durch die Einnahme oraler Kontrazeptiva zu gefährden. Und drittens« – der dritte Finger schnellte hoch – »sollten Sie bei mir niemals etwas als selbstverständlich voraussetzen!«

Taylor stand fluchend von seinem Schreibtischsessel auf und trat ans Fenster. Die zu Fäusten geballten Hände hatte er in die Hosentaschen geschoben, und seiner ganzen Haltung merkte man seine Anspannung an. Er betrachtete die Frau vor seinem Schreibtisch mit düsterem Blick.

Ihre Schwangerschaft war nicht die einzige Falle, die sie hatte zuschnappen lassen, was ihn betraf. Ein Blick auf sie hatte genügt, und er sah sich wieder mit ihr auf jenem Sofa, hörte wieder die lustvollen kleinen Schreie, die sie ausgestoßen hatte, als sie zum Höhepunkt gekommen war.

Er wünschte, er könnte diese quälend-süßen Erinnerungen einfach abschalten. Er wünschte, seine Augen würden sich vor diesem Bild verschließen.

Es war jetzt schon acht Wochen her, doch er konnte sich immer noch lebhaft daran erinnern, wie sie sich unter ihm angefühlt, wie sie sich in seine Arme geschmiegt hatte, als er ihren Pelz über sie beide zog und sie dann eingeschlafen waren.

Wie oft hatte er in der Erinnerung gelächelt, wenn er dachte, daß auch ein Höhlenmensch so mit seiner Frau geschlafen hatte: nackt unter einem Stapel dicker Felle. Dies war eine Gewohnheit, die der Homo sapiens durchaus hätte beibehalten sollen.

Auch wenn Ria heute ein streng geschnittenes, dunkelblaues Kostüm trug, wirkte sie immer noch verführerisch. Taylor fragte sich unwillkürlich, ob sie auch darunter so verführerische Unterwäsche trug wie am Weihnachtsabend. Er würde sein neues Bürgermeister-Büro darauf verwetten, daß ihre Haut immer noch so weich und warm war.

Und obwohl sie ihr Haar zu einem strengen Knoten zusammengebunden hatte, konnte er beinahe spüren, wie es weich und seidig durch seine Finger glitt.

Er war sogar plötzlich ganz aufgeregt geworden, als er hörte, daß sie mit ihm sprechen wollte. Wie ein dummer Junge, der zum erstenmal mit einem Mädchen geschlafen hat, hatte er ganz weiche Knie bekommen, als seine Sekretärin ihm über das Sprechgerät mitgeteilt hatte, daß eine Miss Ria Lavender gekommen sei, um ihn zu sehen.

Ja, er hatte sich darauf gefreut, sie wiederzusehen, und er war neugierig gewesen, warum sie plötzlich wieder Kontakt zu ihm aufnehmen wollte. Er hatte gehofft, daß sie nicht aus rein geschäftlichen Gründen gekommen war.

Doch er hatte versucht, seinen Optimismus zu dämpfen und seine Erwartungen herunterzuschrauben, indem er sich einzureden versuchte, daß sie sich nur herbemüht hatte, um seine Unterstützung bei einem ihrer Bauprojekte zu suchen. Und dennoch war es ihm nicht gelungen, seine Aufregung zu unterdrücken.

Und dann hatte sie ihn mit diesem einen Satz: »Ich bin schwanger!« genau zwischen die Augen getroffen.

Es war einfach nicht möglich. So etwas passierte einem erwachsenen Mann nicht. Einem dummen, unerfahrenen Jungen, ja, aber nicht etwa einem zukünftigen Bürgermeister. Es war entweder ein schlechter Scherz, oder sie bezweckte etwas ganz Bestimmtes mit ihrer Behauptung.

Er schaute Ria mißtrauisch an. Was genau führte diese Frau im Schilde? Er wußte es noch nicht. Vorläufig mußte er Zeit gewinnen und versuchen, es herauszufinden.

»Sind Sie sicher, daß Sie schwanger sind?«

Ria schlug ungeduldig ihre seidenbestrumpften Beine übereinander. »Ja.«

»Aufgrund einer verspäteten Periode?«

»Aufgrund eines sehr zuverlässigen und wissenschaftlich fundierten Erkennungstests in der Praxis meines Gynäkologen gestern morgen«, erwiderte sie gereizt. »Ich bin schwanger, Mr. MacKensie, und Sie sind der Vater.«

Er schien plötzlich nachdenklich. »Schon merkwürdig, wie wir uns kennengelernt haben, nicht wahr?« sagte er.

Sie zog überrascht die Brauen hoch. »Dazu sind Cocktailpartys doch da, daß sich Leute kennenlernen, meine ich. Was haben die Umstände, wie wir uns kennengelernt haben, überhaupt mit meiner Schwangerschaft zu tun?«

»Vielleicht nichts. Vielleicht alles.«

»Ich wünschte, Sie würden zur Sache kommen.«

»Also schön.« Er hielt einen Augenblick inne. »Ich habe mir eine Menge Feinde bei dieser jüngsten Wahl gemacht. Meine Gegner wollten mich unbedingt als Verlierer sehen, aber sie wurden enttäuscht. Ich gewann. Aber bis zu meiner Vereidigung dauert es noch ein paar Monate. Nehmen wir mal an, ganz hypothetisch, daß meine Feinde nach einem Weg suchen, mich zu diskreditieren. Wo bin ich am verwundbarsten?«

»Sind Sie immer so paranoid?«

Taylor ignorierte ihre Bemerkung und setzte seinen Gedankengang fort. »Ich bin unverheiratet. Bleeker ist seit über dreißig Jahren mit derselben Frau verheiratet und hat acht Kinder und fünfzehn Enkelkinder. Er ist der Inbegriff des ehrbaren Familienvaters. Niemand hätte auch nur daran gedacht, während des Wahlkampfs in seinem Privatleben herumzuschnüffeln.«

Er nickte, wie um sich selbst etwas zu bestätigen. »Ich dagegen bin dreißig Jahre jünger und unverheiratet. Ich führe eine Frau zum Essen aus und Bingo« – er klatschte in die Hände – »alle fangen sofort an zu spekulieren, was wir zusammen im Bett machen.«

Ria schnippte einen imaginären Fussel von ihrem Rock und blickte übertrieben betont auf ihre Uhr. »Ich nehme an, Sie wollen auf etwas Bestimmtes hinaus. Wenn nicht, sollten Sie wissen, daß mich einzig und allein interessiert, was

Sie mit mir im Bett gemacht haben, und das auch nur, weil es nicht ohne Folgen geblieben ist.«

»Ich will allerdings auf etwas Bestimmtes hinaus.« Er setzte sich auf die Schreibtischkante und stellte einen Fuß auf den Boden, während er den anderen müßig hin und her schwang. Er verschränkte die Hände über dem Knie, beugte sich vor und schaute Ria direkt an. Mitten in die grünen Augen, die, wie er bemerkte, von geradezu unglaublich langen, sanft gebogenen Wimpern umgeben waren.

»Ich glaube nicht, daß wir uns zufällig begegnet sind, Miss Lavender. Ich glaube, daß Sie von meinen Feinden bezahlt wurden, um mich auf die schlimmstmögliche Weise zu kompromittieren.«

»Sind Sie verrückt?«

»Das ist es doch, oder?«

Sie schüttelte ungläubig den Kopf. »Sie haben doch *gewonnen*, Sie Narr. Wenn dies ein politisches Komplott wäre, wäre es in dem Augenblick gescheitert, als das Wahlergebnis bekannt wurde.«

»Ich habe mein Amt noch nicht angetreten. Gäbe es einen besseren Weg, um mich zu ruinieren, als eine schwangere Frau zu präsentieren, die behauptet, daß ich der Vater ihres Kindes bin? Bleeker würde fordern ...« Er brach ab, als Ria zu lachen begann.

»Wenn ich ein Saboteur wäre, was ich ganz sicher nicht *bin*, hätte ich mir etwas einfallen lassen, das nicht so unangenehme Folgen für mich selbst hat. Oder glauben Sie, es macht mir Spaß, mich jeden Morgen übergeben zu müssen und abends so müde zu sein, daß ich mich kaum dazu aufraffen kann, mir die Haare zu bürsten?«

Ria wurde immer zorniger, als sie richtig begriff, was er mit seinen Bemerkungen angedeutet hatte. »Ich wollte genausowenig, daß dies passiert, wie Sie. Es kommt mir äußerst ungelegen, ausgerechnet jetzt ein Baby zu bekommen. Ich habe einen Beruf, Mr. MacKensie. Ich bin eine erfolgreiche und vielbeschäftigte Architektin, und ich kann es mir nicht leisten, ausgerechnet jetzt auszufallen, wo meine Termine auf Monate hinaus ausgebucht sind.«

»Pech für Sie! Aber das bestärkt mich nur in meinem Argument. Wenn Sie durch die Betten springen, sollten Sie irgendeine Methode der Verhütung praktizieren«, hielt er ihr vor.

Ihr Gesicht wurde weiß vor Wut. »Ich springe nicht durch Betten.«

»Nein? Nun meine Erfahrung mit Ihnen sagt mir etwas anderes. Was haben Sie gemacht, meinen Namen aus einem Hut gezogen? Habe ich das kurze Streichholz erwischt? Bin ich so zu der … nun, Ehre gekommen, zum Papi in spe ernannt zu werden?«

»Sie Mistkerl!«

»Was erwarten Sie von mir? Daß ich vor Ihnen auf die Knie falle und mich dafür bedanke, daß Sie angeblich ein Kind von mir bekommen?«

»Werden Sie mich jetzt zu Ende anhören oder nicht?«

»Nein.« Er zeigte auf ihren Bauch und schrie wütend: »Wer weiß, wer der Vater Ihres Kindes ist! Vielleicht der Briefträger!«

Ria klemmte sich die Handtasche unter den Arm, erhob sich ruhig aus ihrem Sessel und ging zur Tür.

Die Hand auf dem Türgriff, drehte sie sich noch einmal um. »Ich wünschte, es wäre der Briefträger. Jeder, von mir aus, nur nicht Sie.«

»Darf ich hereinkommen?« fragte Taylor höflich. Wenn er einen Hut gehabt hätte, hätte er ihn in der Hand gehalten, dessen war Ria sich sicher.

»Nein«, entgegnete sie.

»Bitte!«

»Warum?«

»Ich möchte mit Ihnen reden.«

»Und mir noch mehr häßliche Anschuldigungen an den Kopf werfen? Nein, danke, Mr. MacKensie.« Ria wollte die Tür schließen, doch er streckte die Hand aus und hielt sie fest.

Ria betrachtete ihn genauer. Was sie sah, verschaffte ihr ein gewisses Gefühl der Genugtuung. Seinem Aussehen nach zu urteilen hatte er einen höllischen Tag gehabt. Sein Haar war zerzaust. Seine Krawatte war gelockert, und der oberste Hemdknopf stand offen. Er hielt seine Anzugjacke an einem Finger über der Schulter, und er sah müde und abgespannt aus. Bei einem Mann, der eine knallharte und heiße Wahlkampagne durchgestanden hatte, ohne daß ihm das auch nur eine weitere Falte eingebracht hätte, war das ein sicheres Anzeichen, daß ihn etwas zutiefst erschüttert haben mußte.

Tja, Pech für ihn, dachte Ria. Sie würde kein Mitleid an ihn verschwenden, nicht nach all den häßlichen Dingen, die er zu ihr gesagt hatte.

»Bitte, lassen Sie mich in Ruhe und gehen Sie! Vergessen Sie alles, was ich heute morgen gesagt habe!«

»Das kann ich nicht.«

»Ich hätte es Ihnen nie sagen sollen.«

»Natürlich hätten Sie das.«

Ria verlagerte ärgerlich ihr Gewicht von einem Fuß auf den anderen, ohne den Eingang freizugeben. »Muß ich Sie daran erinnern, Mr. MacKensie, daß Sie die Neuigkeit nicht gerade gut aufgenommen haben? Sie waren beleidigend und gemein.«

»Das ist einer der Gründe, warum ich hier bin, um mich für meine Reaktion zu entschuldigen. Ich ... ich möchte Sie um eins bitten.«

»Um was?« fragte sie vorsichtig.

»Darum, daß Sie versuchen, meine erste Reaktion vielleicht ein kleines bißchen zu verstehen.«

Seine Augen waren von einem unglaublich intensiven

Blau, und dieses Blau stand im scharfen Kontrast zu seinen dunklen Haaren und seinem gebräunten Gesicht.

Sie senkte den Blick zu seiner Brust – aber das war auch nicht gut. Es weckte zu viele Erinnerungen. Hatte sie an diesem schrecklich-schönen Weihnachtsabend wirklich gar nicht schnell genug sein Hemd aufknöpfen können, um endlich seine Haut zu spüren? Jetzt jedenfalls, in diesem Augenblick, konnte sie sich nicht mehr vorstellen, daß sie ihn berühren wollte.

Sie räusperte sich unbehaglich. Sie beschloß, daß sie wenigstens so viel Höflichkeit aufbringen sollte, um seine Entschuldigung anzunehmen. »Ich nehme an, daß das, was ich Ihnen zu sagen hatte, ein ziemlicher Schock für Sie gewesen sein muß.«

»Würden Sie mich hereinlassen, Ria?« fragte er leise.

Vielleicht war es, weil er sie mit ihrem Vornamen anredete. Sie konnte es sich hinterher selbst nicht erklären. Aber aus welchem Grund auch immer, sie trat zur Seite und ließ ihn ein. Sie schloß die Tür hinter ihm, und sie waren allein.

Der Raum hatte sich verändert. Er war erfüllt vom goldenen Licht der Nachmittagssonne anstatt vom Schein eines flackernden Kaminfeuers. Vor dem Kamin stand jetzt ein Gummibaum mit Blättern so groß und flach wie Platzdeckchen; und dort, wo der Weihnachtsbaum gestanden hatte, sah Taylor jetzt eine üppige Birkenfeige.

»Sie scheinen eine Hand für Pflanzen zu haben«, bemerkte er.

Ria nickte leicht und zeigte auf einen Sessel. Sie selbst nahm in einem Schaukelstuhl Platz. Sowohl sie als auch ihr Besuch mieden die Couch und schauten an ihr vorbei, als ob sie nicht da wäre. Der Raum mochte sich verändert haben, aber die Atmosphäre war immer noch erfüllt von lebhaften und beunruhigenden Erinnerungen an eine verschneite Nacht vor acht Wochen.

»Möchten Sie etwas trinken?«

»Nicht, wenn das alles ist, was Sie da haben.« Er deutete mit dem Kopf auf das Glas, das auf dem kleinen Tisch neben dem Schaukelstuhl stand. »Was ist das eigentlich?«

»Alka-Seltzer.«

»Sind Sie krank?«

»Ich habe es jeden Nachmittag am Magen.«

»Ach so.«

»Ich kann Ihnen einen Saft holen«, bot Ria ihm an. »Oder etwas Stärkeres.«

»Nein, danke.«

Irgendwo tickte eine Uhr; überlaut, wie es schien. Der Schaukelstuhl quietschte jedesmal leise, wenn er sich vor und zurück bewegte.

Sooft sich Rias und Taylors Blicke trafen, schauten sie schuldbewußt wieder weg, wie Kinder, die am Tag zuvor beim Doktorspielen erwischt worden waren.

Ria wünschte sich, sie hätte nicht die Kleidung gewechselt und statt des strengen blauen Kostüms die alte Jeans und ein T-Shirt angezogen. Sie wünschte, sie würde einen BH tragen. Sie wünschte, sie hätte Schuhe an. Sie wußte, daß sie diesem Mann gegenüber einen schweren Stand haben würde – und nackte Füße waren da nicht unbedingt die geeignete Basis! Ihre Haare waren eine Katastrophe. Nachdem sie den Knoten gelöst hatte, hatte sie sie nur ausgeschüttelt. Sie hingen ihr ungekämmt und ungezähmt über die Schultern.

Sie wußte, daß ihr die Belastung und der Streß der vergangenen vierundzwanzig Stunden deutlich am Gesicht abzulesen waren. Sie hatte in der letzten Zeit nicht viel von ihrem Essen bei sich behalten können. Ihre Wangen wirkten eingefallen. Sie konnte soviel Abdeckcreme auflegen, wie sie wollte, es würde doch nicht genügen, um die dunklen Schatten unter ihren Augen zu verdecken. In der vergangenen Nacht hatte sie überhaupt nicht geschlafen, sondern nur über ihr Dilemma nachgegrübelt und sich überlegt, was sie am nächsten Morgen zu Bürgermeister MacKensie sagen würde.

Schließlich hatte sie beschlossen, keine unnützen Worte zu verschwenden, sondern ehrlich und direkt zur Sache zu kommen. Und was hatte sie von ihrer Ehrlichkeit gehabt? Er war zornig geworden. Er hatte sie verdächtigt. Er hatte sie verachtet.

»Wie lange wohnen Sie schon hier?« fragte Taylor in ihre Gedanken hinein.

»Fast drei Jahre. Seit ich bei *Bishop & Harvey* angefangen habe.«

»Es ist ein hübsches Haus.«

»Danke.«

»Gemütlich.«

»Danke.«

»Haben Sie es selbst eingerichtet?«

»Ja.«

»Dies ist eine gute Gegend.«

»Die Stadt sorgt dafür, daß der Müll abgeholt wird und die Straßen in Schuß gehalten werden«, erwiderte sie und lächelte schief.

»Ah, ja, freut mich, das zu hören.« Sein Lächeln wirkte genauso gequält wie ihres. »Heute kam es mir fast so vor, als hätten wir schon Frühling.«

»Ja. Ich habe schon die ersten Osterglocken blühen sehen.«

Taylor saß auf der Kante seines Sessels, die Knie weit gespreizt, starrte auf den Holzfußboden zwischen seinen Füßen und räusperte sich. Wie nervös er war, merkte man daran, wie er ständig die Finger verschränkte. »Wann ... wann haben Sie das mit dem ... mit dem ... mit dem Baby gemerkt?«

Nach allem, was sie über Taylor MacKensie gehört und über ihn gelesen hatte und was sie aus ihren wenigen eigenen Erfahrungen wußte, war es völlig untypisch für ihn, zu stottern. Normalerweise war seine Stimme im Sitzungssaal des Rathauses klar und deutlich zu hören, wenn er redegewandt und auf intelligente Weise dem Rat ein Thema vortrug.

Seine Wahlkampfreden waren bestimmt, amüsant und mitreißend gewesen. Noch nie war es einem Reporter gelungen, mochten die Fragen auch noch so knallhart oder kompliziert sein, ihn aus der Fassung zu bringen. Noch nie war er dabei um Worte verlegen gewesen.

Es tat ihr gut zu sehen, daß er sich nun so unbehaglich fühlte, wie auch sie sich am Morgen gefühlt hatte, als sie vor seinem Büro stand. Nichts hätte schlimmer sein können als ihre Empfindungen, als sie durch jene Tür gegangen war und sein Büro betreten hatte. Zum ersten Mal seit dem Weihnachtsmorgen hatte sie ihn wiedergesehen. Das, was sie ihm sagen mußte, hatte wie ein zentnerschweres Gewicht auf ihr gelastet.

»Wann ich es gemerkt habe?« Ria vermied es, ihn anzusehen. »Als ich meine Periode nicht bekam«, antwortete sie.

Er rutschte unruhig auf der Sesselkante herum. »Ich habe gehört, das kann schon mal passieren.«

»Das stimmt. Aber nicht bei mir. Ich kann die Uhr danach stellen.«

Diesmal war es Ria, die sich räusperte. Es machte sie verlegen, mit diesem Fremden über so persönliche Dinge zu sprechen. Fremder? Doch, im Grunde war er ein Fremder für sie. Was wußte sie schon über ihn? Daß er gut aussah. Daß er eine Champagnerflasche richtig öffnen konnte. Daß er ein guter Fahrer auf verschneiten Straßen war. Und daß er eine Frau verführen konnte.

Sie begann noch einmal. »Ich fing an, mich krank zu fühlen ... nun ja, nicht richtig krank, eher irgendwie unwohl. Die üblichen Symptome.«

»Zum Beispiel?«

»Übelkeit. Nervosität. Spannende ...«

Er legte fragend und lächelnd den Kopf schief. »Spannende ...?«

»Brüste«, murmelte sie.

»Oh.« Er schaute auf ihren Busen. Viel zu lange, wie Ria fand. »Es tut mir leid.«

Ria verschränkte die Arme über dem Bauch und wünschte, sie könnte die Hände auf die Brüste legen, damit er nicht sah, wie sich ihre Brustwarzen aufstellten. »Sie kennen die Symptome«, sagte sie knapp.

Taylor sah völlig verblüfft aus. »Ja, ich schätze schon.«

»Dann bekam ich letzten Monat meine Periode wieder nicht. Schließlich ging ich gestern zum Arzt, und er bestätigte meine eigene Diagnose. Ich bin für den sechsundzwanzigsten September ausgerechnet.«

Er atmete tief aus. Das kam einem Schuldspruch gleich. »Ich schätze, das paßt.«

»Es hat nie einen Zweifel gegeben, wer der Vater des Kindes ist, egal was Sie über mein Sexleben denken mögen, Mr. MacKensie.«

»Sag Taylor, okay?« meinte er gereizt.

»Ungeachtet deiner Erfahrung mit mir, auf die du so ungalant anspielst«, gab sie ebenso gereizt zurück, »springe ich nicht durch die Betten.«

»Entschuldige, daß ich das gesagt habe! Es war nicht richtig von mir.«

Ihr Zornesausbruch hatte sie erschöpft. Ihre Schultern sackten herunter, und sie lehnte müde den Kopf zurück. »Ich nehme an, du hattest allen Grund, so zu denken.« Ihr leises Lachen war bitter und voll Selbstverachtung. »Nach dem, was Heiligabend passiert ist, mußt du ja annehmen, daß ich mit jedem ins Bett gehe. Große Mühe hattest du ja nicht mit mir.«

»Sag das nicht!«

»Nun, stimmt es nicht?« Sie hob den Kopf und blickte ihn direkt an.

»Das habe ich nie gedacht. Weder damals noch jetzt«, versicherte er.

»Du hast es heute morgen gedacht.«

Er seufzte und fuhr sich müde durch das Gesicht. »Wir bewegen uns im Kreis und kommen nicht weiter.« Einen Moment lang hielt er ihren Blick fest. »Sieh mal, ich glaube wirklich nicht, daß du leicht zu haben bist. Dann wäre ich es nämlich auch. Und ich habe sicher mehr herumgespielt als du.«

Er schwieg einen Moment. »Laß uns bitte mit all den Vorwürfen aufhören, ob sie nun von dir oder von mir gekommen sind. Laß uns lieber überlegen, wie es weitergehen soll.« Als Ria nickte, fuhr er fort. »Was ist mit deinem Freund, von dem du mir erzählt hast? Der mit der Mutter in Florida.«

»Du meinst Guy.« Sie war überrascht, daß er sich an die Einzelheiten erinnerte. »Guy Patterson. Er arbeitet in der gleichen Firma wie ich.«

»Hast du es ihm schon gesagt?«

»Ja. Unmittelbar nachdem ich es dir gesagt hatte. Ich fand, daß ich ihm das schuldig war.«

»Und?«

Guy Patterson hatte die Nachricht von ihrer Schwangerschaft nicht besser aufgenommen als Taylor. Im Gegenteil. Er war regelrecht ausfallend geworden und hatte sie mit Ausdrücken beschimpft, die selbst Taylor nicht in den Mund genommen hatte.

»Die Sache mit Guy hat sich erledigt«, antwortete sie ohne nähere Erklärung. »Wir haben nichts mehr miteinander zu tun.«

Im Grunde war sie sogar erleichtert, daß Guy nun aus ihrem Leben verschwunden war. Er war fünfzehn Jahre älter als sie und ein eher steifer Typ. Sie hatte seine beschränkten, konservativen Ideen satt. Ihre Unterhaltungen waren tödlich langweilig, denn er brachte das Gespräch stets nur auf solche Themen, die ihn interessierten. Wenn sie es recht betrachtete, dann war Guy eine zimperliche alte Jungfer, kein Mensch, mit dem man Spaß haben konnte.

Sie hatte sich nur deshalb mit ihm verabredet, weil es keinen besseren Kandidaten gegeben hatte. Sie hätte normalerweise nicht diesen drastischen Weg gewählt, um mit ihm Schluß zu machen, aber sie war heilfroh, daß der Bruch zwischen ihnen nie mehr zu kitten sein würde.

»Du hättest das Kind als seines ausgeben können«, meinte Taylor zögernd. »Warum hast du es nicht getan?«

»Das hätte ich nie getan«, erwiderte Ria entrüstet. »Deine Meinung von mir scheint noch geringer zu sein, als ich bisher gedacht habe.«

»Schon gut, tut mir leid.«

»Außerdem hätte ich ihm das Kind nicht unterschieben können, selbst wenn ich es gewollt hätte. Guy hatte vor Jahren eine Vasektomie.«

Er hatte kein Geheimnis daraus gemacht. Als aus ihrem Verhältnis mehr geworden war als nur Freundschaft unter Arbeitskollegen, hatte er Ria gesagt, daß er eine Heirat vielleicht in Erwägung ziehen würde, aber Kinder kämen nicht in Frage. Es gab noch einen anderen Grund, warum Guy unmöglich der Vater ihres Kindes sein konnte, doch sie würde Mr. MacKensie denken lassen, was er wollte.

»Ist dir das schon mal passiert?« fragte sie plötzlich.

»Du meinst, daß eine Frau ein Kind von mir bekommen hat? Nein. Was ist mit dir? Bist du schon einmal schwanger gewesen?«

»Nein.«

Sie überlegte, warum ihr der Gedanke, daß das alles auch für ihn ganz neu war, so gut gefiel. Es gab keine andere Erklärung außer der, daß es ihr mißfallen hätte zu wissen, daß sie nur eine unter anderen Unglücklichen war. Taylors Opfer.

Er betrachtete sie einen Moment lang prüfend, doch

dann senkte er den Blick, bevor er fragte: »Bist du wegen finanzieller Unterstützung zu mir gekommen?«

»Finanzielle Unterstützung, wofür?«

»Für alle möglichen Dinge.«

»Zum Beispiel?«

»Abtreibung. Ist es das, was du vorhast?«

Ria drehte den Kopf und wandte ihm ihr Profil zu. Tränen schimmerten in ihren Augen. Sie glänzten im Licht der untergehenden Sonne, das durch das Fenster hereinfiel.

»Nein, Mr. Mac ... nein, Taylor. Ich finde, man sollte mit seinen Fehlern leben und sie nicht vertuschen.« Ihre Stimme klang bitter.

»Ich habe nur gefragt, weil der Zeitpunkt richtig ist. Ich weiß, daß diese ›Lösung‹ nur innerhalb eines bestimmten Zeitraums möglich ist.«

»Und du hältst diese ›Lösung‹ womöglich für die beste? Bevor du antwortest, sollte ich dich warnen, daß es eine rein rhetorische Frage ist. Eine Abtreibung kommt für mich nicht in Frage.« Sie drehte den Kopf und schaute ihn fast herausfordernd an. »Wofür sollte ich deiner Meinung nach sonst finanzielle Unterstützung von dir wollen?«

»Für die Kosten, die vor und nach der Geburt des Babys auf dich zukommen, zum Beispiel.«

»Ich verdiene sehr gut, und dann ist da noch die Provision, die ich bei jedem Auftrag bekomme. Vielen Dank, aber ich brauche dein Geld nicht, Taylor.« Sie stand aus dem Schaukelstuhl auf, nahm das Glas, das auf dem Tisch stand, und ging auf die Tür auf der anderen Seite des Raums zu.

Taylor folgte ihr. Ihre Küche war der reinste Dschungel. Überall standen Topfpflanzen herum. Er mußte ein Blatt zur Seite schieben, als er durch die Tür ging. Ria war gerade dabei, das Glas in einem Edelstahlbecken auszuspülen.

»Warum gehst du bei allem, was ich sage, sofort in die Luft?«

Sie fuhr herum und sah ihn an. »Weil ich alles, was du sagst, beleidigend finde.« Ihre Stimme wurde schrill. »Warum können wir uns nicht wie erwachsene Menschen benehmen und aufhören, uns gegenseitig Vorwürfe zu machen?«

»Entschuldige, aber es passiert nicht jeden Tag, daß eine Frau in mein Büro hereinplatzt und mir erklärt, daß sie ein Kind von mir bekommt«, erwiderte Taylor laut. »Du hattest Wochen Zeit, dich an den Gedanken zu gewöhnen. Für mich ist es neu. Du kannst nicht von mir erwarten, daß ich heute normal reagiere. Ich habe einen Schock bekommen.«

»Was meinst du, was ich habe!« schrie sie zurück. »Es ist nicht dein Körper, der all diese Veränderungen durchmacht, es ist meiner. Glaubst du, ich tue das alles mit einem Schulterzucken ab?«

Taylor atmete ein paarmal tief durch. »Ich verstehe dich ja«, gab er dann mit erzwungener Ruhe zurück.

»Du hast eine verdammt komische Art, das zu zeigen.«

»Ich sagte, es tut mir leid.«

»Dann hör auf mit solchen Anschuldigungen wie der, daß ich Geld aus dir herausholen wollte. Ich bin bereit, die Verantwortung zu tragen für das, was passiert ist. Warum bist du es nicht? Wir haben beide gleichermaßen Schuld an dieser Situation. Wir waren beide auf dieser Couch. Es hat uns beiden Spaß gemacht. Großen Spaß sogar ...«

Entsetzt über das, was sie sich selbst sagen hörte, brach sie ab. Ihre Wangen brannten. Sie wandte ihm den Rücken zu. Sie war noch nie der Typ gewesen, der ständig rot wurde, und auch die Ereignisse an Heiligabend hatten sie nicht rot werden lassen. Es schien, als hätte sie ihr ganzes Leben aufs Rotwerden verzichtet, damit sie bei Taylor MacKensie um so öfter erröten konnte.

In ihren Ohren rauschte es. Ihr Mund war trocken, ihre Handflächen waren feucht. Das Rauschen in ihren Ohren wuchs an, es wurde so laut wie das Donnern der Wellen, die gegen den Strand krachten.

Sie brauchte eine Weile, um ihre Fassung zurückzugewinnen.

»Ich will damit nur sagen, daß ich bereit bin, die Verantwortung für das zu übernehmen, was ich in jener Nacht getan habe«, fuhr sie mit bebender Stimme fort. »Es wird nicht einfach für mich sein, ein Baby zu haben, aber es ist nun einmal passiert. Du kennst mich nicht sehr gut, sonst wüßtest du, daß eine Abtreibung für mich nie in Frage käme.« Sie schauderte allein bei dem Gedanken.

»Warum hast du mir überhaupt von dem Baby erzählt?« Taylors Frage schien ernst gemeint.

Verständnislos runzelte Ria die Stirn. »Du wolltest nicht wissen, daß du Vater wirst? Ich hielt es für meine moralische Pflicht, es dir zu sagen.«

»Das ist bewundernswert.«

»Aber es wäre dir lieber gewesen, wenn ich dich nicht damit belastet hätte«, antwortete sie mit einem humorlosen Lachen. »Wird es dem Skihäschen nicht gefallen?« fügte sie dann hinzu.

»Dem Skihäschen?«

»Die Frau, die sauer war, weil du nicht mit zum Skilaufen gefahren bist.«

»Lisa?«

Lisa. Ria hatte sich später gefragt, was Lisa wohl von Taylors Beschäftigung am Weihnachtsabend gedacht hätte. Ob sie eifersüchtig gewesen wäre? Oder hatte sie sich vielleicht zur selben Zeit gerade mit einem Skilehrer vergnügt? Waren sie so »modern«, daß sie sich sogar von ihren Eskapaden erzählten? Hatte er Lisa eine detaillierte Schilderung jener Nacht gegeben, vielleicht um sie damit anzuregen?

Bei diesem Gedanken wurde Ria schlecht. Sie preßte eine Hand auf ihren Magen und hielt die andere vor ihren Mund.

Taylor zuckte wie elektrisiert zusammen. »Was ist los?«

»Nichts.«

»Du hast doch was, verdammt noch mal!«, sagte Taylor laut.

»Ich sagte doch, es ist nichts!«

»Du bist ja ganz grün im Gesicht!«

Sie holte tief Luft. »Mir ist nur ein bißchen komisch, das ist alles.«

»Setz dich!« Er riß einen Stuhl vom Tisch weg.

»Ich bin in Ordnung, wirklich.«

»Setz dich!« wiederholte er in einem Ton, der keinen Widerspruch duldete, und Ria gehorchte. Sie fühlte sich ohnehin zu schwach, um zu protestieren. Taylor zog einen zweiten Stuhl für sich selbst unter dem Tisch hervor. Er fuhr sich mit den Händen durch das Haar und fluchte, nachdem er sich gesetzt hatte. »Jag mir nicht noch mal so einen Schrecken ein! Kann ich dir irgend etwas holen?«

»Nein.« Sie blickte zu ihm auf. Er schaute sie streng an. »Also gut. Einen Cracker. Das hilft manchmal, meinen Magen zu beruhigen.«

Sie sagte ihm, wo er eine Schachtel Cracker in der Vorratskammer finden konnte. Krümel verteilten sich über den ganzen Tisch, als er wenig später zwei Cracker aus ihrer Zellophanhülle zerrte, und die ganze Schachtel fiel vom Tisch auf den Boden, als Taylor sich wieder hinsetzte und dabei mit dem Bein gegen die Tischkante stieß. Ria begann zu lachen.

»Warum lachst du?« wollte er wissen.

»Für einen Mann, der so fachmännisch Champagnerflaschen entkorkt, bist du mit Crackern erstaunlich ungeschickt.«

Er lächelte gezwungen. »Nun, ich habe mit Flirts auf Partys mehr Erfahrung als mit Schwangeren«, erwiderte er.

Ria wurde sofort wieder ernst. Sie wischte Salz von ihren Händen, während sie leise antwortete: »Das kann ich mir denken.«

Es überraschte beide, als er über den Tisch griff und ihre

Hände mit seinen bedeckte. »Bitte, vergiß, was ich eben gesagt habe! Es war eine völlig unpassende Bemerkung.«

Sie starrte auf seine Hände. Es waren gepflegte, maskuline Hände. Ria hatte plötzlich ein flaues Gefühl im Magen, als sie sich erinnerte, wie diese Hände sie gestreichelt und die verborgensten Stellen ihres Körpers erforscht hatten.

Sie hob hastig den Kopf und schaute direkt in seine blauen Augen. »Hast du Lisa von mir erzählt?«

»Natürlich nicht.« Er zog die Hände abrupt von ihren zurück.

»Es wäre für mich auch sehr schlimm, wenn du ... wenn du ...«

Sie brach ab und fühlte sich den Tränen nahe, wie so oft in den vergangenen Wochen bei dem Gedanken, daß er und Lisa sich auf ihre Kosten amüsiert haben könnten.

»Ich gebe zu, daß ich mit vielen Frauen ausgehe, aber ich bin kein skrupelloser Schuft, Ria«, hörte sie Taylor sagen.

»Ich dachte später«, brachte sie leise hervor, »du hättest mich Heiligabend vielleicht dazu benutzt, Lisa eifersüchtig zu machen.«

»Wolltest du Guy eifersüchtig machen?«

»Solche Spiele spiele ich nicht.«

»Ich auch nicht.«

Sie war sicher, daß er die Wahrheit sagte. »Ich habe es niemandem erzählt.«

»Du mußtest es Guy sagen, als du ihm von dem Baby erzählt hast.«

»Ich habe nicht gesagt, wann es passiert ist, und ich habe auch deinen Namen nicht erwähnt. Siehst du sie noch?«

»Lisa? Ja.«

»Was wird sie von der Situation halten?«

»Es geht sie nichts an.«

Ria sah ihn entgeistert an. »Sie wird vielleicht anderer Meinung sein.«

»Nicht so, wie die Dinge zwischen uns stehen.«

Er hatte offensichtlich nicht die geringsten Gewissensbisse gehabt, an Heiligabend mit einer anderen Frau ins Bett zu gehen, und ebenso offensichtlich hatte es auch danach sein Gewissen nicht beschwert. Das zeigte doch deutlicher als alles andere, wie wenig ihm diese gemeinsame Nacht bedeutet hatte. Seine Haltung schmerzte Ria zutiefst.

»Nachdem wir uns nun unserer gemeinsamen Verantwortung für dieses Kind einig sind und Abtreibung als Alternative ausgeschlossen haben«, fuhr er schließlich fort, »was, schlägst du vor, sollen wir tun?«

»Ganz einfach«, antwortete Ria ruhig. »Sie werden mich heiraten, Mr. MacKensie.«

3

Nach einem langen, gespannten Schweigen räusperte sich Taylor. »Nun, das war eine klare Antwort auf eine klare Frage.«

»Ich sehe keine Veranlassung, um die Sache herumzureden.«

»Es geht doch nichts über ein offenes Wort«, erwiderte er spöttisch. Er ging zum Kühlschrank, holte eine Dose Bier heraus und riß sie auf. »Da du mir soeben einen Heiratsantrag gemacht hast, erlaube ich mir, ein Bier von dir zu trinken.«

»Bedien dich!«

»Danke.« Er prostete ihr mit der Dose zu. Dann trank er, wobei er Ria über den Dosenrand beobachtete. »Offenbar gehen unsere Ansichten über Heiligabend etwas auseinander.«

»Was meinst du?«

»Ich kann mich nicht erinnern, daß ich dich zu irgend etwas gezwungen habe. Du warst genauso scharf darauf, dich nackt auf diesem Pelzmantel auszustrecken, wie ich.«

»Du brauchst nicht vulgär zu werden.«

»Und du brauchst nicht auch noch scheinheilig zu tun.«

»Ich wollte nur, daß du weißt, was ich von dir erwarte.«

Er hatte Mühe, die Ruhe zu bewahren. »Du findest also, wir sollten heiraten, wie? Dann nenn mir einen vernünftigen Grund dafür.«

»Wie du gerade sagtest, wir waren beide scharf darauf ...« Sie wandte den Blick ab. Dann, da sie nicht wollte, daß er ihre Verlegenheit für Schwäche hielt, schaute sie ihn wieder an. »Warum sollte ich also diese Verantwortung allein tragen?«

»Liest du nicht die *Cosmopolitan* oder ähnliche Zeitschriften? Es ist im Augenblick in, daß ledige Eltern, Frauen wie Männer, ihre Kinder allein großziehen«, meinte er ironisch.

»Ich habe vor, das Kind allein großzuziehen.«

Er hob die Bierdose hoch und betrachtete sie prüfend. »Das Zeug muß verdammt stark sein. Eben noch dachte ich, du hättest gesagt, du wolltest mich heiraten, und im nächsten Augenblick sagst du, du willst das Baby allein aufziehen.«

»Das ist kein Scherz!«

»Da hast du verdammt recht! Also würdest du bitte aufhören, in Rätseln zu sprechen?« Er knallte die Dose auf die Arbeitsplatte. »Was willst du nun, Ria? Willst du mich heiraten, oder willst du eine ledige Mutter bleiben?«

»Beides. Von mir aus können wir unsere Ehe annullieren lassen, sobald ich wieder aus dem Krankenhaus bin. Aber mein Baby wird ehelich sein und Vater und Mutter haben, wenn es zur Welt kommt.«

»Wenn du sofort danach eine Annullierung willst, warum willst du dir dann überhaupt die Mühe machen, diesen ganzen Formalitätenkram über dich ergehen zu lassen?«

Sie blickte ihn ungläubig an. »Ist das zuviel verlangt?«

»Nein, verdammt noch mal. Das meine ich nicht.« Er zeigte mit dem Finger auf ihren Schoß. »Glaubst du, ich würde meinem Kind den Rücken kehren? Glaubst du, es wäre mir gleichgültig?«

»Ich weiß nicht. Schließlich kenne ich dich nicht.«

»Offensichtlich nicht.« Er legte für einen Moment den Kopf zurück und holte tief Luft. »Ich habe nur versucht zu verstehen, warum du meinst, wir sollten heiraten, wenn du das Kind in Wirklichkeit allein großziehen willst.«

Ria stand auf und hantierte mit dem Rollo am Fenster. »Nenn es einen altmodischen Tick von mir.«

»Wie echte Weihnachtsbäume?«

Sie schaute ihn flüchtig über ihre Schulter an. »Ja. Wie das. Eltern sollten verheiratet sein, wenn ihr Kind geboren wird.«

Taylor trat hinter sie und legte die Hände auf ihre Schultern. Er drehte sie herum und legte eine Hand unter ihr Kinn. Ria hielt sich steif. Die Geste erinnerte sie zu sehr an jenen Abend, als er ihr gesagt hatte, sie hätte Schnee im Haar, und dann ihr Kinn zu ihrem ersten Kuß angehoben hatte. Sein Gesicht zeigte den gleichen zärtlichen Ausdruck wie damals.

»Versuch es noch mal, Ria! Sag mir, warum du willst, daß wir heiraten! Hast du religiöse Gründe?«

»Nein.«

»Hast du deinen Eltern schon von dem Baby erzählt? Üben sie Druck auf dich aus?«

»Beide Male: nein.«

»Also, warum? Denn das ist doch der eigentliche Grund, warum du heute in mein Büro gekommen bist: um mich zu fragen, ob ich dich heiraten will.«

»Um darauf zu bestehen, daß du mich heiratest«, verbesserte sie ihn.

»Glaubst du nicht, daß ich ein Recht darauf habe zu erfahren, welcher Grund hinter deiner Beharrlichkeit steckt?« Ria versuchte, sich aus seinem Griff zu lösen, aber er ließ es nicht zu. »Sag's mir, Ria!« bat er.

»Es spielt keine Rolle!«

»Und ob es eine Rolle spielt!« brauste er auf.

»Sieh mal, Taylor, ich weiß, daß du mich nicht liebst. Wir sind beide nicht verrückt vor Liebe nacheinander. Ich bin mir noch nicht einmal sicher, ob wir uns überhaupt mögen. Was zwischen uns passiert ist, war etwas rein Körperliches. Ein spontanes Aufeinander-Reagieren. Es war ...« Sie zögerte einen Moment. »Es war nichts als Lust.«

Seine Augen funkelten. »Stimmt«, meinte er nur.

»Und nun bezahlen wir dafür«, fuhr sie fort. »Vielleicht.«

»Ich finde nur, daß es nicht unser Kind sein sollte, das für unser Vergnügen büßen muß.«

»Ich auch.«

»Also, um seinetwillen ...«

»Ach, vergiß es!« unterbrach er sie grob. »Warum sollten wir heiraten?«

»Ich habe es dir doch schon ...«

»*Warum?*«

Sie zögerte einen Augenblick. »Weil ich selbst ein uneheliches Kind bin«, sagte sie dann, stieß sich wütend von ihm ab und floh ins Wohnzimmer. Als sie seine Schritte hinter sich hörte, fuhr sie herum. »Bist du jetzt zufrieden? Ich will nicht, daß mein Kind mit dem gleichen Makel aufwächst, mit dem ich großwerden mußte.«

»Du scheinst keinen bleibenden Schaden davongetragen zu haben«, erwiderte er ruhig.

»Dank zweier wundervoller Menschen, die mich adoptierten. Keine Angst, die Mutter deines Kindes ist keine Psychopathin! Dafür ist es mir auch zu gut gegangen. Ich wuchs geborgen auf in dem Bewußtsein, daß ich von Robert und Frida Lavender geliebt wurde.«

»Manche Kinder, die von ihren leiblichen Eltern großgezogen werden, haben nicht soviel Glück.«

»Das weiß ich«, antwortete Ria händeringend. »Ich danke Gott für Mom und Dad.« Sie holte bebend Luft. »Aber ich bin nie darüber hinweggekommen, daß irgend jemand mich nicht wollte. Zwei Menschen gaben mich weg, ließen mich im Stich, weil ich ein biologischer Unfall war. Sie wollten kein Baby zusammen machen.« Sie vermied es, ihn anzusehen. »Genausowenig wie wir es wollten.«

Taylor durchquerte den Raum und nahm sie bei den Händen. Er dirigierte sie zur Couch, setzte sich und zog Ria neben sich. »Du siehst erschöpft aus.«

»Ich meine es ernst, Taylor.« In ihrer Stimme schwang ein

verzweifelter Unterton mit. »Ich will das meinem Baby nicht antun.«

Jetzt, wo die Wahrheit heraus war, gab Ria ihre Abwehrhaltung auf. Sie lehnte den Kopf zurück, holte tief Luft und zwang sich, sich zu entspannen.

Wie fast jeden Abend in den letzten Wochen wurde sie von einer Schläfrigkeit beschlichen, die es ihr schwer machte, die Augen aufzuhalten. Es vergingen ein paar Minuten, bevor ihr bewußt wurde, daß sie ihr tatsächlich zugefallen waren. Als Ria die Augen wieder aufschlug, sah sie, daß Taylor lächelte.

»Was ist los?«

»Ich mußte gerade denken, wie sehr doch der erste Eindruck täuschen kann.«

Sie runzelte die Stirn. »Was meinst du?«

»Nun, als ich dich das erstemal sah, hielt ich dich für eine Klassefrau, die phantastisch aussah und gern flirtete.«

»Und jetzt?«

»Und jetzt entdecke ich, daß Ria Lavender unter diesem mondänen Äußeren im Grunde ein altmodisches Mädchen ist. Sie hält an einem seltsamen, veralteten Moralkodex fest«, antwortete er.

»Machst du dich über mich lustig?«

»Im Gegenteil. Es soll ein Kompliment sein. Frauen mit so hohen Maßstäben sind heutzutage schwer zu finden

»Das sind sie nicht«, erwiderte Ria knapp. »Du hast nur nie nach ihnen gesucht.«

Er lachte. »Schuldig«, bekannte er. »Aber ich habe auch ein paar gute Eigenschaften. Wenn du mir die Chance gegeben hättest, hätte ich dir zuerst einen Antrag gemacht.«

Ihre Lippen öffneten sich vor Erstaunen.

»Es ist wahr, Ria.« Taylor schob eine Haarsträhne hinter ihr Ohr. »Ich kam heute abend her, um dich zu bitten, mich zu heiraten. Wenigstens, bis das Baby da ist.«

»Warum?«

Er machte ein überraschtes Gesicht. Dann lachte er wieder. »Aus genau den Gründen, die du vorhin angeführt hast. Ich glaube, du sagtest etwas davon, daß man zu seinen Fehlern stehen muß. Ich will nicht die ganze Verantwortung auf dich abwälzen und halte es auch für das beste, wenn wir heiraten.«

»Wenn du in diesen Dingen der gleichen Meinung bist wie ich, warum hast du dann vorhin auf stur gestellt?«

»Du hast mir Heiligabend eine gute Eigenschaft zugesprochen, nämlich die, daß ich mich nicht von irgend jemandem herumkommandieren lassen würde. Nun, als du anfingst, Forderungen zu stellen, ging ich auf Abwehr«, erklärte er.

»Dann habe ich also um etwas gekämpft, das du mir ohnehin gegeben hättest. Meine ganzen Erklärungen waren also überflüssig?«

»Ich finde nicht, daß sie überflüssig waren. Ich kenne dich jetzt besser; ich weiß, wie du denkst und fühlst.«

Sie sah ihn eine Weile schweigend an. »Nun, du bist mir immer noch ein Geheimnis.«

»Laß mich eins klarstellen«, meinte Taylor. »Du hältst mich offensichtlich für einen gewissenlosen Schuft, der keine Skrupel hätte, den Staat mit kleinen unehelichen MacKensies zu bevölkern.« Er lächelte, als sie schuldbewußt den Blick senkte. »Aber du irrst dich. Ich habe ein Gewissen und ein starkes Moralempfinden. Wie du gesagt hast, hatten wir beide unseren Spaß, und ich will nicht, daß du jetzt allein unter den Folgen zu leiden hast.«

»Ich brauche dein Mitleid nicht«, erwiderte Ria gereizt.

»Nun sei doch nicht so empfindlich. Fang nicht schon wieder an zu streiten, wo ich dich gerade beruhigt habe!«

Sie holte tief Luft. »Ich habe nicht an mich gedacht, als ich dir vorgeschlagen habe, daß wir heiraten. Ich denke dabei nur an das Kind.«

Taylor nickte. »Das tue ich auch. Es ist auch mein Kind.

Ich habe ein persönliches Interesse an seiner Zukunft. Außerdem möchte ich meine legalen Ansprüche auf das Baby gesichert wissen. Was wesentlich schwieriger würde, wenn wir nicht verheiratet wären.«

»Du willst es also aus legalen Gründen.«

»Wir haben beide unsere Gründe.«

Ria schwieg einen Augenblick. »Also gut«, sagte sie schließlich. »Ich bin sicher, wir werden bei der Annullierung eine Lösung finden, was das Sorgerecht betrifft.«

»Wir reden schon von Annullierung und haben noch nicht einmal über die Hochzeit gesprochen.« Er lächelte sie an.

Sie erwiderte sein Lächeln. »Dazu ist noch Zeit genug. Es genügt, wenn wir eine Woche davor oder so heiraten, bevor das Baby zur Welt kommt.«

Sie wollte aufstehen, doch Taylor packte sie an ihrem T-Shirt und hielt sie fest. »Ich habe eine Bedingung.«

Sie setzte sich wieder und schaute ihn mißtrauisch an. »Und die wäre?«

»Wir heiraten sofort. Morgen. Oder übermorgen. So schnell wie möglich.«

»Warum die Eile?«

»Weil es politisch katastrophale Folgen für mich haben würde, wenn meine Frau bereits ein paar Tage nach der Hochzeit ein Kind zur Welt bringt.«

»Aber dann bist du doch schon im Amt, und weder Bleeker noch sonst jemand kann dir dann noch schaden«, wandte sie ein.

»Ich werde im Amt sein, ja, aber glaubst du, die Leute haben noch Vertrauen in ihren Bürgermeister, wenn seine Moral in Frage gestellt ist?« Er schüttelte den Kopf. »Nein. Wir müssen verheiratet sein, lange bevor das Baby auf die Welt kommt.«

Er schaute auf ihren Bauch und legte impulsiv die Hand darauf. »Kaum zu glauben, hm? Daß da wirklich ein Baby drin ist, meine ich.«

Ria war überrascht über die Wirkung, die seine Berührung auf sie hatte. Ein Kribbeln breitete sich in ihrem Bauch aus, das nichts mit ihrer Schwangerschaft zu tun hatte.

»Jetzt, wo ich Zeit gehabt habe, darüber nachzudenken, gefällt mir der Gedanke irgendwie, daß mein Baby in dir heranwächst.« Er hob den Blick und schaute ihr tief in die Augen.

Plötzlich beugte er sich vor und küßte sie auf den Mund. Dann legte er den Kopf auf die Seite und küßte sie noch einmal. Diesmal waren seine Lippen geöffnet und drückten auch ihre leicht auseinander, während eine seiner Hände ihre Rippen hinaufglitt und sich auf eine Brust legte. Er strich mit dem Daumen über eine Spitze, und Ria stöhnte leise auf.

Taylor raunte ihren Namen, als der Kuß leidenschaftlicher wurde. Ria verlor sich ganz in diesem Kuß. Es gab nur noch Taylor MacKensie, die Wärme seines starken Körpers, den Geruch seiner Haut und seines Haars – genau wie am Heiligabend ...

Sie rückte abrupt von ihm ab. »Nein. Taylor, wir können das nicht tun.«

Sein Atem ging heftig. »Warum nicht?« fragte er blinzelnd.

»Darum nicht!«

»Das ist wirklich ein guter Grund.«

»Ich habe auch eine Bedingung. Es wird keine Intimitäten zwischen uns geben.«

»Ich wünschte, das hättest du mir vor ein paar Minuten gesagt«, murmelte er.

Sie stand auf und strich ihr T-Shirt glatt. »Jede Art von emotionaler oder physischer Beziehung zwischen uns wird es nur noch härter machen.«

»Es kann unmöglich noch härter werden, als es im Augenblick ist.«

»Taylor!«

»Es war nur ein Scherz.« Er erhob sich umständlich. »Ich

werde alles Nötige in die Wege leiten und dir Bescheid sagen.« Er ging zur Tür.

»Warte! Du kannst nicht gehen, bevor alles geklärt ist. Was sollen wir sagen, wenn die Leute fragen, warum wir nicht zusammenleben?«

»Sie werden nicht fragen. Das ist auch Teil meiner Bedingung. Die Ehe wird nicht nur auf dem Papier bestehen, was das angeht. Wir werden zusammenleben.«

»Was? Das geht nicht!« Sie sah ihn entsetzt an. »Ich wüßte auch gar nicht, wo wir dann leben sollten.«

»In meinem Haus.«

»Kommt nicht in Frage.«

Er hob abwehrend die Hände. »Ich bin nicht in der Verfassung für lange Diskussionen, Ria.«

»Wir müssen uns aber um die Sache kümmern und ...«

»Und ich muß mich um den hier kümmern«, schrie er und zeigte nach unten. Rias Mund klappte zu, und Taylor nickte zufrieden. »Gut so. Ich muß nach Hause, eine kalte Dusche nehmen und versuchen, mich mit dem Gedanken anzufreunden, nur dem Namen nach mit einer schönen, sexy, schwangeren Lady verheiratet zu sein. Okay?« fragte er knapp. »Ich rufe dich an.«

»Fertig?«

»Ja.«

Taylor nickte beifällig, bevor er Ria in das Amtszimmer des Friedensrichters führte. Er hatte sich um alle Details gekümmert und einen Trauungstermin um sechs Uhr nachmittags arrangiert, damit keiner von ihnen beiden früher als sonst von der Arbeit hatte aufbrechen müssen.

Der Brautstrauß zitterte in Rias Händen, während sie vor dem Friedensrichter und seiner Sekretärin, die als Trauzeugin fungierte, das Eheversprechen wiederholte. Sie war überrascht, als Taylor einen schlichten Goldring aus seiner Brusttasche holte und ihn ihr ansteckte.

Und als ihm der Friedensrichter erlaubte, die Braut zu küssen, machte Taylor ausgiebig von seinem Recht Gebrauch, um die beiden lächelnden Anwesenden davon zu überzeugen, daß dies eine Liebesheirat war. Der Kuß hätte fast sogar seine atemlose Braut davon überzeugen können, wenn ihr nicht ein letztes bißchen klaren Verstandes gesagt hätte, daß es nicht so war.

Sie verließen das Haus als Neuvermählte. Ria, die immer noch benommen war von seinem Kuß, brach das Schweigen als erste. »Du hättest dir keine Umstände wegen des Ringes zu machen brauchen.«

»Was ich mache, mache ich richtig«, gab er lächelnd zurück. Er half ihr in die Corvette. »Ich habe im ›La Fleur‹ einen Tisch reservieren lassen.«

Ria sah ihn überrascht an. »Ich wünschte, du hättest es nicht getan.«

»Bist du nicht hungrig?« Er erwiderte ihren Blick ganz unschuldig.

»Nicht sehr«, entgegnete sie ausweichend. »Ist dir nicht gut?«

Sie spielte mit dem Gedanken zu lügen, doch dann kam sie zu dem Schluß, daß dies keine glückliche Art war, eine Ehe zu beginnen. »Nein, das ist es nicht.«

Er hielt unter dem Schutzdach des »La Fleur« an, ignorierte aber den Boy, der herangeeilt kam, um den Wagen zum Parkplatz zu fahren. »Was ist es dann, Ria?«

»Es ist alles. Der Blumenstrauß, der Ring, das Essen. Ich ... ich komme mir vor wie eine richtige Braut.«

»Magst du keine Rosen? Willst du einen Silberring? Einen Diamanten? Ißt du nicht gern französisch?«

»Verdammt, hör auf mit deinen dummen Witzen. Du weißt genau, was ich meine«, fuhr sie ihn an.

»Nein, das weiß ich nicht«, entgegnete er. »Warum erklärst du es mir nicht?«

»Also gut. Ich finde, du übertreibst das Ganze ein bißchen.«

Er zog ärgerlich die Brauen zusammen, während er Ria eine Weile schweigend ansah. »Ich bin doch angeblich bis über beide Ohren verliebt, nicht wahr?« meinte er dann. »Verliebt genug jedenfalls, um impulsiv zu heiraten. Würdest du nicht sagen, daß ein Mann, der so verliebt ist, durchaus zu Übertreibungen neigt?«

»Du hast mich nicht impulsiv geheiratet, und du bist nicht über beide Ohren verliebt.«

»Aber das wissen die doch nicht«, gab er zurück und zeigte auf die Welt jenseits der Windschutzscheibe. »Wir müssen überzeugend wirken.«

»Damit deine politische Karriere nicht gefährdet wird?« fragte sie spöttisch.

Seine Kiefermuskeln verkrampften sich, und sein Blick wurde kalt. Er beugte sich vor. »Nein«, stieß er zwischen zusammengebissenen Zähnen hervor, »damit die Leute nicht erfahren, daß du Heiligabend mit einem Wildfremden geschlafen und dir von ihm ein Kind hast machen lassen!« erwiderte er grob.

Alle Farbe wich aus Rias Gesicht, während plötzlich ihr Magen rebellierte. »Mir wird schlecht.« Sie tastete verzweifelt nach dem Türgriff.

Taylor stieg aus, warf dem Boy die Wagenschlüssel zu und eilte mit Ria zum Eingang. Sie schaffte es gerade noch bis zur Damentoilette. Hinterher wurde sie von der ältlichen Toilettenfrau bedauert, die ihr kalte Kompressen anbot. Sie legte eine auf Rias feuchte Stirn und die andere auf ihren Hals.

»Ich sage diesem Barkeeper immer wieder, daß er zu starke Drinks mixt«, meinte sie und tätschelte mitfühlend Rias Hand.

»Ich habe nichts getrunken. Ich ...« Sie wollte sagen: »Ich bin schwanger«, doch sie besann sich anders. »Ich habe gerade geheiratet.«

Ein breites Lächeln erschien auf dem Gesicht der Frau. »Nervosität vor der Hochzeitsnacht? Das geht vorbei.«

Ria lächelte schwach. Als sie sich wieder besser fühlte, trug sie frischen Lippenstift auf und ging hinaus, begleitet von den besten Wünschen für ein glückliches Leben, die die Toilettenfrau ihr mit auf den Weg gab.

Taylor, der vor der Damentoilette auf und ab gegangen war, blieb stehen. »Wie geht es dir?«

»Besser.«

Er sah fast genauso elend aus, wie sie sich gefühlt hatte. »Ria, es tut mir leid. Es war schrecklich von mir, so etwas zu sagen.«

»Das war es. Aber ich nehme deine Entschuldigung an, weil ich auch nicht viel besser gewesen bin als du.« Plötzlich war es mit ihrer Selbstbeherrschung vorbei, und ihre Augen füllten sich mit Tränen. Sie suchte vergebens in ihrer kleinen Handtasche nach einem Kleenex, woraufhin Taylor ihr ein Stofftaschentuch reichte.

»Ich habe dich provoziert.« Sie schniefte. »Und dabei warst du die ganze Zeit so rücksichtsvoll.« Als sie den Kopf hob, bemerkte sie, daß sie die Aufmerksamkeit einiger Gäste erregt hatten. »Alle schauen schon her«, murmelte sie.

»Keine Angst«, beruhigte er sie. »Bräute dürfen weinen.«

Sie lächelte mühsam, als er sie beim Ellbogen faßte und zu einer Nische mit Telefonzelle und Zigarettenautomaten führte, wo sie ungestört waren.

»Ria.« Er legte die Hand auf ihre Wange.

»Was?«

»Was ich da vorhin im Wagen gesagt habe ... das war sehr häßlich von mir. Ich habe es nicht so gemeint. Verzeih mir!«

Sie schauten sich wie gebannt in die Augen, bis sie von einem Mann gestört wurden, der telefonieren wollte. »Wir müssen nicht bleiben, wenn du dich nicht wohl fühlst«, meinte Taylor. Er wischte ihre Wangen mit seinem Taschentuch ab, bevor er es wieder einsteckte.

»Doch, bitte, ich möchte es. Du hast doch extra einen Tisch reservieren lassen.«

Sein Lächeln verriet ihr, wie sehr er sich über ihre Entscheidung freute. Der Oberkellner erkundigte sich, ob es Miss Lavender wieder besser gehe. Sie versicherte ihm, daß alles wieder in Ordnung sei, und Taylor fügte hinzu: »Sie heißt jetzt Mrs. MacKensie, Peter.«

Der Oberkellner, der beide mit Namen kannte, erholte sich erstaunlich schnell von seiner Überraschung und sagte: »Herzlichen Glückwunsch, Mr. MacKensie, Mrs. MacKensie.«

Er verbeugte sich förmlich vor Ria. Dann führte er sie zum besten Tisch im Restaurant und ließ ihnen eine Flasche Champagner auf Kosten des Hauses bringen. Innerhalb von Minuten wußten alle in der Küche, die Kellner, die anderen Gäste und sogar der Boy, der die Corvette liebevoll polierte, daß der zukünftige Bürgermeister MacKensie die Architektin Ria Lavender geheiratet hatte.

»Stört es dich nicht, wenn dich die Männer mit den Blikken verschlingen?«

Ria senkte die in Leder gebundene Speisekarte und schaute Taylor an. »Was hast du gesagt?«

»Alle hier haben sich umgedreht, als du durch das Restaurant gegangen bist.«

»Das hast du dir eingebildet.«

Taylor schüttelte bestimmt den Kopf. »Nein, wenn neidische Blicke töten könnten, wäre ich auf der Stelle tot umgefallen. Ich kann die Jungs ja verstehen, aber das heißt nicht, daß ich es gut finde, wenn sie meiner Frau schöne Augen machen.«

Ria wußte, daß er nicht wirklich meinte, was er sagte, sondern, daß er sie nur aufheitern wollte, aber es funktionierte. Ihre Stimmung besserte sich, und Ria wurde unter seinen anerkennenden Blicken sogar warm. »Neues Kleid?«

Sie nickte. »Ja.«

Taylor lächelte neckend. »Deine schöne Perlenkette, ist das ein Geschenk von einem Mann?«

»Von meinen Eltern. Zum Collegeabschluß.«

Er schien zufrieden mit der Antwort, und sie gaben ihre Bestellung auf.

Das Essen war köstlich, und die Krönung war das Dessert: Auf Kosten des Hauses gab es einen glasierten weißen Kuchen für zwei. Zum Entzücken des Personals schnitt Taylor ihn feierlich an.

Es gab Champagner für alle, man prostete sich zu, und niemandem fiel auf, daß Ria nur so tat, als würde sie etwas trinken.

Als es Zeit zum Gehen war, half Taylor ihr von ihrem Stuhl hoch und legte fürsorglich die Hand um ihre Taille, als sie in Richtung Ausgang gingen. An der Tür trafen sie mit einem Trio zusammen, das darauf wartete, zu einem Tisch geführt zu werden.

Der Blick der Blondine, die offenbar solo war, glitt über Ria, ohne sie wirklich wahrzunehmen. Taylor lächelte sie dann um so strahlender an. »Taylor, wie schön, dich zu sehen.

Du willst doch nicht schon gehen, oder? Es ist noch so früh. Wir sind gerade erst gekommen. Du erinnerst dich an die Wilsons?«

»Natürlich.« Taylor gab dem Mann die Hand und nickte dessen Frau zu.

»Warum setzt ihr euch nicht zu uns?« schlug die Blondine vor.

Sie hatte erneut nur einen flüchtigen Blick für Ria übrig, bevor sie ihre ungeteilte Aufmerksamkeit wieder Taylor zuwandte.

»Tut mir leid, heute abend nicht. Ria, das ist Lisa Burton. Lisa, das hier ist Ria, meine Frau.«

Die Anwesenheit der Wilsons verhinderte, daß die Situation allzu peinlich wurde, als die beiden Frauen sich entgeistert anstarrten.

Ria erholte sich als erste. Sie nickte Lisa zu und beantwortete Mrs. Wilsons Frage, ob sie die Architektin sei, von der sie soviel gehört habe.

»Ist das nicht ziemlich plötzlich, Taylor?« fragte Lisa, als sie endlich die Sprache wiedergefunden hatte. Ihre Augen waren dunkel vor Gehässigkeit.

Taylor legte den Arm um Rias Schultern. »Ich habe Ria im letzten Herbst kennengelernt.«

Sehr spät im letzten Herbst, dachte Ria.

»Wir haben heute nachmittag geheiratet«, fügte er hinzu. »Wenn ihr uns jetzt bitte entschuldigt.« Er nickte knapp und schob Ria in Richtung Ausgang.

Als sie in der Corvette saßen, beugte Ria sich vor und stützte den Kopf in die Hände.

»Ist dir wieder schlecht?« wollte Taylor wissen. »Mußt du dich übergeben?«

»Taylor«, sie sah ihn an, »ich habe gerade Lisa kennengelernt. Deine Lisa. Hast du den Ausdruck auf ihrem Gesicht gesehen, als du ihr sagtest, ich sei deine Frau? Wie kannst du so tun, als ob es dich nichts anginge?«

»Ich möchte nicht über Lisa sprechen«, erwiderte er kurz und startete den Motor des Wagens.

»Offensichtlich, aber ich finde, wir sollten es.«

Taylor preßte stur die Lippen zusammen und sagte nichts. Sie erreichten sein Haus, doch Ria hatte kaum einen Blick für ihr neues Heim übrig. Sie war zu gespannt, etwas über Lisa zu erfahren. Taylor kam um den Wagen herum, um ihr beim Aussteigen zu helfen, und trug ihren Koffer zur Haustür. Er schloß auf und stieß die Tür auf, doch Ria machte keine Anstalten, ins Haus zu gehen.

»Wartest du darauf, daß ich dich über die Schwelle trage?«

»Ich warte darauf, daß du mir von Lisa erzählst.«

Er stellte den Koffer hin, trat vor Ria und stützte die Hände rechts und links von ihr gegen die Wand. »Damit das ein für allemal klar ist: Sie ist nicht meine Lisa, und sie ist es nie gewesen. Wenn du meinst, ich hätte ihr gegenüber eine Verpflichtung, weil ich mit ihr geschlafen habe, dann will ich dir jetzt mal etwas sagen: Sie hat auch schon einer Menge anderer Männer gehört, und ich bin ihr keinerlei Erklärungen schuldig.«

Er nahm schnell die Hände herunter. »Und wenn du nicht unseren zweiten Streit als Ehepaar hier draußen auf der Veranda haben willst, schlage ich vor, daß du jetzt das Thema Lisa vergißt und dich von mir liebevoll über die Schwelle tragen läßt.«

Bevor Ria etwas erwidern konnte, hob er sie hoch und trug sie nicht nur über die Schwelle, sondern durch das ganze Haus.

»Das hier ist die Küche.« Die Schränke waren weiß und die Wände in einem rötlichen Braunton gehalten.

»Läßt du mich jetzt bitte herunter?«

»Nein.«

»Aber ich möchte mir die Küche ansehen.«

»Dazu hast du später Zeit. Du mußt deine Beine entlasten. Ich glaube, deine Knöchel fangen schon an, dick zu werden.«

Ria hob entsetzt einen Fuß hoch und untersuchte ihren Knöchel. Er war so schlank wie immer. Sie bedachte Taylor mit einem wütenden Blick, und er lachte. »Reingefallen.«

Sie stimmte in sein Lachen ein, während er sie durch die anderen Räume trug. Doch das Lachen verging ihr, als er die Tür zu seinem Schlafzimmer öffnete.

Ria brauchte nur einen Blick in das geräumige Zimmer zu werfen, um zu wissen, daß sie einen Mann geheiratet hatte, der das Leben zu genießen vermochte. Eine Wand bestand ganz aus Glas und gab den Blick auf eine sanfte Hügellandschaft frei. Der Teppich war weich und tief. Es gab ein großes Bett, das auf einem Podest stand und mit einer Tagesdecke aus schwarzer Seide bedeckt war. Vor dem Bett lag ein schweres, dickes Fell, das regelrecht sündig wirkte. In die Wand gegenüber dem Bett war ein schwarzer Marmorkamin eingebaut. Niedrige Sessel luden vor einem Hightech-Musikturm zum Entspannen ein. Eine Kristallvase mit weißen Tulpen schmückte den Nachttisch. Auf der anderen Seite des Betts stand eine Flasche Champagner in einem Silberkühler.

Taylor ließ Ria langsam herunter und legte dann beide Hände auf ihre Schultern, als ob er Angst hätte, sie könnte davonlaufen.

»Sehr hübsch«, bemerkte Ria. »Ich frage mich, was die Bürger unserer braven Stadt von ihrem zukünftigen Bürgermeister halten würden, wenn sie diese Lasterhöhle von einem Schlafzimmer sehen könnten.«

Er lachte tief, während seine Hände über ihre Arme glitten.

»Sie würden mich wahrscheinlich noch lieber mögen.«

»Wahrscheinlich. Vor allem die Frauen.«

»Dann gefällt es dir?«

Sie sah ihn an.

»Es spielt im Grunde keine Rolle, da ich nicht hier schlafen werde.«

Er verschränkte die Arme vor der Brust und lehnte sich gegen den Türpfosten.

»Ria, als ich dich dazu überredet habe, für die Dauer unserer Ehe hier bei mir zu leben, habe ich vielleicht vergessen, eine Kleinigkeit zu erwähnen.«

Ria hatte plötzlich ein flaues Gefühl im Magen. Sie ahnte, was kommen würde.

»Was?«

»Dies ist ein großes Haus, aber es hat nur ein Schlafzimmer.«

»Macht nichts. Ich werde auf der Couch schlafen.«

»Kommt nicht in Frage. Ich will nichts davon hören, daß meine schwangere Frau auf einer Couch schläft.« Ria hob ihr Kinn hoch. »Du hast mich überredet, mit dir zusammenzuleben, damit unsere Ehe echt wirkt. Aber es war von vornherein klar, daß wir nicht zusammen schlafen würden.«

»Für dich vielleicht«, gab er mit beunruhigender Gelassenheit zurück.

Sie straffte die Schultern. »Bevor ich hierbleibe, müssen wir uns einig werden, wer wo schläft.«

»Kein Problem.«

Taylor stieß sich vom Türpfosten ab und schloß die Tür hinter sich. »Ich nehme die linke Seite des Bettes.«

4

»Das ist nicht dein Ernst.« Als Antwort zog Taylor seine Anzugjacke aus und warf sie in den nächsten Sessel. Ria blickte ihn entsetzt an. »Ich kann es nicht glauben. Hast du die Absicht, Gewalt anzuwenden?« Er runzelte die Stirn, schwieg aber.

»Das ist der einzige Weg, wie du mich mit dir ins Bett bekommst!« Ihre Stimme klang rauh.

Taylor grinste breit. »Aber sag doch nicht so was, Ria!« meinte er.

Er hatte schon die Weste ausgezogen und knöpfte gerade das Hemd auf. Ria befeuchtete nervös die Lippen und bemühte sich, nicht auf seine Finger zu schauen, von denen sie wußte, wie gut sie streicheln konnten.

»Hör zu, Taylor«, sagte sie hastig, als er das Hemd auszog und zu Boden fallen ließ, »was Heiligabend passiert ist ...«

»War phantastisch. Oder? Warum sollen wir es nicht wiederholen?«

»Weil es nichts bedeutet hat.«

»So?«

»Das ist ... das ist animalisch.«

»Richtig.« Er lachte, als sie ihn gereizt ansah. »Ein gesundes Lustempfinden ist gut für Körper, Geist und Seele.«

»Das finde ich nicht. Überleg mal, was ich mir mit dieser Lust eingebrockt habe.«

Er wurde plötzlich ernst. »Du hast eben gesagt, daß das mit uns nichts bedeutet hat. Aber was ist weiter, findest du nicht, daß das Baby wichtig ist?« wollte er wissen.

Sie holte scharf Luft. »Doch. Sonst hätte ich es abtreiben lassen, sobald ich wußte, daß ich schwanger war.«

»Wenn nichts anderes, dann ist es dieses Baby, das das, was Heiligabend passiert ist, zu etwas Besonderem macht.« In seine Augen trat ein fast zärtlicher Ausdruck. »Ich bin ein Mann, und du bist eine Frau. Und du kannst es abstreiten, solange du willst, Ria, aber wir fühlen uns physisch voneinander angezogen. Warum sollen wir also nicht miteinander schlafen?«

Er trat vor, und sie wich zurück, bis sie gegen das Bett stieß.

»Heute ist unsere Hochzeitsnacht, Ria« – er zog sie an sich, und sein Mund senkte sich langsam auf ihren –, »und ich finde, wir sollten sie wie richtige Neuvermählte verbringen.«

Sein langer, hungriger Kuß ließ ihren Widerstand schmelzen. Sie schlang die Arme um seinen Nacken und preßte ihren Körper gegen seinen.

»Hm, das fühlt sich gut an.« Taylor öffnete den einzigen Knopf an ihrer Kostümjacke und legte die Hände auf ihre Brüste. Er spürte, wie sie leicht zusammenzuckte.

»Tut es weh?« flüsterte er, und Ria nickte. Er schob die Jacke auseinander und schaute auf ihre vollen Brüste, die sich über den Rand des Büstenhalters wölbten. Er küßte vorsichtig die Ansätze und hob dann widerstrebend den Kopf.

»Nein, es ist schon okay«, meinte sie schnell.

Er stöhnte leise, bevor er eine Brustwarze über der Spitze des BHs küßte. »Ria, sag, daß es gut war!«

»Heiligabend? Ja, es war gut«, hauchte sie. Ohne daß sie es wollte, war eine Erregung in ihr aufgestiegen, die ihr den Atem zu nehmen drohte.

»Manchmal habe ich gedacht, ich hätte alles nur geträumt.«

»Ich trage den Beweis dafür in mir, daß es kein Traum war.«

»Ja, das tust du.« Er legte schützend die Hände auf ihren Unterleib. Plötzlich flammte Begehren tief in seinen Augen auf, und seine Finger rieben verführerisch über ihre Haut. »Ich will dich. Jetzt.«

Ria nickte atemlos.

Und dann war im Dunklen nur noch das Geräusch von suchenden Lippen zu hören, von Haut auf Leder, auf Nerz, auf duftenden Laken. »Nein, laß die Perlen an.«

»Aber das sieht doch verdorben aus.«

»Das kann man wohl sagen.«

Leises Lachen.

»Du bist schön, Ria. Wunderschön.«

»Du auch.«

»Ich? Ich bin ganz haarig.«

Sie lachte wieder, kehlig und rauh. »Ja, das stimmt.«

»Und du bist so weich und glatt. Ich habe mir Heiligabend gar nicht die Zeit genommen, dich richtig anzuschauen.«

»Aber du hast dir die Zeit genommen, mich überall zu berühren.«

»Das habe ich auch heute abend vor.«

»Hm, Taylor.«

»Gefällt dir das?«

Schweigen.

»Ria?«

»Ja, ja, es gefällt mir.«

»Wenn ich sie in den Mund nehme, tut das weh?«

»Nein.«

Ein leises Stöhnen. »Du bist so hinreißend.«

»Hör nicht auf, Taylor!«

»Nein.«

»Komm jetzt.«

»Ich dachte …«

»Bitte!«

Viel später goß Taylor Champagner über Rias Körper. Die prickelnde Flüssigkeit lief von ihrem Bauch herunter, bevor sie von warmen Lippen begierig aufgesaugt wurde.

Und als Taylor dann fragte: »Noch mehr Champagner?« erschauerte sie am ganzen Körper. Er lachte. »Diesmal trinke ich ihn aus einem Glas.«

»Ich habe nicht gesagt, daß mir das eben nicht gefallen hat.«

Er murmelte einen Fluch, beugte sich über sie, nahm ihr Gesicht in die Hände und küßte sie leidenschaftlich. »Das war meine ganz besondere Art, auf meine Braut zu trinken.« Er küßte sie wieder. »Gott, du bist wundervoll.«

Sie wollte wegen des Babys keinen Champagner, doch Taylor schenkte sich ein Glas voll ein. Dann lehnte er sich entspannt in die Kissen zurück und schaute Ria voller Bewunderung an.

»Unser Kind wird bestimmt bildhübsch.«

»Sicher wird es dunkelhaarig sein.«

»Und groß.« Sie fuhr mit der Hand seinen Schenkel hinauf. »Mit schönen langen Beinen.«

»Und einem schönen langen ... egal.«

»Das auch« – sie kicherte –, »wenn es ein Junge wird.«

Er griff in ihr Haar, zog ihren Kopf heran und küßte sie lange. Als sie sich voneinander lösten, meinte er: »Ob es tatsächlich ein Junge wird?«

»Wünschst du dir ein Mädchen?«

Er zuckte mit den Schultern. »Das ist mir egal.«

»Mir auch.« Sie strich mit der Hand über ihren Bauch und setzte nachdenklich hinzu: »Ich möchte nur, daß das Baby gesund und glücklich ist.«

»Das wird es sein«, versicherte Taylor zärtlich. »Was meinst du, wird es grüne Augen haben oder blaue? Was ist dominant?« Als Ria keine Antwort gab, rieb er mit der Außenseite seiner Finger über ihre Wangen und fuhr die Falte nach, die sich zwischen ihren Brauen gebildet hatte. »Was ist?«

Sie seufzte und schmiegte die Wange an seinen Schenkel.

»Ich dachte nur gerade, daß wir nicht wissen, welche Gene es von meinen Eltern erben wird. Meinen richtigen Eltern.«

»Hast du deinen Adoptiveltern von dem Baby erzählt?«

Sie schwieg einen Augenblick, bevor sie antwortete. »Nein.«

»Von mir?«

Ria setzte sich auf. »Ja. Sei mir nicht böse, Taylor. Ich habe ihnen erzählt, daß ich jemanden kennengelernt hätte und daß wir wahrscheinlich heiraten würden.«

»Wie war ihre Reaktion?«

»Sie waren ganz aufgeregt. Mom wollte schon anfangen, Partys zu planen und eine große kirchliche Trauung zu organisieren, aber ich habe ihr gesagt, du ständest im Rampenlicht der Öffentlichkeit und wolltest mit so wenig Aufsehen wie möglich heiraten. Es war schrecklich für mich, sie zu belügen, aber ...«

»... aber du hast ihnen gesagt, daß wir bereits verheiratet waren, oder? Damit sie glauben können, das Baby ist erst später ... erst später gezeugt worden.«

Sie starrte auf ihre Hände. »Warum ihnen unnötig weh tun?«

Er stellte sein leeres Champagnerglas auf den Nachttisch und küßte sie. »Es ist schon spät, und morgen früh ruft die Arbeit.«

»Ja, wir sollten jetzt lieber schlafen.«

»Ich habe eine bessere Idee«, meinte er und zog sie rittlings auf seinen Schoß.

»Hi.«

»Hi.«

»Wie war der Tag?«

»Ganz gut. Und deiner?«

»Auch gut.«

Sie standen verlegen voreinander. Taylor war gerade nach Hause gekommen und hatte Ria in der Küche vorgefunden. Er hatte noch seine Aktentasche in der Hand. Ria trug eine Schürze und hielt einen langstieligen Löffel in der Rechten.

Sie hatten am Morgen verschlafen, und in ihrer Eile, zur Arbeit zu kommen, hatten sie keine Zeit gehabt, sich Gedanken über die vergangene Nacht zu machen. Sie hatten sich hastig geduscht. Ria war in Panik geraten, als sie ihren Koffer ausgekippt und festgestellt hatte daß die Hälfte der Sachen, die sie brauchte, zu Hause waren – bei ihr zu Hause. Taylors Lieblingskrawatte war verlegt worden und unauffindbar gewesen. Ria hatte sich die Finger an ihrem Lockenstab verbrannt. Nachdem sie eine Tasse bitteren Instantkaffee mit kaltem Wasser aus dem Wasserhahn getrunken hatten, war Taylor zur Hintertür hinausgestürzt, wobei er über seine Schulter gerufen hatte, daß er sie später sehen würde.

Jetzt war später, und keiner von ihnen wußte so recht, was er sagen sollte.

Taylor stellte die Aktentasche auf den Küchentisch. »Was riecht hier so gut?« fragte er.

»Schmorfleisch.«

»Ich dachte, wir würden ausgehen.«

»Magst du kein Schmorfleisch?« wollte Ria wissen.

»Ich liebe Schmorfleisch«, antwortete er schnell. »Ich möchte nur nicht, daß du meinst, du müßtest jeden Abend für mich kochen.«

»Mach dir keine Gedanken.« Sie winkte ab und strich eine Haarsträhne zurück. »Ich wollte das Frühstück heute morgen wiedergutmachen. Oder besser, das fehlende Frühstück.«

»Ich frühstücke sowieso nie.«

»Nein? Oh, na gut. Ich auch nicht. Vor allem im Augenblick.« Sie legte die Hand auf ihren Bauch.

Er lächelte. »Wie lange dauert es noch bis zum Essen?«

»Eine halbe Stunde.«

»Dann habe ich noch Zeit, mich zu duschen?«

»Ja. Du brauchst dich nicht zu beeilen. Ich kann das Essen warm halten, bis wir soweit sind.«

»Okay.« Er nahm seine Aktentasche und ging zur Tür. Doch plötzlich blieb er stehen und drehte sich langsam um. »Ria?«

Sie blickte auf. »Ja?«

Die Aktentasche fiel polternd zu Boden. Mit zwei Schritten war Taylor bei Ria, riß sie an sich und küßte sie hungrig. Sie schlang die Arme um seinen Nacken und erwiderte den Kuß leidenschaftlich. Von dem Löffel, den sie noch in der Hand hielt, tropfte Bratensauce auf Taylors Rücken, doch sie bemerkten es nicht. Beide waren atemlos, als sie sich schließlich voneinander lösten.

»Dann bereust du es nicht, daß du mich geheiratet hast?« fragte sie. »Jetzt, nachdem du einen ganzen Tag lang Zeit gehabt hast, darüber nachzudenken?«

»Machst du Witze? Ich habe kein Schmorfleisch mehr bekommen, seit meine Mutter gestorben ist.«

»Ist das der einzige Grund, warum du froh bist?«

Er rieb seine Wange an ihrer. »Dumme Frage, Ria.« Sie küßten sich wieder. »Laß uns noch mal von vorn anfangen. Wie war dein Tag?«

»Ich habe früh Schluß gemacht, bin bei mir zu Hause vorbeigefahren und habe noch mal meinen Wagen vollgepackt.«

»Dafür sollte ich dich übers Knie legen. Du hast doch nichts hereingetragen, oder?«

»Nein. Dazu war ich zu müde.«

»Du hättest dich nicht mit Kochen abgeben sollen.«

»Ich habe mich vorher ein bißchen ausgeruht.« Sie lächelte glücklich. »Wie war dein Tag?«

»Mit einem Wort: ein Fiasko.«

»Das sind zwei Worte.«

»Ich habe einen kleinen Besserwisser geheiratet, was?« Er senkte den Kopf und knabberte an ihrem Hals, bis sie um Gnade bettelte. »Wir hatten heute eine interne Stadtratssitzung, und es gab eine heiße Diskussion um eine bevorstehende Steuererhöhung. Im Büro war eine Reihe von wichtigen Unterlagen verlorengegangen, und der Kunde hat uns die Hölle heiß gemacht, bis sie wiederauftauchten.« Er gab ihr einen flüchtigen Kuß auf die Nasenspitze. »Und mitten in dem ganzen Chaos konnte ich an nichts anderes denken als an diesen entzückenden leisen Lustschrei von dir, den ich so liebe.«

»Taylor!«

»Taylor!« ahmte er sie nach. »Wenn du nicht willst, daß ich daran denke, dann darfst du eben nicht so schreien.«

»Oder nicht zum Höhepunkt kommen.«

»Untersteh dich!« sagte er drohend.

Sie küßten sich wieder, bis Ria ihn schließlich von sich schob.

»Jetzt geh und dusch dich! Ich mache dir inzwischen einen Drink.«

Während des Essens sprachen sie über all die formalen Dinge, die noch zu erledigen waren, und über die Folgen, die ihr Verheiratetsein für ihr Leben haben würde. »Hast du es deinen Kollegen im Büro erzählt?« fragte Taylor, nachdem sie eine Weile beide geschwiegen hatten.

»Ja. Sie waren alle überrascht.«

»Alle, bis auf Guy, oder?«

Ria nickte. »Ich nehme an, er kann sich inzwischen denken, wer der Vater meines Babys ist.«

Er zog kaum merklich die Brauen zusammen. »Wenn er irgendwelche Zweifel hat, schick ihn zu mir!«

Sie freute sich über Taylors offensichtliche Eifersucht, selbst wenn es mehr um das Baby ging als um sie.

»Bereite dich morgen auf einige Anrufe vor«, meinte er, während er sich noch etwas von dem Schmorfleisch nahm. »Meine Sekretärin gibt morgen eine Presseverlautbarung an die Zeitung und die Rundfunksender aus, in der meine Hochzeit mit Miss Ria Lavender bekanntgegeben wird.«

Ria legte die Gabel hin und schaute ihn besorgt an. »Ich hoffe, das wird nicht deine Vereidigung zum Bürgermeister gefährden.«

»Ich habe die Wahl offen und ehrlich gewonnen.«

»Ich weiß, aber es könnte einige skeptische Gesichter geben.«

»Ich glaube, daß alle, die für mich gestimmt haben, froh sein werden, daß ihr Bürgermeister endlich unter der Haube ist.« Er zwinkerte ihr zu. »Ein Fuchs weniger im Revier.«

»Aber wenn sie das mit dem Baby herausfinden ...«

Taylor reichte über den Tisch und ergriff ihre Hand. »Keine Angst, die ganze Stadt wird sich mit uns freuen.« Er zog ihre Hand an seinen Mund und küßte sie. »Jetzt ruh dich ein bißchen aus! Ich werde hier aufräumen.«

»Du sollst dich doch ausruhen«, meinte Taylor, als er eine halbe Stunde später in sein Arbeitszimmer kam und Ria über ein Zeichenbrett gebeugt fand. Vor dem Essen hatte er ihren Wagen ausgeladen und das Zeichenbrett hier aufgestellt, wie sie ihn gebeten hatte.

»Tut dir nicht der Rücken weh?«

Sie lächelte ihn über die Schulter an, bevor sie ihre Aufmerksamkeit wieder der Skizze zuwandte, die sie gerade entwarf.

»Ich habe mich daran gewöhnt.« Er trat hinter sie und stützte das Kinn auf ihre Schulter. »Was hältst du davon?« wollte sie wissen.

Er legte den Kopf schief und betrachtete skeptisch die Zeichnung. »Was soll das werden, wenn es fertig ist?«

»Du Idiot.« Sie stieß mit dem Po gegen ihn, und er stöhnte leise.

»Was ist es?«

»Mein Haus. Siehst du, hier ist die Haustür und das

Wohnzimmer. Ich überlege gerade, wo ich das Kinderzimmer anbauen soll.« Er gab keine Antwort. »Taylor?«

»Gefällt es dir hier nicht?« fragte er leise.

»Natürlich. Du hast ein wunderschönes Haus. Aber ich muß meins umbauen, bevor das Baby auf die Welt kommt, damit wir einen Platz zum Leben haben.«

»Ich verstehe.« Er griff unter ihren Armen hindurch und legte die Hände auf ihre Brüste. »Apropos, bist du heute ohne BH ins Büro gegangen?«

»Natürlich nicht.«

»Du hast ihn also erst ausgezogen, als du nach Hause gekommen bist? Vielleicht um deinen Mann verrückt zu machen?«

Bei der Berührung seiner Hände stieg in Ria Erregung auf, und sie unterdrückte einen Seufzer.

»Nein«, antwortete sie unsicher. »Ich habe ihn ausgezogen, weil er mir zu eng ist. Alle meine BHs sind mir zu eng geworden, und ich habe noch keine Zeit gehabt, mir neue zu kaufen.«

»Meinetwegen brauchst du dir keine neuen zu kaufen.« Er schob ihren Pferdeschwanz mit dem Kinn beiseite und küßte sie hinter das Ohr. Seine Daumen strichen leicht über die Spitzen ihrer Brüste. »Unser Kind ist ein richtiger Glückspilz.«

Er schob die Hände unter ihr T-Shirt und zog sanft an ihren Brustwarzen.

»Taylor, was machst du da?«

»Umgangssprachlich ausgedrückt. Ich mache dich scharf. Wissenschaftlich nennt es sich Vorbereitung auf das Stillen. Wie auch immer, es erzielt die gewünschte Wirkung.«

Er preßte sich voller Verlangen gegen ihren Körper. Ria bog den Kopf nach vorn, während sie sich mit den Ellbogen auf das Zeichenbrett stützte. »Ich muß noch arbeiten!« protestierte sie halbherzig.

»Laß dich von mir nicht abhalten.« Er tastete nach dem Reißverschluß ihrer Jeans und zog ihn herunter. »Aber ich kann mich nicht konzentrieren, wenn du das machst, was du gerade tust.« Sie stöhnte, als er die Hand in ihren Slip schob.

»Es scheint dir aber nicht wirklich unangenehm zu sein, oder?«

Sie hörte an seiner Stimme, daß er lächelte, und wußte, daß ihr Körper sie verraten hatte.

Sie seufzte Taylors Namen. Die Fertigkeit seines Daumens war atemberaubend. »Hm, Taylor, wie ist der wissenschaftliche Name dafür?«

»Vorspiel.«

5

»Ria?«

Ria blickte von ihrem Schreibtisch auf. Guy Patterson stand in der Tür zu ihrem Büro. Sie hatte ihn kaum zu Gesicht bekommen, seit sie ihren Kollegen von ihrer Heirat erzählt hatte. Er war ihr aus dem Weg gegangen, und sie konnte es ihm nicht verdenken. Es war allgemein bekannt gewesen, daß sie befreundet gewesen waren, und die Tatsache, daß sie so schnell einen anderen geheiratet hatte, mußte ein schwerer Schlag für Guys Selbstbewußtsein gewesen sein. Sie hoffte, daß sie trotzdem Freunde bleiben konnten, doch Guys mürrische Miene verhieß eher das Gegenteil.

»Hallo, Guy. Komm rein!«

»Eigentlich bin ich hier, um dich zu holen. Unsere Chefs haben eine Dringlichkeitssitzung einberufen.«

Sie erhob sich aus ihrem Sessel. »Was gibt's denn?«

»Ich glaube, das sagen sie dir besser selbst.« Er trat zur Seite, um sie vorausgehen zu lassen, und folgte ihr schweigend den mit Teppich ausgelegten Gang hinunter und in den Konferenzraum, wo sich die leitenden Angestellten von *Bishop & Harvey* bereits versammelt hatten.

Es lag eine merkwürdige Spannung in der Luft, als sie ihre Plätze um den massiven Walnußtisch einnahmen. Ria fühlte sich äußerst unwohl. Sie wußte nicht, ob sie unter einer Art Verfolgungswahn litt oder ob es tatsächlich so war, jedenfalls glaubte sie, von allen Anwesenden mit verstohlenen Blicken bedacht zu werden.

»Danke, daß Sie so kurzfristig gekommen sind. Ich weiß, daß Sie viel zu tun haben, aber diese Angelegenheit betrifft uns alle, und sie ist von äußerster Wichtigkeit.« Mr. Bishop, der Gründer der Firma, hatte sich vor drei Jahren aus dem Geschäft zurückgezogen. Sein Neffe, Mr. Harvey, leitete jetzt das Unternehmen und führte den Vorsitz bei allen Konferenzen.

»Es wäre von großer Bedeutung für die Firma, den Vertrag für das ›Community Arts Center‹ zu bekommen«, begann er. »Ich bin sicher, das ist Ihnen bewußt.«

Der Bau eines Kunstkomplexes war schon seit Jahren im Gespräch. Eine Bereitstellung von Staatsgeldern, die bei der Wahl im vergangenen Jahr verabschiedet worden war, ermöglichte es zusammen mit privaten Spenden, daß dieses Vorhaben realisiert werden konnte. Die Stadt hatte begonnen, Angebote von verschiedenen Seiten einzuholen, und *Bishop & Harvey* war eins der Architektenbüros, das in Erwägung gezogen wurde. Es würde ein großes und sehr einträgliches Projekt sein.

»Der Stadtrat ist dabei, die Angebote zu prüfen«, fuhr Mr. Harvey fort. »Wir hoffen, daß er sich letztendlich für unsere Firma entscheiden wird. Allerdings ...« Er hielt inne und räusperte sich. Verschiedene andere um den Tisch rückten unbehaglich auf ihren Stühlen.

»Hat diese Konferenz irgend etwas mit meiner Heirat mit dem Stadtverordneten und zukünftigen Bürgermeister MacKensie zutun, Mr. Harvey?« fragte Ria abrupt.

»Alle hier freuen sich über Ihre Heirat«, versicherte er ihr hastig. Als sein Blick auf Guy Patterson fiel, räusperte er sich wieder und wurde rot. »Aber die Öffentlichkeit könnte dies als ... Was ich sagen will, ist ... Die Firma möchte den Vertrag nicht wegen des Verdachts des ... des unlauteren Wettbewerbs verlieren, wenn Sie wissen, was ich meine.«

»Mein Mann und ich haben nicht einmal über das ›Community Arts Center‹ gesprochen.«

»Ich bin sicher, zwei Neuvermählte haben anderes im Sinn.« Höfliches Gelächter erklang um den Tisch herum.

Mr. Harvey lächelte seine Mannen zufrieden an. Dann wurde er wieder ernst, als er Ria ansah. »Wir müssen uns vor allem hüten, was nach Bestechung oder etwas Ähnlichem riecht.«

Ria preßte die Hand auf ihre Brust. »Wollen Sie mir vorwerfen ...«

Der Vorsitzende von *Bishop & Harvey* hielt beide Hände hoch.

»Lieber Himmel, nein, Miss Lavender, ich meine, Mrs. MacKensie. Ich zweifle nicht Ihre Integrität oder die Ihres Mannes an. Sie werden jedoch begreifen, wie heikel die Angelegenheit ist. Es geht um Millionenbeträge. Wenn wir den Vertrag bekommen, könnte ein Konkurrent womöglich falsche Schlüsse ziehen.«

»Nun, das wäre doch sein Problem, oder? Unsere Firma hat ihr Angebot gemacht, bevor ich Mr. MacKensie überhaupt kannte. Sicher ...« Ria verstummte.

Ein Blick auf die Gesichter der um den Tisch Versammelten verriet ihr, daß ihre Proteste auf taube Ohren stießen.

Jeder in der Firma mochte sie persönlich und bewunderte ihre Arbeit, doch diesmal ging es um mehr. Wenn die Firma aus irgendeinem Grund den Vertrag für das ›Community Arts Center‹ nicht bekam, würde sie nicht nur eine Menge Geld, sondern auch Ansehen verlieren.

»Mr. Harvey«, sagte Ria leise, »dürfte ich Sie bitte allein in Ihrem Büro sprechen?«

Sobald ihre Entscheidung getroffen war, hatte Ria es eilig, nach Hause zu kommen und es Taylor zu erzählen, nachdem sie vergeblich versucht hatte, ihn telefonisch zu erreichen.

Sie war froh über ihren Entschluß und gespannt auf Taylors Reaktion.

Er öffnete gerade eine Flasche Wein, als sie das Wohnzimmer betrat und ihre Aktentasche in den nächsten Sessel warf.

»Taylor, ich muß mit dir reden!«

»Keine Begrüßung?«

»Hallo.«

»Hi. Ich habe deinen Wagen nicht gehört. Wie war dein Tag?«

»So lala. Würdest du dich bitte setzen?«

»Ich bin beschäftigt, weißt du, und …«

»Es dauert nicht lange.«

»Hoffentlich, weil nämlich …«

»Bitte, Taylor, hör mir zu. Ich habe es mir genau überlegt, und …« Die Türglocke unterbrach sie. »Erwartest du jemanden?«

»Das versuche ich dir die ganze Zeit zu sagen«, antwortete Taylor, als er das Zimmer durchquerte. Er öffnete die Tür und ließ eine attraktive Frau herein. »Ria, das ist Delia Starr, eine Reporterin vom *Telegram*. Sie möchte einen Artikel über uns für die Sonntagsausgabe schreiben.«

»Oh, hallo.« Ria erholte sich schnell von ihrer Überraschung und gab der Reporterin die Hand. »Setzen wir uns doch.« Taylor schaute Ria seltsam an.

»Wenn Sie mich bitte einen Augenblick entschuldigen, Miss Starr, Delia, ich komme gerade von der Arbeit«, erklärte sie hastig. »Ich würde mich gern ein bißchen frisch machen.«

»Aber natürlich.« Die Frau nickte. »Lassen Sie sich ruhig Zeit. Ich habe eine Menge Fragen an den designierten Bürgermeister MacKensie. Ich sollte Sie vielleicht vorwarnen, daß später noch ein Fotograf kommt, um Aufnahmen zu machen«, fügte sie hinzu.

Ria eilte ins Schlafzimmer und schloß die Tür. Verdammt. Sie war so ungeduldig gewesen, Taylor von ihrer Entscheidung zu erzählen, und jetzt würde sie warten müssen.

Im Bad, das gleichzeitig als Ankleidezimmer diente,

frischte sie ihr Make-up auf, bürstete ihr Haar und zog eine bequeme Hose und eine Bluse an. Nach einem letzten prüfenden Blick in den Spiegel verließ sie das Bad.

»Habe ich etwas verpaßt?« fragte sie mit einem gezwungenen Lächeln, als sie ins Wohnzimmer zurückkehrte.

»Nur langweilige Hintergrundinformationen über mein Interesse an Lokalpolitik«, antwortete Taylor und reichte ihr ein Glas mit Soda und Limonensaft.

»Ich glaube nicht, daß irgend etwas an Ihrem Mann langweilig ist«, bemerkte Delia Starr.

»Ich auch nicht«, gab Ria zurück. Taylor hatte sie erregt, amüsiert und verärgert, aber er hatte sie noch nie gelangweilt.

Miss Starr fragte Ria nach ihrer Karriere als Architektin, wobei sie sich eifrig Notizen machte. Ria überlegte, ob sie bemerkte, daß auch Taylor aufmerksam zuhörte. Das meiste von dem, was sie erzählte, war auch für ihn neu.

»Es ist wirklich ein Zufall, daß Sie uns ausgerechnet heute interviewen, Miss Starr.« Ria verschränkte nervös die Hände. »Der heutige Tag stellt nämlich einen Meilenstein in meiner Karriere dar. Ich bin bei *Bishop & Harvey* ausgeschieden.«

»*Was?*« Taylor starrte sie sprachlos an. »Du bist ausgeschieden?«

»Ja.«

»Hat Ihr Ausscheiden irgend etwas mit dem geplanten ›Community Arts Center‹ zu tun, Mrs. MacKensie?«

»Was ist damit?« wollte Taylor wissen.

Ria legte beruhigend die Hand auf seinen Arm. »Indirekt.«

»Hat man Sie gebeten, aus der Firma auszuscheiden?« fragte die Reporterin.

»Nein, Mr. Harvey war ein perfekter Gentleman, wie immer. Er sagte, daß er es aufrichtig bedauere, mich zu verlieren.«

»Aber besser Sie als einen Multimillionen-Dollar-Vertrag.«

Ria ignorierte die Herausforderung in den Worten der Reporterin. »Eigentlich war die Kontroverse um das ›Community Arts Center‹ der Anlaß für mich, etwas zu tun, das ich schon lange tun wollte.«

»Zu kündigen?« fragte Delia.

»Bei *Bishop & Harvey* auszuscheiden, um eine eigene Firma zu gründen.«

Delia Starr war über ihren Block gebeugt und schrieb hastig mit. Ria schaute Taylor an und schüttelte warnend den Kopf. »Taylor steht voll hinter meinem Entschluß.«

»Voll«, echote er.

Doch die Reporterin war ein alter Hase und nicht zu täuschen. »Sie scheinen überrascht, Mr. MacKensie.«

Taylor lächelte sie gewinnend an. »Ich wußte nicht, daß Ria sich endgültig entschieden hat. Herzlichen Glückwunsch, Darling.« Er küßte sie zärtlich.

»Nun, jetzt kann man Ihnen nicht länger vorwerfen, persönliche Beweggründe bei der Vergabe des Auftrages einfließen zu lassen, Mr. MacKensie«, bemerkte Delia.

»Niemand hat uns das vorgeworfen.« Taylor lächelte immer noch, doch seine Stimme war hart.

»Ich glaube, Sie sollten das um der Klarheit willen in Ihrem Artikel hervorheben.«

Delia Starr verzog keine Miene. »Warum haben Sie so überstürzt geheiratet?« fragte sie dann unvermittelt.

Ria war sprachlos vor Schreck, doch Taylor, der den Umgang mit Presseleuten gewöhnt war, antwortete glatt: »Es war Lust und Liebe auf den ersten Blick. Ich halte nichts von langen Verlobungszeiten. Ich war fünfunddreißig Jahre lang Junggeselle. Als ich Ria sah, wußte ich: die oder keine.«

Er schaute seine Frau an und drückte ihre Hand.

»Es war keine Mußheirat?«

Taylors Finger schlossen sich fester um ihre Hand. Ria hielt den Atem an. Die Reporterin machte sich wieder Notizen. Schließlich schaute sie auf und sah die beiden fragend an.

»Eine Mußheirat?« Taylors Lächeln erreichte seine Augen nicht. »Sie wissen offenbar, daß Ria schwanger ist.«

»Es geht das Gerücht um«, gab Delia zurück. »Ich habe vor unserem Interview mit einigen Arbeitskollegen Ihrer Frau gesprochen.«

Nicht mit einigen. Nur mit einem. Mit Guy Patterson, dachte Ria. Er war der einzige, der von dem Baby wußte.

»Ja, wir bekommen ein Baby.« Taylor legte den Arm um Rias Schultern und zog sie an sich. »Und wir freuen uns sehr darauf.«

»Ich bitte Sie, Mr. MacKensie.« Der Ton der Reporterin war wohlwollend vorwurfsvoll. »Sie sind gerade zum Bürgermeister gewählt worden. Hat Ihre überstürzte Heirat mit Mrs. MacKensie irgend etwas mit der Tatsache zu tun, daß sie ein Kind von Ihnen erwartet und Ihre Wähler ein solches Verhalten ihres zukünftigen Bürgermeisters mißbilligen könnten?«

»Ich möchte auch nicht nur eine Anspielung darauf gedruckt sehen.«

»Weil es Ihrer Karriere schaden könnte?«

»Nein, weil es Ihrer schaden könnte.« Taylors Stimme klang drohend. »Wenn Sie auch nur ein einziges verleumderisches Wort über Ria schreiben, werde ich Sie und Ihre Zeitung auf jeden Penny verklagen, den Sie haben.«

Ria konzentrierte ihren Blick auf den Stift der Reporterin, mit dem die Frau ungeduldig auf ihren Block klopfte. Der Rhythmus war fast hypnotisierend.

»Ich habe Taylor geheiratet, weil ich ihn liebe.« Der Stift blieb mitten in der Bewegung stehen. Aus den Augenwinkeln heraus sah Ria, wie Taylor sie überrascht betrachtete. Einen Augenblick lang saßen alle drei wie versteinert da.

Es war Ria, die schließlich das Schweigen brach. »Ihr Glas ist leer, Delia. Möchten Sie noch etwas trinken?«

»Warum hast du das gesagt?«

»Was?« fragte Ria lässig. Die Fenster der Corvette waren heruntergedreht, und sie genoß den Frühlingswind, der in ihr Gesicht und durch ihr Haar wehte.

»Warum hast du Delia gesagt, daß unsere Ehe eine Liebesheirat war?«

Ria sah ihren Mann an. »Um dich vor einem feuerspeienden Drachen namens Delia zu retten. Oder umgekehrt. Du sahst aus, als ob du sie erwürgen wolltest.«

»Es hätte nicht viel gefehlt.«

»Das konnte ich doch nicht zulassen, oder?«

Er bog in einen Stadtpark ein. Sie hatten beschlossen, ihre Cheeseburger lieber draußen zu essen anstatt in dem überfüllten Schnellrestaurant, in dem sie sie gekauft hatten.

»Ich muß deine Abgebrühtheit wirklich bewundern. ›Delia, Ihr Glas ist leer.‹ Dieses scharfzüngige Biest von einer Reporterin fraß dir aus der Hand, als sie am Ende ging.« Er stellte den Motor ab und sah sie von der Seite an. »Ganz zu schweigen von diesem lüsternen Fotografen.«

»Ich weiß nicht, was du meinst.« Ria öffnete die Beifahrertür und stieg aus, wobei sie die Tüte mit ihren Cheeseburgern mitnahm.

»Das weißt du ganz genau.« Taylor schlug seine Tür zu. »›Ihre Wangenknochen sind fotogen, Ria, Darling.‹«

»Das hat er nicht gesagt. Er hat gesagt: ›Ihre Wangenknochen sind *äußerst* fotogen, Ria, Darling.‹«

»Oh, Verzeihung«, erwiderte Taylor trocken. »Welcher ist meiner?«

»Doppelter Cheeseburger? Hier.« Sie reichte ihm seinen Cheeseburger.

»Warum hast du keinen doppelten genommen? Ich will kein unterernährtes Kind.«

»Keine Angst. Du wirst dich noch wundern. Wir werden dir bald die Haare vom Kopf essen. Der Arzt hat mir versichert, es sei normal, am Anfang ein paar Pfund abzunehmen.«

Er musterte sie kritisch. »Du bist zu dünn.«

»Der Fotograf fand, daß ich an den richtigen Stellen rund genug bin.« Sie zwinkerte schelmisch.

Taylor warf seine Serviette nach ihr. »Du bist doch nicht etwa auf sein Gesülze reingefallen?«

»Ich glaube, er meinte es ehrlich«, antwortete sie mit Unschuldsmiene.

Taylor schüttelte den Kopf. »Er wollte dich doch bloß anmachen.«

»Du kennst dich aus, wie?«

»Ich werde mich hüten, aus dem Nähkästchen zu plaudern.« Er grinste. Dann runzelte er die Stirn. »Er war ein eingebildeter Angeber mit einer alten Platte, und seine Jeans waren zu eng.«

»Du trägst deine genauso eng.«

»Das ist dir aufgefallen?« fragte er.

Sie nickte. »Es ist mir aufgefallen.«

»Und, gefällt es dir?«

»Ja, es gefällt mir«, gestand sie leise.

Sie aßen schweigend zu Ende. Als Taylor später allen Abfall in eine Tüte stopfte, meinte er: »Zurück zu meiner ursprünglichen Frage: Warum hast du ihr gesagt, wir hätten aus Liebe geheiratet?«

»Das habe ich ihr nicht gesagt. Ich habe ihr gesagt, ich hätte aus Liebe geheiratet.«

»Du weichst meiner Frage aus.«

»Ich mußte doch irgend etwas sagen, um ihr den Wind aus den Segeln zu nehmen«, entgegnete sie fast unwillig. »Und es hat doch funktioniert, oder?«

»Das ist der einzige Grund, warum du es gesagt hast?«

»Natürlich.« Sie konnte ihm nicht in die Augen sehen.

»Und es steckt kein bißchen Wahrheit dahinter?«

»Nein. Wenn wir uns geliebt hätten, hätte es nicht des Babys bedurft, um uns wieder zusammenzubringen, oder?«

Die Abenddämmerung war hereingebrochen. Sie saßen lange schweigend da. »Ich habe dich nicht angerufen, weil ich wußte, daß du einen festen Freund hast«, sagte Taylor schließlich.

»Ich habe nicht gefragt.«

»Aber ich wollte es dir sagen.« Er riß ein Blatt von einem nahen Ast ab und zerpflückte es in kleine Stückchen. »Du hast mich auch nicht angerufen.«

»Es ist nicht meine Art, Männer anzurufen, um mich mit ihnen zu verabreden. In dieser Beziehung bin ich ziemlich altmodisch.«

»Es ist heutzutage nichts Ungewöhnliches, daß eine Frau den ersten Schritt macht.«

»Nun, selbst wenn ich dich hätte anrufen wollen, ich hätte es nicht getan.«

»Warum nicht?«

»Wegen Lisa«, sagte sie leise.

»Was hat Lisa damit zu tun?« wollte er wissen. »Nun, ihr beide hattet damals doch offensichtlich eine heiße Affäre«, erwiderte sie gereizt.

Er beugte sich vor, bis sein Gesicht nur noch Zentimeter von ihrem entfernt war. »Was dich nicht davon abgehalten hat, mit mir zu schlafen, oder?«

Wenn Taylor auf Streit aus war, sollte er ihn bekommen! Ria straffte sich. »Und mit mir zu schlafen, hat dich nicht davon abgehalten, dich am nächsten Morgen davonzuschleichen.«

»Ich habe mich nicht davongeschlichen.«

»Ha!« Sie warf ihr vom Wind zerzaustes Haar zurück. »Als ich aufwachte, schlichst du auf Zehenspitzen durch mein Wohnzimmer, die Hälfte deiner Sachen und deine Schuhe in der Hand. Klingt das für dich nicht nach davonschleichen?«

»Du hast mich nicht gebeten, zu bleiben«, sagte er ganz ruhig.
»Eher wäre ich gestorben! Ein Mann, der sich klammheimlich davonschleicht ...«
»Ich habe mich nicht davongeschlichen!« unterbrach er sie laut. »Ich war nur rücksichtsvoll.«
»Oder feige.«
»Ich wollte dich nicht an einem Feiertag aufwecken, wo du dich ausschlafen konntest.«
»Als ob ich mich hätte ausschlafen können, nachdem ich mich die ganze Nacht mit dir auf diese Couch quetschen mußte. Jeder Muskel tat mir weh.«
»Das war nicht vom Schlafen«, erwiderte er und seine Mundwinkel zuckten verräterisch. »Das war, weil du so wild warst und nicht genug bekommen konntest.«
Sie verengte die Augen. »Damals schien es dich nicht zu stören, daß ich so wild war.«
»Nein. Aber ich bin wenigstens ehrlich genug, es zuzugeben.«
»Ich habe nie bestritten, daß mir Heiligabend gefallen hat.«
Er zeigte mit dem Finger auf sie. »Gerade eben hast du bestritten, daß es dir gefallen hast, neben mir unter dem Pelzmantel zu schlafen. Damals hatte ich einen anderen Eindruck. Jedesmal, wenn ich von dir abrücken wollte, hast du gewimmert.«
»Gewimmert? Ich habe noch nie in meinem Leben gewimmert.«
»Ach, nein? Ich werde irgendwann ein Band mitlaufen lassen, wenn wir miteinander schlafen, und es dir dann vorspielen.«
»Wir werden nicht mehr miteinander schlafen«, verkündete sie bestimmt. »Ich weiß, ich war einverstanden, solange mit dir zusammen zu leben, wie wir offiziell verheiratet sind, aber ich halte das für keine gute Idee. Und da wir anscheinend nicht zusammenleben können, ohne mitein-

ander zu schlafen, sollte ich besser wieder nach Hause ziehen.«

Er schlug sich auf die Schenkel. »Na, großartig. Wirklich großartig. Dein Timing ist wie immer perfekt. Kaum erscheint der Artikel über unsere Heirat, da haut die Braut schon wieder ab.«

»Schlecht für deinen Ruf?«

»Du hast es erfaßt.«

»Das ist es, was dich von Anfang an beunruhigt hat, nicht wahr? Der Grund, warum du mich geheiratet hast. Damit dein kostbarer Bürgermeisterposten nicht gefährdet würde.« Sie warf ihm einen giftigen Blick zu und marschierte zum Wagen.

Sie fuhren in feindseligem Schweigen nach Hause. Ria eilte hinein, doch bevor sie die Schlafzimmertür erreichen konnte, hielt Taylor sie am Bund ihrer Bluse fest.

»Laß mich los, Taylor!«

»Nicht bis diese Sache geklärt ist.«

»Es gibt nichts mehr zu klären!«

»Du hältst dich nicht an unsere Abmachung. Wir waren uns einig, als Mann und Frau zusammenzuleben ... in jeder Beziehung.«

»Okay, dann halte ich mich eben nicht an unsere Abmachung! Es wird keiner wissen.«

»Keiner, außer mir, verdammt noch mal.«

»Du würdest es auch nicht wissen, wenn du dich nicht in einem Zustand ständiger Erregung befinden würdest.«

Er drückte sie gegen die Wand und nagelte sie dort mit seinem Körper fest. Sein Mund preßte sich hart auf ihren. Als er den Kopf hob, meinte er heiser: »Ich bin nicht immer scharf. Nur, wenn ich dich anschaue.«

Sie wimmerte.

6

Ria ließ das Telefon zehnmal klingeln, bevor sie schließlich über das Bett griff und den Hörer abnahm. »Ria, ich bin froh, daß ich dich erwische. Ich habe mir schon Sorgen gemacht.«

»Hallo, Taylor.«

»Was ist los?«

»Nichts«, erwiderte sie, bemüht, gleichgültig zu klingen.

»Du bist mitten am Tag von der Arbeit nach Hause gegangen.«

»Woher wußtest du, daß ich hier bin?«

»Ich habe bei dir im Büro angerufen, und man sagte mir, du seiest nach Hause gegangen. Was ist los?«

»Ich hatte einfach keine Lust zum Arbeiten.«

»Warum nicht? Ria? Antworte mir. Stimmt etwas nicht?«

»Nein, es ist nichts.« Sie legte auf.

Zehn Minuten später hörte sie Taylors Wagen vorfahren, und kurz darauf kam er ins Schlafzimmer gestürzt.

»Was ist los?« Er eilte zu ihr und setzte sich auf die Bettkante. Sein Blick glitt besorgt über Ria. »Wahrscheinlich nichts.« Sie versuchte zu lächeln, aber es mißlang kläglich.

»Eben war es noch ›nichts‹. Jetzt ist es ›wahrscheinlich nichts‹. Was denn nun? Ist dir auf der Arbeit schlecht geworden?«

Tränen schimmerten in ihren Augen. »Ich habe Blutungen bekommen«, antwortete sie mit erstickter Stimme.

Taylor schien wie erstarrt, und eine Weile hörte Ria ihn nicht einmal mehr atmen. »Hast du den Arzt angerufen?« fragte er schließlich heiser.

»Sofort. Er hat mir geraten, nach Hause zu gehen und mich ins Bett zu legen. Das habe ich getan.«

»Sonst nichts? Mehr hat er nicht gesagt? Was ist mit Medikamenten?«

»Taylor, dafür gibt es keine Medikamente. Keine Medikamente, die sich als wirksam erwiesen haben.«

»Verdammt, der Arzt muß doch irgend etwas tun können.«

»Er kann nur warten. Genau wie ich.«

Taylor stand auf. Ria blieb auf der Seite liegen und hielt die Augen geschlossen, von der verrückten Angst ergriffen, daß sie auch nur bei der kleinsten Bewegung ihr Baby verlieren könnte. Taylor ging vor dem Bett auf und ab und warf besorgte Blicke auf sie.

»Ich kenne mich in solchen Dingen nicht aus«, meinte er unbehaglich. »Was genau bedeutet es?«

»Es muß gar nichts bedeuten. Es könnte zum Beispiel sein, daß nur ein Blutgefäß geplatzt ist.« Sie holte tief Luft. »Oder die Blutung kommt von der Gebärmutter.« Wenn sie gesehen hätte, wie blaß Taylor bei ihren Worten wurde, hätte sie vielleicht hier aufgehört. »Oder die Plazenta könnte versuchen, sich loszulösen.«

Er schluckte hart. »Im Augenblick ist das einzige, was du tun kannst, im Bett zu bleiben?«

»Ja, bis die Blutungen aufhören.« Sie rollte sich herum, und ihre Unterlippe begann zu zittern. »Taylor, ich habe Angst.«

»Gott, ich auch. Ich auch.« Er legte sich neben sie, zog sie an sich und drückte ihr Gesicht an seine Schulter. »Aber ich bin sicher, daß alles gut wird. So etwas kommt doch bestimmt oft vor, oder?«

»Das hat der Arzt jedenfalls versichert«, antwortete Ria schwach. »Es bestünde kein Grund zur Besorgnis, solange es nicht schlimmer würde.«

Taylor wischte zärtlich die Tränen von ihren Wangen.

»Kann ich dir irgend etwas holen? Hast du zu Mittag gegessen?«

»Nein, aber ich möchte nichts.«

»Laß mich dir aus den Sachen helfen.«

Ihr Kostüm war hoffnungslos zerknittert, aber sie hatte es gerade erst bemerkt. »Ich habe mir nicht einmal die Zeit genommen, mich auszuziehen. Der Arzt sagte, ich sollte mich ins Bett legen, und das habe ich getan.«

Taylor half ihr beim Entkleiden. Als sie bis auf die Unterwäsche ausgezogen waren, entschuldigte sie sich und verschwand im Bad, während Taylor nervös auf und ab ging. Als sie, in einen leichten Bademantel gehüllt, wieder auftauchte, war sie blaß und zitterte. Ihre grünen Augen hatten allen Glanz verloren, und ihr Mund war geschwollen, als ob sie sich auf die Unterlippe gebissen hätte.

»Noch immer?« fragte Taylor rauh. Sie nickte. »Nicht besser?«

»Nicht schlimmer.«

»Leg dich wieder hin.« Er half ihr ins Bett, und Ria schloß erschöpft die Augen. »Tut es weh?«

Sie schaute ihn an. »Nicht richtig. Es ist mehr wie Unterleibskrämpfe.« Er nickte ernst. Sie lächelte und kniff ihn in den Arm. »Wieso nickst du? Du hast doch noch nie Unterleibskrämpfe gehabt.«

Er grinste. »Gott sei Dank. Würde ein Aspirin helfen?«

»Ich möchte nichts nehmen, ohne vorher den Arzt zu fragen.«

»Bist du in Ordnung? Ich meine, außer den ... den Unterleibskrämpfen?«

»Ja, ich bin okay. Du kannst jetzt wieder ins Büro zurückfahren. Ich rufe dich an, wenn ich dich brauche.«

Taylor runzelte die Stirn. »Mach mich nicht ärgerlich«, sagte er.

»Aber Taylor, es gibt nichts, was du ...«

»Ich bleibe hier.«

Ria verstummte. Sie war froh, daß er bei ihr bleiben wollte. Es tat so gut, wenn er ihre Hand hielt.

»Ich wünschte, du würdest etwas essen«, meinte er nach einem Augenblick. »Du siehst richtig verhungert aus.«

Ria wußte, daß er sich nützlich machen wollte, deshalb ließ sie ihn Käse, Cracker und Fruchtsaft holen.

»Taylor?«

»Hm.«

Er saß auf der Bettkante und starrte aus dem Fenster. Die Sonne stand schon tief am Horizont, und die Schatten wurden länger.

»Woran denkst du?«

»Daß dies der längste Nachmittag in meinem Leben ist.« Er streichelte ihre Wange. »Ich weiß, für dich muß er noch länger sein.«

Ria schwieg einen Augenblick.

»Wenn wir über das Baby gesprochen haben«, begann sie langsam, »haben wir immer über ein ... gesundes Baby gesprochen.«

»Was willst du damit sagen?« Ohne sich dessen bewußt zu sein, ließ er die Hand sinken.

»Wie würdest du über das Baby denken, wenn es nicht so gesund wäre? Wenn ... wenn es nicht perfekt auf die Welt käme, wie würdest du dann über es denken?«

Taylor gab keine Antwort, sondern schaute sie nur mit unbewegter Miene an.

Nervös fuhr sie fort: »Es ist ein natürlicher Instinkt des Körpers, zu versuchen, etwas abzustoßen, das nicht perfekt ist. Manchmal sollte man eine Fehlgeburt als Segen betrachten.«

Taylor schwieg einen langen Augenblick. Als er schließlich antwortete, war offensichtlich, daß er ärgerlich war. »Wie konntest du mir eine solche Frage stellen? Glaubst du wirklich, ich wäre so oberflächlich? Wir kannten uns nicht sehr gut, als wir geheiratet haben, aber ich dachte, du würdest mich inzwischen besser kennen.«

Ihre Augen füllten sich mit Tränen. »Es tut mir leid, Taylor«, sagte sie leise. »Du hast recht. Ich kenne dich eigentlich zu gut, um dich das fragen zu müssen.«

Er legte beschützend die Hand auf ihren Bauch. »Ich liebe das Baby. Ich will es. Gleichgültig, was das Schicksal mit uns vorhat.«

Ria drehte den Kopf weg, nicht weil sie nicht wollte, daß er ihre Tränen sah, sondern weil sie es nicht ertragen konnte, seine zu sehen.

»Ich glaube, du solltest mich besser ins Krankenhaus fahren.« Ria stand in der offenen Badezimmertür. Sie zitterte am ganzen Körper und sah aus, als ob sie jeden Moment zusammenbrechen würde.

Taylor vergeudete keine Zeit mit unnötigen Fragen. Er rief den Arzt an und informierte ihn, daß sie sofort losfahren würden. Dann kümmerte er sich um Ria.

Er hob sie hoch und trug sie zur Haustür. »Hast du Schmerzen?«

»Es geht.«

Ihre weißen Lippen verrieten ihm, wie schlimm es wirklich war. Er setzte sie in den Wagen, legte ihr den Sicherheitsgurt an und raste zum Krankenhaus. Ihr Gynäkologe hatte schon veranlaßt, daß draußen ein Rollstuhl auf sie wartete. Als Taylor Ria hineinhob, ergriff sie seine Hand und preßte sie gegen ihre tränennasse Wange.

»Es tut mir so leid. Es tut mir so leid.«

Bevor Taylor antworten konnte, hatte ein Pfleger den Rollstuhl bereits herumgedreht und schob ihn auf die automatischen Glastüren zu.

Draußen vor dem Untersuchungszimmer rutschte Taylor unruhig auf den unbequemen Plastikstühlen hin und her. Er trank schalen Automatenkaffee. Er ging auf und ab. Er fluchte. Er betete. Nach scheinbar einer Ewigkeit kam der Arzt heraus und schüttelte ihm ernst die Hand.

»Hallo, Mr. MacKensie. Ich kenne Sie von Zeitungsfotos her.«

Wie geht es Ria?«

»Sie hat das Baby leider verloren.«

Taylor sank gegen die Wand und schloß die Augen. »Warum?« murmelte er hilflos.

»Es hat sicherlich nicht an Mrs. MacKensie gelegen«, erklärte der Arzt. »Es war einfach einer jener Unfälle der Natur.«

»Ein Segen«, erwiderte Taylor bitter.

»Ich weiß, es ist schwer, es so zu sehen.«

»Sie haben recht, Doktor. Verdammt schwer.« Taylor atmete tief aus. »Wie geht es Ria?«

Der Arzt schüttelte besorgt den Kopf. »Das Ganze hat sie natürlich sehr mitgenommen. Ich bringe sie nach oben.«

»Nach oben?«

»Ja. Wir müssen eine Ausschabung vornehmen. Ihre Frau kann morgen früh wieder nach Hause, aber sie sollte sich noch ein paar Tage schonen. Was sie jetzt am meisten braucht, ist seelische Unterstützung, und die können Sie ihr geben, Mr. MacKensie.«

Es dauerte noch mehrere Stunden, bis Ria in ein Privatzimmer gebracht wurde und Taylor sie sehen durfte. In der Zwischenzeit rief er seine Sekretärin zu Hause an und bat sie, seine Termine für den nächsten Tag, Freitag, abzusagen. Er würde erst am Montag wieder ins Büro kommen. Anschließend rief er Delia Starr an.

»Ria hatte heute abend eine Fehlgeburt«, erklärte er der Reporterin.

Einen Moment lang war es still am anderen Ende der Leitung. »Das tut mir schrecklich leid«, meinte Delia dann.

»Ich möchte, daß das Baby in Ihrem Artikel am Sonntag mit keinem Wort erwähnt wird.«

»Dafür ist es zu spät, Taylor.«

»Den Teufel ist es!«

»Das Manuskript ist schon in der Redaktion.«

»Dann holen Sie es zurück! Ich will nicht, daß Ria die Zeitung aufschlägt und über das Baby liest, das sie nicht bekommen wird. Es ist mir egal, wie Sie es machen, nur machen Sie es!«

»Ich werde tun, was ich kann«, versprach Delia, und Taylor wußte, daß er sich auf sie würde verlassen können.

Im Krankenzimmer war es dunkel. Nur eine kleine Nachtlampe brannte. Taylor glaubte, Ria würde schlafen, doch als er sich leise dem Bett näherte, sah er, daß ihre Augen offen waren. Sie lag regungslos da, die rechte Hand auf ihren Bauch gelegt, und starrte an die Decke.

»Wie fühlst du dich?« fragte Taylor leise.

Sie drehte den Kopf und sah ihn an. »Leer.«

Die Tonlosigkeit ihrer Stimme beunruhigte ihn. Er nahm die Hand, die auf ihrem Bauch lag, und drückte sie, doch Ria schien es nicht zu bemerken.

»Ich habe gewöhnlich jede Woche Stunden in einem Fitneßcenter trainiert, nur um einen flachen Bauch zu behalten.« Sie lachte freudlos. Taylor sah, wie Tränen aus ihren Augen über ihr Gesicht rollten.

»Hast du Schmerzen?«

»Nein. Der Arzt hat mir eine Spritze gegeben, damit ich schlafen kann. Deshalb bin ich so benommen.«

»Das macht nichts. Er sagte, du würdest viel Ruhe brauchen.«

»Er hat auch gesagt, es gäbe keinen Grund, warum ich nicht wieder ein ... ein ...« Sie konnte nicht weitersprechen und schloß die Augen.

Taylor beugte sich über sie, stützte den Arm auf das Kopfende des Bettes und drückte fest Rias Hand. »Nicht, Ria! Wein nicht mehr! Schlaf jetzt!«

»Ich muß immer an das Baby denken.« Ihre Stimme war rauh. »Es ist nicht mehr da. Es existiert nicht mehr.«

»Schsch.« Taylor küßte sie auf die Lider, doch immer noch rollten Tränen ihre Wangen hinunter. Er zog einen Stuhl an das Bett heran, setzte sich und wich nicht von ihrer Seite, bis das Beruhigungsmittel wirkte und sie einschlief.

Die Sonne ging schon auf, als er Rias Zimmer verließ. Er fuhr nach Hause, duschte sich und aß hastig eine Portion Rührei. Er verschlang sie hungrig, da er seit dem Lunch am Vortag nichts mehr gegessen hatte. Er stärkte sich mit mehreren Tassen schwarzem Kaffee, bevor er mit Kleidung zum Wechseln für Ria ins Krankenhaus zurückkehrte.

Im Geschenkkiosk in der Eingangshalle kaufte er ein paar Blumen. Er hatte Rosen gewollt, doch sie hatten nur rote, und die erinnerten ihn unangenehm an Blut. Schließlich entschied er sich für einen Strauß gelbe Margeriten. Als er aus dem Aufzug stieg, sah er Rias Arzt auf dem Gang vor ihrem Fenster.

»Ich habe Ihre Frau gerade untersucht«, erklärte er Taylor. »Physisch geht es ihr gut, aber sie ist sehr deprimiert. Je eher sie ihre normale Routine wieder aufnehmen kann, desto besser. Ich habe ihr gesagt, sie müßte in sechs Wochen noch einmal vorbeikommen.«

Damit war er weg. Taylor hätte ihn am liebsten bei den flatternden Schößen seines weißen Kittels gepackt und ihm tausend Fragen gestellt, doch Ria war jetzt wichtiger.

Mit ihrem Koffer in einer Hand und den Blumen in der anderen betrat er ihr Zimmer. Ria stocherte in einem Teller mit klumpiger grauer Hafergrütze herum.

»Da weiß ich etwas Besseres«, meinte er und deutete mit dem Kopf auf ihr Frühstückstablett. Er legte den Strauß daneben und stellte den Koffer auf den Boden. »Du hast noch nie meine fantastischen Belgischen Waffeln gegessen, oder?«

Sie lächelte matt. »Danke für die Blumen. Und daß du mir meine Sachen mitgebracht hast.«

»Ich hoffe, ich habe alles mitgebracht, was du brauchst.«

Sie schob das Tablett beiseite und schwang die Beine aus dem Bett. Taylor unterdrückte den Impuls, ihr beim Aufstehen zu helfen. »Ich habe mich schon geduscht, es wird also nicht lange dauern.« Er verstand. Sie wollte sich allein anziehen.

»Ich werde mich um die Entlassungspapiere kümmern«, meinte er, während er rückwärts in Richtung Tür ging.

»Ich habe sie schon unterschrieben.«

»Dann werde ich die Rechnung bezahlen.«

»Das habe ich auch schon erledigt.«

Taylors Lippen preßten sich zu einem schmalen Strich zusammen. »Du warst heute morgen schon sehr beschäftigt.«

»Entschuldige mich, bitte«, erwiderte sie kalt. »Ich möchte mich anziehen, damit ich so schnell wie möglich hier rauskomme.«

Als Ria ein paar Minuten später aus dem Zimmer kam, wirkte ihr Lippenstift ungewöhnlich grell im Kontrast zu ihrer Blässe. Sie bedachte den Rollstuhl mit einem vernichtenden Blick.

»Ich kann das Krankenhaus auf meinen eigenen zwei Beinen verlassen.«

»Ihre Anweisung, nicht meine.« Taylor, nicht die Krankenschwester, hatte die Hände auf den Griffen des Rollstuhls. Und er, nicht die Schwester, bedeutete ihr mit einem brüsken Nicken, sich hineinzusetzen. Er war fast am Ende mit seiner Geduld.

Sobald sie im Wagen saßen, meinte Ria: »Du kannst mich zu Hause absetzen. Ich komme später vorbei, um meine Sachen zu packen.« Taylor fuhr absichtlich an der Abbiegung vorbei. »Hast du gehört, was ich gesagt habe?« fragte sie.

»Gehört schon, aber es interessiert mich nicht«, erwiderte er, ohne sie anzusehen.

Ria starrte geradeaus. »Wie du willst. Vielleicht ist es so besser, weil ich sowieso meinen Wagen brauche. Dann kann ich alles auf einmal transportieren.«

Taylor drehte das Radio lauter.

Als er vor seinem Haus anhielt, wollte er Ria die Tür öffnen und ihr beim Aussteigen helfen, doch sie schien entschlossen, alles allein zu tun, und wies seine Hilfe zurück. Einmal im Haus, ging sie direkt zum Schlafzimmerschrank und begann, ihn auszuräumen. Als sie das erste gefaltete Kleid in den offenen Koffer legen wollte, trat Taylor vor und riß es ihr aus der Hand.

»Was zum Teufel ist los mit dir? Was machst du da?«

»Gib mir mein Kleid zurück. Ich packe.«

»Warum?«

»Ich ziehe wieder nach Haue.« Sie machte sich nervös daran, die Sachen vom Bett in den Koffer zu stopfen.

»Ich halte es für besser, wenn du hierbleibst.« Taylor hörte sich an, als dulde er keinen Widerspruch.

Ria warf einen Spitzenteddy in den Koffer und fuhr herum. »Warum?«

»Der Arzt sagte, du brauchtest Bettruhe, zumindest über das Wochenende.«

»Ich habe ein Bett zu Hause.«

»Aber wirst du auch liegenbleiben?«

»Ja.«

»Eben nicht!«

»Eben doch!«

»Ria, ich lebe jetzt seit mehreren Wochen mit dir zusammen. Du setzt dich nicht mal vor den Fernseher, solange auch nur ein einziges schmutziges Glas in der Spüle steht.«

Sie hob die Schultern. »Ich verspreche, daß ich mich schonen werde«, antwortete sie müde. »Okay?«

»Du mußt richtig essen, und das wirst du nicht tun, wenn ich nicht da bin und dich dazu zwinge.«

»Woher weißt du das?«

»Ich habe gesehen, wie du heute morgen in der Hafergrütze herumgestochert hast.«

»Sie war scheußlich. Du hättest sie auch nicht gegessen.«

»Ich mußte es auch nicht.«

»Ich kann mir selbst frisches Essen kochen.«

»Genau das ist es. Du solltest nicht aufstehen, um dir etwas zu kochen, geschweige denn zum Markt gehen.«

»Ich werde schon nicht verhungern, Taylor. Du sprichst von mir wie von einer Invalidin. Ich bin fast dreißig Jahre lang sehr gut ohne dich zurechtgekommen.« Ria wußte, daß er darauf keine Antwort haben würde.

»Was wirst du deinen Eltern sagen?«

»Oh, das hatte ich vergessen.«

»Dann ist es gut, daß ich dich daran erinnert habe. Sie kommen doch am Sonntag hierher, um mich kennenzulernen, oder?«

»Ich werde sie anrufen und ihnen sagen, es sei etwas dazwischengekommen.«

»Es würde dir nicht ähnlich sehen, eine so wichtige Verabredung abzusagen. Sie würden sich denken, daß irgend etwas nicht stimmt, wahrscheinlich trotzdem herkommen, um herauszufinden, was los ist, und wenn sie dann hier ankämen und du nicht da wärst ...«

»Na schön!« Sie sank aufs Bett, und ihre Schultern sackten müde herunter. Der Arzt hatte recht. Sie brauchte Zeit, um wieder zu Kräften zu kommen, ihr Körper dabei weniger als ihre Psyche. »Vielleicht könnte ich bis Sonntagabend hierbleiben, bis Mom und Dad wieder weg sind. Ich werde mir später etwas ausdenken, wie ich ihnen das mit uns erkläre.«

Taylor setzte sich neben sie. »Eigentlich finde ich, du solltest für ... eine ganze Weile hierbleiben.«

»Auf unbestimmte Zeit, meinst du?«

»Ja.«

»Warum?«

Er zuckte mit den Schultern. »Es gibt eine Menge Gründe.«

»Nenn mir einen.«

»Du bist gerade erst hier eingezogen«, antwortete er knapp.

»Und was werden die Leute sagen, wenn ich jetzt schon wieder ausziehe? Ist es das, was du sagen willst?«

»Nein, Ria.«

»Nein?« Sie sprang auf. »Ich glaube, ich verstehe. Dein ganzes Gerede über ausruhen, richtig essen, meine Eltern zu schonen ist nur ein Vorwand. Du willst nicht, daß deine Wähler erfahren, daß deine neue Frau dich verlassen hat.«

»Du weißt, daß das nicht der Grund ist, warum ich will, daß du bleibst.«

»Und wenn sie herausfinden würden, daß ich ein Baby verloren hätte, würdest du erst recht schlecht dastehen, nicht wahr? Dann wären sie vielleicht gar nicht mehr so begeistert von ihrem neuen Bürgermeister.«

»Mein Bürgermeisteramt hat nichts damit zu tun, daß ich dich bitte, nicht fortzugehen.«

»Dann muß es der kostenlose Sex sein.«

»Was?« fragte er wütend.

»Sicher, warum solltest du Geld für Lisa und ihresgleichen ausgeben, wenn du jede Nacht eine kostenlose Gespielin im Bett haben kannst?«

Er preßte die Lippen fest aufeinander. »Ich kann mich nicht erinnern, dich jemals zu irgend etwas gezwungen zu haben«, stieß er hervor.

»Bis jetzt noch nicht«, gab sie bissig zurück. »Aber zu deiner Information, ich bin für sechs Wochen aus dem Spiel.«

Er fluchte so heftig, daß Ria unwillkürlich zusammenzuckte.

»Wofür hältst du mich, für ein Tier?« Er lachte kurz und bitter auf.

»Denkst du, es geht darum, ja? Um Sex? Bilde dir bloß

nichts ein. Davon hatte ich auch vor Heiligabend genug, und kostenlos. Das war nicht das erste Abenteuer für eine Nacht in meinem Leben, weißt du.« Er atmete einmal tief durch. »Oder das beste.«

Ria hatte das Gefühl, als ob er sie geschlagen hätte. Doch anstatt ihm zu zeigen, wie sehr er sie verletzt hatte, reckte sie das Kinn ein Stück höher. »Warum willst du dann mit mir verheiratet bleiben?«

»Um das Gesicht zu wahren, natürlich, ganz wie du gesagt hast. Bleib bei mir, bis ich offiziell als Bürgermeister vereidigt worden bin. Wenn du mich danach verlassen willst, werde ich nicht versuchen, dich aufzuhalten. Ich denke, soviel bist du mir schuldig.«

Rias Kraft und ihr Widerstand verließen sie im selben Augenblick. Sie sank müde aufs Bett zurück und holte tief Luft.

»Also gut, Taylor. Ich werde bleiben.«

7

»Noch etwas Kaffee, Frida?« Taylor beugte sich vor, um seiner Schwiegermutter Kaffee nachzuschenken. Sie hatten zu viert zu Abend gegessen und saßen jetzt draußen auf der Terrasse.

Mrs. Lavender lächelte zu ihm auf. »Versuchst du, dich bei mir einzuschmeicheln?«

»Natürlich«, gestand er mit einem breiten Grinsen. »Ich möchte doch einen guten Eindruck machen.«

Seine Schwiegereltern lachten über seine entwaffnende Ehrlichkeit. Auf Robert Lavenders Drängen begann Taylor, einige der Stadtverbesserungsprogramme zu erläutern, die er anregen wollte, sobald er sein Amt angetreten hatte.

Ria, die Füße auf den Sessel hochgezogen, beobachtete die drei. Der Tag war gut verlaufen, weitaus besser, als sie erwartet hatte. Sie hatte Angst vor dem Besuch ihrer Eltern gehabt. Angst davor, die zwei Menschen, die sie am meisten liebte und respektierte, täuschen und ihnen die Rolle der glücklichen Neuvermählten vorspielen zu müssen.

Als sie ihren Eltern morgens die Tür geöffnet hatte, wäre sie fast in Tränen ausgebrochen. Sie war versucht gewesen, sich in ihre Arme zu werfen und ihnen die ganze häßliche Geschichte zu erzählen. Wenigstens hatte sie nicht über die Fehlgeburt sprechen müssen. Ihnen nichts von ihrer Schwangerschaft zu erzählen war eine der weisesten Entscheidungen in Rias Leben gewesen. Sie würden ohnehin schockiert sein, wenn die kurze Ehe ihrer Tochter mit einer Annullierung endete. Warum sie noch mehr aufregen mit der Nachricht von dem Enkelkind, das sie verloren hatten?

Es war in erster Linie Taylors Verdienst, daß der Tag so

glatt lief. Ria konnte verstehen, warum er zum Bürgermeister gewählt worden war. Er war der geborene Politiker. Er war charmant und aufmerksam, ein hervorragender Unterhalter und ein noch besserer Zuhörer. Und er war ein vorbildlicher Ehemann. Das einzige, was Ria störte, war die Tatsache, daß es nur eine Rolle war, die er spielte.

Ihre Auseinandersetzung am Freitagvormittag über die Frage, ob sie bleiben oder gehen würde, hatte sie fast ihre ganze Kraft gekostet. Nachdem sie ihre Kleidung gemeinsam wieder in den Schrank eingeräumt hatten, hatte Taylor Ria befohlen, sich hinzulegen, und sie hatte widerspruchslos gehorcht. Sie hatte fast den ganzen Tag verschlafen. Taylor hatte ihr am späten Nachmittag ein Tablett mit Essen ins Schlafzimmer gebracht, und sofort nachdem sie gegessen hatte, war sie wieder eingeschlafen.

Als sie am Samstagmorgen aufgewacht war, hatte sie bemerkt, daß Taylors Seite des Bettes unbenutzt war. Sie war auf Zehenspitzen durch das Haus geschlichen und hatte ihn halb auf und halb vor der Couch liegend gefunden. Sie hatte ein schlechtes Gewissen gehabt bei dem Gedanken, ihn aus seinem eigenen Bett vertrieben zu haben, und beschloß, ihm als Wiedergutmachung Frühstück zu machen.

Ein paar Minuten später war er in die Küche gestolpert, wo sie schon die Kaffeemaschine angestellt hatte. »Wieso bist du auf?« Er hatte sich ein Laken nachlässig um den Bauch geschlungen und hielt es mit einer Hand fest, während er sich mit der anderen den Kopf kratzte. Er gähnte breit.

»Ich mache Kaffee. Du siehst aus, als ob du welchen gebrauchen könntest.«

»Geh wieder ins Bett. Ich bringe ihn dir.«

»Ich bin okay.«

»Geh ins Bett oder ...«

»Ich ...«

»... Oder ich lasse das Laken fallen«, warnte er leise.

Ria kehrte eilig ins Bett zurück. Zu dem Kaffee brachte Taylor ihr drei Scheiben knusprig gebratenen Schinken und die größte Waffel, die sie je gesehen hatte. Ihre Ecken ragten über den Tellerrand hinaus.

»Warum stopfen wir sie nicht aus und benutzen sie als Sofakissen?«

Taylor konnte über ihren Witz nicht lachen. Er nahm eine Gabel auf und schloß Rias Finger darum. »Iß sie auf. Bis auf den letzten Krümel!«

Sie schaffte nur die halbe Waffel, bevor sie mit der Bitte um Gnade aufgab.

So ging es den ganzen Tag. Taylor ließ nicht zu, daß sie irgend etwas tat. Als sie sich beklagte, daß sie im Schlafzimmer verrückt würde, erlaubte er ihr, sich in eine der Liegen auf der Terrasse in die Sonne zu legen.

»Ich fahre jetzt einkaufen«, erklärte er, als er mit einem Notizblock zu ihr kam. Er setzte sich rittlings auf das Fußende der Liege und sah Ria an. »Was sollen wir unseren Gästen morgen mittag servieren?«

Sie runzelte die Stirn. »Darüber habe ich noch gar nicht nachgedacht«, gestand sie. »Wie wäre es mit Hühnchenpasteten, einem großen grünen Salat, Petersilienmöhren und Erdbeertörtchen? Ich werde um zehn Uhr mit den Vorbereitungen anfangen, so daß wir um zwölf essen könnten.«

»Warte«, meinte er, während er anfing, sich Notizen zu machen. »Ich hole also einen Schinken und Kartoffelsalat aus dem Delikatessenladen, frisches Obst und Brie, Stangenbrot und Butter. Eine gute Idee, Ria. Und ich finde, Sorbet klingt phantastisch zum Dessert. Was möchtest du, Orange oder Limone?«

»Taylor!«

»Ich werde zum Abendessen Steaks hier draußen auf der Terrasse grillen. Kartoffeln zu backen ist keine Arbeit.« Sie wollte protestieren, doch er legte einen Finger auf ihre Lippen. »Aber wenn du ein braves Mädchen bist und dich heute noch ausruhst, darfst du morgen wenigstens deinen ›großen grünen Salat‹ machen.«

Der spontane Kuß, den er ihr auf den Mund gab, überraschte sie beide. Einen Moment lang sahen sie sich an. Dann verabschiedete Taylor sich knapp und ging.

Am nächsten Morgen, bevor die Lavenders eintrafen, lasen Ria und Taylor Delia Starrs Artikel über sie. »Hier drin steht nichts von dem Baby«, bemerkte Ria überrascht.

»Dafür habe ich gesorgt.«

Sie legte die Zeitung in ihren Schoß. »Wann?«

»Ich habe Delia aus dem Krankenhaus angerufen. Ich wußte, du würdest keine öffentlichen oder privaten Erklärungen abgeben wollen.«

»Danke, Taylor.« Sie streckte die Hand aus und berührte seine Schulter. Er bedeckte ihre Hand mit seiner.

Und jetzt spielten sie schon den ganzen Tag Rias Eltern zuliebe das verliebte Ehepaar. Es ging Ria langsam auf die Nerven, und zwar deshalb, weil sie manchmal vergaß, daß sie nur schauspielerten. Taylor war aufmerksam und sprang jedesmal an ihre Seite, wenn sie etwas hochhob, das schwerer war als eine Feder. Einmal, als sie sich bückte, um eine Serviette aufzuheben, die auf den Boden gefallen war, hätte er Ria fast umgeworfen bei dem Versuch, sie schneller zu erreichen.

»Wirst du dich jetzt entspannen?« sagte sie halblaut, nachdem sie ihn unter einem Vorwand in die Küche gerufen hatte.

»Wenn du aufhörst, Dinge zu tun, die du nicht tun solltest.«

»Sie wissen nichts von … von dem Baby.« Sie brachte das Wort *Fehlgeburt* nicht über ihre Lippen. »Sie werden mißtrauisch werden, wenn du nicht aufhörst, dich wie ein Narr zu benehmen.«

»Sie erwarten von mir, daß ich mich wie ein verliebter

Narr benehme und meiner Frau jeden Wunsch von den Augen ablese.«

»Nun, dein Enthusiasmus macht mich verrückt. Hör auf damit!«

Doch er tat es nicht. Er war ständig in ihrer Nähe, berührte ihre Wange, massierte ihren Nacken, legte fürsorglich den Arm um sie. Einmal, obwohl kein zwingender Grund vorlag, beugte er sich vor und küßte zärtlich ihre Lippen. Sie spürte ein Kribbeln im Magen, bevor sie sich daran erinnerte, daß seine Zärtlichkeitsbezeugungen berechnet und nur Teil seiner Rolle waren.

»Ria? Hast du gehört, was ich gesagt habe?«

Die Stimme ihres Vaters riß sie aus ihren Gedanken, und sie stellte fest, daß alle sie neugierig ansahen.

Taylor trat sofort an ihre Seite. »Bist du in Ordnung?« fragte er besorgt.

»Ja, natürlich. Ich habe nur einen Augenblick nicht zugehört. Was hast du gesagt, Dad?«

»Ich sagte, daß ich froh bin, daß du nicht diesen Wichtigtuer Guy Soundso geheiratet hast.«

Taylor legte die Hand in Rias Nacken. »Ich bin ganz deiner Meinung, Robert.«

»Ich glaube, jetzt kann ich dir sagen, Ria, daß dein Vater und ich Guy nie besonders gemocht haben«, fügte Frida Lavender hinzu. »Taylor paßt viel besser zu dir.« Sie blickte ihn liebevoll an. »Ich finde es so romantisch, daß ihr euch an Heiligabend kennengelernt habt.«

»Ja, sehr romantisch«, antwortete Ria unbehaglich.

»Ich schätze, es war vom Schicksal vorherbestimmt, daß wir ausgerechnet zu der Zeit diese Reise nach London gemacht haben«, bemerkte Mr. Lavender.

Taylor legte die rechte Hand auf sein Herz. »Dann werde ich dem Schicksal ewig dankbar sein.«

Sie lachten, doch dann wurde Frida ernst und seufzte. »Wir wären so gern bei eurer Hochzeit dabeigewesen. Es kam so plötzlich. Manchmal kann ich gar nicht glauben, daß meine kleine Ria tatsächlich geheiratet hat. Es fehlt etwas, so ohne Kirche und Orgel und Blumen. Ohne das ganze Drum und Dran.«

»Mom, ich ...«, begann Ria.

»Es war ganz allein meine Schuld«, unterbrach Taylor sie. »An dem Abend, als wir uns kennenlernten, hat es sofort zwischen uns gefunkt.« Er lächelte und schaute Ria zärtlich an. »Als ich sie schließlich überreden konnte, mich zu heiraten, schlug ich vor, es sofort und so still wie möglich zu tun. Bitte verzeiht uns, aber ich wollte nicht, daß meine politischen Gegner dachten, ich wollte mich wegen der Wahl in Szene setzen, da soviel Aufhebens um meinen Junggesellenstand gemacht worden war.« Er zuckte bedauernd mit den Schultern.

»Und« – er hielt inne, um die Bedeutung seiner Worte zu unterstreichen – »das Eheversprechen bedeutete etwas so Persönliches und Besonderes für Ria und mich, daß wir egoistischerweise niemanden daran teilhaben lassen wollten.«

Mrs. Lavenders Augen wurden feucht. »Ria kann sich glücklich schätzen, daß sie einen Mann mit deiner Feinfühligkeit gefunden hat, Taylor.«

Robert Lavender griff nach der Hand seiner Frau. »Zeit zu gehen!« verkündete er lächelnd. »Wenn sie einmal anfängt zu weinen, gibt es kein Halten mehr. Außerdem haben wir noch hundert Meilen vor uns.«

Als sie zusammen in der Tür standen, den Arm um die Taille des anderen gelegt, versprachen Ria und Taylor Dinge, von denen sie wußten, daß sie sie nie würden einhalten können: daß sie Rias Eltern bald besuchen und ihnen erlauben würden, eine Dinnerparty zu geben, damit sie Taylor all ihren Freunden vorstellen konnten.

Als die Rücklichter des Lavenderschen Wagens die Straße hinunter verschwanden, war Ria mit den Nerven am Ende.

Sie schloß die Tür mit mehr Nachdruck als nötig. »Du hättest es nicht übertreiben müssen, finde ich«, sagte sie ärgerlich.

Taylor war überrascht. »Ich dachte, ich hätte meine Rolle als zärtlicher und aufmerksamer Ehemann sehr überzeugend gespielt.«

»Oh, das hast du. Jedes Wort war so zuckersüß wie die Waffel, die ich gestern essen mußte.«

»Also, worüber beklagst du dich?«

Sie stemmte die Hände in die Seiten. »Hättest du nicht etwas weniger charmant sein können? Ein bißchen mehr den Macho rauskehren? Wenigstens ein bißchen unaufmerksamer? Sie werden schockiert sein, wenn wir uns trennen. Sie werden sich fragen, wie ich so dumm sein konnte, mir einen Traumprinzen wie dich durch die Finger schlüpfen zu lassen. Sie wären vielleicht erleichtert über unsere Trennung, wenn du dich heute wenigstens ein einziges Mal danebenbenommen hättest, anstatt so verdammt perfekt zu sein.«

»Entschuldige«, entgegnete er sarkastisch. »Das nächste Mal werde ich mich bemühen, mich mehr wie der Wichtigtuer Guy zu geben.«

»Meine Eltern kannten ihn nicht sehr gut, sonst hätten sie ihn nicht so genannt.«

»Sie kannten ihn gut genug, um ihn nicht zu mögen. Aber du hast ihn, verdammt noch mal, gemocht, oder?«

»Ja.«

»Wie lange warst du mit ihm zusammen? Und was hat er angestellt, daß du so vernarrt in ihn warst, wo ihn sonst niemand leiden kann?« Seine blauen Augen funkelten. »Oder geht es mich nichts an?«

Ria warf den Kopf zurück. »Es geht dich nichts an«, antwortete sie spitz.

Taylor ging fluchend auf die Garage zu. »Ich gehe joggen!«

Als er zurückkam, war Ria schon im Bett. Sie stellte sich schlafend, als er ins Bad ging und die Tür hinter sich schloß. Augenblicke später hörte sie, wie er die Dusche anstellte.

Der Tag hatte sie völlig geschafft, und sie fühlte sich plötzlich schrecklich einsam. Tränen stiegen ihr in die Augen und liefen ihre Wangen hinunter.

Als Taylor aus dem Bad kam, bemühte sie sich, das Schluchzen zu unterdrücken, doch er mußte etwas bemerkt haben. Er ging zum Bett hinüber und beugte sich über sie.

»Ria? Weinst du? Ist irgend etwas?« wollte er wissen.

Sie schüttelte den Kopf. »Nein, es ist nichts.«

Er schlug die Decke zurück und drehte Ria auf den Rükken. »Aber du weinst doch.«

Sie wischte sich hastig die Tränen von den Wangen. »Ja, ich heule.« Ihre Stimme war voller Selbstverachtung. »Ich habe nie geheult, und jetzt tue ich seit drei Tagen nichts anderes.«

»Das ist dein gutes Recht. Der Arzt hat mir gesagt, daß du eine gute Woche ziemlich niedergeschlagen sein würdest.«

Er trug nur ein Handtuch um die Hüften, und das Haar klebte ihm feucht am Kopf. Ria wollte seinen Mund küssen, seinen Hals, seine Brustwarzen, die sich in der Kühle des Zimmers aufgerichtet hatten. Sie wollte mit der Zunge jeden Wassertropfen auffangen, der noch an seinem Körper hing, und da sie nichts von alldem tun konnte, begann sie wieder zu weinen.

»Was habe ich jetzt wieder Falsches gesagt?« Taylor setzte sich verwirrt neben sie und nahm sie in die Arme. »Hör zu, es tut mir leid, daß ich vorhin so gereizt war. Es war auch für mich ein harter Tag.«

»Ich hätte dir eben nicht zumuten sollen, dich mit meinen Eltern zu treffen.«

»Ich wollte es doch, oder? Und das mit Guy habe ich nicht so gemeint. Na ja, ich habe es schon so gemeint – ich mag ihn auch nicht –, aber es tut mir leid, wenn ich deine Gefühle verletzt habe.« Er strich das Haar aus ihrem Gesicht zurück.

Ria sah ihn an. »Und mir tut es leid, daß ich so ein Chaos angerichtet habe«, sagte sie leise.

»Was für ein Chaos?«

»Nun, in deinem Leben.«

Er sah sie verständnislos an.

»Taylor, ist dir noch nie der Gedanke gekommen, daß, wenn ich noch ein paar Wochen gewartet hätte, du überhaupt nicht in die ganze Sache verwickelt worden wärst?« Er hielt ihr einen Zipfel des Lakens hin, und sie wischte gehorsam ihre Tränen ab. »Ich hätte das Baby verloren, und du hättest nie etwas davon erfahren. Aber nein, ich mußte wie ein Bulldozer in dein Leben einbrechen und verlangen, daß du mich heiratest.«

»Nun komm, du bist eher ein Schmetterling als ein Bulldozer.« Er zog ihren Kopf an seine Brust. »Ist dir noch nie der Gedanke gekommen, daß ich dein Leben ruiniert habe? Es ist meine Schuld, daß du schwanger geworden bist.«

»Wir waren beide schuld.«

»Aber ich hätte ein Kondom benutzen sollen. Ich hätte ... aufpassen sollen, du weißt schon.«

Eine lange Weile waren beide still. Schließlich flüsterte Ria: »Ich glaube nicht, daß ich das zugelassen hätte.«

»Vielleicht nicht beim erstenmal. Es passierte so schnell.«

»Wir hatten den Kopf verloren. Konnten nicht denken.«

»Aber beim zweitenmal. Und beim dritten.« Er vergrub die Finger in ihrem Haar und begann, ihre Kopfhaut zu massieren. »Wir hatten genug Zeit, verantwortungsbewußt zu denken, und wir haben es nicht getan.«

»Es ist zu spät, sich Vorwürfe wegen Heiligabend zu machen.«

»Aber nicht wegen unserer Flitterwochen.«

»Flitterwochen?«

»Die letzten Wochen. Ria, hat es eine Nacht gegeben, in der wir uns nicht geliebt haben?«

»Nein.«

»Ganz zu schweigen von den vielen Malen am Tag ...« Er brach ab und fuhr sich durch das Gesicht. »Es ist kein Wunder, daß du das Baby verloren hast.«

»O Taylor, nicht.« Sie richtete sich auf und umschloß sein Gesicht mit beiden Händen. »Der Arzt sagte, daß nichts die Fehlgeburt hätte verhindern können, weil sie durch nichts Spezielles verursacht wurde.«

»Auch nicht durch zuviel Sex?«

»Nein. Vor allem nicht Sex mit dir. Ich meine«, fügte sie hastig hinzu, »du bist nie rauh gewesen.«

»Ich habe dir nie weh getan?«

»Natürlich nicht.« Sie legte den Kopf wieder an seine Brust und schlang die Arme um Taylor.

Er atmete erleichtert auf. »Das war auch nie meine Absicht. Aber als du das Baby verloren hast, hatte ich Angst, daß ich dir weh getan haben könnte und du einfach nichts gesagt hast.«

»Nein, nein.« Ria schüttelte den Kopf.

»Ich habe mir deswegen solche Sorgen gemacht.«

»Siehst du? Das ist es, was ich meine«, antwortete sie. »Es wäre nicht nötig gewesen, daß du dir über diese Dinge Sorgen machst. Ich wünsche, ich hätte dich nie mit hineingezogen. Dies ist ein solcher Meilenstein in deinem Leben und deiner Karriere.«

»Unsere Heirat hatte auf meine Karriere längst nicht die einschneidenden Auswirkungen wie auf deine.«

»Ich habe dir doch gesagt, daß ich schon länger eine eigene Firma gründen wollte.«

»Und ich habe dir gesagt, daß unsere Ehe ein Plus für mein öffentliches Image war.«

»Aber weil ich abends immer so müde war, hast du deinen Erfolg nicht feiern und genießen können. Ich habe in jeden Bereich deines Lebens eingegriffen. Wenn ich dich in Ruhe gelassen hätte, wäre deine Beziehung mit Lisa nicht in die Brüche gegangen.«

»Was ist mit deiner Beziehung mit Guy?«

»Ehrlich?«

»Ehrlich.«

»Es wäre so oder so irgendwann aus gewesen.«

Sie wünschte, er hätte das gleiche über seine Beziehung mit Lisa gesagt, doch er tat es nicht. Sie wünschte, sie hätte den Mut, seinen Trost zurückzuweisen, doch sie konnte es nicht. Es tat zu gut, in seinen schützenden Armen zu liegen und seine Nähe zu genießen.

»Taylor, was hast du mit den ganzen Büchern gemacht?«

»Den Babybüchern?«

Sie nickte stumm.

»Ich habe sie weggestellt, damit du sie nicht mehr siehst. Ich dachte, ihr Anblick würde dich unnötig quälen.«

»Das war sehr aufmerksam von dir. Vielen Dank.«

Er lehnte sich gegen das Kopfende des Bettes zurück und strich über Rias Haar. »Deine Eltern sind fabelhaft.«

»Findest du?«

»Ja. Du kommst auf deine Mutter.«

»Ich bin adoptiert, hast du das vergessen? Wenn ich ihr ähnele, dann ist es ein Zufall.«

»Nicht äußerlich. Ich meine die Art, wie ihr sprecht und solche Dinge. Und deinen Vater mag ich auch wirklich gern.«

»Ist er irgendwie wie deiner?«

»Nein, eigentlich nicht. Aber sie sind ungefähr gleich alt.«

Ria zupfte abwesend an seinen Brusthaaren. »Taylor, bist du eifersüchtig auf deine Stiefgeschwister?«

»Nein. Sie sind doch noch Kinder. Liebe, nette Kinder.«

Sie hob den Kopf und schaute ihn an. »Du hättest allen Grund, eifersüchtig zu sein. Du hättest mehr von deinem

Vater, wenn sie nicht da wären.« Sie fuhr abwesend mit dem Daumennagel über seine Lippen.

»Ich weiß, daß er meine Mutter geliebt hat. Ich weiß, daß er mich liebt. Es ist einfach so, daß ihn seine neue Familie jetzt mehr braucht als ich.«

»Aber?«

»Aber manchmal bin ich eifersüchtig«, gab er zu. »Findest du das schlimm?« fügte er hinzu.

»Das ist doch völlig normal.«

Als ihr bewußt wurde, daß sie immer noch mit dem Daumen seine Lippen streichelte, zog sie ihn zurück. Taylor schaute auf ihren Mund, und Ria spürte, wie sich eine vertraute prickelnde Wärme in ihrem Körper ausbreitete. Plötzlich schob er Ria sanft von sich.

»Ich lasse dich jetzt besser schlafen.« Er schwang die Beine über die Bettkante und stand auf. »Gute Nacht, Ria.«

»Taylor.« Sie streckte die Hand aus und hielt ihn am Arm fest. Als er sich umdrehte und auf sie hinunterschaute, zog sie die Hand verlegen zurück. »Ich kann nicht schlafen, wenn ich weiß, wie unbequem du es da auf der Couch hast.« Sie senkte den Blick. »Was ich meine, ist, wenn du hier schlafen willst, ich habe nichts dagegen.«

»Hier? Im selben Bett?«

»Ja. Es kann doch nichts passieren, richtig?«

»Richtig. Absolut.«

»Also, warum sollen wir es nicht beide bequem haben?«

Taylor schien einen Augenblick zu überlegen. »Na gut, wenn du meinst«, sagte er schließlich.

Ria legte sich zurück und zog das Laken und die Decke über ihre Schultern. Sie schloß die Augen und lauschte mit angehaltenen Atem, wie das nasse Handtuch zu Boden fiel. Ihr Herz klopfte heftig, als Taylor neben ihr zwischen die Laken schlüpfte. Seine Nähe machte sie so nervös, daß sie sich stocksteif hielt aus Angst, ihn versehentlich zu berühren. Als er dann in der Dunkelheit ihren Namen sagte, zuckte sie tatsächlich zusammen.

»Was?«

»Ria, das mit dem Baby tut mir schrecklich leid.« Sie konnte fühlen, wie er nach ihrer Hand tastete. Instinktiv kam sie ihm entgegen, und ihre Finger schlossen sich um seine. Er drückte fest ihre Hand. »Mir auch, Taylor. Sehr leid.«

»Denkst du noch immer an das Baby?«

»Ja.«

»Ich auch.« Nach einer Pause fügte er hinzu: »Du wirst wahrscheinlich irgendwann ein anderes Baby haben.«

»Ja, vielleicht. Und du auch.«

»Ja, vielleicht.«

Sie klangen beide weder begeistert noch optimistisch. Doch sie fühlten, daß es leichter sein würde, ihre Traurigkeit gemeinsam zu ertragen als allein, also hielten sie unter der Decke die Hand des anderen.

»Ria?«

»Hm?«

Ria drehte sich schläfrig zu Taylor um, der eng an sie geschmiegt lag. Er küßte ihr Gesicht, dann ihre Lippen. Sie liebte diese frühmorgendlichen Küsse, wenn sein Bart leicht ihre Haut kratzte. Sie legte einen Arm über seine Hüfte, und ihre Lippen öffneten sich unter seinen. Seine Zunge drang in ihren Mund und berührte ihre. Ria seufzte und rieb ihr Knie an seinen Leisten.

»Wieso trägst du ein Nachthemd?« murmelte er, als er nach ihren Brüsten tastete.

Er öffnete die Perlenknöpfe, steckte die Hand in das Nachthemd und rieb mit dem Daumen über eine Spitze, bis sie sich aufstellte.

»Taylor ...«

»Hm?«

»Nichts. Ich habe nur deinen Namen geseufzt, weil sich das so gut anfühlt.«

Taylor stöhnte. »Ich will dich so, Liebes.«

Er rollte sich auf sie, und seine Lippen wanderten ihren Hals hinunter zu ihren Brüsten. Er küßte sie durch den dünnen Stoff, dann schob er das Nachthemd auseinander und begann, mit der Zunge eine Spitze zu liebkosen.

Erregung stieg in Ria auf. Als sich seine Lippen um ihre Brustwarze schlossen und daran saugten, erschauerte sie vor Lust. Instinktiv spreizte sie die Schenkel.

Plötzlich war sie hellwach. »Taylor!«

»Jetzt? O ja, Liebling, ja.«

Er nahm ihr Gesicht in die Hände und küßte sie leidenschaftlich. Sein Körper bewegte sich rhythmisch über ihr, doch ihr Slip war zwischen ihnen.

»Taylor!«

»Hm?« murmelte er, ohne ihren Mund freizugeben.

»Wir lieben uns.«

»Gott, ja, ich weiß.«

Sie griff in sein Haar und zog seinen Kopf hoch. Taylor kam blinzelnd zu sich. Als er begriff, rollte er sich auf die Seite und starrte Ria in sprachlosem Entsetzen an. Er murmelte einen Fluch. Dann rollte er sich aus dem Bett und stolperte ins Bad.

»Es ist doch nichts passiert. Du warst noch im Halbschlaf. Ich weiß, daß du es nicht wolltest«, sagte Ria schüchtern, als sie Taylor eine halbe Stunde später einen Becher Kaffee reichte.

»Ich möchte nicht darüber reden.« Er verbrannte sich die Zunge am Kaffee und fluchte.

»Ich will nur nicht, daß du denkst, daß ich denke, daß du es absichtlich getan hast.«

»Ich habe es nicht absichtlich getan.«

»Genau das habe ich gerade gesagt.«

»Warum schreist du dann?«

»Ich habe erst geschrien, als du angefangen hast zu schreien.«

»Hör zu«, meinte er und durchschnitt mit der freien Hand die Luft, »ein Mann wacht in seinem eigenen Bett auf, und da liegt ein nacktes Mädchen neben ihm ...«

»Ich war nicht nackt.«

»Okay, ein fast nacktes Mädchen.«

»Und ich bin auch kein *Mädchen*. Ich bin deine Frau.

»Dann kannst du es mir nicht zum Vorwurf machen, daß ich dich wie meine Frau behandele.«

»Das tue ich auch nicht.«

»Man kann einfach nicht vernünftig mit dir reden, Ria. Ich komme zu spät.« Er riß seine Anzugjacke vom Küchenstuhl, nahm seine Aktentasche auf und stürmte hinaus. Sekunden, nachdem die Tür hinter ihm zugeschlagen war, drückte er sie noch einmal auf und steckte den Kopf hinein. »Mach heute nichts Dummes, wie einen Berg besteigen. Du mußt dich schonen.«

Die Teller klapperten, als er die Tür schloß.

Den ganzen Tag überlegte Ria, was sie tun sollte. Sie hatte sich endlich eingestanden, was sie seit Tagen, seit Wochen, seit Monaten nicht hatte wahrhaben wollen: Sie hatte sich in Taylor verliebt. Und mit ihm zusammenzuleben, obwohl sie wußte, daß das Ende ihrer Ehe absehbar war, war mehr, als sie ertragen konnte. Es würde viel besser für ihren Seelenfrieden sein, dieses Kapitel ihres Lebens jetzt abzuschließen. Wenn sie blieb, würde sie sich nur noch mehr in ihn verlieben oder ihn dafür hassen, daß er ihre Liebe nicht erwiderte.

Sie beschloß, ganz ruhig und sachlich mit Taylor darüber zu reden. Als er am Abend nach Hause kam, hielt sie sogar ein kaltes Bier für ihn bereit, doch er hatte kaum den ersten Schluck getrunken, als sie sagte: »Taylor, ich habe beschlossen zu gehen.«

»Zu gehen? Wohin?«

»Nach Hause. Ich habe beschlossen, wieder nach Hause zu ziehen.«

Er trank noch einen Schluck Bier. »Warum?«

»Es ist nur eine Frage der Zeit, bevor ich ohnehin wieder nach Hause ziehe. Ich kann einfach nicht länger in der Luft hängen. Ich möchte zu Hause, in meiner eigenen Umgebung sein, während ich mich von der Fehlgeburt erhole.«

Ein markiger Fluch sagte ihr, was er von ihrer Entscheidung hielt. »Du gehst wegen der Sache heute morgen, hab' ich recht?« Als sie ihn nur trotzig anfunkelte, wiederholte er: »Hab' ich recht?«

»Ja, du hast recht!«

Taylor kehrte ihr den Rücken zu und trank sein Bier in einem Zug leer. Er fluchte leise, aber immer noch laut genug, daß Ria bei seinen rauhen Worten rot wurde. Schließlich drehte er sich langsam um.

»Hast du Angst vor mir, Ria?«

Sie schüttelte den Kopf. »Nein, Taylor.«

»Ich würde dir niemals weh tun. Das weißt du doch, oder?« fragte er.

»Ja. Ich habe dir heute morgen gesagt, daß ich weiß, daß du noch im Halbschlaf warst und nicht wußtest, was wir machten.«

»Wirklich?«

»Ja, aber ich fürchte, du hast nicht zugehört.«

Er lachte freudlos. »Als ich ins Büro kam, konnte ich mich nicht mehr genau daran erinnern, was wir gesagt hatten, aber ich war ziemlich sicher, daß ich mich wie ein Idiot benommen hatte.«

»Das nicht. Aber du warst ziemlich durcheinander. Genau wie ich.«

»Ich wollte letzte Nacht dir zuliebe bei dir sein, nicht meinetwegen.«

»Das weiß ich.«

»Du denkst nicht, ich hätte dich ausnutzen wollen?«

»Nein. Ich habe dich doch gebeten, bei mir zu bleiben. Ich wollte es.« Sie verschränkte die Hände und befeuchtete nervös die Lippen.

»Aber anscheinend können wir keine Freunde sein, Taylor. Diese sexuelle Anziehungskraft zwischen uns ist zu stark. Sie belastet eine Freundschaft zu sehr. Wenn ich jetzt hierbleibe, werden wir uns am Ende nur wieder streiten, und ich glaube, das willst du ebensowenig wie ich. Es wäre das beste, wenn ich heute abend ausziehen würde.«

»Geh nicht«, bat er.

»Ich muß, Taylor.«

Er hob die Hände und ließ sie resigniert wieder sinken. »Nur weil du das Baby verloren hast, bedeutet das nicht, daß ich nicht mehr für dich verantwortlich bin. Es hat mich wahnsinnig aufgeregt, daß du die Krankenhausrechnung bezahlt hast. Ich wollte das tun. Es war meine Pflicht. Ich bin dem Gesetz nach dein Ehemann, gleichgültig, was in unserem Bett passiert. Ich ... ich möchte mich um dich kümmern, bis ich sicher bin, daß du physisch und seelisch wieder in Ordnung bist.«

Ria unterdrückte ein Schluchzen und bedeckte ihr Gesicht mit den Händen.

Was Taylor sagte, klang wunderschön, aber sie wünschte sich, er hätte es gesagt, weil er sie liebte, nicht weil er sich für sie verantwortlich fühlte. »Ich weiß nicht, was ich tun soll.«

»Wenn du bleibst, schwöre ich, daß ich dich nicht anfassen werde. Ganz bestimmt nicht.« Sie hob langsam den Kopf und sah ihn skeptisch an. Taylor stöhnte auf. »Du hast recht. Wem versuche ich etwas vorzumachen, dir oder mir?« fragte er laut.

Einen langen Augenblick war es still. »Was schlägst du vor?« meinte Ria schließlich. »Daß wir weiter zusammenleben und unseren sexuellen Gelüsten nachgeben, bis es dir paßt, daß ich ausziehe?«

Ihr Ton war spitz, und Taylors Stimme war ebenso schneidend, als er antwortete: »Nein. Ich schlage einen Kompromiß vor. Du bleibst, aber wir halten es rein platonisch. Wir schlafen nicht miteinander. Nichts.«

»Das haben wir versucht. Es hat nicht funktioniert.«

»Diesmal werden wir dafür sorgen, daß es funktioniert.«

Sie merkte, wie ihr Widerstand schmolz. »Einer von uns wird die Couch nehmen müssen.«

»Das werde ich sein. Ich bestehe darauf. Schließlich ist es meine Karriere, die wir zu schützen versuchen.«

»Wenn ich bleibe, verlange ich, daß wir uns mit der Couch abwechseln.«

»Hör zu«, erwiderte er gereizt, »erlaube mir, den Gentleman zu spielen und der Dame das Bett anzubieten, okay?«

»Von mir aus. Wie lange soll das Ganze dauern – bis du vereidigt worden bist?«

»Richtig. Mitte Mai.«

»Sechs Wochen«, sagten beide gleichzeitig.

»Was passiert, wenn der Arzt mich vorher für gesund erklärt?«

»Sag du es mir.«

Sie nahm ihr Kinn hoch. »Gar nichts passiert. Es gelten die gleichen Regeln.«

»Du hast mein Ehrenwort.« Er musterte sie mit einem herausfordernden Blick. »Habe ich auch deins?« fragte er gedehnt. »Daß du mich nicht ... nicht sexuell belästigst?«

»Ja«, antwortete sie wütend.

»Also gut, das hätten wir geklärt. Wir können uns dazu gratulieren, diese Angelegenheit auf vernünftige, zivilisierte Weise geregelt zu haben. Sobald unsere gegenseitigen Verpflichtungen erfüllt sind, werden wir uns trennen und wieder unseren eigenen Interessen nachgehen.« Er streckte die Hand aus. »Abgemacht?«

Obwohl die Bedingungen der Abmachung miserabel waren, schlug Ria ein.

8

»Was meinst du?« fragte Ria ihren Mann über ihre Schulter.

»Du bist ein Genie.«

»Fällt dir nichts Originelleres ein? Das hast du mir schon an dem Abend gesagt, als wir uns kennengelernt haben.«

»Wirklich?«

»Etwas in der Richtung. Du sagtest, ich sei hübsch, intelligent, hätte Humor und meinen eigenen Pelzmantel.«

»Und schöne Zähne.«

Ria rollte lächelnd die Entwürfe zusammen und legte sie in einen Aktenschrank. Sie hatte jetzt seit zwei Wochen ihr eigenes Büro, und die Hauspläne, die sie Taylor gezeigt hatte, waren Entwürfe für ihren ersten Auftrag.

Nachdem sie das Licht ausgeschaltet und die Bürotür abgeschlossen hatte, ging sie mit Taylor hinunter zu seiner Corvette. »Bist du hungrig?« fragte er, als sie einstiegen.

Er hatte Ria einige Stunden zuvor bei ihrem Büro abgesetzt und war in sein Fitneßcenter gefahren, während sie an den Plänen gearbeitet hatte.

»Nein, nur müde. Ich bin bettreif.«

»Ja, ich auch.«

Sie sahen sich flüchtig an und schauten dann beide hastig wieder weg. »Wie war der Tag?« fragte Ria, um vom Thema abzulenken.

»Es ging. Bleeker wirft mir vor, ich wäre bei den Stadtratsversammlungen nicht regelmäßig anwesend gewesen. Was er jedoch nicht gesagt hat, ist, daß ich in der Woche, auf die er sich bezieht, die Grippe hatte.«

»Was für ein schlechter Verlierer.«

Taylor lächelte sie an, bevor er seine Aufmerksamkeit der Straße zuwandte.

Als sie zu Hause ankamen, entschuldigte sich Ria und ging ins Bad, um sich auszuziehen. Taylor schlief jetzt im Arbeitszimmer auf der neuen Schlafcouch, die er gekauft hatte. Ria hatte ihm angeboten, auf der Couch zu schlafen und ihm sein Schlafzimmer zurückzugeben, oder sich wenigstens mit ihm auf der Couch abzuwechseln, aber er hatte nichts davon wissen wollen.

Jeden Abend ging Ria allein ins Bad. Und wenn sie herauskam, ging Taylor hinein. An diesem Abend war es nicht anders, nur daß er, als er aus dem Bad kam, nicht sofort gute Nacht sagte und das Zimmer verließ.

Statt dessen ging er, nur mit einem Slip bekleidet, zögernd auf das Bett zu. Rias Mund wurde trocken bei seinem Anblick. Die indirekte Beleuchtung malte erotische Muster aus Licht und Schatten auf seinen Körper, und sie konnte den Blick nicht von ihm abwenden.

»Wärst du so nett, mich hiermit einzureiben?« Er hielt ihr eine Tube Salbe hin.

»Natürlich.« Er reichte ihr die Tube und setzte sich mit dem Rücken zu ihr auf die Bettkante. »Wo?«

»Darf ich es mir aussuchen?« Er warf ihr einen herausfordernden Blick über seine nackte Schulter zu.

»Ja«, antwortete Ria augenzwinkernd, »aber überleg es dir genau. Dieses Zeug enthält Menthol.«

Er zuckte zusammen. »In diesem Fall solltest du besser meine rechte Schulter nehmen.«

Sie drückte lachend einen erbsengroßen Tupfer Salbe in ihre Handfläche. Dann kniete sie sich hinter Taylor und verrieb die Salbe auf seiner Schulter. »Gut so?«

»Ein bißchen nach ... ah, da. Genau da.«

»Hast du dir bei deinem Fitneßtraining einen Muskel gezerrt?« fragte Ria, während sie noch etwas Salbe in ihre Hand drückte.

Taylor nickte. »Ich nehme es an. Es tat plötzlich weh.«

»Du hast dich überanstrengt.«

»Na ja, ich wollte mich im Fitneßcenter abreagieren, damit ich nicht nach Hause komme und ...«

Ria riß die Hände zurück, als hätte sie sich an seiner Haut verbrannt. Sie biß sich unschlüssig auf die Lippe. Schließlich fuhr sie zögernd mit dem Einreiben fort.

»Taylor?«

Er räusperte sich. »Hm?«

»Du könntest zu jemand anderem gehen.«

Er drehte den Kopf. »Was?«

»Ich meine, ich ... ich erwarte nicht, daß du mir treu bist.«

»Woher weißt du, daß ich es bin?«

Die Frage verblüffte sie. »Ich – ich weiß es nicht«, stotterte sie. »Bist du es?«

»Schau mich an, und ich denke, dann weißt du die Antwort«, brummte er.

Ria unterdrückte das Glücksgefühl, das in ihr aufsteigen wollte. »Ich könnte es verstehen, wenn du – weißt du – zu einer anderen Frau gehen würdest«, meinte sie.

»Und mit ihr schlafe?« Sie senkte den Blick und nickte. Er fluchte leise. »So einfach ist das nicht.«

»Aber das war es doch früher.«

»Da war ich auch nicht verheiratet.«

»Das bist du auch jetzt nicht. Nicht richtig.«

»Aber das ist unser kleines Geheimnis, nicht wahr?«

»Ich bin sicher, es gibt genug Frauen, denen es egal wäre, ob du verheiratet bist oder nicht.«

»Bestimmt. Aber mir ist es nicht egal.«

»Oh, natürlich. Wegen deiner Stellung in der Öffentlichkeit.«

Er sprang vom Bett und riß Ria die Tube mit Salbe aus der Hand. »Danke.« Ohne sich noch einmal umzusehen, stürmte er aus dem Zimmer.

Fünf Minuten später stand Ria in der offenen Tür zum Arbeitszimmer. Taylor lag auf der Schlafcouch. Den rechten Arm hinter dem Kopf, den anderen auf seiner Brust, starrte er auf die Decke. Als er Ria sah, zuckte ein Muskel in seiner Wange, doch er bewegte sich nicht.

»Darf ich reinkommen?«

»Wozu?«

»Um mich zu entschuldigen.«

Er zuckte gleichgültig die Achseln, und Ria mußte ein Lächeln unterdrücken. Taylor schmollte. Sie durchquerte auf nackten Füßen das Zimmer und setzte sich auf den Rand der Matratze.

»Ich wollte dich nicht verärgern.«

Es war, als ob Taylor nur auf ein Stichwort gewartet hätte. »Ich kann nicht einfach losziehen und die erstbeste Frau mit ins Bett nehmen, die mir über den Weg läuft, Ria«, sprudelte es aus ihm heraus. »So einfach geht das nicht, wenn du verheiratet und der zukünftige Bürgermeister bist und jeder dein Gesicht kennt.«

»Das habe ich auch nicht gemeint. Ich dachte, du könntest vielleicht zu jemandem gehen, der – oder vielmehr die – unsere Abmachung verstehen würde.« Sie hielt ein paar Herzschläge inne, bevor sie hinzufügte: »Jemand wie Lisa.«

Er lachte spöttisch. »Leider ist Lisa ein bißchen eingeschnappt, weil ich geheiratet habe. Sie spricht nicht mehr mit mir.«

Ria schluckte. »Du hast sie gesehen?«

»Wir laufen uns ab und zu über den Weg.«

Plötzlich kam ihr ein Gedanke, bei dem sich ihr Herz schmerzlich zusammenzog. Ob Taylor versucht hatte, wieder etwas mit Lisa Burton anzufangen? Und Lisa, hatte sie ihm einen Korb gegeben?

»Es tut mir leid, daß ich das Thema angeschnitten habe«, meinte sie leise. »Ich wußte nicht, daß es dich aufregt.«

Er musterte sie aus verengten Augen. »Du fängst seit einem Monat immer wieder davon an, und es regt mich jedesmal auf.«

Er schwieg einen Augenblick. »Der Grund, warum ich nicht zu einer anderen gegangen bin, ist der, daß ich keine andere will.«

Er wollte abrupt nach der Lampe greifen, um das Licht auszuschalten, doch Ria hielt ihn zurück. »Nein, warte, Taylor.« Sie betrachtete ihn prüfend. »Du hast doch etwas auf dem Herzen, nicht wahr? Ich war vorhin so sehr mit den Plänen für das Haus beschäftigt, daß es mir nicht aufgefallen ist. Möchtest du mit mir darüber reden?«

»Nein. Ich wünschte, ich brauchte es gar nicht zu erwähnen.« Er blickte einen Moment lang an die Decke. Ria wartete geduldig, und schließlich schaute er sie wieder an. »Wir, du und ich, sind zu einer offiziellen Einweihung eingeladen. Ich habe mir sagen lassen, daß sich das Komitee einstimmig für uns als Ehrengäste entschieden hat, weil wir als junges, frischvermähltes Ehepaar perfekt für die Gelegenheit seien.«

»Was ist das für eine Einweihung, zu der uns dieses Komitee eingeladen hat?«

»Die Einweihung des neuen Flügels des Presbyterianischen Krankenhauses.«

Alles in Ria verkrampfte sich. »Oh.«

»Dann weißt du, was in dem neuen Flügel ist?«

»Entbindungsstation. Babys.«

»Richtig, Babys. Eine ganze Station voll davon. Frischgebackene Väter, die sich wie närrisch benehmen und grinsen wie Idioten. Großeltern, die durch das Fenster Fotos machen.«

»Und glückliche Mütter«, fügte Ria tonlos hinzu.

Taylor hob die Hand und streichelte ihren Hals. Seine Finger glitten hinunter in den Ausschnitt ihres Nachthemds und streiften ihre Brust, die seine Hand dann behutsam umschloß. »Es tut mir leid, Ria. Ich wollte dir nichts davon sagen, aber ich hatte Angst, du würdest es doch irgendwie herausfinden.«

»Wir müssen hingehen, nicht wahr?«

»Nein.«

Was hast du ihnen gesagt?«

»Ich habe sie hingehalten. Ich sagte, ich müßte erst deinen Terminkalender überprüfen und würde ihnen dann Bescheid geben.«

»Wann ist die Einweihung?«

»Übermorgen. Das Komitee hat uns nicht viel Zeit gelassen, uns eine akzeptable Ausrede einfallen zu lassen«, fügte er mit einem bitteren Lachen hinzu. »Aber das ist nun wirklich ihr Pech.«

»Taylor, wir müssen hingehen. Selbst wenn wir nicht jung und frischvermählt wären, du bist der designierte Bürgermeister. Unsere Anwesenheit gibt der Einweihung einen offiziellen Charakter.«

Taylor schüttelte hartnäckig den Kopf. »So sehr ich es hasse, ihnen eine Absage zu erteilen, aber ich bin nicht bereit, dir, *uns* das zuzumuten, Ria.«

»Sie wissen nichts von dem Kind, das wir verloren haben. Ich war nicht in diesem Krankenhaus. Sie werden es nicht verstehen, wenn du ablehnst.«

»Pech. Ich bin Staatsbeamter, kein Sklave.«

»Diese Erweiterung des Krankenhauses hat soviel Publicity bekommen. Ich bin sicher, die Medien werden ausführlich über die Einweihung berichten. Du mußt dabeisein. Und ich muß dich als deine Frau begleiten.«

»Ria, nein.«

Sie bedeckte seine Hand, die noch immer auf ihrer Brust lag. »Doch. Du mußt die Stadtverwaltung vertreten.«

»Zum Teufel mit der Stadtverwaltung! Ich möchte dir diese verdammte Einweihung ersparen.«

»Es wird eine gute Therapie für mich sein. So ungefähr,

als ob man sofort wieder auf ein Pferd steigt, nachdem es einen abgeworfen hat.«

»Wirklich?« fragte er forschend.

»Ja, wirklich.«

Einen langen Augenblick war es still im Zimmer, während sie sich stumm anschauten. »Du gehst jetzt besser schlafen, Ria«, meinte Taylor schließlich rauh. »Gute Nacht.«

»Gute Nacht«, murmelte sie, stand auf und ging langsam hinaus.

Es war, als ob man sich zu einer Beerdigung anzöge. Ria wollte so gut wie möglich aussehen, aber sie konnte nicht verstehen, warum es eine Rolle spielte. Zuerst überlegte sie sogar, ob sie ein schwarzes Kleid anziehen sollte, doch dann entschied sie sich für ein rotes, zu dem sie aber einen breitkrempigen schwarzen Strohhut trug.

Taylor holte tief Luft, als sie ins Wohnzimmer kam, wo er auf sie wartete. »Du siehst phantastisch aus.«.

»Danke. Ist der Hut zuviel?«

»Er steht dir fabelhaft. Und du weißt, wie sehr ich diese Perlen mag.«

Ria wurde rot. Die gleiche Kette hatte sie in ihrer Hochzeitsnacht getragen, als sie Taylor mit nichts als den Perlen am Körper im Bett erwartet hatte. Um ihre Verlegenheit zu verbergen, wandte sie sich ab und nahm ihre Handtasche auf.

Mehrmals während der Fahrt zum Krankenhaus versuchten sie, ein Gespräch anzufangen, doch sie waren zu nervös, um logisch zu denken, und gaben es schließlich auf.

Als sie am Krankenhaus eintrafen, griff Taylor über den Sitz und drückte Rias Hand. »Noch können wir es uns überlegen. Wir könnten anrufen und sagen, wir wären krank.«

»Sei nicht albern.«

»Ich kann allein gehen, Ria.«

Sie schüttelte den Kopf und lächelte ihn unsicher an. »Das gehört zu meinen Pflichten als Frau des zukünftigen Bürgermeisters. Gehen wir.«

Sie gaben ein Bilderbuchpaar ab, als sie in das großzügige Marmorfoyer der neuen Entbindungsstation geführt wurden. Die Presseleute hatten ihren großen Tag, und überall klickten Kameras. Unter den Reportern war auch Delia Starr, die als einzige wußte, was die MacKensies durchmachen mußten. Sie nickte ihnen ermutigend zu.

Taylor war der offizielle Vertreter der Stadt, doch Ria war es, der die übergroße goldene Schere gereicht wurde, mit der sie die geflochtenen rosafarbenen und blauen Bänder durchtrennen sollte. Als sie die Bänder durchschnitt, applaudierten alle.

»Wenn Sie so freundlich wären, Mrs. MacKensie, Herr Stadtverordneter, würden wir Sie gern mit der ersten Frau fotografieren, die in der neuen Abteilung entbunden hat.«

Taylor faßte Ria am Ellbogen, als sie den Gang hinuntergeführt wurden. »Verdammt, ich bin stolz auf dich. Alle bewundern dich. Du bist fabelhaft.« Er mußte sich unter den Rand ihres Huts bücken, um direkt in ihr Ohr zu flüstern. »Ich weiß, wie schlimm das hier für dich sein muß.«

»Ich werde nicht weinen«, sagte sie leise. »Aber die ganze Atmosphäre ...«

»Ich weiß. Halt durch, Darling! Noch ein paar Fotos, und dann werde ich dich so schnell wie möglich hier rausbringen.«

Die betreffende Mutter war eine Frau Anfang Zwanzig, die am Tag zuvor ihr erstes Kind bekommen hatte. Sie hatte sich für die Fotografen zurechtgemacht und lag lächelnd in den Kissen des Krankenbettes. Sie errötete heftig, als Taylor ihr die Hand schüttelte, und schien eingeschüchtert von Rias eleganter Erscheinung. Ihr Mann, der kaum älter war als sie, stand neben ihr und grinste stolz.

Bis die Fotografen fertig waren, hatte die neue Mutter ihre Scheu verloren. »Haben Sie auch Kinder?« fragte sie Ria.

»Nein.« Ria tastete nach Taylors Hand. »Wir sind erst zwei Monate verheiratet.«

Taylor legte fürsorglich den Arm um ihre Taille. »Aber wir wollen welche haben. Bald.«

»Ich kann es Ihnen nur raten«, meinte die junge Frau. Sie und ihr Mann tauschten ein Lächeln. »Es ist wundervoll. Haben Sie Jennifer schon gesehen?«

»Jennifer?« fragte Ria schwach.

»Unsere kleine Tochter.«

»Oh, nein, wir ... wir sind noch nicht auf der Babystation gewesen.« Gott sei Dank, fügte Ria in Gedanken hinzu.

Doch genau in diesem Augenblick trat jemand vom Krankenhauspersonal vor. »Das ist unsere nächste Station. Bitte hier entlang, meine Herrschaften. Wir werden dem Stadtverordneten und Mrs. MacKensie jetzt die Babystation zeigen. Sie ist auf dem allerneuesten technologischen Stand ...«

Er wollte weiterreden, doch Taylor unterbrach ihn. »Einen Augenblick, bitte.« Er zog Ria beiseite und betrachtete sie prüfend. »Ich werde uns jetzt entschuldigen.«

»Nein, das kannst du nicht.« Sie umklammerte seinen Arm. »Ich bin okay.«

»Vor allem bist du leichenblaß.«

»Das liegt an den Neonlampen.«

»Mach mir nichts vor, Ria. Ich werde dich hier rausbringen. Sofort.«

»Nein, bitte.«

»Stimmt etwas nicht?« erkundigte sich der Krankenhausverwalter aus einer diskreten Distanz.

»Es ist alles in Ordnung.« Ria schenkte ihm ein strahlendes Lächeln. »Taylor hat mich nur gebeten, ihn daran zu erinnern, daß er der neuen Mutter und Jennifer einen Blumenstrauß schickt.«

»Sehr, sehr aufmerksam«, bemerkte einer der Umstehenden.

»Das ist einer der Vorzüge und Gründe, warum ich ihn geheiratet habe.« Ria hängte sich bei Taylor ein. Er legte die Hand auf ihre kalten, klammen Finger. Nur er wußte, daß sie sich an seinem Arm festhielt, weil sie sich stützen mußte, und nicht aus Zuneigung. Als sie die Babystation betraten, fühlte Taylor, wie sich Rias Griff um seinen Arm verstärkte. Durch die Glasscheiben beobachtete sie, wie eine Säuglingsschwester ein weinendes Baby hochnahm. »Das ist Jennifer. Unser erstes Baby«, wurde ihnen gesagt.

»Darf ich sie halten?« fragte Ria leise.

Nachdem sich die anwesenden Schwestern kurz beraten hatten, führte man sie in die Babystation. Ria lächelte die Säuglingsschwestern an und streckte die Arme aus, um das strampelnde, schreiende Baby zu nehmen. Sie ging sehr viel vorsichtiger mit dem Säugling um als die Schwester.

Taylor, der auf der anderen Seite der Scheibe stand, hörte plötzlich Delia Starrs Stimme neben sich. »Alle Achtung vor Ihrer Frau, Taylor.«

Er nickte. »Das kann man wohl sagen«, erwiderte er stolz. Er sah, wie sich Rias Lippen bewegten, als sie beruhigend auf das Baby einredete, das bald darauf zu weinen aufhörte.

Ria machte einige Bemerkungen zu der Schwester, ohne jedoch den Blick von dem Säugling zu nehmen. Sie schlug die rosafarbene Flanelldecke auf, betrachtete die kleinen Ärmchen und Beinchen und fuhr mit dem Finger die Wange des Babys hinunter.

Bevor sie den Säugling der Schwester zurückgab, öffnete sie eine seiner winzigen Fäuste und drückte einen zärtlichen Kuß auf die Handfläche.

Taylor fuhr vom Krankenhaus aus direkt nach Hause, obwohl es noch nicht einmal Mittag war. Ria hatte für die Kamera gelächelt und dem Krankenhauspersonal zu der neuen Station gratuliert. Bevor sie gegangen waren, hatten sie jedem die Hand geschüttelt. Doch auf dem Nachhauseweg hielt sie sich stocksteif auf dem Beifahrersitz und sprach kein Wort.

Zu Hause stellte Ria ihre Handtasche auf den Tisch in der Diele. Taylor warf die Schlüssel neben die Tasche. Er griff nach Ria und zog sie an sich. Sie wehrte sich nicht.

»Halte mich, bitte.«

»Du brauchst mich nicht zu bitten.«

Erst jetzt ließ sie ihren Tränen freien Lauf.

Taylor schob den Hut von ihrem Kopf, zog die Nadeln aus ihrem Haar und fuhr mit den Fingern durch die dichten Strähnen. Er hielt Ria fest, während ihr Körper von Schluchzern geschüttelt wurde.

Als sie sich etwas beruhigt hatte, hob er sie hoch und trug sie ins Schlafzimmer. Er stellte sie neben das Bett und drehte sie um. Dann öffnete er den Reißverschluß ihres Kleids und schob es herunter, bis Ria gehorsam herausstieg, nur noch mit einem Satinunterkleid mit einem Spitzenoberteil bekleidet.

Als wäre sie ein Kind, drehte Taylor sie wieder zu sich herum und drückte sie auf die Bettkante hinunter. Dann kniete er sich hin, zog ihr die hochhackigen Pumps aus und stellte sie beiseite.

Er ließ sie so sitzen, während er seine Anzugjacke, die Weste und das Hemd auszog. Er streifte die Schuhe und Socken ab, dann legte er sich, nur mit seiner Hose bekleidet, aufs Bett und zog Ria mit sich.

Sie lag quer über seinem Oberkörper, mit der Wange auf seinem Brustbein. Er schlang beschützerisch die Arme um sie und stützte das Kinn auf ihren Scheitel.

»Erzähl mir alles.«

»Sie war wunderschön«, flüsterte Ria.

»Es ist erstaunlich, wie klein sie war.«

»Winzig. Ich glaube nicht, daß du ihre Zehen sehen

konntest, aber sie waren unglaublich klein. Und ihre Finger, fast durchsichtig.«

Er hob Rias Hand an seinen Mund und küßte die Außenseite ihrer Finger. »Wie hat sie sich angefühlt?«

»Ihre Haut war ganz weich. Und ihr Herzschlag ging ganz schnell. Man konnte es in ihrer Brust und in der weichen Stelle auf ihrem Kopf sehen. Und ihr Körper war ganz warm.«

Taylor hörte aufmerksam zu. Trotzdem konnte er nicht verhindern, daß das Bewußtsein ihrer Nähe, ihres halbnackten Körpers Verlangen in ihm aufsteigen ließ.

Ria mußte seine Erregung gespürt haben. Sie versuchte sich aufzurichten, doch er hielt sie zurück. »Ich sollte mich umziehen und ins Büro fahren«, protestierte sie schwach.

»Als zukünftiger Bürgermeister entscheide ich, daß wir uns den Rest des Tages freinehmen.«

»Und was werden wir tun?« fragte sie.

»Das, was wir jetzt tun.«

»Und was genau ist das, was wir jetzt tun? Eine Wache für das Baby abhalten, das es nie gegeben hat?« Sie schluckte.

»Wenn du es so sehen willst. Du bist noch lange nicht drüber weg.«

Ria legte die Hand auf sein Herz. Sie fuhr mit dem Daumennagel abwesend über Taylors Brustwarze. »Bin ich egozentrisch, Taylor? Jeden Tag haben Tausende von Frauen auf der ganzen Welt eine Fehlgeburt.«

»Jede von ihnen fühlt genauso wie du, wenn sie irgend etwas für das Kind empfunden hat.«

»Und wenn sie etwas für den Mann empfindet, der der Vater ist.« Sie hob den Kopf und blickte in sein Gesicht hinunter. »Die meisten Männer in deiner Situation wären erleichtert gewesen, als ich das Baby verlor.«

»Ich war es keine Sekunde lang, Ria. Ich wollte das Baby auch.«

Wieder stiegen ihr die Tränen in die Augen. Sie biß sich auf die Unterlippe. »Ja, nicht wahr?«

»Sehr sogar.«

»Ich frage mich, ob es ein Junge geworden wäre oder ein kleines Mädchen wie Jennifer.«

»Nicht.«

»Haben wir eine Primaballerina verloren oder einen Goldmedaillengewinner bei einer Olympiade, einen Staatsmann oder Wissenschaftler oder Künstler?«

»Nicht, nicht.« Taylor drehte Ria auf den Rücken, rollte sich über sie und stützte sich rechts und links von ihr ab. »Wir werden verrückt, wenn wir darüber nachdenken.« Er küßte die Tränen von ihren Wangen und Lippen. »Und ich werde verrückt, wenn ich dich nicht küsse.«

Zuerst war es ein zärtlicher Kuß. Sein Mund berührte leicht ihren. Dann öffneten sich seine Lippen, und der Kuß wurde leidenschaftlicher. Seine Zunge drang in ihren Mund und suchte ihre.

Ria fuhr mit den Fingern durch sein Haar. »Taylor, Taylor« – sie stöhnte –, »küß mich, bis es nicht mehr weh tut!«

»Wo tut es weh?«

»Überall.«

Taylor bedeckte ihre tränennassen Wangen mit Küssen, suchte aber immer wieder ihren Mund. Er streifte die Träger ihres Unterkleids von ihren Schultern. Dann küßte er ihre Brüste und liebkoste mit der Zunge ihre Brustwarzen, bis sie hart wurden vor Erregung.

»O Taylor, hör auf. Ich werde …«

»Was?«

»Naß.«

»Gut.«

»Aber was nützt es, so weit zu gehen und …«

Er schob die Hand in ihren Slip und zwischen ihre Schenkel. »Laß dich gehen.«

Ria schloß die Augen und folgte seinen geflüsterten Anweisungen, als er begann sie ganz sanft zu massieren. Und als die Wellen der Erlösung sie durchfluteten, waren seine Lippen da, um sie aufzufangen.

Minuten später fühlte sie, wie Taylor vorsichtig vom Bett aufstand. Sie öffnete die Augen und flüsterte zärtlich seinen Namen.

»Ich gehe nicht weit.« Er beugte sich über sie und strich ein paar feuchte Strähnen aus ihrem Gesicht. »Ich bin gleich wieder da.«

Ria richtete sich kopfschüttelnd auf und rutschte an den Bettrand. Sie schlang die Arme um Taylors Taille und schmiegte die Wange an seinen nackten Bauch, bevor sie ihn küßte. Sie küßte seinen Bauch wieder, und diesmal strich sie mit der Zunge über seine Haut.

»Ria«, murmelte Taylor heiser.

Statt einer Antwort öffnete sie seinen Gürtel.

9

Ria trat hart auf die Bremse und öffnete die Wagentür. Als sie ausstieg, fiel ihr die Handtasche hin, und der Inhalt verteilte sich auf dem Boden. Leise fluchend sammelte sie alles wieder ein und ging durch die Hintertür ins Haus.

Das Telefon klingelte. »Hallo?«

»Hi.« Es war Taylor. »Du klingst atemlos.«

»Ich bin gerade hereingekommen.«

»Ich dachte, du wärst inzwischen schon hier oder zumindest auf dem Weg hierher.«

»Das dachte ich auch. Aber ich bin aufgehalten worden.« Sie hätte schon vor fünfzehn Minuten in seinem Büro sein sollen. Vielleicht war er ärgerlich auf sie, aber er würde es nicht mehr sein, wenn er erfuhr, wo sie gewesen war und warum sie sich verspätet hatte.

»Dann sind wir zu spät, Ria.«

Sie überlegte einen Augenblick. »Fahr schon vor, und wir treffen uns dort.«

»Das wäre vielleicht das beste.«

»Sie können nicht ohne dich anfangen, und sie werden nervös werden, wenn du zu spät kommst. Wir treffen uns im Hotel.«

»Es gibt einen Cocktailempfang vor dem Essen. Ich weiß nicht, in welcher Suite es ist.«

»Heute ist ein Abend, an dem du unmöglich verlorengehen kannst, du bist schließlich die Hauptperson, alle werden sich um dich kümmern. Keine Sorge. Ich werde dich schon finden.«

»Wenn du irgendwelche Schwierigkeiten hast ...«

»Keine Angst. Aber jetzt müssen wir Schluß machen, sonst kommst du noch zu spät.«

»Na schön. Ach, übrigens, Ria, was hat dich aufgehalten? Arbeit?«

»Das werde ich dir sagen, wenn ich da bin.«

Sie legte auf, bevor er noch etwas erwidern konnte. Der große Abend war da. Taylor MacKensie würde als Bürgermeister vereidigt werden, und anschließend sollte ein feierliches Bankett im Ballsaal eines der großen Hotels der Stadt stattfinden.

Auf dem Weg ins Schlafzimmer streifte Ria die Schuhe und ihre Kostümjacke ab. Sonst fast übertrieben ordentlich, ließ sie jetzt ihre Sachen einfach dort fallen, wo sie sie auszog. Nackt eilte sie unter die Dusche. Das Wasser war heiß und belebend.

Ein ungeheures Glücksgefühl erfüllte sie. Sie kam gerade von ihrem Arzt zurück. Er hatte sie untersucht und ihr bestätigt, daß sie wieder ganz gesund war. Es gab keinen Grund, warum sie die ehelichen Beziehungen nicht wieder aufnehmen konnte.

Rias Hände zitterten jetzt, als sie die Ohrringe in ihre Ohren steckte. Wenn sie an diesem Abend zu Hause waren, würde sie Taylor die gute Nachricht erzählen. Der Gedanke an das, was unvermeidlich folgen würde, machte sie schwindlig.

Seit jenem Nachmittag nach der Einweihung der neuen Krankenhausstation hatten sie es vermieden, sich zu berühren. Sie wußten beide, daß nur ein Funke genügte, um ihre Leidenschaft explodieren zu lassen. Taylor hatte keine Zärtlichkeiten mehr versucht, wie sie erwartet und insgeheim gehofft hatte. Er hatte weiter auf der Schlafcouch im Arbeitszimmer geschlafen.

Der Abend war kühl genug, so daß Ria das Paillettenkleid anziehen konnte, das sie Heiligabend getragen hatte. Sie besprühte sich mit dem Parfüm, das Taylor am liebsten mochte, steckte ein Kleenex und einen Lippenstift in ihre paillettenbesetzte Handtasche, schnappte sich die Wagenschlüssel und ging durch die Hintertür hinaus.

Sie hätte schwören können, daß ihre Füße nicht den Boden berührten.

Die meisten derjenigen, die an dem Empfang vor dem Essen teilgenommen hatten, hatten die Suite schon verlassen und waren in den Ballsaal einige Stockwerke tiefer gegangen. Taylor entschuldigte sich und ging zur Toilette. Als er zurückkam, war nur noch eine Person in der Suite – Lisa.

Sie stand an der Bar und sah atemberaubend aus in dem hautengen schwarzen Kleid, das in einem reizvollen Kontrast zu ihrem blonden Haar stand. »Möchtest du noch einen Drink?« fragte sie Taylor lächelnd.

»Nein, danke. Ich muß mich beeilen und nach unten gehen.«

»Hast du eine Minute Zeit, Taylor? Wir haben seit Wochen kaum ein Wort miteinander gesprochen.«

»Du schienst es so zu wollen.«

Sie rührte mit der Fingerspitze in. ihrem frischen Drink und leckte dann den Finger ab. »Kannst du es mir verübeln, daß ich ärgerlich war, als du hinter meinem Rücken diese Lavender geheiratet hast?«

»Ihr Name ist Ria«, erwiderte er gereizt. »Und verübeln ist ein zu starkes Wort. Überrascht wäre passender. Ich bin überrascht, daß du ärgerlich über meine Heirat warst. Es stand jedem von uns frei, andere Leute zu treffen.«

»Zu treffen, aber nicht zu heiraten.«

Als Politiker wußte Taylor, wann es Zeit war, den Rückzug anzutreten. »Entschuldige mich.« Er ging zur Tür.

»Taylor, es tut mir leid.« Lisa griff nach seinem Arm, als er an ihr vorbeieilen wollte. »Mir war nicht klar, wieviel du mir bedeutest, bis ich dich verlor. Ich habe dich vermißt.«

»Tatsächlich?«

Lisa stellte ihr Glas hin, schlang Taylor die Arme um den

Nacken und preßte sich gegen ihn, so daß er ihre Brüste an seiner Brust fühlte. »Sehr sogar. Und ich weiß, du hast mich auch vermißt.«

»Woher weißt du das?«

Sie lächelte selbstgefällig. »Was du und deine Frau im Bett machen, kann unmöglich so gut sein wie das, was wir gemacht haben.«

»Es ist anders«, antwortete er diplomatisch.

Sie zog ihn zwischen ihre leicht gespreizten Schenkel und spürte durch den Stoff seiner Hose, wie sein Glied hart wurde. »Behalt deine Frau, Taylor, wenn du magst«, flüsterte sie. »Was mich betrifft, ich habe einen Ehemann gehabt und festgestellt, daß die Ehe nichts für mich ist. Mir gefällt es, ungebunden zu sein. Aber ich mag auch dich. Sehr sogar.« Sie rieb sich aufreizend an ihm. »Wir sind beide diskret. Ich sehe keinen Grund, warum wir nicht so weitermachen können wie früher. Bevor du unvorsichtig wurdest und Ria Lavender ein Kind gemacht hast.«

Sein Blick wurde kalt. »Ria Lavender ist nicht schwanger«, erklärte er knapp.

Lisa lächelte maliziös. »Nicht mehr. Aber sie war es. Aus diesem Grund hast du sie doch geheiratet, nicht wahr? Wann ist es passiert, Heiligabend, nach der Party bei den Grahams?« Ihre Augen verengten sich. »Ich kann mir den Ablauf genau vorstellen. Du warst ärgerlich auf mich, weil ich ohne dich zum Skilaufen gefahren bin. Du bist auf der Party einer halbwegs attraktiven Frau begegnet. Sie hat nichts gegen ein flüchtiges Abenteuer einzuwenden, und ihr geht zusammen ins Bett.«

Taylor preßte die Lippen so fest zusammen, daß sie nur schmale Striche waren.

»Ach, nun, ich verzeihe dir, Darling. Du bist ein Mann«, fuhr Lisa fort. »Ich weiß besser als jeder andere, wie potent du bist. Außerdem«, fügte sie lächelnd hinzu, »habe ich mich zu der Zeit gerade mit einem Skilehrer vergnügt.«

Sie spitzte die Lippen und schüttelte vorwurfsvoll den Kopf. »Ich bin unbeschadet aus dieser kleinen Affäre hervorgegangen. Ist es nicht ein Jammer, daß es dich erwischt hat? Armer Liebling, und du warst so anständig und hast das Mädchen geheiratet. Für nichts und wieder nichts.«

»Du weißt nicht, was du redest, Lisa«, gab er mit vorgetäuschter Gelassenheit zurück.

Sie warf den Kopf zurück und lachte. »Oh, und ob ich das weiß. Delia Starr trinkt gern, Taylor. Denk daran, wenn du ihr das nächste Mal ein Interview gewährst. Nach ein paar Scotch wird ihre Zunge locker, und sie erzählt alles.«

»Was willst du mit dieser Information anfangen? Mich erpressen? Was ist der Preis dafür, daß du deinen Mund hältst? Daß ich mit dir ins Bett gehe?«

»Erpressung, was für ein häßliches Wort.« Sie schob die Hände unter sein Jackett und rieb durch den Stoff seines Hemds über seine Brustwarzen. »Aber die Leute interessieren sich für ihren neuen Bürgermeister und seine Frau. Es könnte passieren, daß mir im Gespräch etwas herausrutscht, was ich gar nicht sagen wollte.«

»Du bist ein Miststück.«

Lisa zuckte zusammen, erholte sich aber rasch und lächelte hoheitsvoll. »Du hast recht. Aber ich habe viel Geld. Ich verkehre in den richtigen gesellschaftlichen und politischen Kreisen. Du kannst es dir nicht erlauben, mich zu verärgern.« Sie reckte sich und küßte ihn sanft. »Wo ist das Problem, Taylor? Ich verlange ja nicht, daß du deine Frau aufgibst. Ich habe nichts gegen sie, solange sie uns nicht stört. Eine dunkelhaarige Ehefrau und eine blonde Geliebte. Was könnte sich ein Mann mehr wünschen?«

Sie flüsterte die Frage an seinen Lippen. Dann stellte sie sich auf die Zehenspitzen und preßte sich gegen ihn. Taylor faßte sie unwillkürlich um die Taille, um das Gleichgewicht zu halten. Lisas Lippen suchten seine, und ihre Zunge bohrte sich in seinen Mund.

Ein plötzliches Geräusch ließ Taylor herumfahren. Ria stand in der Tür.

Er schob Lisa von sich. »Ria.«

»Guten Abend, Mrs. MacKensie«, sagte Lisa lachend.

»Guten Abend«, erwiderte Ria kühl. Ihr Blick wanderte von Lisa zu ihrem Mann. »Man sagte mir unten, ich könnte dich hier finden.«

»Ria, es ist nicht so, wie es aussieht.«

»Taylor, wie banal«, meinte sie. »Ich hoffe, du hast mehr Phantasie, wenn du gleich deine Antrittsrede hältst.« Sie machte auf dem Absatz kehrt und verließ das Zimmer. Taylor stieß Lisa beiseite, als er seiner Frau nacheilte, die schon auf halbem Weg den Gang hinunter war, bis er sie eingeholt hatte.

»Ria, warte eine Minute.«

»Wir haben keine Minute. Wir kommen zu spät zum Bankett.«

»Du bleibst?«

»So war es doch abgemacht, oder?« fragte sie knapp. »Daß ich bei dir bleibe, bis du offiziell vereidigt bist. Ich werde bei Tisch neben dir sitzen und lächeln und mir nichts anmerken lassen, daß ich dich gerade mit deiner kleinen Nutte erwischt habe.«

Ria drückte wütend auf den Aufzugknopf. Die Türen öffneten sich augenblicklich, und sie stieg ein. Taylor folgte ihr, aber sie ließ ihm keine Zeit zum Sprechen. »Du kannst es wohl nicht erwarten, was?

»Als du sagtest, wir würden nachher unsere eigenen Interessen weiterverfolgen, nahm ich an, daß du damit nach heute abend meintest. Offensichtlich habe ich mich geirrt.«

»Du willst dir einfach keine Erklärung anhören, nicht wahr?« fragte Taylor, als sie nach unten fuhren. Sie lächelte ihn zuckersüß an. »Fahr zur Hölle!«

»Den Teufel werde ich tun«, zischte er wütend. Die Aufzugtüren öffneten sich schon, und als Ria und Taylor ausstiegen, wurden sie von einer Schar von Leuten umringt, die darauf warteten, dem Paar der Stunde die Hand zu schütteln.

Sobald sie an der Tafel Platz genommen hatten, begann das Bankett. Ria konnte keinen Bissen herunterbekommen. Ihre Kehle war wie zugeschnürt, und sie hatte das Gefühl, jeden Moment in Tränen auszubrechen.

Sie konnte sich auf nichts konzentrieren. In Gedanken sah sie immer wieder Taylor vor sich, wie er Lisa in den Armen hielt und sie küßte. Am liebsten hätte sie geschimpft und geschrien und etwas zerschlagen, doch sie benahm sich untadelig, so wie es sich für die First Lady der Stadt gehörte.

Sie überlegte, ob sie eine plötzliche Unpäßlichkeit vortäuschen und sich entschuldigen sollte, aber sie war fest entschlossen, Lisa nicht die Genugtuung zu geben zu sehen, wie sie klein beigab.

Endlich war das Essen vorbei. Kellner räumten die Tische ab, und die Gäste drehten sich mit ihren Stühlen zum Podium herum, wo der Conférencier Witze erzählte, die so fade waren wie Rias Lächeln.

Der Einleitung durch den Conférencier folgten kurze Ansprachen von verschiedenen Würdenträgern, die alle zu der Einführung des neuen Bürgermeisters, Taylor MacKensie, überleiteten.

»Und jetzt«, erklärte der Conférencier, »darf ich Taylor MacKensie und seine wunderschöne Frau Ria bitten, hier zu mir auf die Bühne zu kommen.«

Ria war völlig verblüfft. Sie hatte nicht gewußt, daß sie bei Taylors Vereidigung neben ihm stehen sollte. Taylor legte die Hand unter ihren Ellbogen und half ihr auf. Das Publikum applaudierte, als sie sich einen Weg durch die Stuhlreihen zum Podium bahnten.

Später wußte Ria nicht mehr, wie sie die folgenden Minuten überstanden hatte, als Taylor nämlich seinen Amtseid leistete. Nachdem er vereidigt war, lächelte er dem applaudierenden Publikum zu. Dann drehte er den Kopf und lächelte auf Ria hinunter. Der Beifall schwoll an, als er ihr Gesicht in die Hände nahm und sie küßte. Als er Ria losließ, führte der Conférencier sie zu ihrem Platz zurück, während Taylor das Mikrofon übernahm. Seine Rede war untadelig und unterhaltsam. In seiner selbstsicheren Stimme schwangen Begeisterung und Optimismus mit, die ansteckend waren. Als er schloß, erhob sich das gesamte Publikum.

Widerstrebend stand Ria mit den anderen auf, um ihrem untreuen Mann zu applaudieren.

Danach mußten sie nur noch für einige Fotos posieren und ein paar Hände schütteln, bevor sie gehen konnten. Sie warteten zusammen in der Garage auf ihre Wagen. Rias wurde als erster gebracht. Sie stieg wortlos ein und fuhr los.

Eigentlich hatte sie zu ihrem Haus fahren wollen, doch dann fiel ihr ein, daß sie die Schlüssel nicht dabeihatte. Sie würde zuerst zu Taylor fahren müssen. Sie ließ den Motor laufen, während sie die Stufen hinaufeilte und die Haustür aufschloß. Eine hektische Durchsuchung des Hauses förderte schließlich den Schlüssel zutage. Ria war schon wieder auf dem Weg zur Tür hinaus, als Taylor plötzlich vor ihr auftauchte und ihr den Weg versperrte.

»Geh mir aus dem Weg, Taylor.«

»Nein.«

»Ich habe keine Lust, mir anzuhören, was du zu sagen hast, und ich weiß, du wirst dir nicht anhören wollen, was ich zu sagen habe. Also bitte, laß uns dies so einfach wie möglich füreinander machen!«

»Was hast du zu sagen, was ich mir angeblich nicht anhören will?«

Sie blitzte ihn an. »Daß du ein verachtenswerter, heuchlerischer Bastard bist!«

»Wieso meinst du das?«

Verblüfft trat Ria einen Schritt zurück. »Vielleicht entspricht es deinem Wertesystem, wenn ein Ehemann hingeht und seinen früheren Bettwärmer küßt, aber es ist gegen meine Überzeugungen.«

»Ich habe Lisa nicht geküßt.«

»Dann war es ein verdammt realistischer Traum, den ich hatte.« Sie versuchte, Taylor beiseite zu schieben, doch er wich nicht von der Stelle. Statt dessen schob er Ria aus dem Weg, so daß er die Haustür abschließen konnte. Ria blickte ihn rebellisch an. »Du bist kindisch, Taylor. Ich bleibe keine Minute länger hier bei dir. Warum bist du nicht vernünftig und läßt mich endlich gehen?«

»Erst wenn du die Fakten kennst.«

»Die Fakten habe ich mit eigenen Augen gesehen«, schrie sie. »Entweder ihr habt euch leidenschaftlich geküßt, oder einer von euch hat bei dem anderen Mund-zu-Mund-Beatmung gemacht. Dann allerdings muß es dir wirklich sehr schlecht gegangen sein. Sonst wäre es sicher nicht nötig gewesen, daß sie auch dein Herz massiert, oder?«

Die Erinnerung an Lisas Hände, wie sie über seine Brust in seine Smokingjacke geglitten waren, machte sie noch wütender. »Wie konntest du? Du kannst von Glück sagen, daß ich es war, die euch erwischt hat. Mein Gott, jeder hätte euch beide zusammen sehen können. Alles, wofür du gearbeitet hast, wäre zerstört gewesen. War der Kuß das wert? Woran hast du gedacht?«

»An dich.«

Ria konnte nicht fassen, daß er sich in dieser Situation noch über sie lustig machte. »Verdammt noch mal, spiel keine Spiele mit mir!« erwiderte sie heftig. »Das verdiene ich nicht!«

»Du verdienst es, daß ich dich übers Knie lege und dir den Hintern versohle, weil du voreilig falsche Schlüsse gezogen hast.«

»Was? Ich habe dich auf frischer Tag mit deiner Ex-Geliebten ertappt. Aber wahrscheinlich ist Lisa gar nicht deine

Ex, nicht wahr?« fügte sie sarkastisch hinzu. »Ist es von Anfang an hinter meinem Rücken weitergegangen? Naiv genug war ich bestimmt. Oder habt ihr erst vor kurzem wieder angefangen? Nach der Fehlgeburt, als ich außer Gefecht war?«

Ein Muskel zuckte in seiner Wange. »Du hörst besser auf, bevor du etwas Häßliches sagst, das du hinterher bereust.«

»Ich werde überhaupt nichts bereuen! Im Gegenteil, mir fallen gar nicht genug Gemeinheiten ein, die ich dir an den Kopf werfen kann.« Sie drehte ihm den Rücken zu und wünschte, daß ihr Kleid nicht so tief ausgeschnitten wäre. Sie fühlte sich nackt, verwundbar. »Mein größter Fehler war, daß ich überhaupt zu dir gekommen bin. Und dann lasse ich mich auch noch von dir überreden zu bleiben!«

Sie fuhr herum. »Das ist es, nicht wahr? Eine Ehefrau zu haben verschafft dir Ansehen und Seriosität. Es hält deine Kritiker im Zaum. Ich bin ein Schutzschild, hinter dem du deine schmutzigen kleinen Affären weiterführen kannst. Nun, das ist vorbei, Taylor! Ich bin aus Pflichtgefühl bei dir geblieben, aber damit ist jetzt Schluß! Ich habe genug von dir! Finito! Die Scharade ist jetzt vorbei!«

Ihre Brust hob und senkte sich vor Erregung. Ria hatte die Hände zu Fäusten geballt, und ihre grünen Augen sprühten Blitze.

»Bist du fertig?« fragte Taylor ruhig.

»Das sagte ich gerade.«

»Ich meine mit deinem Wutanfall, nicht mit unserer Beziehung.«

»Die Antwort auf beide Teile der Frage lautet ja.«

»Gut. Jetzt halt den Mund und hör mir zu.« Er zeigte mit dem Finger auf sie. »Ungefähr die Hälfte von dem, was du gesagt hast, ist Quatsch.« Ria öffnete den Mund, um zu protestieren, doch Taylors warnender Blick ließ sie verstummen. »Daß du aus Pflichtgefühl hiergeblieben bist, das ist Blödsinn. Du bist geblieben, weil du es wolltest. Und ich habe dich gebeten, zu bleiben, weil ich wollte, daß du bleibst. Also machen wir uns doch nichts vor.«

»Na schön, wir haben beide schuld an dieser absurden Ehe. Aber ich bin wenigstens treu gewesen.«

»Ich auch!«

»Ich habe mich nicht mit einem anderen eingelassen.«

»Ich auch nicht. Ich habe heute abend zum erstenmal seit geraumer Zeit vor Weihnachten allein mit Lisa gesprochen.«

»Nun, offensichtlich hast du keine Zeit vergeudet, direkt zur Sache zu kommen.« Ria wandte ihm wieder den Rükken zu.

Diesmal trat er hinter sie, packte sie am Arm und zog sie herum. »Ich habe sie nicht einmal geküßt«, stieß er zwischen zusammengebissenen Zähnen hervor. »Sie hat mich geküßt.«

»Was macht das für einen Unterschied?«

»Einen großen.«

»Du hast sie in den Armen gehalten.«

»Sie brachte mich aus dem Gleichgewicht, unmittelbar bevor du hereinkamst.«

»Erwartest du, daß ich das glaube?«

»Es ist die Wahrheit.«

»Und ich nehme an, du hast auch eine gute Erklärung dafür, warum ihre Hände in deiner Jacke waren.«

»Ja. Sie hat mich gestreichelt. Aber ich hatte meine Hände nicht in ihrem Kleid, um sie zu streicheln.«

»Noch nicht.«

Er fluchte heftig. »Sie ist noch dageblieben, nachdem alle anderen gegangen waren. Sie hat sich an mich herangemacht, Ria, nicht umgekehrt.«

»Ein Glück, daß ich euch nicht zusammen im Bett erwischt habe. Du hättest noch versucht, mich davon zu überzeugen, daß sie dich vergewaltigt hätte.«

»Verdammt.« Er hob die Fäuste hoch.

»Wenn du so unschuldig bist, warum bist du mit ihr in

der Suite geblieben?« fragte Ria. »Warum bist du nicht einfach hinausgegangen?«

»Wegen dem, was sie gesagt hat.«

»Hat sie dir Liebesworte ins Ohr geflüstert?«

Taylor warf ihr einen vernichtenden Blick zu. »Offenbar hat sie Delia Starr betrunken gemacht. Lisa wußte von unserem Baby und von der Fehlgeburt.« Er wiederholte Wort für Wort sein Gespräch mit Lisa. »Du hast sie also angehört, um deine Haut zu retten«, war Rias Kommentar.

»Und deine.«

Ria lachte. »Und deine Erregung hast du sicher nur gespielt, um überzeugend zu sein.«

»Woher weißt du, daß ich erregt war?«

»Ich bin nicht blind, Taylor. Als du dich umdrehtest, konnte ich sehen, daß du ...« Sie stockte, dann holte sie tief Luft und schrie ihn an: »... erregt warst!«

Er trat zwei Schritte auf sie zu, packte ihre Hand und zog sie an seinem Bauch hinunter. »Ja, ich war erregt.«

»Hör auf.«

»Ich bin es immer noch. Und weißt du, warum?«

»Ich will es nicht ...«

»Nicht wegen Lisa. Wegen dir. Dir. Sie sprach von dir, von meiner dunkelhaarigen Frau. Sie sagte, daß das, was wir im Bett machen würden, gut sein müßte.« Er ließ ihre Hand nicht los, sondern preßte sie gegen seinen Unterleib. »Nachdem sie das sagte, war das einzige, woran ich denken konnte, wir beide jetzt im Bett.«

»Ich glaube dir nicht!«

Er vergrub die Finger seiner freien Hand in Rias Haar und zog ihren Kopf zurück. Sein heißer Atem streifte ihr Gesicht. »Doch, das tust du! Ich begehre dich seit dem erstenmal, als ich dich sah. Ich habe dich damals begehrt, und ich begehre dich immer noch, und du weißt es verdammt genau!«

Er atmete tief ein und wieder aus.

»In meinem eigenen Haus habe ich weder essen noch schlafen noch sonst etwas tun können vor Verlangen nach dir, und ich habe versucht, es zu verbergen, um dich nicht zu erschrecken. Ich habe mich auf dieser verdammten Schlafcouch hin und her gewälzt und daran gedacht, daß du in meinem Bett liegst. Ich wollte bei dir sein. Neben dir. In dir. Wollte so tief in dir sein, daß ich dachte, ich würde verrückt werden, weil ich allein dort lag.«

Er küßte sie hart und zornig. »Du weißt, daß ich dir immer treu gewesen bin, Ria. Verdammt, du weißt es! Jetzt küß mich!«

Zorn, so schien es, hatte immer ihre Leidenschaft entfacht. Er war häufig der Funke, der ihr Verlangen entzündete.

Rias Muskeln entspannten sich. Wie von selbst schmiegte sich ihr Körper an Taylor, während sich ihre Lippen unter seiner Zunge öffneten.

Sie umklammerte die Satinaufschläge seiner Jacke und preßte die Brüste gegen seine Brust. Er senkte den Kopf und küßte ihre Kehle. Dann wanderten seine Lippen hinunter in den tiefen Ausschnitt ihres Kleides.

»Ich will dich! O Gott, wie sehr ich dich will!«

Ria stöhnte. »Heute ... der Grund, warum ich zu spät kam ... ich hatte einen Termin beim Arzt.« Taylors Kopf fuhr hoch. In seinen blauen Augen glomm ein leidenschaftliches Feuer. »Bring mich ins Bett«, flüsterte Ria heiser.

Er verschwendete keine Sekunde, sondern trug sie durch das dunkle Haus ins Schlafzimmer. Zwischen langen Küssen entkleideten sie sich gegenseitig, bis sie schließlich nackt voreinander standen. Sie machten sich nicht die Mühe, die Tagesdecke zurückzuschlagen, sondern legten sich direkt darauf. Als Taylor Rias Schenkel spreizte und sie streichelte, war sie schon bereit, doch er streichelte sie weiter, bis sie glaubte, ihr Verlangen nicht länger ertragen zu können.

Endlich drang er in sie ein und lag lange regungslos auf ihr.

»Tu ich dir weh?«

»Nein.«

Er schmiegte das Gesicht an ihren Hals. »Die letzten zwei Wochen, seit jenem Morgen im Krankenhaus, habe ich mich danach gesehnt, wieder so mit dir zusammenzusein.«

»Ich weiß. Ich habe mich auch nach dir gesehnt. Ich konnte es nicht erwarten, dir zu sagen, daß wir wieder miteinander schlafen können.«

Er küßte ihren Mund. Dann ihre Brüste. Er begann, sich zu bewegen, immer schneller, und irgendwo zwischen Himmel und Erde stöhnten sie auf und erreichten gemeinsam die Vollendung ihrer Leidenschaft.

Augenblicke später, als er erschöpft neben ihr lag, sagte Taylor: »Ria, es ist nichts zwischen Lisa und mir. Nichts.

»Ich weiß.«

»Du weißt? Warum hast du mich dann so durch den Wolf gedreht?«

Sie rieb die Wange an seiner. »Ich dachte, ich würde sterben, als ich euch zusammen sah. Ich habe eigentlich nicht geglaubt, daß du mich betrügen würdest, aber ich wollte sichergehen.«

Er schwieg eine Weile. »Hast du mir nicht erst vor zwei Wochen vorgeschlagen, mir eine Geliebte zu nehmen?« fragte er dann.

»Ja«, gab sie zu, »aber es war mir nicht ernst. Als ich dich mit Lisa sah, war ich verletzt, wütend, eifersüchtig.«

»Du warst eifersüchtig?«

»Nun, wie wärst du gewesen, wenn du mich mit Guy erwischt hättest?«

»Eifersüchtig. Fuchsteufelswild. Ich werde jedesmal fast verrückt, wenn ich daran denke, daß er dich überhaupt je … berührt hat.«

»Das hat er nicht.«

Taylor blickte völlig befremdet auf Ria hinunter. »Was?«

»Guy hätte nicht der Vater meines Babys sein können, selbst wenn er keine Vasektomie gehabt hätte.« Sie legte die Hand auf seine Wange. »Ich habe nie mit ihm geschlafen, Taylor.«

Er schaute sie einen langen Augenblick schweigend an. Dann küßte er sie zärtlich. »Du bist die faszinierendste Frau, der ich je begegnet bin. Feminin und dennoch stark. Eigensinnig, aber taktvoll. Damenhaft, aber sexy. Nervend und erregend. Du kannst mich wütender und verrückter machen als jede Frau, die ich bisher gekannt habe.«

Sie lachte. »Danke.«

Er fuhr mit der Fingerspitze einen Kreis um ihre aufgerichtete Brustwarze nach. »Bin ich dir zu schnell gewesen?«

Sie senkte den Blick. »Ich will mich nicht beklagen.«

»Es tut mir leid. Es ist nur, daß ich dich so lange gewollt habe, daß ich mich einfach nicht beherrschen konnte.«

»Ich verzeih dir«, flüsterte sie und zog ihn näher, »solange du es weiter versuchst, bis du es richtig machst.«

10

Am nächsten Morgen fuhr Taylor Ria zur Arbeit und folgte ihr in ihr Büro. Sobald sich die Tür hinter ihnen geschlossen hatte, zog er sie in seine Arme und küßte Ria.

»Du schmeckst so viel besser als Schinken und Rühreier. Ich glaube, ich werde einfach von jetzt an dich jeden Morgen zu meinem Frühstück machen.«

Ihre Knie fühlten sich weich an, genau wie in der vergangenen Nacht, als er die Kniekehlen geküßt hatte. »Danke fürs Mitnehmen.«

»Es war mir ein Vergnügen.« Er strich über ihren Po. »Wann bist du hier, um mich abzuholen?«

»Gegen halb sechs.«

»Ich werde bereit sein.«

»Hm, ich auch«, erwiderte er grinsend und küßte sie zum Abschied noch einmal. Er wollte schon gehen, als er bei einem Blick auf ihr Gesicht plötzlich innehielt. »Ria? Weinst du?«

»Ob ich weine? Natürlich nicht. Sei nicht albern.«

»Ich dachte, ich hätte Tränen in deinen Augen gesehen.«

»Die Sonne. Sie läßt meine Augen tränen.« Ria ging zum Fenster und verstellte die Jalousien, so daß die Sonnenstrahlen abgehalten wurden.

Taylor faßte sie bei den Schultern und drehte sie herum. »Bist du sicher, daß alles in Ordnung ist? Wenn ich es mir überlege, bist du heute morgen ziemlich still gewesen.«

»Du hast mir nicht viel Gelegenheit zum Reden gegeben. Wir haben uns geküßt, seit wir aufgewacht sind.«

Er lächelte entwaffnend. »Ich kann mir keine bessere Art vorstellen, den Morgen zu verbringen.« Zärtlich strich er mit dem Daumen über ihre Lippen. Sie drehte den Kopf weg, und er ließ die Hand sinken.

»Was ist los, Ria? Wir haben gerade eine phantastische Nacht zusammen verbracht. Ich fühle mich, als ob ich den Mount Everest besteigen könnte, und du machst ein Gesicht wie sieben Tage Regenwetter. Warum fühlst du dich nicht genauso großartig wie ich?«

»Wenn wir im Bett zusammen sind, fühle ich mich auch großartig.«

»Also, was ist das Problem?«

»Wir können nicht unser Leben im Bett verbringen, Taylor.«

»Ich hätte nichts dagegen.« Er lächelte, und seine blauen Augen funkelten schelmisch. Doch als er Rias Verärgerung spürte, wurde er sofort wieder ernst. »Tut mir leid. Ich wollte keinen Witz machen.«

»Doch, das wolltest du. Und mit Recht. Diese Ehe ist ein Witz.«

»Warum lächelst du dann nicht wenigstens?«

»Warum hast du mich nicht angerufen?« fragte sie ohne Überleitung.

»Wie bitte? Dich angerufen? Wann? Wovon redest du?«

»Nach Heiligabend.«

»Heiligabend?« wiederholte er verblüfft.

»Ja, Heiligabend. Erinnerst du dich?«

»Ja, ich erinnere mich. Es war fantastisch. Unvergeßlich.«

»Warum hast du dich dann nicht wieder bei mir gemeldet? Hattest du es vergessen, sobald es vorbei war?«

Taylor runzelte die Stirn. »Nein! Verdammt, nein! Ich mußte immer daran denken. Daran, und an dich. Ich habe wochenlang an nichts anderes denken können.«

Ungeheuer erleichtert setzte sich Ria auf die Armlehne ihres Bürosofas. »Meines Wissens war mein Telefon nicht defekt«, meinte sie leise.

Ein zögerndes Lächeln spielte um seine Mundwinkel. »Ich wollte dich anrufen, Ria. Wirklich, ich wollte es. Aber ich konnte mich einfach nicht dazu durchringen.«

»Warum nicht?«

»Zum einen war ich verwirrt.« Ihre Augen blickten ungläubig. »Ja, verwirrt«, wiederholte er.

»Aber du hast mir gesagt, du hättest schon öfter flüchtige Affären gehabt.«

Er fuhr sich mit einer Hand durchs Haar. »Das stimmt, auch wenn es schon länger her ist. Aber es hat mich noch nie so erwischt wie Heiligabend. Was zwischen uns passierte, war so unglaublich, so neu für mich, daß es mir Angst machte. Außerdem war da noch Guy, und ich wußte ja nicht, wie fest eure Beziehung war.« Er setzte sich auf die andere Armlehne des Sofas. »Ich schätze, ich hatte Angst, du könntest mir einen Korb geben. Deshalb habe ich nicht angerufen.«

Ria lachte. Dann wurde sie wieder ernst. »Du warst wütend, als ich dir zuerst von dem Baby erzählte, Taylor. Warum?«

»Weil das nötig gewesen war, um uns wieder zusammenzubringen. Als du meine Sekretärin angerufen und um einen Termin gebeten hast, konnte ich mein Glück nicht fassen. Ich dachte, du wärst meinetwegen gekommen, doch statt dessen warst du schrecklich sachlich und unnahbar.«

»Das war ein Abwehrmechanismus.«

»Das wußte ich damals nicht.« Er stand auf und umschloß ihr Gesicht mit beiden Händen. »Warum hast du mich am Weihnachtsmorgen nicht gebeten, zu bleiben, Ria?«

»Aus den gleichen Gründen, warum du mich nicht angerufen hast«, antwortete sie heiser. »Ich war verwirrt, und ich schämte mich irgendwie. Ich hatte so etwas noch nie gemacht. Außerdem wußte ich, daß du eine Freundin hattest. Und vergiß nicht, du wolltest dich gerade davonschleichen, als ich aufwachte. Ich dachte, daß du bekommen hättest, was du wolltest, und dich eilig aus dem Staub machen wolltest, um dir eine Szene zu ersparen.«

Er beugte sich vor und küßte sie zärtlich. »Nein, Ria. Wenn du mich eingeladen hättest, zum Frühstück zu bleiben, wäre ich nie gegangen.«

Sie schaute ihn erstaunt an. »Wirklich nicht?«

Taylor nickte. »Es scheint, daß wir eine Menge kostbarer Zeit damit vergeudet haben, uns falsch zu verstehen, nicht wahr?« Er richtete sich auf und warf einen Blick auf seine Uhr. »Apropos Zeit, in fünfzehn Minuten habe ich eine Versammlung mit dem Stadtrat.«

»Dann solltest du dich lieber beeilen.« Sie begleitete ihn zur Tür. »Heute ist dein erster Tag im Amt. Du darfst nicht zu spät kommen.«

»Bist du sicher, daß alles okay ist?«

Sie zeigte mit dem Finger auf die Tür. »Geh!« Er küßte sie rasch, bevor er ging. Ria schloß die Tür hinter ihm und preßte die Stirn gegen das kühle Holz. Eine Träne rollte ihre Wange hinunter. »Verdammt.« Sie wischte die Träne ungeduldig weg. »Was ist los mit mir?«

Sie krempelte buchstäblich die Ärmel hoch und stürzte sich in die Arbeit. Doch sie stellte fest, daß sie sich nicht auf die Hauspläne konzentrieren konnte, die auf dem Zeichenbrett vor ihr ausgebreitet waren. Ihre Gedanken waren bei ihrer Ehe. Taylor schien es als selbstverständlich zu betrachten, daß alles bestens war. Und das war es. Sie paßten zusammen. Ihr Sexleben war unglaublich.

Also warum war sie deprimiert?

Ganz einfach. Weil sie sich gewünscht hatte, daß er ihr sagte, daß er sie liebte, und er ihr diesen einen Wunsch nicht erfüllt hatte.

Vielleicht gehörte er einfach zu den Männern, die nicht lieben konnten.

Aber sie war eine Frau, für die Liebe sehr wichtig war.

Ohne Liebe konnte ihre Ehe mit Taylor, wie faszinierend sie auch sonst sein mochte, einfach nicht funktionieren.

Taylor und Ria waren essen gegangen und hinterher ins Kino. Es war schon spät, und Taylor fuhr langsam. Sein unmelodisches Summen zu der Musik im Radio zerrte an ihren Nerven.

Den ganzen Tag hatte sie mit sich gerungen,was sie tun sollte. Schließlich war sie zu dem Schluß gelangt, daß es das beste war, Taylor zu verlassen, bevor ihre unerwiderte Liebe zu ihm sie zerstörte. Was sie noch nicht wußte, war, wie sie es ihm beibringen sollte.

»Wohin fährst du?« fragte sie.

»Du sagtest, es gäbe noch ein paar Dinge, die du aus deinem Haus holen wolltest. Ich dachte, jetzt wäre eine gute Zeit.«

»Ach so. Danke.«

»Ich habe über die Sache mit ›deinem Haus‹ und ›meinem Haus‹ nachgedacht. Wozu brauchen wir zwei Häuser? Du wolltest deins umbauen. Warum nehmen wir nicht die Pläne und bauen mein Haus um? Das heißt, wenn es dir gefällt.«

»Es ist ein schönes Haus«, sagte sie ohne große Begeisterung.

»Oder wir könnten beide verkaufen und uns ein anderes, größeres kaufen. Was meinst du?«

»Ich weiß nicht, Taylor.« Sie legte müde den Ellbogen in das offene Fenster und stützte den Kopf in die Hand.

»Denk darüber nach!«

»Okay.«

Er summte weiter zum Radio. Als Ria die Musik abrupt lauter drehte, fragte er: »Stimmt etwas nicht?«

»Du kannst immer noch nicht singen.«

»Ich habe nicht gesungen. Ich habe gesummt.«

»Du kannst auch nicht summen.«

»Bist du deshalb plötzlich eingeschnappt?«

»Ich bin nicht eingeschnappt«, erwiderte sie gereizt. »Nein? Bist du ärgerlich, weil ich dich heute nicht angerufen habe?«

»Nein, ich erwarte diese Art von ständiger Aufmerksamkeit nicht von dir.«

»Warum nicht? Ich bin doch dein Mann, oder?«

Ihre Kehle schien plötzlich wie zugeschnürt. »Ja, du bist mein Mann.«

»Pflegen die meisten Männer ihre Frauen nicht irgendwann im Laufe des Tages anzurufen, nur um ihnen hallo zu sagen und zu fragen, ob sie auf dem Nachhauseweg Brot und Milch einkaufen sollen?«

»Nur im Film.«

»Es tut mir leid, daß ich dich nicht angerufen habe. Ich hatte heute furchtbar viel zu tun. Übrigens, ich bin auf der Bank gewesen und habe etwas Geld auf dein Girokonto eingezahlt. Du hattest nicht mehr viel drauf.«

Ria drehte ruckartig den Kopf herum. »Woher weißt du, wieviel auf meinem Girokonto ist?«

»Ich habe einen Blick auf deine Auszüge geworfen. Warum regst du dich so auf? Ich habe Geld eingezahlt, nicht abgeholt.«

»Ich wünschte nur, du hättest vorher mit mir darüber gesprochen.«

»Ah, dann sollte ich dir vielleicht besser sagen, daß ich Lebensversicherungen für uns beide abgeschlossen habe, jeweils mit dem anderen als Begünstigtem.«

Sie starrte ihn sprachlos an. Bevor sie etwas entgegnen konnte, bog die schicke Corvette um die Ecke, und sie sah die Lichter.

»Was in aller Welt ist das?«

Das Dach ihres Hauses war mit Weihnachtskerzen geschmückt. Die Haustür war mit bunten Minikerzen umrahmt, und in der Mitte hing ein Stechpalmenkranz mit leuchtend roten Schleifen.

»Hast du deine Weihnachtsdekoration nicht abgenommen?« fragte Taylor scheinheilig, als der Wagen in die Einfahrt rollte.

»Das weißt du genau. Was geht hier vor? Wer war das?« Sie wartete nicht, bis Taylor die Beifahrertür öffnete, sondern sprang aus dem Wagen und lief die Stufen zur Haustür hinauf. Die Tür war nicht einmal verschlossen. Ria ging ins Haus.

Trotz des warmen Frühlingsabends prasselte ein Feuer im Kamin. Der Sims war mit einer Girlande aus Tannengrün dekoriert, und darüber standen hohe rote Kerzen. Sie brannten und verströmten Myrtenduft. Ein komplett geschmückter Weihnachtsbaum, mitsamt den eingepackten Geschenken darunter, stand in der Ecke, wo sonst der Platz der Birkenfeige war. Jetzt stand dort eine frisch geschlagene Pinie, deren würziger Geruch das Zimmer erfüllte.

Ria hatte das Gefühl zu träumen. »Ich glaube es nicht. Wer ...«

Ihr Blick fiel auf ihren Silberfuchs, den sie eigentlich für den Sommer weggehängt hatte, und der jetzt auf der Couch ausgebreitet war. Ria fühlte, wie sie rot wurde. Sie drehte sich langsam um. Taylor lehnte am Türpfosten. Seine Miene war ernst, doch seine Augen leuchteten.

»Was du nicht glaubst«, meinte er leise, »ist, daß ich dich liebe. Ich liebe dich, Ria.« Er verschwand im Flur und schloß leise die Haustür. Dann kehrte er zurück, ging langsam auf Ria zu und legte die Arme um ihre Taille.

»Du warst das?« Sie konnte es immer noch nicht glauben.

»Ich habe dir doch gesagt, daß ich heute furchtbar viel zu tun hatte.«

»Aber ...«

»Warum ich dir heute morgen nicht gesagt habe, daß ich dich liebe, als du es von mir hören wolltest? Weil du dann gedacht hättest, ich würde es nur sagen, weil du es hören wolltest. Ich dachte, du würdest es eher glauben, wenn ich es dir zeigen würde, anstatt es nur zu sagen. Außerdem habe auch ich eine sentimentale Ader. Weihnachten ist das Fest der Liebe. Die Idee, hier zu schmücken, nahm in meinem Kopf Gestalt an, und dann wollte ich die Überraschung nicht verderben.«

Ria hob die Hand an seine Wange und flüsterte seinen Namen. Dann stellte sie sich auf die Zehenspitzen und küßte ihn. »Es hat mich fast umgebracht, mit dir zu leben, mit dir zu schlafen und zu denken, daß du mich nicht liebst, so wie ich dich liebe. Ich hatte mich heute entschlossen, dich zu verlassen.«

»Das war es, wovor ich Angst hatte. Nicht, daß ich dich hätte gehen lassen. Wenn du es versucht hättest, hätten wir einen hitzigen Streit gehabt, gefolgt von einer hitzigen Orgie, und du hättest weiter geglaubt, daß alles, was zwischen uns ist, großartiger Sex ist.«

»Und das ist es nicht?«

»Was, großartig? Er ist irre.«

»Nein«, erwiderte sie, als Taylor sie an sich zog und an ihr knabberte. »Ist Sex alles, was zwischen uns ist?«

»Kaum.« Er wurde ernst, blickte auf sie hinunter und strich ihr Haar zurück. »Unser Baby hat uns zusammengebracht. Es zu verlieren, hätte das Ende für uns bedeuten können, aber das hat es nicht getan. Die Fehlgeburt hat uns nur enger aneinander gebunden. Bis dahin war mir gar nicht richtig bewußt, wie sehr ich dich liebe.«

Er küßte sie zärtlich. Dann schlang er die Arme um sie und küßte sie wieder, diesmal leidenschaftlicher. »Ich liebe dich, Ria«, murmelte er, als sie sich voneinander lösten.

»Ich liebe dich auch. Es hat mir fast das Herz gebrochen, als du mich am Weihnachtsmorgen verlassen hast.«

»Diesmal werde ich bleiben. Wir werden es heute abend noch einmal wiederholen.«

»Auf der Couch? Auf dem Pelz?«

»Nackt. Du mit nichts am Körper als dem Schein des Kaminfeuers.«

Er legte die Hände auf ihre Brüste und rieb mit den Daumen über die Brustwarzen. Ria stieß einen lustvollen Seufzer aus, preßte sich an Taylor und streichelte sein hartes Glied, das sich durch den Stoff seiner Hose abzeichnete.

»Wirst du dich wohl benehmen?«

»Warum sollte ich?«

Er deutete mit dem Kopf in Richtung des Weihnachtsbaumes. »Weil alles festlich geschmückt ist für das Fest der Liebe.«

»Als ob uns das je gestört hätte«, erwiderte sie leise und lächelnd. »Und da es bis zum vierundzwanzigsten Dezember noch lange dauert, wäre ich sehr dafür, wenn wir jetzt unser eigenes Fest der Liebe feiern würden. Heiligabend können wir dann immer noch brav nebeneinander auf der Couch sitzen und Weihnachtslieder singen.«

Taylor hob die Hand und streichelte ihr zärtlich über die Wangen. Als Ria den ernsten Ausdruck seiner Augen sah, verschwand auch ihr Lächeln.

»Ja, wir werden auf der Couch sitzen und Weihnachtslieder singen«, sagte Taylor endlich, »und es wird wundervoll werden. In diesem Jahr werden wir noch zu zweit sein, aber vielleicht im nächsten schon nicht mehr.« Er nahm Ria in die Arme und zog sie fest an sich. »Ich möchte so gern, daß wir eine richtige Familie werden.«

Ria schloß für einen Moment die Augen. »Ich auch, Taylor. Ich auch!«

Er drückte sie noch fester an sich. »Wie froh ich bin, daß du das sagst. Und wir müssen nur ganz fest daran glauben, dann werden wir eines Tages ein Baby in den Armen halten dürfen – unser Baby.«

Ria nickte stumm und schmiegte sich an ihn. Als sie sich nach einer kleinen Ewigkeit wieder von ihm löste und ihn ansah, tanzte bereits wieder ein Lächeln in ihren Augen.

Taylor runzelte verständnislos die Stirn. »Darling, ist etwas nicht in Ordnung?«

Sie nickte wieder. »Glauben allein genügt nicht! Ein kleines bißchen mehr müssen wir schon tun, um ein Baby zu bekommen.«

Er stöhnte auf und grinste dann. »Und ich dachte schon, ich hätte etwas Falsches gesagt. Du meinst also, wir müßten uns ein bißchen mehr anstrengen, ja.«

»Ich meine«, erwiderte sie, »daß es zwar ganz nett ist, wenn du mich so in deinen Armen hältst, daß wir auf diese Art und Weise aber in zehn Jahren noch Weihnachten allein feiern müssen.«

»Und das wollen wir beide nicht, nein?« fragte Taylor und lachte leise.

»Nein, das wollen wir beide nicht«, flüsterte sie, schloß die Augen und wartete darauf, daß er sie küßte.

Genehmigte Lizenzausgabe 2006
für Verlagsgruppe Weltbild GmbH,
Steinerne Furt, 86167 Augsburg
Träume einer Nacht

3. Auflage 2008

Projektleitung: Julia Kotzschmar
Übersetzung: Britta Berg (*Träume einer Nacht*),
Barbara Heidkamp (*Gezeiten der Liebe*)
Umschlaggestaltung: Hauptmann und Kompanie
Werbeagentur GmbH, München
Umschlagabbildung: Albert Slark, Agentur Luserke
Satz: Sabine Müller
Gesetzt aus der Sabon 10,5/12,5 pt
Druck und Bindung: CPI Moravia Books s.r.o., Pohorelice

Gedruckt auf chlorfrei gebleichtem Papier

Printed in the EU

ISBN 978-3-89897-313-7